KB155198

Scarlet
스칼렛
www.bbulmedia.com

Scarlet

스칼렛

www.bbulmedia.com

오복이

오복이

단영 장편 소설

SCARLET ROMANCE STORY

1

차 례

서(序)

"네가 대신 혼인을 해 주어야겠다."

청천벽력 같은 한마디에 오복의 얼굴이 시커멓게 죽었다.

오복은 제가 미쳐서 헛것을 들은 줄만 알았다. 안 그래도 열흘 전 빙인(氷人)이 다녀간 후로 줄곧 노심초사하고 있긴 했지만 그것은 이런 일이 있을까 염려해서가 아니었다. 별채에 계신 아씨께서 한양 땅에 사는 누군가와 태중 정혼한 몸이라는 사실을 안 날부터 그녀의 고민은 오직 하나였다.

굶지는 않지만 그렇다고 넉넉하게 먹고 사는 처지도 아니었다.

이런 상황에 난데없이 혼인 이야기가 나왔다. 가뜩이나 없는 살림에 혼례 준비며, 또 새서방님께서 지내실 곳도 마련해야 하는데 그것을 다 어찌하면 좋을까 고민하느라 열흘이 어떻게 지났는지도 몰랐다. 당연히 다른 생각 같은 것은 할 겨를도 없었다.

"대, 대감마님 소녀는 아직 어리어 호, 혼인할 생각은 꿈에도 해 본 적이 없사온데……."

그것도 거짓말이라고 바짝 마른 입술에 슬며시 침을 바르고 그녀는 바들바들 몸을 떨었다.

그녀의 나이도 어느덧 꽃다운 열여섯이 되었다.

업둥이로 이 집안에 들어온 날부터 차곡차곡 헤아려 올해로 꼭 열여섯 해가 되었다니 아마도 틀림없을 것이다. 아무튼, 어느새 무르익은 제 나이를 자각한 것도 열흘 전 빙인이 다녀간 후부터였다.

저보다 딱 한 살 더 많은 아씨의 나이를 생각하다 어느덧 꽉 차 가는 제 나이를 떠올렸고 저도 여인이라고 또 자연스럽게 혼인을 생각하기에 이르렀던 것이다. 아씨께서 혼인을 하고 나시면 저도 곧 하게 되지 않을까 하는 생각에 때때로 마음이 조금 두근거렸던 것도 사실이다.

"그러면 지금부터 하여라."

"예에?"

"혼인할 생각을 해 두란 말이다. 근일 중에 납채(納采)가 올 것이니."

농이 아니었다.

오복은 저도 모르게 고개를 번쩍 들고 대감마님을 바라보았다. 원래도 그리 표정을 드러내는 분이 아니었지만 오늘따라 유독 바위처럼 단단하게 굳은 얼굴이 눈앞에 있었다. 이제껏 대한 적 없는, 무섭도록 차고 냉랭한 얼굴이었다. 그 얼굴을 보고 있자니 없던 서러움이 다 몰려오는 것만 같아 눈앞이 금방 부옇게 흐려졌다.

"아, 아씨께서, 아씨께서 계시는데……."

"몸이 불편한 아이다. 너는 그 아이가 혼례나 제대로 치를 수 있을 것이라 생각하느냐?"

"……!"

"치른들, 사람 구실도 제대로 하지 못하는 것을 오래도록 데리고 살아 줄 이가 있겠느냐? 보나마나 골방에 숨겨지거나 이혼(離婚)을 당하겠지. 나도 염치가 있느니라. 간신히 체면치레나 하고 사는 처지에 사위를 들임은 말도 아니 되는 일이지. 다행히 저쪽이 의리가 깊은 집안이라 이렇게 의혼(議婚)이라도 받아 보는 것임을 안다. 양심이 있다면 거절하여야 마땅함도 알아."

알지만 이쪽의 사정이 깊어 차마 그리할 수 없다.

사뭇 비통하기까지 한 말에 오복의 고개가 힘없이 도로 떨어졌다. 대쪽 같은 성품으로 누구에게도 아쉬운 말씀 한 번 하시는 법이 없으신 분이 그나마 오랜 약조라고 의리를 다하려 하는 집안을 상대로 속이고자 마음을 먹었다는 사실이 그제야 아프게 가슴을 찔러 왔다. 말씀은 안 해도 흡사 목숨을 내놓은 것이나 마찬가지 심정이시리라.

이리 말을 꺼내기까지 숱한 밤을 고민하셨다는 것도 이제 알겠다. 그날로부터 꼬박 열흘이나 곡기까지 하는 둥 마는 둥 하시며 혼자서 끙끙 앓고만 계셨으니. 좋은 소식을 받아 놓고도 어찌 저러시나 생각했었는데 이러시려고 그러셨던가 보다. 하지만, 하지만……!

'차라리 거절을 하시어요. 만에 하나, 신부가 바뀌었다는 사실이 들통 나면 그땐 어찌하려고 이러십니까.'

차마 입 밖으로 꺼내어 말하지는 못하나, 그녀가 아는 것을 대감마님이 미처 생각하지 못하신 건 아닐 터였다. 그러니 결국은 최악의 결과까지도 모두 각오하고 있다는 의미일 것이다. 자신의 신념을 내려놓고 온 식솔들의 목숨을 내려놓고 역모를 도모하듯 그렇게. 그리고 바로 그 부분이 오복은 특히 두려웠다.

"혼례를 치르거든 그날로 신랑을 따라가거라."

"예에?"

시커멓게 죽은 얼굴에서 이번엔 핏기가 가셨다.

기함을 하고 놀란 오복은 또 고개를 번쩍 들고 대감마님을 바라보았다.

남귀여가(男歸女家)라 했다. 혼인을 치르면 신랑이 처가로 들어와 함께 지내다 아이를 낳고 그 아이들이 다 자라서야 친가로 돌아가는 것이 혼인의 법이었다. 헌데, 그날로 따라나서라니. 이것은 그냥 내쳐지는 것과 다를 바가 없지 않은가.

"왕조가 바뀌었고 법이 바뀌었다. 그리 감도 이제는 허물이 아닐 것이니 딴생각은 말아라. 네가 가고 나면 욱이도 곧 탁탁한 집안 찾아 장가를 들일 것이다."

"……!"

"여러 말 하지 않겠다. 이것이 최선임을 누구보다 네가 더 잘 알 것이니. 너희들 각각 짝지어 다 떠나보내고 제 한 몸도 제대로 건사하지 못하는 저 불쌍한 것에게 말년을 의지하고 살아야 하는 나를 생각하여라."

단호한 한마디와 함께 김 진사는 그대로 두 눈을 꾹 감고 입을 딱 다물어 버렸다.

이제는 아무것도 보지 않고 아무 말도 하지 않겠다는 굳은 의지의 표현이었다. 그 모습을 보고 있자니 금방이라도 떨어질 듯 눈가에 그렁그렁 맺히던 눈물도 순식간에 말라 버렸다. 말 한마디도 못 해 보고 결국은 떠밀리듯 방에서 나올 수밖에 없었다.

갈대처럼 흔들거리는 몸뚱이로 오복은 간신히 대청에 나와 섰다.

넋이라도 있고 없고 한 와중에도 그녀의 눈은 당연하게 건넌 방을 찾았다. 꼭 닫힌 장지문 너머 희미하게 어른거리는 그림자를 한참이나 애타게 찾아 헤맸다.

언제나 그렇듯, 거기에 계심을 알지만 수줍어 차마 똑바로 바라보지 못하는 이의 그림자는 오늘따라 더 아득하게 멀기만 했다.

저분도 이 일을 알고 계실까.

생각하는 순간, 두 눈이 불끈 감겼다.

'도련님!'

꾹꾹 눌러 참았던 눈물이 기어이 비처럼 쏟아져 내리고 있었다.

一. 시집가는 날

여염집 아낙들이 대개 다 그렇듯 오복은 항상 바빴다.

이 집안에 살림을 할 사람이라곤 그녀 하나밖에 없는 까닭에 그녀는 늘 새벽같이 일어나 바쁘게 밥을 하고, 빨래를 하고, 청소를 한 다음 거기에 더해 밥벌이까지 해야 했다. 오늘도 그녀는 대감마님께 불려 갔었던 일 따윈 모른다는 듯 혼인의 '혼' 자도 입에 담지 않은 채 묵묵히 제 할 일을 찾아 하고 있었다.

먼저, 대감마님과 도련님께 소세할 물을 올리고 아침 진짓상을 올린 다음 저도 아씨와 함께 밥을 먹고 이런저런 수발을 들었다.

반신이 불편한 초희 아씨는 혼자서는 거의 아무것도 할 수 없는 병자였다. 해서, 오복은 아씨를 씻기고 먹이고 입히는 일부터 이런저런 사소한 심부름까지 도맡아 해야 했다. 다행히 아씨는

13

얌전하고 착한 사람이라 심부름이랍시고 무언가를 시키는 법이 드물어서 그녀는 대개 아씨의 곁에 앉아 수를 놓거나 실을 잣는 일을 하면서 시간을 보냈다.

오후엔 끝내어 놓은 일감들을 가져다주고 삯과 새로운 일거리를 받아 가지고 왔다. 그것으로 곡식도 사고 찬거리도 사고 뫼시고 사는 분들에게 필요한 것들도 장만한 다음, 다시 저녁을 해서 올렸다. 하여, 수를 잡은 것은 그렇게 고단한 하루가 거의 끝나 가는 한밤중이 다 되어서였다. 곧 장가를 든다는 누군가의 혼례복을 받아다 놓고 오복은 벌써 사흘째 한 땀, 한 땀 자수를 들이고 있었다.

'우리 도련님께 입혀 드리면 더 잘 어울릴 텐데.'

윤기가 자르르 흐르는 쪽빛 천을 유심히 살피면서 오복은 그런 생각을 했다.

본래부터도 귀한 것들을 보면 그녀는 버릇처럼 도련님을 먼저 떠올리곤 했는데 아무리 아닌 척해도 이미 들어 놓은 말이 있는 까닭인지 오늘따라 이 혼례복이 더욱 눈에 밟혔다.

— 욱이도 곧 탁탁한 집안 찾아 장가를 들일 것이다.

저를 혼인시킨다는 말은 날름 까먹고 오복은 도련님 장가보낸다는 말만 찰떡같이 떠올렸다.

업둥이로 들어온 몸을 수양딸로 삼아 주신 대감마님께는 죄송하나 오복은 언제인가부터 사랑채 도련님을 마음에 담고 있었다.

이유는 모르겠지만, 이렇게 시간이 흘러 제가 적당한 나이가 되면 이 집안의 며느리가 될지도 모른다고 혼자서 생각했던 것이 사실이었다. 적어도 사흘 전까지는 그렇게 믿고 있었더랬다.

"후우."

그녀의 입에서 어린 나이에 어울리지 않는 긴 한숨이 새어 나왔다.

도련님의 일을 떠올렸더니 애써 한편으로 제쳐 놓고 있던 일들까지 칡넝쿨 딸려 올라오듯 한꺼번에 우르르 딸려 올라온 까닭이었다. 그 덕에, 바삐 움직이던 그녀의 손도 점점 더 느려지다가 어느 순간 가만히 멈추었다.

그런 오복을 커다랗고 맑은 눈동자 한 쌍이 아까부터 가만히 살피고 있었다. 무언가 할 말이 많긴 하지만 차마 입 밖으로 꺼내기는 두렵다는 듯 한껏 망설이는 기색이 역력한 그 눈빛은 마치 꼬리처럼 오복의 뒤를 하루 종일 졸졸 따라다녔다. 그런 것을 짐짓 모른 체하고 있었던 오복은 퍼뜩 정신을 차리고 조심스럽게 다시 손을 놀리기 시작했다.

"저, 저기……."

두려움마저 담긴 여린 목소리가 조심스럽게 그녀를 불렀다.

열일곱이라는 나이가 믿어지지 않을 만큼 작고 여린 체구의 소녀 하나가 금방이라도 물기가 묻어날 듯한 시선으로 그녀를 애타게 바라보고 있었다. 오복은 슬쩍 돌아앉으며 그녀의 슬프도록 하얀 얼굴을 가만히 바라보았다.

"예, 아씨."

“저기이…….”

“어디 불편한 곳이 있으셔요? 자리를 옮겨 드릴까요?”

“아, 아니. 그게 아니고…….”

무슨 할 말이라도 있는 듯 단단히 굳어 움직이지 않는 반신을 끌고 엉덩이를 조금 들썩이다가 초희 아씨는 그냥 고개를 푹 떨어뜨렸다. 오복의 작은 간도 덩달아 떨어졌다. 그녀가 무슨 말을 하고 싶은지 오복도 전혀 짐작하지 못하고 있는 것은 아니었다. 아마도 저가 대신 하게 될 혼인의 일이 궁금한 것이리라.

아씨는 누구보다 영민하고 아름다운 분이었다.

몸이 조금 불편하여 마음대로 거동을 하지 못하고 있는 것일 뿐 바보가 아니니 그녀라고 요즈음 집안이 돌아가는 상황을 모를 리가 없었다. 태중 정혼자를 빼앗길 처지라는 것 또한 미루어 짐작하고 계시리라. 그러니 말을 안 할 뿐 저분도 지금은 속이 말이 아닐 것이었다. 비통하고 죄스러운 마음에 오복은 차마 더 그녀를 똑바로 바라보고 있을 수가 없었다.

“아, 아무것도 아니야.”

오복의 표정이 어두워지자 아씨는 황급히 고개를 젓는 시늉을 했다. 굳어 버린 반신 때문에 그저 조금 까딱거리다 마는 몸짓이 더 애처롭게 보인다는 사실을 아는지 모르는지 갑자기 졸린 척 하품을 하고 이부자리를 파고들더니 혼자 힘으로 끙끙거리면서 등을 돌리고 누웠다. 그 작고 외로운 등을 가만히 보다가 오복은 소리 없이 몸을 일으켰다. 그 때였다.

“난 괜찮아.”

나직한 한마디가 이불 속에서 흘러나왔다.

"아씨."

"사실은, 조금 무서웠어. 네가 싫다고 할까 봐."

"네? 그, 그게 무슨 말씀이셔요?"

아까 떨어질 뻔했던 간이 이제는 바짝 오그라들었다.

바들바들 떨리는 손을 꾹 움켜쥐고 오복은 그녀가 누운 이부자리 쪽으로 바짝 다가앉았다. 그러자 이불 속에서 다 꺼져 가는 듯한 작은 목소리가 들려왔다.

"혼인 이야기……. 미안해. 사실은, 다 나 때문이야."

"……?"

"아버님이 그리 결정하신 건, 더 늦기 전에 나를 용한 의원에게 보이고 싶으신 욕심에…….'

"하지만 그러자면 돈이……!"

돈이 든다. 그것도 아주 많이 든다. 아씨의 병은 오래되어 약 몇 첩 먹는 것으로는 어림도 없었다. 용하다는 의원을 찾아 일 년이고 이 년이고 시간을 들여 그 의원에게 침이며 뜸을 비롯해 약까지 제대로 써서 끝까지 치료를 받아야 그나마 가망이 있다는 소리를 들은 적이 있었다. 이깟 허름한 와가(瓦家)가 아니라 논 몇 마지기를 팔아도 모자랄 만큼 큰돈이 들 것이라는 말도 들었다. 헌데, 그 많은 돈을 어찌 구하셨을까 생각하다가 오복은 퍼뜩 입을 다물었다.

"호, 혼수."

혼수가 온다.

오복은 돌처럼 굳어 멍하니 소리가 새어 나오는 이불더미를 바라보았다.

"중매하는 이가 저쪽에서는 뭐든 바라는 대로 다 해 줄 수 있다는 말을 해서 아버님은 그저 생각 없이 욕심을 조금 내어 보셨는데, 그게……."

"……."

"거절할 거라고 생각하셨어. 이런 나를 보낼 수는 없으니까 거절하면 그걸 빌미 삼아 혼인은 없던 일로 하려고 하셨는데…… 그만 일이 이렇게 되어 버렸어."

생각도 못 해 본 말에 오복의 정신은 더더욱 멍청해졌다.

"오복아, 나는 괜찮아. 그러니 싫다면, 정말 싫다면…… 혼인을 하지 않아도……."

"시, 싫을 리가 없잖아요."

"응?"

"싫지 않아요. 부잣집으로 가는 거잖아요. 한양에서도 땅땅거리면서 사는 벼슬아치 집안이래요. 저 같은 것이 감히 쳐다도 볼 수 없는 집안인데 싫을 리가…… 싫을 리가……."

이상하게 눈이 아렸다.

정말 아무렇지 않은데 대책도 없이 눈앞이 그냥 부옇게 젖어들었다. 갑자기 정신도 혼미하고 세상도 흐려졌다. 그런데도 굳어서 안으로 바짝 오그라든 아씨의 왼손만은 선명하게 보였다. 낡은 치마저고리 속에 감추어진 앙상한 팔다리도 눈에 선했다. 그것들 또한 딱 반쪽만 굳은 채 흉하게 안으로 굽어 있었다.

날마다 보고 만지는 아씨의 병증은 어린 오복에게도 고통이었다.

점점 더 말라 가는 그 여리고 쇠약한 몸을 볼 때마다 너무도 가슴이 아파 할 수만 있다면 팔다리를 반듯이 펴 드리고 싶고, 안 되면 제 것이라도 떼어 드리고 싶은 심정이 들 때가 한두 번이 아니었다. 그런 것을 제가 그저 혼인만 하면 고칠 수 있다는데 싫다 할 리가 없지 않은가. 제 몸을 팔아서라도 해 드려야 마땅한데 어차피 언젠가는 할 혼인을 미리 해서 고칠 수 있다니 정말로 싫을 리가 없지 않은가.

"오복아."

"싫은 게 아니어요. 그냥, 그냥 죄송해서 그래요. 아씨의 자리를 빼앗는 것 같아서요. 제가 이렇게 뻔뻔한 계집이어요. 죄송해요. 죄송해요, 아씨."

후드득 떨어져 기어이 앞섶을 적시는 눈물을 들킬까 봐 그녀는 벌떡 일어나 무작정 방 밖으로 내달렸다.

저 깊은 바닥에서부터 알 수 없는 감정이 들들 끓어올라 가슴을 가득 채우고 있었다. 너무 커서 눈앞을 온통 막막하게 만드는 그것의 정체를 아직 어린 그녀는 알지 못했다. 이 그악한 감정을 어떻게 다루어야 하는지도 몰랐다. 그저 그 와중에도 누가 보고 들을세라 무섭고 걱정이 되기만 했다. 그래서 오복은 뒤꼍 울 밑에 숨어 입을 꼭 다물고 소리를 죽인 채 꺽꺽대며 울었다.

'내 탓이다. 내가 나쁜 년이라서 그래. 꼴좋다. 집안을 말아먹고 마님을 돌아가시게 하고 아씨도 저렇게 만들어 놓았으면서

저는 바라는 대로 살아질 줄 알았니?'

오복은 저가 참 염치없는 인간인 줄을 이제야 깨달았다.

그녀가 업둥이로 들어온 해부터 이 집안엔 재앙이 닥쳤다고 했다. 개경에서도 열 손가락 안에 꼽히던 집안이 서서히 기울기 시작하더니 안방마님께서 갑자기 돌아가시고 그해에 살던 집까지 팔고 작은 집으로 옮겨야 했으며 그러고도 얼마 지나지 않아 멀쩡하던 아씨까지 쓰러져 반신불수가 되었다.

연달아 재앙이 이어지자 사람들은 오복에게 손가락질을 하기 시작했다. 불길하고 재수 없는 것을 들여서 집안에 문제가 생긴 것이라고 말이다. 그래도 끝내 내쳐지지 않은 것은 지나가던 어느 스님의 한마디 덕분이었다.

— 이 아이는 다섯 가지 복을 다 갖출 팔자입니다. 곁에 두시면 언젠가 이 댁에도 꼭 은혜를 갚을 것입니다.

그 한마디 덕분에 그때까지 '이것아, 저것아.' 하고 불리던 그녀는 쫓겨나는 대신 비로소 오복이라는 이름을 가질 수 있었다. 그게 너무 좋아서, 그녀는 그 이름처럼 복을 많이 받아 대감마님께 꼭 은혜를 갚으리라 다짐했었다. 이렇게 급작스럽게 갚아야 할 일이 생길 줄도 모르고 말이다.

"울지 마. 뭐가 억울하다고 이렇게 울어."

자꾸만 줄줄 쏟아지는 닭똥 같은 눈물을 소매로 훔쳐 내고 오복은 짐짓 야무지게 중얼거렸다. 그러다 별이 총총한 밤하늘을 한 번 보고 아씨가 누워 있을 별채 쪽도 바라보다가 가만히 일어나 뒤꼍을 벗어났다. 어디로 가겠다는 생각은 하지 않았지만 발은 이미 모든 것을 다 알고 있다고 말하듯 저절로 한 곳으로 향하고 있었다.

등불도 없이 오복은 더듬더듬 중문을 넘었다.

저 멀리 어둠 속에서 희미하게 반짝이는 불빛이 보였다. 오늘도 도련님은 밤이 늦도록 글공부를 하고 계셨다. 머잖아 열릴 과거를 볼 거라고 하셨는데 대감마님의 말씀대로라면 생각지도 않게 그 전에 혼인을 먼저 하게 될지도 모를 일이었다.

"혼인."

누구와 하게 될까. 어떤 집안의 처자(處子)일까.

이제야 제 나이보다 더 꽉 찬 도련님의 나이가 떠올랐다. 빠른 사람은 열 살에도 장가를 드는 세상인데 도련님의 나이는 벌써 스물이 가까웠다. 그러니 혼인이 늦어도 한참 늦은 노총각인 셈이었다.

번듯하게 잘생긴 데다 품행도 나무랄 데가 없는 분이 아직도 혼자인 것은 달리 이유가 있어서가 아니었다. 장가를 들려고만 들었다면 벌써 들었을 분이 그러고 있는 것은 역시 동생이신 초희 아씨께서 병을 고치지 못하고 저리 누워 계시는 까닭이 가장 컸다. 몰락할 대로 몰락한 집안을 외면하고 장가를 들 만큼 그분의 성품이 모질지 못해서였다.

오복은 창문 위로 희미하게 비치는 그림자를 오랫동안 눈으로 더듬었다.

그녀는 저분의 모든 것을 알고 있었다. 언제 깨어나서 언제 주무시는지, 어떤 도포를 제일 좋아하시는지, 즐겨 찾으시는 찬은 무엇이고, 싫어하는 것은 무엇인지부터 특히 좋아하는 서책과 요즘 함께 어울리는 친우분들에 이르기까지. 저분에 관한 것이라면 모르는 것이 없었다. 그만큼 마음 깊이 사모하는 까닭이었다.

"저에게 도련님은 모든 것이어요. 꿈이고 희망이고 사랑이어요."

꿈을 꾸듯 오복은 고백했다.

이제 열여섯이 된 소녀에게 그는 힘들고 고된 일을 견디게 해주는 꿈이었고 모진 구박에도 쓰러지지 않게 하는 희망이었으며 때때로 제가 계집이라는 사실을 깨닫게 해 주는, 가슴을 떨게 만드는 사랑이었다. 태어나서 제 것이라고는 아무것도 가져 보지 못한 그녀에게 그는 바라고 싶은 유일한 그 무엇이었다.

담에 기대어 서서 오복은 홀린 듯 그의 그림자를 갈망했다.

그저 스치듯 마주치면 가슴이 떨렸다. 어쩌다 열린 창을 통해 멀리서나마 모습을 대할 때면 얼굴이 붉어지고 공연히 숨이 막힐 때도 있었다. 그래서 매일매일 방 앞을 지날 때마다 아주 잠깐이라도 좋으니 돌아보아 주기를, 단 한 번만이라도 창을 열고 그녀의 이름을 불러 주기를 얼마나 바랐는지 모른다.

혼인 이야기가 본격적으로 오고 가기 시작한 후부터 도련님은 방에 들어앉아 통 움직이지 않고 있었다.

진지를 들일 때나 빨랫감을 챙길 때 우연인 듯 슬쩍 들여다보면 언제나 붙박이처럼 한자리에 반듯하게 앉아 있는 모습이었다.

혼인이 결정되었다는 사실을 전해 들으셨을 텐데도 그녀를 향해 아직 어떤 말도 해 준 적이 없었다. 그것이 오복은 조금 서럽고 아팠다. 빈말이라도 좋으니 원치 않는다면 그런 혼인 따위는 굳이 하지 않아도 된다고 말해 주기를 바라기도 하였으나 그 또한 그녀 혼자만의 헛된 꿈에 지나지 않는다는 사실을 잘 알고 있는 까닭이었다.

"염치도 없는 것."

가증스럽기까지 한 제 생각에 치를 떨다가 오복은 지그시 이를 깨물었다.

아씨의 곱은 손과 움직이지 않는 반쪽의 몸을 보면서도 이렇게 망설이고 있는 제가 오복은 도무지 용서가 되지 않았다. 할 수만 있다면 제가 스스로를 막 때려서 죽이고도 싶었다. 하지만, 하지만……

"하고 싶지 않아. 그런 혼인은 하고 싶지 않아요, 아씨."

절절한 한마디가 불어오는 밤바람에 실려 산산이 흩어졌다.

✧

"나쁜 년."

자그마한 보따리를 끌어안고 그녀는 기운 한 톨 없는 목소리로 저를 욕했다.

오복은 집을 나가기로 결심했다.

결심을 한 것은, 납폐(納幣)가 곧 들어온다는 소식을 들은 날이었다. 얼마 전, 대감마님은 납채를 받고 택일단자(擇日單子)를 보내어 혼인날을 잡았다고 하셨다.

그날부터 곡기도 끊은 채 오복은 꼬박 하루를 앓았다. 혼인날이 다가오는 것이 무서워 밤새도록 끔찍한 악몽에 시달리다 야윈 얼굴로 일어나 그녀는 조심스럽게 보따리를 쌌다.

원체 빈궁한 살림인 데다 가진 것이 없어 딱히 넣을 것도 없었지만 그래도 부러 시간을 들여 이것저것 넣었다 뺐다 반복을 하다가 속곳이랑 평소 입는 옷가지만 넣어 꽁꽁 싸매 놓았다. 그것을 뒤꼍에 숨겨 놓고 그녀는 낮 동안 집안을 청소하고 빨래를 하고 찬을 마련하는 등 부지런을 떨었다.

"천벌을 받을 거야, 난."

다시 한숨 같은 욕설이 터져 나왔다.

겨우 작은 바가지만 한 보따리를 끌어안고 오복은 벌써 반 시진째 담 밑을 오락가락하고 있었다. 모질게 결심을 하고, 낮 동안 그렇게 부산을 떨어 대 놓고도 그녀는 차마 담을 넘지 못했다.

단단히 작심을 하고 담 밑까지 갔다가도 '오복아, 오복아.' 하고 찾는 아씨의 목소리가 들리는 듯해 도로 돌아서고, 또다시 끙끙 앓기 시작한 대감마님의 여윈 얼굴과 벌써 여러 날째 방에 틀어박혀 꼼짝도 않고 있는 도련님 생각에 울기도 몇 번이나 울었다.

"가야 하는데."

가야 한다.

그녀도 안다. 그녀가 이 집에서 사라져야 모든 일이 원래대로 돌아갈 수 있다는 사실을.

어차피 혼인날은 잡혔고 곧 신랑 쪽에서 보내오는 납폐서와 혼수품까지 받을 터였다. 그러니 그녀만 없으면 싫어도, 몸이 불편해도 아씨는 한양에 계신 분과 혼인을 하게 될 것이었다. 전날에 빙인이 그녀의 모습을 제법 꼼꼼히 보고 갔다고는 하지만 염치 불고하고 시치미를 떼면 그만이다.

"부잣집이라 하였어. 그 집안엔 노비도 많을 거야. 그러니 아씨를 돌보아 줄 계집종 한둘 정도는 따로 내어 주시겠지."

어쩌면 그렇게라도 혼인을 하여 사는 것이 나을지도 몰랐다.

두 평이 간신히 됨직한 작은 방에 갇히어 하루를 일 년같이 그저 누워만 지내는 것보다 잠깐 괴로운 일을 겪을지언정 그렇게 누군가의 아내가 되고 종들의 수발을 받으면서 사는 것이 백번 나았다. 다행히 부잣집이라 하니 잘하면 용한 의원을 찾아 아씨의 병을 고쳐 줄 수도 있을 터였다.

"대감마님께서도 신의를 잃지 않으실 테고."

얼굴을 붉히게 되는 일은 피할 수 없겠지만 적어도 목숨처럼 여기는 신의를 잃는 일만은 없으리라.

지금도 죄책감을 이기지 못하여 저리 앓고 계신데 정말 이대로 아씨 대신 그녀가 시집이라도 가게 된다면 그 죄책감에 더해 날이면 날마다 '일이 잘못되어 들통이나 나지 않을까.' 걱정하느라 지레 말라 돌아가실지도 모를 일이었다.

"도련님께도 좋은 일이지. 탁탁한 집안으로 장가를 드시면 아무 걱정 없이 과거 공부만 하실 수 있을 거야. 빌어먹을."

좋은 일은 좋은 일인데 왜 갑자기 심사가 뒤틀린담. 내가 가질 수 없으니 남도 주기 싫다는 더러운 심보인 겐가.

저도 모르게 입술을 삐죽이다 오복은 또 한탄했다. 어느 모로 생각하여 보아도 떠나는 것이 맞는데 차마 발걸음이 떨어지지 않는 것은 또 무슨 이유인가 싶어서였다. 갈 곳이 없어서인가, 아니면 남겨 둔 걱정거리가 태산처럼 많은 탓인가.

"세 양반 밥은 누가 해 먹이고 거동 불편하신 아씨 수발은 누가 들어 줄까."

하녀라도 하나 둘 수 있는 형편이었다면 이렇게 고민도 하지 않을 것이었다. 형편은 형편대로 어렵고 또 아씨의 일은 그 일대로 밖으로 드러내는 것을 극히 꺼리시어 누구도 모르는 비밀이 된 지 오래였다. 그러니 함부로 남의 손을 빌릴 수도 없는데 어찌 무사히들 지내실까. 오복으로서는 심각하게 걱정이 될 수밖에 없었다. 그래서 발길은 더더욱 떨어지지 않고 시간만 하릴없이 착착 흐르고 있었다. 그 때였다.

"이리 오너라!"

"에구머니나!"

머리 위에서 문득 나직한 외침이 들려왔다.

마침 도모하던 짓도 있었겠다 역적질하다 들킨 사람처럼 오복은 '어마, 뜨거라.' 놀라며 고개를 위로 확 쳐들었다. 그리 낮지 않은 담벼락 위에 웬 낯선 사내 하나가 그린 듯 꼿꼿하게 앉아 있었다. 어쩌다 보니 높낮이가 달라서 그는 내려다보고 그녀는 올려다보고. 결국 허공을 격하고 시선이 딱 마주쳤다.

"뉘, 뉘십니까?"

오복이 조금 긴장한 채 물었다. 그러자 얼마나 입었는지 여기저기 찢어지고 꼬질꼬질 때가 탄 허름한 직령포에 다 떨어져 너덜거리는 검은 패랭이를 쓴 사내가 입을 딱 벌리고 선 오복을 그윽하게 내려다보면서 말했다.

"지나가던 과객이오만."

말도 안 된다.

그가 과객이면 작년에 왔던 각설이도 과객이었다. 점잖은 척 헛기침을 하고 뒷짐을 지는 대신 손에 바가지를 드는 것이 더 어울릴 거라는 생각이 들 정도로 사내의 몰골은 형편없다 못해 추하고 너절했다. 그렇다. 오복의 기준으로 봤을 때 남자는 딱 봐도 그냥 거지였다.

아무튼, 이 심란하고 어지러운 시대에 집 안에 거지, 또는 과객 하나 깃드는 것쯤이야 무슨 대수일까마는! 지금은 분명히 문제가 되었다. 왜냐하면 때는 한밤중이요, 과객을 사칭한 예의 거지는 멀쩡한 대문을 놔두고 하필이면 남의 집 담 위에 턱 하니 올라앉아 있는 중이었기 때문이다.

"거지 아니오. 분명히 과객이 맞소."

오복의 표정이 심상치 않게 변해 가는 것을 눈치챘는지 거지가 나직한 목소리로 잽싸게 일갈했다.

"그러면 그냥 지나가실 일이지 별안간 남의 집 담은 왜 타시는지?"

"그것이…… 나도 그냥 지나가려 했소이다마는, 생각해 보니 내가 이 집안에 긴한 볼일이 있었지 뭐요."

"그 긴한 볼일이라는 것이 혹 한밤중에 과년한 처자가 지내는 별채의 담을 넘는 것과 깊은 관계가 있습니까?"

"어? 어찌 알았소? 이거, 보기보다 낭자의 눈치도 꽤 예리한 구석이 있었구려."

막힘없이 지절지절 떠드는 사내의 궤변에 오복의 입이 다시 딱 벌어졌다.

이번엔 기가 막혀서가 아니라 고함을 지르기 위해서였다. 당연히 배에도 힘이 잔뜩 들어갔다. 그러나 미처 소리를 내기도 전에, 배에 들어간 힘이 채 빠지기도 전에, 옷자락을 펄럭이면서 거지가 날아올랐다. 달밤을 비행하는 한 마리 야조처럼 담을 박차고 달님을 향해 붕 날아올라…… 툭 떨어졌다.

쿵!

"어이쿠!"

담에서 추락해 볼썽사납게 자빠진 사내가 사지까지 바르르 떨면서 한참을 격하게 꿈틀거리더니 스스로 생각해도 참으로 부끄러운지 벌게진 얼굴을 슬며시 들어 올리고는 짐짓 아무렇지 않은 척 중얼거렸다.

"아, 너무 굶어서 힘이 다 빠져 버렸구나."

"……!"

"저기, 미안한데 밥 좀 주시오."

놀라 휘둥그레져 있던 오복의 얼굴이 이번엔 스산한 빛으로 물들었다.

거지 같은 몰골로 담을 타고 넘어온 주제에 사내는 어느새 제 안방인 양 아예 편안히 모로 드러누워 한 손으로 머리를 척 받친 채 그녀를 빤히 바라보고 있었다. 그러고는 또 천연덕스럽게 덧붙였다.

"이틀이나 굶었더니 정신이 다 혼미해서 그렇소. 이런 정신으로는 볼일을 제대로 볼 수 없을 게 아니오?"

"흥!"

"안 주시면 예서 소리를 지르겠소."

"뭐, 뭐예요?"

"어허, 이것 참 수상하구나. 흠흠, 다 늦은 밤에 과년한 처자가 사내를 몰래 불러들여 무슨 짓을 하려 하였을꼬. 설마, 이런 짓? 저런 짓? 아니! 그 보따리는 또 뭐지? 설마 야반도주를 하려고?"

"쉿! 쉬잇!"

난데없는 지적에 오복은 화들짝 놀라며 저도 모르게 안고 있던 보따리를 얼른 뒤로 감추었다. 그러고는 혹 누가 보기라도 했을까 봐 황급히 주위를 둘레둘레 둘러보았다.

다행히 아무도 없었다. 갑자기 난입해서 자리 깔고 누운 저 거지 한 마리 말고는. 확인하는 순간 보스스 안도의 한숨이 쏟아졌다.

담벼락 아래에서 헤매다 갑작스레 낯선 이와 마주치는 바람에

29

잠깐 나갔던 넋도 그제야 슬슬 돌아왔다. 정신이 아찔해졌다. 아닌 게 아니라, 상황을 잊은 채 예서 고함이라도 질렀다면 정말 어쩔 뻔했단 말인가.

"보셔요."

조금 늦었지만 어쨌거나 간신히 상황 파악도 되었겠다, 오복은 쌍심지를 켜고 사내를 홱 돌아보면서 나직이 이를 갈았다.

"거지 아니라 하더니!"

"아니오. 다시 말하지만, 과객이오. 그나저나 밥 아직 멀었소? 보아하니, 그쪽도 오늘 밤 꽤 바쁜 일이 예정되어 있는 것 같소이다만."

오복은 잠시 갈등했다.

그의 말마따나, 그녀에게 바쁜 일이 있는 것은 사실이었다. 헌데, 단단히 작심을 한 것이 무색하게끔 미처 담을 넘기도 전에 예고도 없이 웬 거지와 마주치더니 그 거지가 저보다 먼저 담을 타고, 그것으로 모자라 밥까지 요구하고 나오자 속에서 불같은 열기가 올라왔다. 튈 땐 튀더라도 저 거지 같은 인간은 잡아 놓고 튀는 것이 옳지 않을까 고민스러울 정도였다.

"계속 이러고 있으면 발각될지도 모르는데……."

그녀의 갈등을 눈치채기라도 한 듯 거지 사내가 또 얄밉게 훈수를 두었다. 오복의 어깨가 어쩔 수 없이 푹 내려앉았다.

부인하고 싶지만 이 상황이 그녀에게 더 불리하다는 점만은 거의 사실처럼 보였다. 그는 잡혀도 어차피 거지이므로 그냥 도로 내쳐지는 것으로 끝나겠지만 그녀는 저 빼고 이 집 안에 사는 모든 사람에게 은혜도 모르는 몹쓸 년이 될 테니까 말이다.
그리하여 오복은 또 하는 수 없이 입을 댓 발이나 내민 채 부엌
으로 가 주섬주섬 상을 차려 내왔던 것이다.

찬밥에 소채가 전부인 그 상을 사내는 아주 반갑게 받아 들었
다. 그러고는 정말 사흘 굶은 거지처럼 허겁지겁 쓸어 먹더니 거
하게 트림까지 하고 나서야 살았다는 듯 긴 한숨을 내쉬었다. 그
런 그가 눈을 빛내며 그녀의 얼굴을 샅샅이 훑기 시작한 건 그
한숨이 다 꺼지기도 전이었다.

"수수하구만."

"뭐, 뭐요?"

"좀 더 노골적으로 말하자면, 그대의 생긴 모습이 마치 털 빠
진 약병아리처럼 그다지 볼품이 없다는 말이외다."

"내, 내가 그리 어여쁘게 생기지 않았음은 내가 제일 잘 아니
굳이 가르쳐 주실 것 없습니다."

"흠, 그거 불행 중 다행이오. 지기(知己)를 행하고 계신다면
인생을 좀 더 겸손하게 살아갈 수 있을 것이니. 무엇보다 다른
사내가 꼬일지도 모른다는 걱정은 평생 안 해도 되겠소이다."

음? 이것은 칭찬인가, 아니면 놀림인가.

"이자가!"

가뜩이나 심란하고 속상하여 죽을 지경인데 이제는 지나가던
거지에게조차 놀림을 당해야 한단 말이냐!

성이 난 오복은 이를 앙다물고 야무지게 손을 들었다.

짝!

경쾌한 소음과 함께 사내의 얼굴이 홱 돌아갔다.

"어이쿠!"

예상치 못한 봉변이었는지 사내는 흙바닥에 주저앉아 얼굴 한 쪽을 부여잡은 채 놀라고 상처받은 눈빛으로 그녀를 삐죽 돌아보고 있었다. 팔짝팔짝 뛰면서 얼얼한 손바닥을 호호 불고 있다가 그 모양을 본 오복의 두 눈썹이 또 하늘 높이 곤두섰다.

"어찌 그리 보셔요? 한 대 더 쳐 달라는 뜻인가요?"

"아, 아니오. 됐소이다. 이미 충분히 아프오. ······잘못했소이다. 한 번만 봐주시오."

"흥!"

덩치는 산만 한 자가 괜히 연약한 척 구는 모습에 오복은 짐짓 콧방귀를 날려 주고 주섬주섬 빈 상을 챙기기 시작했다. 그런 그녀의 동그런 머리 꼭대기를 가만히 내려다보다 사내는 문득 빙긋 웃더니 슬며시 자리에서 일어섰다. 그러고는 뒷짐을 턱 지면서 이제껏 들어 본 적 없는 진지한 목소리로 말했다.

"혈색이 좋고 얼굴빛이 밝으며 눈동자는 흑백이 뚜렷하고 영민한 기운을 머금고 있는 데다 또 얼굴은 갸름하고 입술 모양도 도톰하고 색이 좋으니 과연 총명하고 잘생긴 자손을 낳을 상이로세."

이건 또 웬 뜬금없는 풍월이지?

잘잘잘 이어지는 요상한 소리에 오복은 상을 치우다 말고 또 그를 빤히 바라보았다. 혹시 잘못 맞고 실성을 한 건가 싶어서. 그런 생각을 아는지 모르는지 사내는 하얀 이를 보기 좋게 드러내고 씩 웃으면서 호쾌하게 말을 이었다.

"그 외 다소 부족한 외양이야 가꾸면 되고 심성도 그만하면 충분하니. 좋소. 흡족하지는 않으나 대강은 봐 줄만 하오. 그럼 난 이만 가 보리다. 아, 밥 잘 먹었소."

아까는 긴한 볼일이 있다 하더니? 설마, 밥 얻어먹는 일이 그 긴한 볼일이기라도 했단 말인가.

그녀가 의심을 품는 순간 사내는 어느새 벌떡 일어나 또 부지런히 담을 기어오르고 있었다. 그러고는 아까처럼 담 위에 척 걸터앉더니 문득 그녀를 돌아보면서 중얼거렸다.

"투아이목과(投我以木瓜) 보지이경거(報之以瓊琚) 비보야(匪報也)는 영이위호야(永以爲好也)라. 나에게 모과를 던져 주기에 나는 아름다운 패옥으로 갚았지. 보답이 아니라 뜻깊은 만남을 위해서라오. 시경(詩經)이라는 책에 있는 글이라오. 만나서 반가웠소. 그럼, 다시 봅시다. 하하하!"

호탕한 웃음소리와 함께 사내는 그녀를 향해 한 번 씩 웃어 보였다. 이상한 일은 바로 그때 벌어졌다. 휘영청 밝은 달빛 탓인지 아니면 그녀가 미친 것인지 환하게 웃는 그의 모습을 본 순간 괜히 가슴 한쪽이 쿵 하고 내려앉았다. 차마 똑바로 바라보고 있기가 부끄러워질 만큼 아름다운 사내가 거기에 있었다.

오복은 홀린 듯 사내의 얼굴을 자세히 바라보았다.

칼날처럼 뻗어 올라간 새카만 눈썹과 흑백이 뚜렷한 두 눈동자가 강렬한 인상을 만들어 내었다. 비록 땟국에 절어 있긴 하지만 찬찬히 보니 반듯한 콧날과 선홍빛이 도는 적당히 두툼한 입술, 사내다운 강직한 턱 선이 완벽하게 조화를 이루고 있었다.

거지꼴이라는 사실이 믿어지지 않을 정도로 잘생긴 데다 귀한 빛조차 어려 있는 얼굴이었다. 너절한 차림새로 흙바닥에 주저앉아 찬밥을 훌훌 퍼먹던 모습을 보지 않았다면 지나가던 과객이 아니라 아예 지체 높은 가문의 자제라고 여겼을지도 모를 일이다.

저리 잘생긴 사람을 오복은 이제껏 본 적이 없었다. 설핏 얼굴이 붉어지는 것을 느끼면서도 그녀는 제법 신기한 물건 보듯 그를 빤히 바라보았다. 정신이 다 혼미했다.

'내, 내가 왜 이러지?'

그녀는 두 손을 모아 가슴 앞에서 꼬옥 움켜쥐었다.

거지가 귀공자로 보이다니. 못 볼 것을 본 기분이었다. 혹시 헛것을 본 것인가 싶어 오복은 가만히 돌아서서 두 손으로 눈까지 비볐다. 그리고 이번에는 조금 수줍어하면서 조심조심 담벼락을 향해 돌아섰다.

"어?"

사라졌다.

방금 전까지 건들거리며 시를 읊조리던 사내는 사라지고 텅 빈 담 위엔 누런 달빛만이 눈부시게 쏟아져 내리고 있을 뿐이었다.

"꾸, 꿈을 꾸었나?"

슬며시 허벅지를 꼬집어 보면서 오복은 그렇게 중얼거리고 있었다.

워낙 순식간에 벌어진 일이라 아직도 어안이 다 벙벙했다. 눈 앞에 사내가 쓸어 먹은 밥상이 없었다면 정말로 꿈을 꾸었다 여 겼을지도 몰랐다. 어디서 빌어먹던 거지인지, 치고 빠지는 솜씨 가 진정 능숙한 자가 아닌가.

"별 이상한 일도 다 있네."

한참이나 멍하니 서서 빈 담만 바라보다 오복은 슬슬 제정신 을 찾았다.

난데없는 일을 겪긴 했지만 어쨌거나 오늘 하려던 일을 마저 해야 했다. 일단, 밥상을 치우고 나서 다시 담을 넘든지 아니면 그냥 대문을 열고 나서리라. 그런 생각과 함께 밥상을 불끈 들어 안으려는데 문득 그녀의 예리한 눈에 낯선 것이 들어왔다.

"이게 뭐지?"

뽀얗게 빛나는 옥가락지 하나가 밥상 위에 놓여 있었다. 자세 히 보니 빙 둘러 가며 금을 박아 넣은 금입사 백옥가락지였다.

― 나에게 모과를 던져 주기에 나는 아름다운 패옥으로 갚았 지.

아까 전 사내가 읊조리던 말이 번개처럼 뇌리를 스쳐 가고 있 었다.

"밥을 줬더니 옥가락지로 갚는다?"

전혀 수지타산이 안 맞는 계산법이었다.

그냥도 얻어먹을 수 있는 찬밥 한 덩이가 어떻게 쌀 한 가마

35

니를 살 수도 있는 옥가락지와 맞먹을 수 있단 말인가. 심지어, 그는 그녀에게 한 대 처맞기까지 했는데!

"혹, 밥이 두 그릇이었으면 가락지도 두 개가 되었으려나?"

어리둥절하면서도 귀한 반지가 생겼다는 사실에 놀란 나머지 오복은 저도 모르게 손을 바들바들 떨었다. 이제껏 이렇게 비싸고 귀한 물건을 손에 쥐어 본 적이 없었다. 가슴이 두근거렸다. 대감마님께서 사용하시는 청자연적을 가끔 닦을 때가 있었는데 그걸 닦을 때도 이렇게 떨리지는 않았던 것 같았다.

"후아, 후아⋯⋯. 이, 이걸 어쩌지?"

가락지를 두 손으로 고이 받쳐 들고 오복은 심각하게 고민을 하였다. 아무래도 돌려주는 것이 옳은 것 같기는 한데 도대체 갑자기 나타났다가 바람처럼 사라진 사람을 이 밤중에 어디 가서 찾는단 말인가. 할 수 있는 생각은 결국 하나뿐이었다.

"다시 올지도 모르니 잘 두었다가 돌려줘야지."

야반도주를 하려던 중이었다는 사실도 잊고 오복은 슬그머니 반지를 챙겼다. 보따리에 잘 넣어 두었다가 도로 찾으러 오면 내 주리라 생각하면서. 그런데⋯⋯.

"어, 어라? 이게 어디로 갔지?"

밥상을 내오느라 잠시 내려 두었던 보따리가 보이질 않았다.

귀신이 곡할 노릇이었다. 뒤꼍을 뱅뱅 맴돌면서 이리 둘러보고 저리 둘러보아도 이놈의 보따리가 날개를 달고 날아가기라도 한 것인지 통 흔적을 찾을 수가 없는 것이다.

"설마!"

더듬이가 고장 난 귀뚜라미처럼 제자리에서만 뱅뱅 맴돌던 그녀의 뇌리로 뒷짐을 지고 공연히 풍월을 지절거리던 사내의 모습이 스쳐 간 건 그야말로 한참 뒤의 일이었다. 아닌 게 아니라, 쓸데없이 널찍하던 소맷자락하며 엉금엉금 담벼락을 기어오르던 그자의 품이 유난히 풍성하던 것까지 차례로 떠올랐다.

그즈음에서 오복은 남의 집 담벼락을 타는 자들의 직업을 떠올리고 멍청하게 하늘을 보았다. 거지도 아니고 지나가던 과객도 아닌 그들의 직업은 이래 봬도 군자였다.

"양상군자. 도둑!"

긴한 볼일이 있다 해 놓고 그냥 갈 때부터 어쩐지 수상하다 했더니. 기막힌 한숨과 함께 그녀의 입이 다시 딱 벌어졌다.

봉채 행렬이 도착한 것은 오복의 야반도주 행각이 실패로 돌아간 날로부터 꼭 이틀이 지난 저녁 즈음이었다.

해가 서쪽으로 뉘엿뉘엿 넘어가는 늦은 저녁 무렵 마을 어귀에 나타난 수레 행렬은 거짓말 조금 보태 십 리나 이어질 것처럼 길었다. 소가 수레를 끌고 장정들이 짐을 지고 또 몇몇 아낙들이 말을 탄 채 뒤를 따르는 등, 근래에 본 적이 없을 정도로 어마어마한 행렬이 끝없이 이어졌다.

그 많은 혼수품을 김 진사는 웃는 기색 하나 없는, 거의 우울한 얼굴로 받아들였다. 그리고 정말로 아씨 대신 시집을 가게 된 오복도 우울했다.

사실, 거사가 실패로 돌아간 날 이후 그녀는 줄곧 우울했다.

누구의 말처럼 얼굴에 핏기 하나 없는, 털 빠진 약병아리 몰골로 앉아 한숨만 푹푹 내쉬면서 시간을 보내고 있었다. 왜 아니 그럴까. 그냥 거사만 실패했어도 우울했을 텐데 거기에 더해 그녀는 눈 뜬 채 보따리도 도둑맞았다.

'속곳은 거기 다 넣었는데. 그자는 내 속곳을 어쩌려고 들고 튀었을까.'

설마하니 사내가 계집의 속곳을 입으려 들지는 않을 터이지, 하면서도 흡사 볼모를 잡힌 사람처럼 그녀는 거의 안절부절못했다. 속살을 보인 것은 아니지만 그에 못지않은 치부를 들킨 것만 같은 기분이 들려고 해서였다.

"내 팔자야."

차마 말로는 못할, 사연 깊은 한숨이 다시 와르르 쏟아졌다.

하도 기가 막혀서 오복은 오늘만 해도 벌써 몇 번이나 그자가 남겨 두고 간 가락지를 꺼내어 박박 닦은 다음 자세히 들여다보기도 했다. 혹시, 가짜여서 나중에라도 색깔이 변할까 봐. 다행히 아직까지는 이렇다 할 변화가 없었다.

"도대체 정체가 뭐지?"

소매로 박박 문지르던 것을 이번엔 살짝 깨물어 보려다 말고 오복은 고개를 갸우뚱거렸다.

본인은 지나가던 과객이라고 했지만 차림으로 보나 하는 짓으로 보나 거지, 아니면 도둑인데 그런 자가 어째서 이런 기물을 남겨 두고 간 것인지 아무리 생각해도 그 이유를 모르겠다. 그리고 사실은 조금 걱정이 되기도 했다. 하는 일이 일이다 보니, 이것도 남의 집에서 몰래 집어 온 물건이 아닐까 싶어서.

"아무래도 수상하단 말이지."

"수상하다니, 누가요?"

"악! 까, 깜짝이야."

쪼그려 앉아 멍하니 중얼거리는 그녀의 등 뒤에서 문득 커다란 그림자 하나가 둥실 떠올랐다. 기척도 없이 조용히 나타난 그림자는 오복의 어깨 너머로 그녀가 하고 있는 짓을 스윽 보고는 조용한 목소리로 알은체를 했다. 그 바람에 오복은 그야말로 기함을 하고 놀라 그 자리에 털썩 주저앉고 말았다.

"옴마야! 많이 놀라셨대요, 아씨?"

"아, 아, 아닙니다! 조금만 놀랐습니다!"

사실은 엄청 놀랐다.

오복은 주저앉은 채 눈을 커다랗게 부릅뜨고 갑자기 나타난 사람을 거의 우러러보았다. 어지간한 사내보다 머리 하나쯤은 더 큰 키와 근육으로 똘똘 뭉친 듯한 커다란 덩치를 하고도 대갓집 마님처럼 치마저고리를 곱게 차려입은 사람이 그녀의 등 뒤에 당당히 서 있었다. 한양 본댁에서 올라온 가성댁이었다.

그녀는 어제 한양에서부터 혼수품을 지고 올라온 일행 중 하나였는데 본댁 마님의 명으로 신부의 의대일습과 혼례복 등을 지어 주기 위해 따라왔다고 했다. 중매쟁이로부터 안주인이 안 계신 이 집안의 사정을 들은 그 댁 마님께서 몹시 측은해하면서 그리하라 명하셨다고 하면서 말이다.

하여간에, 오복은 그런 가성댁을 또 넋까지 놓은 채 열심히 우러러보고 있었다. 아무리 봐도 도대체 적응이 되지 않는 덩치였다. 그녀는 이제껏 이 가성댁보다 더 큰 여자를 본 적이 없었다. 아니다. 생각해 보니, 더 큰 남자도 본 적이 없는 것 같았다. 사람이 저만큼이나 클 수 있다는 사실도 처음 알았는데 무얼 더 바라랴.

"옴마나, 치마가 더러워졌습니다요."

멍하니 주저앉아 있는 오복을 가성댁은 소도 때려잡을 수 있을 만치 큰 손으로 달랑 들어 세워 놓았다. 그러고는 호들갑을 떨면서 흙 묻은 그녀의 엉덩이를 가볍게 두드렸다. 딴에는 가볍게 두드린다고 두드렸는데 맞는 오복의 엉덩이에서는 거의 돼지 오줌보 터지는 소리가 났다.

"괜찮으십니까요?"

오복은 말도 못 하고 간신히 고개만 끄덕였다.

주저앉아 있을 때는 괜찮았는데 이제는 안 괜찮았다. 아직 확인해 보지는 않았지만 엉덩이 한쪽이 터져 나간 것처럼 아팠다.

"어제 지고 온 짐을 광에다 다 부려 놓았습니다. 당장 내일부터 서둘러 혼례 준비를 해야겠사와요. 그 일은 쇤네가 알아서 다 할 터이니 아씨께서는 아무 걱정 마시고 들어가 쉬셔요."

"예에."

"에그, 말씀을 놓으라 했는데 또 이러십니다."

"아, 알았네."

오복은 황급히 고개를 끄덕였다.

어제부터 오복의 신분은 완전히 달라져 있었다. 한양에서부터 납폐서와 혼수품을 짊어지고 사람들이 올라오자 그녀는 꼼짝없이 초희 아씨가 되어야 했다. 어색하고 두려웠지만 대감마님의 눈치도 눈치이거니와 혹시라도 들통이 날까 봐 두려워 방에 숨은 채 덜덜 떨고 있는 진짜 아씨를 위해서라도 오복은 익숙지 않은 아씨 행세를 나름 열심히 하고 있었다.

다행히 아씨와는 함께 자라다시피 했던 터라 흉내를 내는 것은 그리 어렵지 않았다.

그녀는 그저 밥때가 되면 일어나 씻고 노비들이 가져다주는 밥을 받아먹은 다음 새로 지은 옷을 받아 입고서 수를 앞에 앉아 수를 놓으며 시댁이 될 곳에 대한 이야기를 들었다. 물론, 와중에 서방님 되실 분에 대해서도 듣긴 했는데 무슨 까닭인지 '아주 잘생겼다'는 말 외에는 이야기가 더 길게 이어지지 않았다.

"에이, 내 처가살이는 들어 보았어도 시집살이라는 말은 들어 보지 못했네."

배부른 강아지처럼 어슬렁어슬렁 부엌 곁을 지나고 있을 때였다. 무슨 재미있는 일이라도 있는지, 일손을 돕기 위해 온 여인들의 두런거리는 이야기 소리가 문밖까지 새어 나왔다.

"우리처럼 없이 사는 천것들이야 간혹 민며느리를 들이기도 한다지만 어디 높으신 양반들까지 그런다던가?"

"글쎄, 그런 게 아니래두 그러네. 이 댁 아씨는 혼례를 치르자마자 집 떠나서 한양에 있는 시댁으로 들어간다 하잖아."

"에그머니, 딱하기도 하지. 그건 오랑캐의 법도가 아닌가?"

"그런 것까지야 모르겠지만 아무튼지 간에 한양에서 돈을 바리바리 싸다 주고 아씨를 사 가는 거나 마찬가지라고 하더구면."

"원, 별 이상한 돈지랄도 다 있구면. 그나저나 참 이상도 하다. 대단한 집안이라고 들었는데 뭐하러 그런 수고를 할까나? 혹시, 신랑한테 문제라도 있는 겐가?"

뭐라, 문제?

멍청하게 서 있던 오복의 귀가 순간 쫑긋 곤두섰다. 그녀는 잽싸게 몸을 날려 부엌 담벼락에 귀를 대고 착 달라붙었다.

"아까 채단을 지고 온 사람들이 하는 말을 들었는데 말이야."

이야기 소리가 갑자기 확 작아졌다. 그에, 오복은 아예 벽으로 파고들듯 더 바짝 달라붙으면서 신경을 곤두세웠다.

"이번에 혼인하시는 분이 자기네 둘째 도령이신데 그 인물 많다는 한양에서도 둘째가라면 서러울 정도로 잘나셨다고 하더라고. 헌데, 너무 잘나서 그런지 잘난 값을 아주 떠들썩하게 하고 다니신다더구면."

"잘난 값이라니?"

"아, 계집질에 도가 트셨다 이 말이지. 기생은 물론이고 여염집의 처녀, 유부녀 할 것 없이 죄다 유혹하고 다니시고. 아! 성깔도 제법 있으셔서 사람도 여럿 패 놓았다더라고. 그 일로 하마터면 곤장을 맞을 뻔한 것이 한두 번이 아니었는데 그때마다 벼슬하시는 대감마님 힘으로 간신히 막았다고 하더구먼."

사내가 계집질도 하고 주먹질도 한다면 그것은 영락없는 난봉꾼이었다. 충격으로 오복의 입이 딱 벌어졌다.

"이번 혼인도 유부녀를 꾀어내 이혼까지 시키는 바람에 화가 나신 대감마님이 억지로 잡아다 시키는 거였더라고. 살다가 싫증나면 내쫓을지도 모른다고, 이 집 아씨 불쌍하다고 자기들끼리도 연방 혀를 차대."

"저런 몹쓸 인사 같으니. 차라리 절름발이 신랑이 더 낫지. 에잉. 쯧쯧쯧."

몹쓸 인사 정도가 아니라 이건 그냥 개자식이었다.

누구는 과거 공부를 한다고 허구한 날 책만 붙들고 앉아 있는데 한양에서 오는 분은 사방팔방 싸다니며 참 많은 일을 하고 계셨다. 그리고 하다하다 이제 오복의 인생까지도 절단 낼 참이었다. 쯧쯧, 혀 차는 소리까지 듣다 오복은 흠칫 정신을 차리고 부랴부랴 방으로 들어갔다.

"아씨."

숨죽여 부르며 병풍 뒤로 들어가자 아니나 다를까 초희 아씨가 눈물을 철철 흘리면서 몸을 떨고 있었다. 부엌 곁에 붙어 있는 방이었다. 아씨는 여기 누운 채 그곳에서 나는 소리를 죄다 듣고 있었던 것이다.

"오복아, 오복아."

"아씨, 왜 이리 우셔요?"

"도망가. 도망가, 오복아. 난 괜찮으니 빨리 달아나. 저런 미친 사내에게 널 보낼 수는 없어."

자신이 모욕이라도 당한 양 파들파들 떨면서 하는 말에 오복
은 한동안 말없이 아씨를 가만히 바라보았다.

"가, 오복아. 응?"

"어디로요?"

"어디로든!"

"……아씨, 의원을 찾았대요."

"……!"

"대감마님께서 아까 전에 서간 보내시는 걸 봤어요. 곧 의원
을 모셔 올 수 있을 거예요. 그러니 치료 잘 받으셔야 해요. 원
래 오래 걸리는 일이니까 조급해하지 마시고 꼭 나으셔야 해
요. 아셨죠?"

떨림까지 멈춘 채 그저 멍하니 앉아 있는 아씨를 꼭 끌어안고
오복은 아기 달래듯 찬찬히 다독거렸다.

"전 괜찮아요."

상감마마께서는 옛날에 '이런들 어떠하고 저런들 어떠하랴'
고 노래를 하셨다는데 지금 오복의 심정도 딱 그랬다.

사모하는 임에게 갈 수도 없고 야반도주도 실패한 마당에 이
런들 어떠하고 저런들 어떠하랴. 신랑 될 자가 밖으로 나돌아도
어쩔 수 없고 주먹질이 예사라도…… 아니, 주먹질을 하면 밥
에다 비상이라도 붓고 말겠지만, 아무튼지 간에 납폐가 들어오
고 의원을 찾았다는 말을 들은 이후 오복은 달아날 생각을 버
렸다.

여기서 달아나 버리면 아씨를 의원에게 보이는 일이 틀어진다.

뿐만 아니라, 신의조차 내려놓고 딸을 택하신 대감마님도 무너지실 거였다. 그러니 오복은 절대로 도망쳐서도 아니 되고 가짜라는 사실을 들켜서도 아니 되는 것이다.

"무섭지 않아요. 이판사판이어요. 서방님이 저따위면 저도 이제 막 살 거여요."

오복은 야무지게 다짐하고 있었다. 그리고 그 다짐대로 꿋꿋하게 혼인날을 기다렸다. 다행히 오복은 그리 오래 기다리지 않아도 되었다. 혼례 준비가 순조롭게 진행되어 예정했던 대로 그 달 보름에 결국은 초례청이 세워졌기 때문이었다.

"아유, 곱기도 하시지."

오복은 몸에 꼭 맞게 지어진 녹의홍상을 입고 동경 앞에 앉아 있었다.

사실, 몸에 딱 맞게 지어진 옷은 처음 가져 보았다. 원래 제옷이라는 것도 거의 없다시피 했지만 그녀의 옷은 대부분 아씨에게서 물려받아 입거나, 아씨 옷을 짓고 남은 자투리 천으로 대강 지은 것들이 전부였다. 그러니 제 몫으로 딱 맞게 지어진옷을 입는 것은 오늘이 처음이나 마찬가지였다. 그것도 자그마치 비단으로 지은 옷이었다.

처음 옷을 받았을 땐 이런 옷을 정말 제가 입어도 되는지 두렵기까지 했었다. 아씨 흉내를 내는 중이라는 사실을 잊고 저도 모르게 '정말 이 옷이 제 옷입니까?' 하고 물을 뻔했다. 왜 아니그럴까. 비단옷은 아씨는 물론이고 대감마님조차도 입지 못하는 비싸고 귀한 옷이었다.

선명하게 잘 염색된 그 비싼 비단옷을 입고 앉아 그녀는 거울을 보았다.

만날 꼬질꼬질해 보이던 얼굴이 오늘은 조금 봐 줄 만하게 보였다. 가성댁의 정성 어린 시중 덕분에 지난 한 달간 잘 먹고 잘 쉬었다고 그새 뽀얗게 살이 오른 데다 옷이 날개라는 말처럼 좋은 옷까지 차려입자 거의 딴 사람처럼 보일 지경이었다. 거기에 머리를 잘 빗어 쪽을 만들고 가체(加髢)를 붙여 올렸더니 그럭저럭 어린 신부 태가 나기 시작했다.

녹의홍상 위에 함께 지은 혼례복을 입고 연지곤지를 찍은 다음 머리에 앙증맞은 족두리를 얹는 것으로 준비를 마치자 마침 밖에서 떠들썩한 함성이 들려왔다. 택일한 시가 다 되어 신랑이 집 안으로 들어온 것이었다.

"자자, 이제 나가야 합니다."

가성댁이 다가와 벌써 지치어 멍하니 앉아 있는 오복을 달랑 일으켜 세웠다. 그러자 이미 준비하고 있던 수모 둘이 잽싸게 다가와 양쪽 팔을 나누어 하나씩 잡고 이끌었다. 처음으로 올린 머리가 무거워 고개도 제대로 들지 못하고 오복은 질질 끌리어 나갔다.

그렇게 나가 누군가가 뭐라 뭐라 읊조리면 절을 하고 또 절을 하기를 반복하는 사이 정신이 빠르게 혼미해져 갔다. 그래서 제가 열심히 절을 해 대고 있는 저 상 너머에 어떤 사람이 마주 서 있는지 미처 바라볼 틈도 없었다.

그렇게 쏙 빠져나간 정신은 신방에 혼자 남겨진 후에도 돌아오지 않았다. 하루 종일 이리저리 끌려다니며 절을 했더니 온몸이 다 삐걱거렸다. 얼마나 피곤한지 밥 생각도 나질 않았다. 그나마도 초야(初夜)라는 생각에 조금 긴장이 돌아 쓰러지지 않고 간신히 버티고 있는 거였다.

'잘났다고 했었지.'

잘난 것이 지나치어 잘난 값을 사방팔방 피워 대는 양반이라 했었다. 계집질과 주먹질을 예사로 아는 난봉꾼이라는 말도 들었다. 거기에 더해 얼마 전에는 갑자기 집을 나가서 한 달이나 연락이 끊어진 적도 있었단다. 그런 소리들을 차례로 떠올리다가 오복은 한숨을 푹 내쉬면서 천장을 바라보았다.

'도련님.'

대감마님과 도련님이 지켜보시는 가운데 오복은 혼례를 올렸다.

아까는 정신이 하나도 없어서 미처 깨닫지 못했는데 이제 와 돌이켜 보니 제 신세가 참 기구했다. 사모하는 분이 지켜보는 자리에서 다른 사내의 아내가 되다니. 무에 이런 팔자가 다 있단 말인가.

모처럼 지은 새 옷을 반듯하게 입고 무심한 표정으로 혼례를 지켜보던 도련님의 얼굴이 스쳐 갔다. 옥돌처럼 희고 깨끗한 얼굴에 표정 한 올 담지 않은 채 그는 마치 바위처럼 한자리에 서 있기만 했더랬다. 그러다 혼례가 다 끝나기도 전에 사라졌다. 그분이 어디로 갔는지는 오복도 잘 알고 있었다.

지금쯤 아씨를 업고 의원에게 가고 있을 터였다.

대감마님이 청한 의원이 근처에 와 있었다. 적당한 곳에 와가를 장만하여 자리를 잡았다고 들었다. 그곳까지 도련님은 아씨를 직접 업은 채 달빛에 의지해 가고 있을 것이다. 굳이 밤길을 도모한 것은 아씨의 모습을 누구에게도 보이고 싶지 않은 까닭이었다. 거기에 아씨가 오복의 혼례를 굳이 보고 싶어 했던 이유도 있고.

그런 사정을 떠올리고 이렇게 신방에 앉은 제 처지를 생각하자 새삼 서러움이 밀려왔다. 금방이라도 쏟아지려는 눈물을 오복은 꾹 참아 냈다. 아씨 대신 사는 동안엔 절대로 울지 않으리라 다짐했다. 본래부터 구박덩이로 자랐으니 그 시집살이라는 것도 잘 견뎌 낼 수 있을 것이다.

거기까지 생각했을 땐 이미 밤이 한참이나 깊어진 후였다.

시끌벅적하던 사위가 어느새 잠잠하게 가라앉았다. 그때까지도 신랑은 코빼기도 보이지 않고 있었다.

몸은 힘들고 날은 어둡고 고요한데 기다림은 한없이 길다 보니 이번엔 어쩔 수 없이 졸음이 밀려왔다. 나름대로 허벅지를 꼬집어 가면서 버텼지만 소용이 없었다. 꼭두새벽부터 난리굿을 피워 댄 덕분에 피곤에 전 오복은 결국 꾸벅꾸벅 졸기 시작했다.

그녀가 한참 정신없이 졸고 있을 때 소리도 없이 방문이 열렸다.

훌쩍하니 기다란 그림자 하나가 그 사이로 미끄러지듯 스며들었다. 혼례복을 벗고 옷을 갈아입은 신랑이 마침내 신방으로 든 것이었다.

　조촐한 주안상을 앞에 둔 채 동그마니 앉아 꾸벅거리고 있는 오복을 발견하고 그는 잠시 당황했다. 그러다 문득 씩 웃고는 그녀의 맞은편에 털썩 주저앉았다. 무슨 생각을 했는지, 사정없이 꾸벅거리고 있는 오복의 귓가에 붉은 입술을 대고 나직하게 소리쳤다.

　"이리 오너라!"

　흠칫!

　졸고 있는 그녀의 어깨가 움찔 떨리는가 싶더니 그것도 잠시, 다시 꾸벅거림이 시작되었다. 그것을 본 신랑은 더더욱 짓궂은 웃음을 머금고 다시 그녀의 귓가에 입술을 가져가더니 이번엔 소리도 없이 그저 '후욱' 하고 뜨건 숨결을 불어 넣었다.

　"히익!"

　아까는 그냥 움찔거리고 말던 어깨가 이번엔 경기를 일으키듯 바르르 떨렸다. 그러나 여전히 눈이 뜨이지 않기는 마찬가지. 웃음기 어렸던 얼굴에 '이거 봐라' 하듯 슬슬 장난기가 돌기 시작했다. 그런 그의 눈에 솜털이 보송한, 앙증맞은 귓불이 보인 것은 거의 우연이었다.

　오복은 꿈을 꾸고 있었다.

　무거운 혼례복을 입은 채 그녀는 어느 산길을 부지런히 걷는 중이었다. 사위는 어둡고 멀리서 밤새 우는 소리가 처량하게 들려왔다. 그 소리를 이정표 삼아 자박자박 걷는 길이었는데 보이는 것은 없어도 그녀는 제가 어디로 가고 있는지를 정확히 알고 있었다.

— 도련님! 아씨!

두 분이서만 떠난 길을 따라가는 길이었다.

— 저도 데려가셔요. 도련님! 아씨!

목청껏 내지르는 소리가 캄캄한 어둠에 묻혀 먼 곳까지 닿지 않고 중간에 스르르 잠겨 들었다. 혼례복은 무겁고 다리도 점점 아파 왔다. 그러나 아무리 걸어도 먼저 가 버린 두 분의 모습이 보이지 않았다. 그에 겁도 나고 울음도 터지려는데 문득 저만치 앞에서 희미한 불빛이 보였다.

— 도련님?

반가운 마음에 달려가다가 오복은 흠칫 걸음을 멈추었다.

희다 못해 푸릇한 기운이 도는 불빛은 하나가 아니었다. 환하게 빛나는 푸른 불 두 개가 어둠 속에서 어른거리고 있었다.

그녀의 키보다 훨씬 높은 곳에서 번뜩이고 있는 불빛을 보다 그 아래로 흐릿하게 드러난 두툼한 다리를 발견했다. 검은 얼룩 무늬가 선명한 다리였다. 땅을 딛고 있는 발은 솥뚜껑만 했고 슬며시 드러난 검은 발톱은 칼만큼이나 날카로웠다.

소름이 확 돋았다. 오복은 단박에 그것의 정체를 깨달았다.

— 호, 호, 호랑이!

호랑이 한 마리가 길을 턱 가로막고 서 있었다.

기함을 하고 놀란 오복은 도망칠 생각도 못 하고 그 자리에 못 박힌 듯 딱 박혀 버렸다. 다리가 달달 떨렸다. 호랑이는 그녀를 지그시 노려보고 있었다. 너무 무서워서 간이 쪼그라들고 현기증이 돌았다.

그 때였다. 호랑이가 갑자기 입을 쩍 벌렸다. 그러고는……

— 이리 오너라!

응?

난데없이 튀어나온 말에 오복은 한동안 눈만 끔뻑거렸다. 그러다가 고개를 갸웃하고는 다시 호랑이를 바라보았다.

'바, 방금 무슨 소리가 들린 것 같은데.'

심지어 어디서 들어 본 듯한 목소리였다. 분명히 착각이겠지만.

움직이지도 못하고 눈만 끔뻑이면서 그녀가 그런 생각을 하고 있을 때 돌연 호랑이가 움직였다. 그 큼직한 발을 무겁게 떼면서 그녀를 향해 천천히 다가오기 시작했다.

심장이 미친 듯이 뛰고 있었다. 그런데도 발은 제자리에 못 박혀 움직이지 않았다.

그사이, 호랑이는 화려하기까지 한 얼룩무늬를 꿈틀거리면서 어슬렁어슬렁 다가와 그녀와 똑바로 마주 섰다. 가까이에서 본 호랑이는 생각보다 훨씬 더 크고 거대했다. 황소를 넘어 거의 집채만 해 보였다. 세로로 길게 찢어진 눈동자가 서슬 퍼런 안광을 뿜어내면서 그녀를 스윽 훑고 지나갔다.

꿀꺽.

바들바들 떨리던 몸이 이제는 거의 넘어갈 듯 휘청거렸다. 호랑이의 얼굴이 더 바짝 다가왔다. 너무 가까이 다가와서 털 한

올, 한 올이 선명하게 보이고 오롯이 쏟아지는 안광에 눈이 부실 정도였다.

차라리 기절을 하고 싶었다. 그러나 무슨 영문인지 무서워 죽을 것 같은 와중에도 정신만은 오히려 점점 더 선명해지고 있었다.

호랑이는 와들와들 떠는 그녀의 얼굴을 핥듯이 스윽 훑었다. 잡아먹을 것처럼 한동안 빤히 들여다보더니 무슨 생각을 했는지 그녀의 귓가에 입술을 가져다 대고는 뜨거운 숨을 후욱 불어 넣었다.

— 히익!

꼬리뼈에서부터 오소소 소름이 타고 올라왔다. 바르르 떠는 그녀를 향해 호랑이가 입을 쩍 벌렸다. 정신이 바로 혼미해졌다. 이대로 죽는구나 생각하면서 그녀는 눈을 질끈 감아 버렸다.

"악!"

비명을 내지르며 오복은 거의 발작을 하듯 눈을 부릅떴다.

컴컴한 어둠 대신 벌겋게 타고 있는 촛불이 눈을 찔렀다. 그것을 보고서야 그녀는 제가 꿈을 꾸었다는 사실을 깨달았다. 호랑이에게 그대로 물려 딱 죽는 줄 알았는데 그냥 꿈이었다. 안도의 한숨이 쏟아졌다. 꿈이어서 정말 다행이었다. 지나치게 생생한 탓에 아직도 몸이 떨리고 귀가 아프지만…… 응? 귀?

왜 귀가 아플까 생각하면서 오복은 눈물이 맺힌 눈동자를 또르르 굴렸다. 그러자 웬 사내가 자신의 귓불을 입에 물고 있는 것이 보였다. 시선이 딱 마주쳤다. 그녀의 눈이 튀어나올 듯 커다래졌다. 그의 눈은 이미 더할 수 없이 커져 있었다.

"아악!"

오복의 입에서 다시 비명이 터져 나왔다.

누가 먼저랄 것도 없이 둘은 후다닥 떨어졌다.

"뉘, 뉘, 뉘십니까?"

"지나가던 과객이오만."

음? 어디서 들어 본 소리다.

저번에 저런 소리를 한 사람은 담을 타고 있었다. 놀란 마음보다 의아함이 더 크게 드는 것을 느끼고 오복은 저도 모르게 사내의 얼굴을 빤히 바라보았다.

하얗고 깨끗한 얼굴에 칼처럼 길게 뻗어 올라간 새카만 눈썹. 그리고 반듯한 코와 붉은 입술이 한 얼굴에 모두 모여 있었다. 이제껏 본 적이 없는, 굉장히 말끔하고 잘생긴 사내였다. 그런데 이상하게 낯이 익었다.

"과……객이라고 하셨습니까?"

얼굴을 유심히 보면서 그렇게 묻자 그가 씨익 웃으면서 말했다.

"그냥 지나가려 했소이다마는, 생각해 보니 내가 또 이 집안에 긴한 볼일이 있었지 뭐요."

"어?"

"그나저나 가락지는 잘 맞으시는지?"

"어어!"

번개처럼 스쳐 가는 생각에 오복의 입이 딱 벌어졌다. 거의 동시에 그녀는 자그마한 손가락 하나를 짝 펴서는 거의 찔러 죽일 듯한 동작으로 사내를 가리켰다. 그리고 소리쳤다.

"그 도둑놈!"

二. 그 밤에 무슨 일이 있었나

싱싱한 복숭아나무(桃之夭夭) 복사꽃이 활짝 피었네(灼灼
其華). 이 아이가 시집가면(之子于歸) 한 집안을 화락하게 하
리(宜其室家). 싱싱한 복숭아나무(桃之夭夭) 탐스러운 열매 맺
었네(有蕡其實). 이 아이가 시집가면(之子于歸)……

주흥이 도도한 누군가의 노랫소리가 흥얼흥얼 방문을 타고 넘
을 때, 자경은 방구석에 도사리고 앉아 있는 신부를 조금 난처한
얼굴로 바라보고 있었다.

카랑카랑하고 야무진 목소리로 도둑놈이라고 소리쳤다가 곧
무언가를 깨달은 듯 입을 꼭 다물더니 그때부터는 저렇게 방구
석에 웅크리고 앉아 그를 노려보고 있었다.

"어, 어째서 그쪽이 여기에 계시는 겁니까?"

커다란 눈을 깜빡이면서 그녀가 조심스럽게 따져 물었다.

"아까 긴한 볼일이 있다 하시더니 그 긴한 볼일이라는 것은 역시……."

대답 대신 자경은 그저 씩 웃어 보였다.

'그대가 생각하고 있는 그 일이 틀림없이 맞소이다.' 하는 미소였다. 정신없이 일을 치르느라 초례상을 두고 마주 선 그를 미처 알아보지 못한 모양이었다.

'하기야, 초례상이 아니더라도 저리 옷에 파묻혀 있으니 뭔들 제대로 보였을까.'

풍성한 옷에 휘감겨 있는 오복을 찬찬히 살피며 자경은 고개를 끄덕였다. 옷깃 사이로 슬쩍 드러난 앙상한 목덜미가 눈을 찌르고 있었다. 분명히 몸에 잘 맞게 만든 옷임에도 불구하고 천이 남아돌다 못해 아예 푹 파묻힌 것처럼 보이는 것은 그만큼 신부가 작고 마른 탓이었다.

가세가 기울어 살림이 궁핍하여졌다는 말을 듣기도 하였고, 또 직접 확인을 하기도 했지만 그의 신부는 열일곱 살이라고는 도저히 보이지 않을 만큼 작고 야위어 있었다. 아무리 후하게 봐줘도 한 열네다섯 정도밖에 되어 보이지 않는 소녀였다. 그나마도 가성댁이 올라와 얼마간 살펴 준 결과가 저것이었다.

처음 뒤꼍에서 마주쳤을 땐 얼마나 볼품없었는지 영락없이 주인 몰래 도망치는 노비인 줄 알았다. 화공을 시켜 몰래 그려 오라 하고 중매쟁이 구 노인이 확인해 준 용모파기를 보았기에 알아볼 수 있었지, 안 그랬으면 미처 알아보지 못하고 '이리 오너라.'하고 부르는 대신 잡아다 놓은 다음 정혼자를 찾는답시고 방까지 숨어들어 갔을 터였다.

"저어기, 보시어요."

쉴 새 없이 곁눈질을 하던 그녀가 문득 입술을 깨물더니 마침내 무슨 결심을 굳힌 듯 야무진 표정으로 손을 들어 바닥에 늘어져 있는 그의 옷자락 끄트머리를 슬며시 잡아당겼다.

"저기, 혹시 오해하고 계실까 봐서요."

"음? 무엇을 말이오?"

"그게, 그러니까…… 그날 '일' 말이어요."

"그날 일? 아! 그 야반도주……."

"야반도주 말고요!"

"음?"

큰 소리로 외쳐 놓고 오복은 황급히 고개를 숙였다.

그의 얼굴을 알아보고, 또 그가 정말로 그녀와 오늘 혼례를 치른 서방님이라는 사실을 깨달은 순간, 오복은 산 채로 머리에서 피가 빠져나가는 충격을 경험했다. 정신이 멍해지고 간이 달달 떨렸다.

처음엔 거지인 줄 알았고 그다음엔 도둑이라고 생각했는데 이제는 신랑이라고 나타났으니 왜 안 그랬을까. 더구나 전날에 이미 그에게 한 짓도 있음에야. 그 야반도주 말고도 말이다. 아무튼, 오복은 크나큰 갈등에 휩싸였다.

'그날' 있었던 일을 대강 짚고 넘어갈 것인가 말 것인가.

마음 같아서는 묻어 두고 싶었지만 그것은 묻어 둔다고 그냥 잊혀질 만한 성질의 일이 아니었다. 돌이켜 보자면, 그날 있었던 일 중에 마음에 안 걸리는 일은 단 하나도 없긴 하나 일이 이렇게 되고 보니 아무래도 유독 더 마음에 걸리는 일이 있었다. 그것은 바로…….

'내가 정말 미치긴 했던 모양이야. 어떻게 저 얼굴을 후려칠 생각을 다 했을까?'

촛불에 비친 그의 아름다운 얼굴을 보며 오복은 진심으로 저를 원망했다.

아무리 화가 났어도, 혹은 미쳤어도 어떻게 저 옥 같은 얼굴에 감히 손을 댈 생각을 할 수가 있었단 말인가. 스스로 빛을 내뿜고 있는 듯한 희고 깨끗한 얼굴을 돌아보며 그녀는 몰래 제 손모가지를 꼬집었다.

생각할수록 앞날이 아득했다.

야반도주를 하려다 딱 잡힌 것도 걸리는데 거기에 더해 뺨까지 쳤다는 약점을 만들었으니 이 일을 어쩌면 좋단 말인가. 당장 혼인을 깬다고 해도 할 말이 없을 지경이었다.

"죄, 죄송했습니다."

"무엇이 말이오?"

알면서도 모르는 척 자경은 의뭉을 떨었다.

저리도 안절부절못하고 눈치를 살피는 이유를 짐작 못 할 만큼 그도 눈치가 없지는 않았다. 그래도 어디까지나 모르는 척 그는 제 앞에 놓인 술잔에만 시선을 주고 있었다.

"그날, 그러니까 그…… 뺨을 친 것 말이어요. 그때는 화가 나서…… 아무튼, 제 실수였습니다. 죄송합니다."

"아, 그 일! 괜찮소. 난 다 잊었소. 사실, 그때는 맞을 만도 했
지요. 나였다면 아마 다리몽둥이도 같이 분질러 놓았을 것이오.
하하하!"

말은 그렇게 하면서 왜 은근슬쩍 맞은 자리를 매만지시는지?

말을 하고 나니 어쩐지 더 불안하여져서 오복은 자꾸 죄 없는
입술만 짓씹었다. 그 일로 인하여 이대로 혼인이 깨어지면 그녀
는 대감마님과 도련님을 뵐 면목이 없어서라도 이 집을 떠나야
만 할 것이었다.

"그러게 왜 거지꼴로 나타나 담을 타서는."

속상한 마음에 눈에 그렁그렁 눈물까지 매달고 그녀는 그를
탓했다. 따지고 보면, 담만 탄 게 아니라 밥도 얻어먹고 그녀의
보따리도 훔쳐 간 사람이었다, 그는.

"아! 보따리!"

그녀가 돌연 고개를 발딱 쳐들었다.

눈치를 보고 있었다는 사실도 잊고 주안상 앞에 앉아 막 술을
따르고 있는 그에게 당당히 따졌다.

"제 보따리는 어쩌셨습니까?"

"그거야…… 어쨌더라?"

"설마, 버리신 것이어요?"

오복의 얼굴이 창백하게 가라앉았다.

어차피 보따리 속에 든 것은 입던 헌 옷가지와 속곳 몇 장이
다였다. 그런 것쯤이야 버려도 상관없었다. 하지만 단 하나, 잃

어버려서는 안 되는 물건이 있었다. 다른 모든 이들에게는 쓸모 없는 물건이나 오직 그녀에게만은 특별한 물건. 업둥이로 들어 올 때 그녀가 두르고 있었다던 옷가지와 천 쪼가리였다. 그것은 어느 곳의 누구인지, 심지어는 살았는지 죽었는지조차 모르는 친부모의 유일한 유산이었다.

"그럴 리가! 아니오. 버리지 않았소이다."

울먹이는 오복의 모습에 놀란 자경이 얼른 진실을 털어놓았 다.

"걱정 마시오. 사실은, 앞으로 그대가 지낼 곳에다 잘 가져다 두었다오. 허니 너무 그렇게 놀라지 마오. 그리 놀라면 내가 너 무 미안해지지 않소. 자, 이것 마시고 마음을 좀 가라앉힙시다."

자신이 반쯤 마시고 남은 술잔을 건네면서 그가 놀란 그녀의 등을 가볍게 토닥거렸다. 그러면서 다정하게 물었다.

"헌데, 그 안에 무슨 귀한 것이라도 들었나 봅니다. 그렇게나 놀라다니."

"벼, 별것 아니옵니다. 특별히 귀한 것도 아니고요."

놀란 마음에 오복은 생각도 없이 그가 내민 술잔을 받아 한입 에 털어 넣었다.

"켁! 쿨룩. 수, 술?"

"합환주이니 당연히 술이어야지. 자, 곤한데 이제 그만 잡시 다."

"헉!"

계집질에 능하다더니 이리도 자연스러울 수가 있나!

등을 토닥이던 손이 이제 족두리를 덮쳤다. 여인인 오복보다
도 능숙한 솜씨로 족두리를 벗기고 머리를 내려 주고는 마침내
혼례복의 옷고름을 잡았다.

꾹!

"아, 아, 아니 되옵니다!"

그제야 정신을 차린 오복이 기겁을 하고 소리쳤다.

앞섶을 움켜쥐고 전광석화와 같은 속도로 다시 방구석에 처박
혀 달달 떨면서 말했다.

"머, 먼저 주무시어요."

"음?"

"저는 별로 곤하지 않습니다."

입술에 침도 한 번 안 바르고 오복은 감쪽같이 거짓말을 늘어
놓았다.

사실은, 당장이라도 눕고 싶을 만큼 곤하고 온몸이 아픈 것이
힘들어 죽을 것 같았지만 아닌 척 애써 허리를 꼿꼿하게 펴 보
였다. 방금 전에 꿈까지 꾸어 가면서 졸고 있었다는 사실 같은
것은 전혀 기억나지 않았다. 그저 생각나는 것이라곤, 이대로는
옷고름을 풀고 싶지 않다는 절박한 마음 하나뿐이었다.

혼인을 하였으니 초야를 치르는 것이야 당연하다 여기겠지만
오복은 차마 그럴 수가 없었다. 몸은 비록 여기 앉아 있으나 마
음은 도련님을 따라 멀리 떠나보낸 그녀였기 때문이다.

게다가 어디까지나 아씨 대신이라는 마음 탓인지 그녀는 갑자
기 유부녀가 된 제 처지라든지, 낯선 사내와 살을 부대끼며 함께

지내야 하는 일 등을 마음 깊이 받아들이지 못하고 있었다.

거기에, 혼인을 준비하는 동안 주워들은 이야기들이 한몫을 단단히 한 것도 사실이었다. 계집질에 도가 텄다고 하지 않았던 가 말이다. 확실히 다른 건 몰라도 잘나긴 정말 잘난 사내이긴 했다. 아니다. 애초에 잘생겼다는 말 한 마디로 표현할 수 있는 외모가 아니었다.

한양에서도 손에 꼽는 기남자라고 하더니 딱 보는 순간 시선을 사로잡는 고귀한 매력이 있어 평소 사랑채 도련님의 미모(?)에 익숙하여진 그녀조차도 쉽게 눈을 떼기가 어려웠다. 계속 보고 있으면 눈이 부시고 괜히 황송해지고 그럴 정도였다. 그러니 그토록 화려하게 잘난 값을 할 수 있는 것일 게다.

아무튼지 간에, 그것까지 더하여 정이 확 떨어진 참이라 아무리 아름다워도, 군자처럼 점잖아 보여도 오복은 넘어가 줄 마음이 없었다. 그리고 그런 마음은 곧 앞섶을 꼭 움켜쥐고 구석에 도사리고 앉는 행동으로 표출되었다.

그러고 앉아 오복은 조심스러운 시선으로 도둑, 아니 서방님을 흘깃거렸다. 주먹질이 예사에, 성질이 보통이 아니라는 말마따나 혹시 벌컥 화를 내고 당장이라도 주먹을 들면 어쩌나 걱정하면서.

'생긴 것은 참 점잖은데 어쩌다 그런 몹쓸 버릇을 만드셨을까?'

그녀가 두려움과 의문을 동시에 품고 발발 떨고 있을 때 자경은 그대로 영문을 몰라 어리둥절해하고 있었다. 그냥 잠만 자자는데 도대체 이 여인네가 왜 이리 펄쩍 뛰는 겐가.

'설마하니, 이 몸이 아직 자라다 만 그대, 핏덩이를 상대로 욕정을 품었다고 믿는단 말이오?'

정말 그렇게 믿는다면 제가 도리어 억울해질 것만 같았다.

그가 이 말도 안 되는 혼인을 받아들이고 아내감으로서의 그녀를 인정한 이유는 단 하나뿐이었다. 볼품없는 자태에 꼬질꼬질한 차림이긴 해도 모욕을 당하였을 때 당돌하게 사내의 뺨도 칠 줄 아는 시퍼런 자존심이 그나마 봐줄 만해서였다.

맹세하건대, 자경은 그녀를 품을 생각이 전혀 없는 사람이었다. 슬프지만, 그녀는 심각하게 그의 취향이 아니었다. 가슴이 판판한 것이, 딱 봐도 아직 어린애이지 않은가 말이다. 더구나 제가 원해서 하는 혼인이 아니었기에 마음도 도통 움직이지 않았다. 그래서 그는 너그러울 수 있었다.

"곤해도, 곤하지 않아도 잠은 제때에 자야 하는 겁니다. 밤이 이미 깊었지 않소이까."

"저, 저는 아까 다 잤습니다. 더 안 자도 됩니다. 참말입니다."

"그럼 무거운 혼례복만이라도 벗어 놓고……."

"아, 아, 아니 되옵니다!"

옷을 벗으라는 소리에 오복의 얼굴이 갑자기 확 붉어졌다.

그런 무도한 말을 들을 거라곤 꿈에도 생각지 못했다는 표정이 역력한 얼굴이었다. 그 모습을 자경은 가늘게 내려뜬 눈으로 유심히 보았다. 기분이 조금 이상했다. '이것이다'라고 딱 집을

수는 없지만 무언가가 조금씩 신경을 거스르고 있었다. 아닌 게
아니라, 어린 처녀의 수줍음이라고 여기기엔 너무 과한 반응이
지 않은가 말이다.

'설마, 아니겠지.'

제가 마음에 차지 않아서 그러나 생각하다가 그는 냉큼 고개
를 저었다. 아무리 촌것이라 하나 저도 눈이 있을 것인데 제정신
이 아니고서야 그처럼 잘난 사내를 거부할 수 있을 리가 없으니
까. 물론, 일찍이 야반도주를 시도한 것은 신랑인 그의 모습을
본 적이 없었기 때문일 터였다.

스스로에 대한 자부심이 하늘을 찌르는 인간답게 자경은 진심
으로 그렇게 믿어 의심치 않았다. 원래부터, 제가 거절하는 것은
당연한 것이고 여인이 저를 거절하는 것은 세상에 있을 수 없는
일이라 여기고 살아온 그였다.

헌데, 요 당돌한 여인네의 자태를 좀 보소.

오복은 앞섶을 꾹 쥐고 바들바들 떨면서 구석에 처박히다 못
해 아예 파고 들어갈 듯 딱 붙어 있었다. 와중에도 눈물 젖은 까
만 눈동자는 단호한 빛을 담은 채 예리하게 번뜩이고 있었다. 건
들기만 하면 콱 물어뜯을 듯 사나운 기세가 풀풀 풍기는 눈이었
다.

갸우뚱하니 고개가 돌아갔다. 바위처럼 단단한 믿음에도 슬쩍
금이 갔다. 조금 망설이다 결국은 입을 떼고 말았다.

"……혹시, 지금 나를 소박 놓으시는 겁니까, 부인?"

방 안에 정적이 찾아왔다.

말한 자경도 놀라고 들은 오복도 놀라 서로를 마주 보며 둘은 한동안 눈만 끔뻑거렸다. 그러다 오복이 자그마한 목소리로 정적을 깼다.

"꼭 그렇다는 것은 아니옵고요."

다시 정적이 찾아왔다. 차라리 말을 안 했으면 모를까, 어중간한 그녀의 대답은 어쩐지 강한 긍정으로 들렸다. 기가 막힌 나머지 자경의 입이 저절로 벌어졌다.

꼬끼오.

아직 빛 한 점 깃들지 않은 이른 새벽. 먼 곳에서 닭이 울었다.

벌떡!

계명성이 다 끝나기도 전에 자경은 획 일어나 앉아 밤 내내 잠들지 못하고 꾸준히 노려보고 있었던 얄미운 덩어리를 찾았다. 모로 누운 가녀린 그림자 하나가 어둠 속에서도 선명하게 눈에 잡혔다.

간밤에 그를 소박 놓은 여자는 결국 방구석에서 혼자 잠들었다. 그런 것을 질질 끌어다 이부자리에 눕혀 놓고 정작 자경은 뜬눈으로 밤을 지새웠다.

'기가 막히어서!'

누가 업어 가도 모르게 잠든 오복의 얼굴을 지그시 노려보다 자경은 '흥!' 콧방귀를 뀌었다.

보면 볼수록, 생각하면 할수록 정말이지 코가 막히고 기가 막혔다. 나이만 열일곱이지 생긴 것은 눈만 커다랗게 뜬 말라깽이에다 키는 제 반 토막을 간신히 면한 새카만 꼬맹이 주제에 당돌하기가 그야말로 하늘을 찔렀다.

'그대 주제에 감히 내소박이 가당키나 하다더냐!'

죽어도 옷고름을 풀 수 없다며 방구석에 처박혀 버티던 꼴을 떠올리자 저절로 이가 갈렸다.

아니, 누가 그 일 하자고 덤볐다던가. 그냥 잠이나 자자 했는데, 빈말로라도 어여쁘다는 말이 안 나올 법한 제 꼴은 생각지도 않고 누가 저를 여인으로나 보아 준다고 그 유세란 말인가. 그뿐이 아니었다.

'그렇게 소박을 놓았으면 돌아보지나 말아야지 말이야.'

소박은 제가 놓은 주제에 이 당돌한 여인네는 침까지 꼴깍꼴깍 삼켜 가며 그를 힐끔거렸다.

잔다고 옷을 벗으면 화들짝 놀라서 고개를 돌렸다가도 슬쩍 훔쳐보고, 때로는 홀린 듯 멍하니 그의 얼굴을 바라보다가 무슨 생각을 했는지 혼자 가만히 얼굴을 붉히기도 했다. 저도 눈은 있다는 뜻이었다.

"심마로다."

머리가 지끈거렸다.

지끈대는 머리를 붙잡고 자경은 도로 벌렁 드러누웠다. 그러고는 마치 누군가를 노려보듯 맹렬하게 꼬질꼬질한 천장을 바라보았다.

— 혼인하여라. 그저 혼인만 하면 네 하고픈 대로 살게 내버려 두마. 이리저리 간섭하는 일도 더 이상은 없을 것이야!

근엄한 얼굴을 하고 돌아앉아 툭 던져 놓은 아버지의 한마디 때문에 그는 혼인을 결심했다.

지난해에 형님이 어명을 받아 혼인을 하고 또 한 살 아래의 아우가 이런저런 사정을 핑계로 반은 억지로 장가보내진 이후, 이번엔 제 차례라는 생각에 안 그래도 각오를 하고 있긴 했더랬다.

어렸을 적부터 태중 정혼을 한 여인이 있음을 알고 있었기에 그에게 혼인은 언젠가는 반드시 하게 될 기정사실이나 다름없었다. 그래서 막상 이야기가 나왔을 때도 그는 반항 따윈 하지 않았다. 그저, 제게 조금이라도 더 유리한 조건을 내걸었을 뿐이었다.

— 처가살이는 면하게 해 주십시오. 다 무너진 집안으로 장가드는 것도 억울한데 외동딸에게 가라 하시는 것은 장인 시중이나 들면서 평생 게서 살라는 말이 아닙니까? 그리는 못하겠습니다.

혼인의 법이 그러하다는 것은 알지만 굳이 하지 않아도 되는 처가살이를 자처할 필요는 없을 터였다. 다행히 돌아가신 조부모님께 물려받은 재산이 조금 있으니 일가를 이루어 분가를 한다 해도 앞가림하며 사는 데에는 지장이 없었다.

그런 그의 뜻은 생각보다 쉽게 받아들여졌다. 어쩐 일인지 신부 쪽에서 흔쾌히 받아들여 주었던 것이다. 그 이유를 자경은 조금 늦게 알게 되었다.

— 천금을 요구했다고요? 설마, 그걸 다 주시기로 하셨단 말입니까?

— 왜 아니겠느냐.

— 혹, 신붓감이 경국지색이라도 된답니까?

— 글쎄다. 구 노인 말로는 아직 덜 자라 확신할 수는 없으나 다 자라면 박색이라고 불리지는 않을 거라 하더구나.

— 그런 여인에게 천금을 들였다고요?

— 그렇다고 하질 않느냐.

— 아버지, 혹시 미치신 겝니까?

— 어허, 이놈! 혼인의 일에 금전을 논함은 오랑캐의 도라 했다. 딸을 보내는 속상함을 적은 금전으로나마 위로할 수 있음을 다행으로 여기지는 못할망정 그 무슨 헛소리란 말이냐. 더구나 너 같은 말썽쟁이를 떠맡기는 일에 그만한 돈을 들였으면 결코 손해는 아니지. 당분간 분가하지 않기로 약속한 것이나 잊지 말아라.

쩌렁쩌렁한 목소리가 머리를 뒤흔들었다.

"끄응. 헌데, 소박이라."

머리를 감싸 쥐고 그는 느릿느릿 모로 돌아누웠다.

품을 마음도, 생각도 없는 여인일망정 거절당한 충격은 컸다. 이제껏 이런 식으로 거절당해 본 적이 단 한 번도 없었던 까닭이었다. 더구나 제가 소박맞아야 하는 이유도 모르고 있음에야.

'무슨 오해가 있는 겐가? 그게 아니라면 저리 나올 이유가 없지 않은가.'

생각할수록 가슴이 갑갑해졌다.

'혹시, 다른 이에게 마음을 준 것은…… 하! 그럴 리가 없지. 저 주변머리에.'

그는 가차 없이 고개를 내저었다.

어떤 여인인지 궁금해 혼인 전에 찾아와 며칠 머물며 둘러보았을 때에도 그녀의 곁에는 흔한 사내의 그림자 하나 보이지 않았었다. 그저 아버지와 오라비를 모시고 하루하루 노비처럼 일만 하면서 지내는 것을 그가 보았다. 그렇게 하루하루 이어지는 삶을 보고 성품을 보고, 자경은 그녀를 인정했다.

— 그…… *뺨*을 친 것 말이어요. *죄송했습니다.*

그냥 모른 척 묻어 두어도 되었을 일을 스스로 꺼내어 사과할 만큼 그녀는 곧았다. 그때, 자경은 깨달았다. 여린 겉모습과 달리 그녀가 사실은 누구보다 강한 여인이라는 것을 말이다. 그가 없어도 혼자서 잘 살아 낼 사람이 분명했다.

'그렇다면 도대체 이유가 뭐란 말인가. 내가 싫은 이유가 뭐

야. 이래 봬도, 하늘을 우러러 한 점 부끄러움이 없는 순결한(?) 몸이거늘.'

그는 여인을 보는 눈이 꽤 까다로운 사람이었다. 눈에 찬다고 함부로 마음에 담는 법이 없고 마음에 담지 않았으니 몸으로 품는 일도 없었다. 이래 봬도, 숫총각이란 말이다. 그에, 혼인을 결심하면서도 신부 될 사람 앞에 당당하였거늘 뜻하지 않게 그 신부에게 참변을 당하고 말았다.

"내가 미쳤지."

이번엔 반대편으로 돌아누우며 그는 한탄했다.

웅크리고 누운 자그마한 그림자가 다시 눈에 들어왔다.

— *정말로 도망치려던 것은 아니었습니다. 참말입니다.*

한참을 망설이다 조심스럽게 털어놓은 한마디가 귓전을 스쳐 갔다. 딱히 궁금한 것이 아니었는데, 그저 다시 신붓감을 찾는 일이 귀찮아 보따리를 숨긴 것뿐이라 서운한 마음 또한 없었는데, 그녀는 그 일이 제법 마음에 걸렸던 모양이었다. 물기 하나 없이 그저 체념하듯 힘없이 사그라지던 목소리의 여운이 아직도 생생했다.

"차라리 잘된 일일지도 모르지. 나는 그대를 안을 생각이 없고 그대는 그 옷고름 풀 생각이 없으니. 인연으로 친다면, 우리는 참 제대로 잘 만난 사람들이 아니오."

말을 하면서도 긴 한숨이 새어 나왔다.

말마따나, 만나긴 참 잘 만났는데 그런 생각으로도 무너진 자존심은 도무지 회복되지 않았다. 그것이 문제였다.

친정에 머문 것은 꼭 사흘이었다.

혼인을 하면 그날로 바로 신랑을 따라가라던 대감마님의 명에 따라 오복은 사흘 만에 짐을 싸야 했다.

"후우."

느릿느릿 제 짐을 챙기면서 오복은 연방 한숨을 내쉬고 있었다.

집을 나가겠다고 보따리 싸는 것이 처음이 아님에도 불구하고 지난번과 달리 이번엔 어찌 이리 마음이 싸하고 추운지 모르겠다. 자꾸 한숨이 나왔다.

얼마 되지도 않는 제 짐을 대강 부려 놓고 단삼까지 차려입은 오복은 슬그머니 사랑채 쪽을 흘깃거렸다. 아씨를 업고 떠나갔던 도련님이 간밤에 홀로 돌아오셨다. 돌아오자마자 서방님과 정식으로 얼굴을 마주하고 인사를 했다.

아씨를 치료할 방도를 찾은 덕분인지 도련님은 그 어느 때보다 편안한 얼굴이었다. 덕분에, 이렇다 할 말 한마디 없었지만 분위기는 그리 나쁘지 않았었다.

"오고 가는 길이 힘들지는 않으셨을까? 아씨는 이제 괜찮으신 걸까? 의원은 뭐라 하였을까?"

궁금한 것이 산더미 같았지만 차마 물을 수가 없었다.

곁에 서방님이 계신 탓이기도 했지만 마치 그 일을 거론하는 것 자체를 거부하는 듯한 도련님의 단호한 태도 때문이었다.

"내가 실수로라도 입을 놀릴까 봐 걱정하신 탓이겠지."

말을 그렇게 하면서도 어쩐지 전보다 더 멀어진 듯한 느낌에 오복은 마음이 아팠다.

"예서 뭐 하고 계십니까요?"

"악!"

기척도 없이 슥 나타난 얼굴을 보고 오복은 또 기함을 하고 놀랐다. 보따리를 안은 가성댁이 그녀를 물끄러미 내려다보고 있었다.

"에고머니, 어째 이렇게 기가 약하실까."

기가 약한 것이 아니라 그녀의 풍채가 쉽게 적응을 할 만한 견적이 아니기 때문이었다. 산도적처럼 우람한 몸으로 기척 하나 없이 움직이면서 예기치 못한 곳에서 불쑥 나타나기를 즐기니 어찌 놀라지 않을 수 있을까. 그나마도 긴장을 하고 있을 때는 괜찮은데 이렇게 넋을 놓고 있다가 갑자기 나타나기라도 하면 저도 모르게 깜짝 놀라게 되는 것이다.

"기, 기척을 못 느끼어서. 죄송합니다."

"또, 또 그러신다. 말씀을 놓으시라니까요. 지체 높으신 아씨께서 하찮은 하인에게 말을 높이시다니요. 자꾸 그러시면 제가 곤란해집니다요."

"아, 알았네. 앞으로는 조심하겠네."

풀이 죽어 오복은 조그맣게 말했다.

그러면서 한편으로는 조금 걱정스럽게 얼굴을 찌푸렸다. 앞으로는 아씨 흉내를 내면서 살아야 하는 처지라 속으로 항상 '나는 아씨다. 나는 상전이다.' 하는 말을 열심히 되뇌고 있었다. 그런데 막상 하는 행동은 딱 노비였다.

'아무래도 내게 노비근성이 있는 모양이야.'

노비라고 불리지는 않았으나 영락없이 노비처럼 살아온 제 인생을 돌아보며 오복은 잠시 할 말을 잃었다.

뜻하지 않아도 닭이 울면 자연스레 눈이 떠지고, 그때부터는 집안일을 해야만 한다는 의무감이 찾아왔다. 당장 나가 밥을 하거나 빨래를 해야만 할 것 같고 한순간이라도 무언가를 하고 있지 않으면 슬슬 불안해지기도 했다. 거기에, 지체 높은 분들을 뵈면 냉큼 허리를 숙여야 할 것은 같은 기분도 느낀다. 굳이 예를 들자면, 상전 본능을 타고난 서방님과 같은 분들을 뵈면 그렇다는 얘기다.

"사랑채에서 기다리고 계십니다."

"네?"

"서방님 말입니다. 얼른 가 보셔요. 아, 아버님과 오라버님께 인사는 여쭙고 떠나셔야 할 것이 아닙니까?"

"아! 나 인사 여쭈러 나온 거였지."

가성댁의 말을 듣고서야 오복은 제가 사랑채에 들려야 함을 깨달았다. 만날 멀리서 훔쳐보는 게 일상이 되는 바람에 당연히 들어가 뵈어야 하는 상황에서도 차마 들어가 뵐 생각을 못 한 것이다. 뒤늦게 종종걸음으로 나가 사랑채로 들었다. 그런데 문 앞에서 그녀는 또 고민스러운 상황을 맞이하고 말았다.

'뭐, 뭐라 여쭈어야 하지?'

안에 서방님이 계셨다. 그러니 늘 하던 대로 '대감마님'이라고 부를 수는 없었다. 그렇다고 대뜸 '아버님'이라고 하자니 덜컥 겁부터 났다. 수양딸이긴 하지만 한 번도 그렇게 불러 본 적이 없는 까닭이었다. 긴장으로 심장이 벌렁거렸다.

"어서 들어오지 않고 밖에서 무얼 하고 있는 것이냐!"

"예? 예! 드, 들어가옵니다."

기척을 느꼈는지 다행히 대감마님이 먼저 그녀를 안으로 불러들였다. 소심한 심장이 한 번 쿵 내려앉았다가 간신히 제자리로 돌아왔다. 오복은 바들바들 떨리는 손으로 배 쪽의 치마를 꾹 움켜쥐고 한참을 떨다가 조심스러운 걸음으로 다가가 방문을 열었다.

"갈 길이 먼데 어찌 이리 늑장이란 말이냐."

문지방을 다 넘기도 전에 호통 소리가 먼저 날아왔다.

당장 엎드리고 싶은 기분을 간신히 견뎌 내고 고개를 들자 보료에 좌정하신 대감마님과 그 곁에 나란히 앉은 두 분이 보였다. 도련님은 여전히 옥돌처럼 차고 무심한 얼굴이었고 서방님은 그저 좋은 듯 편안한 미소를 입가에 머금고 있었다.

'이상하다. 어째서 두 분이 닮아 보이는 게지? 생김새도 다르고 표정도 다른데…… 아! 누, 눈이 웃고 있질 않구나.'

그제야 오복은 분위기의 심상치 않음을 눈치챘다.

나란히 앉아 있긴 하지만 어쩐 일인지 두 사람은 서로를 바라보지 않은 채 내외를 하고 있었다. 영문 모를 그 오묘한 관계를

못 본 체하고 그녀는 굳은 듯 무거운 얼굴로 앉아 있는 대감마
님을 향해 다소곳이 절을 올렸다.

이렇게 떠나가면 언제 다시 뵐지 기약을 할 수 없었다.

운이 좋다면 미천한 제 정체를 들키지 않고 살다가 한 번쯤은
뵐 날이 있을 것이고, 만일 운이 나쁘다면…….

'나 하나로 끝날 수 있도록 혀라도 깨물어야 해.'

영영 돌아올 수 없게 될지도 모른다는 생각에 눈가가 저절로
흥건해졌다. 커다란 물방울을 매단 채 오복은 고개를 푹 떨어뜨
렸다.

"어허, 좋은 날에 눈물이라니."

"흑. 죄, 죄송……."

"되었다."

소리도 못 내고 그저 치맛단만 적시고 있는 오복을 향해 김
진사는 냉정하게 일갈했다.

"어리고 어리석은 너를 보내는 일이 죄스럽기는 하나 어쩌겠
느냐. 어른들께 잘하여라. 그만 가거라."

"흐읍, 예. 흑!"

"방자하구나. 초상이 난 것도 아닌데 웬 울음이 그리 긴 것이
냐."

문득, 차지도 뜨겁지도 않은 한마디가 곁에서 날아왔다.

내내 무표정한 얼굴로 앉아 있던 도련님이 그 표정만큼이나
무심한 한마디를 오복의 발치에 던져 놓은 것이다. 그에, 떨어지
는 눈물도 채 닦지 못하고 바라보자 그는 그저 그녀의 젖은 얼

굴을 한 번 흘긋 바라보는 것을 끝으로 자리에서 벌떡 일어났다.

"미안하지만 배웅은 이만하겠네."

"그러시지요."

시원하게 고개를 끄덕여 주고 자경은 횅하니 사라지는 욱의 뒷모습을 조금 삐뚜름하게 바라보았다.

'거참, 이상하구나. 하나뿐인 딸이고 여동생일 텐데 아비나 아들이나 어찌 이리도 무심히 군단 말인가.'

자경의 고개가 갸우뚱하니 기울어졌다.

하나뿐인 딸을 하루라도 더 곁에 두려 애쓰기는커녕 사흘 만에 내쫓는 장인이나 동생을 그저 남 보듯 대하는 처남이나 이해가 가지 않기는 마찬가지였다.

'딸을 가진 집들은 본래 이리들 사는 겐가?'

아들만 셋을 둔 집안과는 분위기가 이리도 다를 수가 있나 생각하다가 그는 또 가만히 형수의 집안을 떠올려 보았다.

그의 형은 아들만 여섯인 집안의 고명딸에게 장가를 들었다. 그냥 아들만 여섯이 아니고 친아들 여섯에 사촌 형제만 스물이 넘는 집안이었는데 그 형제들이 전부 다 군문에 몸을 담고 있었다.

형수는 그런 집안의 유일한 여아였다. 그러니 어머니 배 속에서 울음을 터뜨리고 나온 그 순간부터 얼마나 어여쁨을 받았을지 어지간한 범인은 상상도 못 하거니와 종종 눈을 뜨고 보지도 못할 일도 벌어지곤 하였다.

들리는 말로는, 태어나서 열 살이 될 때까지 맨땅이란 것을 제대로 밟아 본 적이 드물 정도라고 했다. 그런 형수가 반은 억지로 혼인을 할 때, 형수의 본댁은 거의 초상을 치르는 분위기였다.

하다하다 형수의 오라비들이 군사를 끌고 와 형을 몰래 죽이자고 모의까지 했었다. 그러다 아예 집을 떠나 한양으로 간다고 했을 때는 전장에서 뒹굴며 자란 그 거친 사내들이 목 놓아 엉엉 우는 바람에 보고 있던 그를 기함하게 만들었다.

'흐음, 가세가 기운 탓인가? 아니면 그저 남에게 보이기 민망하여 안으로만 삭이고 계신 겐가?'

가세가 기운 탓이라고 하자니 받아 놓은 혼수만 천금을 헤아리고, 안으로 삭인다고 여기기엔 분위기가 지나치게 삭막했다. 먼 길 가는 딸이니만치 다정한 말 한마디 정도는 해 줄 법도 한데 그런 말은커녕 딸을 바라보는 눈빛조차 왠지 서늘하고 어두웠다.

"저는 먼저 나가 준비가 다 끝났는지 알아보겠습니다."

혹시 제가 있어 저러나 싶어 자경은 슬그머니 자리에서 일어섰다.

그러면서 안 그래도 작은 몸을 잔뜩 웅크리고 앉은 채 흐느끼는 아내의 뒤를 흘깃 보았는데 확실히 그녀만이 이 자리에 있는 누구보다 인간적인 모습을 보여 주고 있었다. 덕분에 내심 이상하다고 여기던 감정이 슬그머니 흐려졌다.

"후우, 후회가 되는구나."

팽팽하게 당겨졌던 긴장의 끈을 내려놓으며 김 진사는 길게 한숨을 내쉬었다.

"이제 와 후회한들 무슨 소용이냐마는 그래도 후회가 되는구나. 너를 이리 보내서는 안 된다는 생각을 떨쳐 버릴 수가 없어. 욕심이었던 게야. 이런 혼인은 받아들이는 것이 아니었던 것을."

"훌쩍. 그, 그런 말씀 마시어요, 대감마님. 저는 괜찮습니다. 그러니 아씨를 생각하시어서라도 약해지시면 아니 되어요."

"후우, 그래. 그래야지. 그래야겠지."

기운 빠진 어깨를 다시 곧추세우며 그는 다짐하듯 중얼거렸다.

지금 이 순간에도 홀로 병마와 싸우고 있을 딸을 생각하면 가슴이 미어지고 눈물이 앞을 가렸다.

"무너질 수 없지. 그 아이가 병을 물리치고 제 발로 걸어 돌아올 때까지 예서 기다려야 할 것이니. 걱정 말아라. 견딜 것이다."

"예. 그러셔야지요. 저도 잘할 것이어요. 들키지 않게 조심할 것입니다. 허니, 너무 근심하지 마시고 부디 강녕하시어요. 폐만 끼치고 가는 소녀를 용서하시고…… 쓸모없는 핏덩이를 버리지 않고 거두어 이렇게 잘 키워 주시어서…… 훌쩍, 정말 감사하옵니다."

"오냐. 너도 그간 고생이 많았다. 비록 그 지위가 드높아 처세하기가 조금 까다로운 곳이긴 하나 적어도 예서처럼 배곯고 헐벗을 일은 없을 터이니 너도 가서 잘 지내어라."

"예, 대감마님."

"이놈! 내 일찍이 너를 딸로 거두었거늘 어찌하여 아직까지 대감마님이라 부르는 것이냐. 아버지라 하여라."

방바닥에 들러붙을 듯 낮고도 처연하게 꺾여 있던 오복의 고개가 순간 번쩍 들리었다.

그녀의 눈동자가 세차게 떨리고 있었다. 울던 것도 잊고 마치 헛것이라도 들은 사람처럼 그녀는 한동안 대감마님을 빤히 바라보기만 했다. 그러다 그가 가만히 고개를 끄덕이는 것을 보고서야 마침내 왈칵 새로운 울음을 터뜨리며 엎어졌다.

"아, 아……버지!"

서러움이 물밀 듯이 밀려왔다.

수양딸이기는 하였으나 계속된 집안의 불행으로 인하여 몹쓸 것 취급을 받는 바람에 이제껏 아버지를 아버지라 부르지 못하고, 오라버니를 오라버니라 부르지 못하는 가련한 신세였다. 그러한 신세는 앞으로도 달라질 것이 없다 여겼었다. 그나마도 내쫓기지나 않으면 다행이라고 생각했는데 이제야 딸로 인정을 해주셨다.

감격한 오복은 한참이나 엉엉 소리 내어 울다가 김 진사의 재촉을 받고서야 간신히 울음을 그칠 수 있었다.

"어서 가거라. 돌아보지 말고 가."

"예. 훌쩍, 부디 강녕……."

울음이 남아 미처 말도 잇지 못하고 오복은 떠밀리듯 방을 나섰다. 퉁퉁 부은 얼굴로 그녀가 마당으로 나섰을 때는 이미 출발 준비가 다 끝난 상태였다. 대문 앞에 모여 서서 모두가 목을 길게 뺀 채 벌써 한참이나 사랑채만 바라보고 있었다.

"아씨, 이것을 입으셔야 합니다요."

미련이 뚝뚝 떨어지는 발을 질질 끌면서 나서자 가성댁이 그녀를 한쪽으로 잡아끌었다. 통이 넓어 펑퍼짐하고 뒤가 뚫린 데다 부리는 좁은 이상한 명주 바지를 한 장 내밀었다.

"이것이 무엇이오?"

"말군(襪裙)입니다. 말을 탈 때 입는 것이지요."

"말? 말을 탄다는 말입…… 아니, 말이냐?"

"그야 당연한 것이 아닙니까? 말을 타지 않으면 한양까지 어찌 간답니까? 어서 치마 위에 덧입으셔요."

말을 탄다는 말에 처연하던 기분이 싹 가셨다. 대신 새로운 걱정거리가 생겼다.

"나, 나는 말을 타 본 적이 없는데."

오복은 크게 당황했다.

생각해 보니, 양반가에서 부녀자가 말을 탄다는 것은 지극히 당연한 일이었다. 그런데 형편이 어려웠던 것은 둘째 치고 오복은 제 스스로 미천한 것이라 생각한 탓에 이제껏 말이라는 것을 타 볼 생각조차 못하고 살아왔다.

'아, 아씨께서도 말은 한 번도 타 본 적이 없으신데!'

아씨 흉내를 잘 내 보리라 작심하고 나선 지 단 세 걸음 만에 그녀는 그야말로 난관에 부딪혔다. 떨리고 얼떨떨한 기분으로 바지를 입으면서도 어찌해야 하나 근심스러울 정도였다.

"걱정 마십시오. 쇤네가 고삐를 잡겠습니다. 아씨께서는 그저 가만히 앉아만 계시면 되는 겁니다."

말도 안 된다. 사람이 말 위에 어찌 가만히 앉아 있을 수 있단 말인가! 가만히 있고 싶어도 말이라는 놈이 계속 움직일 것이니 분명히 얼마 가지 못해 떨어지고야 말리라. 그런 생각에 오복은 마음이 몹시 심란해지는 것을 느꼈다.

"출발도 하기 전에 해가 지겠소. 조금 서두릅시다."

창백한 얼굴로 말을 바라보는 오복에게 자경이 재촉을 하고 나섰다. 펑퍼짐한 말군을 입은 오복은 더 짜리몽땅하고 어려 보였다. 올린 머리만 아니라면 혼인을 한 신부라기보다는 아직 어린 아씨 같았다. 그 모습이 우스우면서도 제법 귀여워 자경은 저도 모르게 씩 웃었다.

"조, 조심하게."

말이 처음인지 발발 떠는 그녀를 가성댁이 달랑 들어 말 위에 얹어 놓았다. 그러자 조랑말 위에 앉은 그녀의 얼굴이 순식간에 하얗게 질렸다.

"어, 어, 어! 이놈이 움직이네!"

"아이고, 괜찮습니다요. 엄살떨지 마셔요. 이렇게 쇤네가 고삐를 잡았습니다."

한 손에 틀어쥔 고삐를 보여 주며 가성댁은 사내처럼 허허 웃었다. 그러면서 민망하게 다리를 짝 벌리고 앉은 오복의 발을 잡아다 등자 위에 잘 놓아주었다. 신기하게도, 말 위에 앉아 있는 오복과 서 있는 가성댁의 눈높이가 얼추 비슷했다. 하나는 지나치게 크고 하나는 작아서 벌어진 일이었다.

"이상하게 잘 어울리는 조합이 아닌가."

둘의 모습을 나란히 놓고 보면서 자경은 그렇게 중얼거리고 있었다. 둘 중 하나가 사내였어도 왠지 어울릴 것 같다는 무서운 생각이 들었다.

"너울을 쓰셔요, 아씨."

말 위에 앉아 발발 떠는 오복에게 가성댁이 너울을 건넸다.

그것을 받아 쓰고 검은 명주천을 드리우자 마침내 준비가 끝났다고 여겼는지 앞에서부터 일행이 서서히 움직이기 시작했다. 그저 꿈틀거리기만 하던 말이 정말로 앞으로 나아가기 시작하자 오복은 더더욱 기함을 하여 저도 모르게 몸을 굳혔다.

"처음부터 너무 그리 힘을 주시면 안 됩니다. 얼마 가지도 못해 기절을 하실 겁니다요. 몸에서 힘을 빼시고 그저 편안히 흔들흔들 가셔요."

오복도 그러고 싶었다.

그저 편하게 흔들흔들 가고 싶은데 살아서 꿈틀거리는 놈을 타고 있자니 몸이 마음대로 따라 주지 않았다. 더구나 시야가 훌쩍 높아지는 바람에 때아닌 어지럼증까지 도질 지경이었다. 이제껏 이렇게 높은 곳에는 앉아 본 적이 없었다.

"한 닷새는 걸릴 테니 벌써부터 너무 기운 빼지 마셔요."

"애, 애쓰고 있네."

정말이다. 오복은 이놈의 말 위에서 죽지 않기 위해 최대한 애를 쓰고 있었다. 그래 봤자 몸이 굳고 자꾸만 팔다리에 힘이 들어갔지만 말이다. 부끄럽게도 그녀는 거의 버둥거리고 있었다.

와중에도 오복은 뒤를 돌아보는 용기를 내었다.

이제 떠나면 다시 돌아온다고 장담할 수 없는 곳이었기에 마지막이라는 심정으로 소중히 눈에 담아 두려는 것이었다. 아릿한 시선으로 그녀는 낡고 오래된 집 안을 차분히 훑었다. 그런 그녀의 눈에 도련님이 계신 방이 들어왔다. 딱 한 뼘만큼 창을 열어 두고 그림처럼 그 안에 앉아 계셨다.

'도련님, 소녀가 이제 가옵니다.'

말 때문에 놀라서 잠깐 말라붙었던 눈물이 다시 촉촉하게 눈가를 적셨다.

'부디 강녕하셔요. 혹, 운이 좋아 다시 뵈올 수 있다면 그땐 오라버님이라고 부르고 싶습니다.'

아씨 대신이긴 하나, 어쨌거나 이제 그녀는 다른 사내와 혼인을 하여 그의 아내가 되었다. 전과 같은 마음으로 도련님을 대할 수는 없을 터였다. 하여, 그녀는 흡사 연인과 이별을 하는 마음으로 돌아앉아 이쪽을 바라보아 주지도 않는 그분에게 깊이 읍하였다. 이별이었다.

시전의 긴 행랑은 좌우로 늘어서서 십자가까지 이어지고 있었다.

황성(皇城)의 정문인 광화문을 나와 동쪽으로 나 있는 관청거리를 지나면 남쪽으로 남대가가 있고 이 길이 나성의 동문과 서문까지 지어지는데 남북대로와 동서대로가 만난다고 하여 이곳을 십자가라고 불렀다. 개경의 중심가였다.

"여기 어디에 큰 절이 있다지?"

말을 타고 앞서 가던 자경이 멋들어진 앵계천의 풍광을 바라보며 혼잣말처럼 물었다.

"예, 나리. 북쪽에는 흥국사라고 하는 큰 절이 있고 십자가 주변에는 민천사랑 봉은사도 있습지요."

"예서 먼가?"

"가깝지는 않습지요."

"이런, 예까지 온 김에 들렀다 가려 하였더니."

혼인을 했다는 사실은 벌써 잊고 유람할 생각부터 한 그는 진심으로 안타까워했다.

시간이 더 있었다면 송악산 만월대부터 시작하여 벽란도까지 두루두루 둘러보았을 것인데 몰인정한 장인이 사흘 만에 내칠 줄을 누가 알았겠는가.

"가는 길에 좋은 다점에나 들르세."

사방에서 몰려오는 여인네들의 시선을 즐기며 그는 여유만만하게 말했다.

어차피 혼인은 하였고 집은 어디로 도망가는 것이 아니니 평소 버릇대로 닷새가 걸리는 길을 열흘이나 한 달을 걸려 가도 무엇이 문제이랴 생각한 것이다.

"아니, 풍류 즐기러 오셨습니까? 다점은 관두시고 요기하게 주막에나 들르십시오."

가성댁이 다 죽어 가는 오복의 몰골을 눈으로 가리키며 한마디 했다.

말을 탄 지 고작 반나절밖에 안 지났는데 그녀는 벌써 흐물흐물한 녹초가 되어 있었다. 허리도 아프고 다리도 아프고 무엇보다 엉덩이가 깨질 것만 같았다. 이대로라면 한양에 닿기도 전에 죽을지도 몰랐다.

'소박 놓았다고 이렇게 복수하시는 겐가. 아이고, 오복이 죽네.'

말도 못하고 식은땀까지 뻘뻘 흘리면서 그녀는 앓았다.

다행히 가성댁이 때마다 내려놓고 사지를 주물러 주었기에 버티었지 안 그랬다면 진즉에 송장이 되었을 것이었다.

"벌써 요기할 때가 되었나?"

그제야 제게 딸린 덩어리를 떠올리고 자경이 설핏 웃었다.

하는 수 없이 주막을 찾으면서도 그는 이러다 제 한량 생활에 막대한 지장이 생기면 어쩌나 하는 걱정부터 했다. 유부남이 된 이후의 첫 감상이었다.

십자가를 거의 다 벗어난 끄트머리쯤에서 그들은 제법 번듯한 주막을 찾았다. 뭘 파는 곳인지는 모르지만 오복은 말에서 내릴 수 있다는 이유만으로 그저 반갑기만 했다. 그랬는데, 말에서 내려 다시 팔다리를 주물리고 간신히 정신이 돌아왔을 때 그녀의 앞엔 어마어마한 것이 놓여 있었다. 잔치 때 멀리서 구경만 해 본 음식이었는데 그 이름이 만두였다.

"이, 이것을 정말……."

'제가 먹어도 됩니까?' 하고 물으려다 오복은 황급히 입을 다물었다.

만두는 대감마님께서도 일 년에 한 번이나 드실까 말까 할 정
도로 귀한 음식이었다. 진가루가 원래 비싸기 때문에 쉽게 구할
수 없어 특별한 날에만 조금 사다가 국수를 만들어 먹을 수 있
었을 뿐 만두는 꿈도 꿔 보지 못했었다. 그런 귀한 만두가 통째
로 그녀에게 대령된 것이었다.

"드시오. 많이 드셔야 더 자라실 게 아니겠소이까."

느긋하게 젓가락을 들면서 자경이 약을 올렸다.

말군을 입어 더더욱 짜리몽땅하게 보이는 그녀를 놀리는 것인
가 했는데 가만 생각해 보니 소박 놓은 일을 탓하는 것처럼도
들렸다. '네가 아직 어려서 남녀의 일을 모르는 듯하니 더 자라
야 하지 않겠느냐.' 하는 뜻이었다. 오복의 눈이 번뜩였다.

"서방님께서도 많이 드시어요."

많이 처먹고 힘을 내어 또 계집질과 주먹질을 하러 다니시오.

얄밉게 눈을 흘겼다. 그러곤 만두를 소중하게 집어 조심스럽
게 입에 넣었다. 몇 번 씹지도 않았는데 보드라운 만두피가 녹듯
이 부드럽게 목을 타고 넘어갔다. 오복의 얼굴이 화사하게 피어
났다.

"맛있소?"

"예. 정말 맛있습니다. 소첩은 이렇게 맛난 것은 처음 먹어 보
옵니다."

"그, 그렇구려."

어린아이처럼 눈을 빛내면서 그녀는 꽃처럼 웃었다.

그 모습이 생각지도 않게 어여뻐 보여 자경은 놀리려던 생각도 잊고 저도 모르게 말까지 더듬었다.

"크흠. 오늘은 주막에서 쉬고 배를 타야 하니 내일 나루로 갑시다."

"배, 배를 탑니까?"

"그렇소. 말을 계속 타고 가다가는 사람을 잡을 듯하여."

'길에서 초상을 치를 수는 없지 않소.' 하고 말하듯 그가 그녀를 바라보았다. 아닌 게 아니라, 첫날밤에 소박맞은 것도 억울한데 혼인한 지 사흘 만에 홀아비 신세가 된다면 그 얼마나 억울할 것인가 말이다. 그렇다고 이렇게나 귀찮은 혼인을 다시 또 할 수도 없고.

"저, 저는 배도 타 본 적이 없사온데……."

오복은 당황하여 슬그머니 말을 흐렸다.

말마따나, 그녀는 말도 처음이지만 배도 처음이었다. 그러고 보니 만두도 처음 먹어 보았다. 하루 사이에 그녀는 정말 엄청난 경험들을 하고 있었다. 물론, 그 엄청난 경험의 결정판은 또 서방님과 한방에서 한 이불을 덮고 자야 한다는 것이었다.

첫날밤 이후, 오복은 그와 최대한 멀리 떨어져 잠들기 위해 노력했다. 그런데 주막집의 봉놋방은 피할 구석 따위는 아예 없을 만큼 좁은 데다 이불도 달랑 한 채뿐이라 두 사람은 별수 없이 나란히 붙어 자야만 했다. 뒤늦게야 그 사실을 깨닫고 오복은 또 말도 못 하게 괴로워했다.

"앗! 왜 또 옷을 벗고 그러십니까?"

"자야 하니 그렇소이다. 불편해 보이시는데 부인께서도 그 단삼 정도는 벗고 주무시는 게 좋지 않겠소?"

"저, 저는 괜찮습니다. 헉! 저, 저고리는 벗지 마시어요. 여, 열도 나는 듯하고 숨이 가빠지는 것이 제가 자꾸만 이상하여집니다."

"난 그저 방이 너무 더운 듯하여……."

"아니 되옵니다. 저가 이상하여진다니까요!"

자꾸만 벌어지는 자경의 앞섶을 꼭 여며 주며 오복은 벌건 얼굴로 애원을 했다.

얇은 저고리 사이로 은근히 드러나는 단단하고 하얀 살결 때문에 가슴이 두근거리고 정신이 다 혼미해지고 있었다. 그녀의 서방님은 옷을 입고 있을 때도 가슴을 두근거리게 하지만 벗으면 아예 정신을 혼미하게 만드는, 실로 음약 같은 남자였다.

그 음약 같은 남자와 나란히 누워 오복은 잠깐 제가 떠나온 집과 아씨를 떠올렸다. 어찌 지내고 계실까 궁금하고 걱정도 되고…… 그리고 조금은 돌아가고 싶기도 했다. 이렇게 멀리 떠나온 것은 처음이었기에.

"궁금한 것이 있소만."

반듯하게 누워 컴컴한 천장을 바라보며 자경이 문득 입을 열었다.

"도대체 내가 소박을 맞아야 하는 이유가 뭡니까, 부인?"

"그거야, 서방님께서도 잘 알고 계시는 그 이유 때문입니다."

"음? 내가 잘 알고 있는 그 이유라니요? 그것이 무엇이오?"

알면서도 묻는 겐가, 아니면 정말 몰라서 묻고 있는 것인가.

오복은 조금 헷갈렸다. 그래서 대답을 해 줄까 말까 고민을 하다가 조그만 목소리로 말했다.

"소문을 들었습니다."

"……?"

"주먹질과 계집질에 능하시고 툭하면 집을 나가 한 달이건 두 달이건 연락을 끊으신다고요."

뭐, 뭐라?

너무 기가 막혀서 자경은 뭐라 말도 못하고 그대로 몸을 굳혔다. 가끔 유람을 다니는 것은 그렇다 쳐도 계집질과 주먹질이라니. 살다 살다 이렇게 억울한 누명은 또 처음이었다. 속이 부글부글 끓었다. 그러다 도대체 어떤 놈이 그런 헛소문을 퍼뜨렸는지에 대해 생각하게 되었고 그는 곧 몇 명의 유력한 용의자를 떠올릴 수 있었다.

— 잘 다녀오게나. 곧 좋은 소식을 들을 수 있었으면 좋겠군.
— 우리 다녀와서 꼭 보세나.

혼인날에 맞추어 한양을 떠나는 그를 향해 유난히 즐겁게 싱글싱글 웃으면서 손을 흔들던 친우들의 얼굴이 눈앞을 스쳐 갔다. 그제야 자경은 깨달았다.

'당했구나!'

신음까지 흘리며 그는 괴로워했다. 그러든지 말든지 오복은 또 슬쩍 돌아누우면서 종알거렸다.

"후우, 서방님 같은 분과 혼인을 하였으니 제 팔자도 참 기구하옵니다. 아무튼, 옛 성현께서도 질투는 '부인의 보통 일(婦人之常事)'이라고 하셨으니 서방님께서도 제 복잡한 심사를 생각하시어 자중하여 주시어요. 제가 참말 별꼴을 다 겪사옵니다."

"혹시, 그 소문을 처가에서도 다 들으신 게요?"

"당연하지요. 그분들에게도 귀가 있습니다."

"끄응."

그제야 그는 모든 것을 이해할 수 있을 것 같은 기분이었다.

이토록 아름답고 잘난 제가 첫날밤에 소박을 맞은 이유와 삭막하던 처가의 분위기하며 그를 바라보던 처남의 시선이 유난히 냉랭했던 이유 등을 말이다. 그리고 동시에 억울하여졌다. 그에, 자경은 이불을 박차고 일어나 소리쳤다.

"억울하오!"

"그게 무슨 말씀이십니까?"

"헛소문이오. 말도 되지 않는 소리란 말이외다. 천지신명께 맹세하건대, 나는 절대로 그런 몹쓸 사내가 아니오."

"하암. 졸립니다. 어서 주무셔요."

"아니, 이런 때에 지금 잠이 온단 말이오?"

"예."

그러고 그녀는 정말로 눈을 감아 버렸다.

하루 종일 말을 타고 움직이느라 기진맥진한 탓에 뭐라 더 말하기도 전에 금방 잠이 들었다. 자경의 입이 딱 벌어졌다.

龍山曉霧濃於雨(용산효무농어우)

용수산의 새벽안개는 비보다 더 짙고

鵠嶺宵燧遠似星(곡령소봉원사성)

곡령의 봉홧불은 별만큼이나 멀다.

醉夢欲回殘月白(취몽욕회잔월백)

취한 꿈에서 다시 깨어나는 새벽달은 희부영기만 한데

坐看松影落寒廳(좌간송영낙한청)

차가운 마루에 앉아 나는 소나무 그림자를 바라본다.

— 이규보, '앵계초당에서 우연히 읊다.'

이미 한참 전에 멀어진 나루 쪽을 바라보며 묵묵히 시 한 수를 뽑아낸 자경이 진지한 어조로 덧붙였다.

"난봉꾼 아니오."

"……."

"참말 아니오."

자경은 벌건 눈을 한 채 오복의 치마꼬리를 졸졸 따라다니고 있었다.

"글쎄, 아니라니까!"

"후우, 처음에는 거지가 아니라 하셨지요. 도둑도 아니라 하시고 이제는 난봉꾼도 아니라 하시니 제가 참말 헷갈리옵니다."

"헷갈릴 것 없소이다. 그 모두가 다 사실이 아니니."

"예에."

건성으로 대답해 주고 오복은 다시 너울을 뒤집어썼다.

어제 이른 아침, 그들은 임진나루에서 배를 탔다. 돈도 많은 집안이라 배 한 척을 전세 내어 말과 함께 건넌 후 또다시 말을 타고 흔들흔들 움직이고 있었다. 사흘쯤 탔더니 죽고 싶을 만큼 힘들었던 말 타기도 어느덧 슬슬 적응이 되어 가는 중이었다.

"이제 한나절만 더 가면 될 것이옵니다."

도성 안으로 들어서면서 가성댁은 그렇게 말했다.

본댁이 북촌에서도 한복판이라 게까지 가려면 하루가 족히 걸린다는 말이었다. 힘들었던 신행길도 이제 얼추 끝나 가는 것이다. 더불어, 끝이 다가올수록 오복의 긴장감은 서서히 강해지고 있었다.

"헌데, 작은서방님은 무엇 때문에 저렇게 삐쳐 계신답니까?"

살벌한 얼굴로 때때로 이를 으드득 갈곤 하는 자경을 가리키며 가성댁이 물었다. 오복은 간단하게 대답했다.

"나도 모르겠네. 공연히 심사가 틀어지신 것 같아. 후우, 빨리 철이 드셔야 할 터인데 큰일이야."

"허기는, 사내들은 본래 다 똑같습지요. 나이가 많고 적은 것은 아무 상관이 없습니다. 늙어 죽을 때까지 철이라곤 들지 않는 작자들이 아닙니까요."

"그렇구먼."

늙고 어린 두 여자는 나란히 고개를 끄덕였다.

그렇게 막 시전거리로 접어들었을 때였다. 무슨 일인지 대로 한복판을 가로막고 사람들이 웅성거리며 모여 있었다.

"무슨 일이냐?"

앞서 가던 자경이 소란스러운 앞을 보면서 물었다.

"아무래도 길이 막힌 것 같습니다."

"막히다니? 누가 대로를 막았다는 것이냐?"

"그것이…… 싸움이 난 듯합니다요."

"싸움?"

싸움이라는 소리에 오복은 깜짝 놀랐다.

누구이기에 백주대낮에 대로를 막고 싸우고 있는 겐가. 호기심을 품기가 무섭게 둥글게 둘러섰던 사람들이 왁 하고 흩어지더니 순간 그 안에서 누군가가 불쑥 튀어나왔다. 옷이 다 뜯어지고 머리는 까치집을 한 남자가 얼굴이 시커멓게 멍이 든 채 맨발로 우왕좌왕하며 도망치고 있었다.

"거기 안 서? 이 염병할 인간아, 너 그러다 잡히면 내 손에 아주 죽는 거야."

몽둥이를 든 여자가 사내를 쫓아다니면서 고래고래 소리를 질렀다.

"도대체 어느 년이랑 붙어먹느라 사흘이나 내리 안 들어온 거야. 어엉?"

"어허, 그런 게 아니라니까. 이 여편네가 쪽팔리게 진짜 왜 이래. 그, 그 몽둥이 안 내려놔?"

"오라, 니가 아직 덜 맞았구나."

이제는 팔까지 걷어붙이고 여자가 다시 사내를 쫓았다. 그런 때에 누가 불렀는지 저만치서 육모방망이를 든 포졸들이 우르르 달려오는 것이 보였다. 그들을 발견한 사내가 '옳다구나' 하고 달려가 얼른 포졸들의 뒤에 숨었다. 그러자 여자는 이번엔 앞을 막아서는 포졸들을 때리기 시작했다. '죽어, 죽어!' 하는 여자의 고함 소리가 대낮의 거리를 쟁쟁 울리고 있었다.

'한양은 참말 무서운 곳이구나.'

입까지 딱 벌리고 서서 오복은 그렇게 생각했다.

여자가 몽둥이를 들고 날치는 데에 놀란 것이 아니라 그런 그녀를 아무도 말리지 않는다는 사실에 놀랐다. 남자를 때려죽여도 하는 수 없다는 듯이 말이다.

"한양이란 곳은 본래 이런 곳이었습니까?"

"……아니오."

서방님은 또 고개를 저었다.

이제는 입만 열면 아니라는 말만 하는 것 같았다. 그에, 오복은 불신 어린 시선을 한 번 툭 던져 주고 다시 말을 움직였다.

한양의 분위기는 개경과는 조금 달랐다.

와가가 많은 개경과 달리 한양엔 초가가 많고 좁은 곳에 작은 집들이 다닥다닥 붙어 있어 흡사 개미굴 같았다. 규모가 크고 사람이 많은 것은 한양이 더했지만 가옥의 아름다움이나 거리는 개경이 조금 더 나았다. 같은 점이라면, 개경이나 한양이나 다점보다 술집이 더 많다는 것이었다.

도성 안으로 들어와 하룻밤을 지낸 다음 그들은 마침내 북촌으로 방향을 잡았다. 온통 시끌벅적하고 복잡한 길을 지나 북촌으로 들어섰을 때 오복은 다른 이유로 또 놀라고 있었다.

"여기가 정말 같은 한양 땅이 맞는 것입니까?"

초가가 사라지고 서서히 와가가 나타나기 시작했을 때만 해도 오복은 별다른 감흥이 없었다. 그런데 곧 고래 등 같은 집들이 나타나기 시작하자 아연 긴장이 되기 시작하는 것이었다.

좁고 구불구불하던 길이 넓고 반듯하게 변하고 나직하던 담들이 점점 더 높아지면서 마침내 고루거각들이 하나둘씩 모습을 드러내었다. 높은 솟을대문을 단 저택들이 기와를 마주하고 늘어선 웅장한 모습으로 그들을 맞이하고 있었다.

"여, 여기가……."

오복은 눈앞에 나타난 높은 솟을대문을 올려다보면서 마른침을 꿀꺽 삼켰다.

오면서 본, 고래 등 같은 집들은 저리 가라 할 정도로 어마어마한 규모의 저택이 눈앞에 있었다. 생각보다도, 상상보다도 더 어마어마한 규모였다. 이곳이 바로 이제부터 그녀가 지내야 할 곳이었다.

"작은도련님 오셨습니까!"

활짝 열린 대문 안에서 건장한 하인들 수십이 쏟아져 나와 급히 허리를 굽히며 일제히 외쳤다. 상감마마가 행차하셔도 이보다는 덜 요란하리라 싶을 정도였다.

말에서 내린 자경은 가성댁이 달랑 들어 내려놓는 오복을 부축하고 천천히 대문 안으로 들어섰다. 사람이 나와 목화씨와 콩을 뿌려 잡귀를 쫓고 이후 자경이 먼저 문 앞에 피워 둔 짚불을 넘어섰다.

이제까지 담담하게 길을 잘 따라온 오복은 그 짚불을 넘고서야 마침내 두려움을 느끼기 시작했다. 긴장으로 얼굴에서 핏기가 가시고 손이 덜덜 떨렸다. 그저 시집을 가나 보다 했었는데, 막상 오고 나서야 제가 도모하고 있는 일이 얼마나 큰 사기 행각인지를 깨닫게 된 것이었다. 사방에서 바늘처럼 쏘아진 시선들이 오롯이 한 몸에 박혀 들었다. 오복은 무서워 죽을 것만 같았다. 너무 무서워서 이가 딱딱 부딪칠 지경이었다.

"상이 다 준비되었습니다. 어서 안으로 드셔요."

하녀들이 주르륵 나와서 넋조차 빼놓고 멍하니 선 그녀를 잡아끌었다.

그 손들에게 이끌려 오복은 제가 어디로 가는 줄도 모르고 휘청휘청 따라가 옷을 갈아입고 다시 다른 방으로 불려 갔다. 커다란 상을 앞에 놓고 어른들이 주르륵 앉아 그녀를 기다리고 있었다. 두려움에 다시 혼이 저만치쯤 달아났다.

다리에 힘이 풀려 그저 주저앉고만 싶은 기분과 울고 싶은 기분 사이에서 갈팡질팡하다 보니 어느새 수모들을 거느리고 시부모님께 절을 하고 있었다.

"잘 와 주었다."

기쁨이 밴 목소리에 오복은 발발 떨면서도 살며시 고개를 들어 앞을 바라보았다. 그러자 편안하면서도 호탕한 기색이 가득한 장년인이 환하게 웃으면서 그녀와 시선을 맞추어 왔다.

"듣던 것보다 훨씬 더 고운 아이구나. 구 노인 말이 맞아. 내

아들이 복덩이를 얻었어. 하하하! 어떻습니까, 부인?"

"저도 좋습니다. 제게 딸이 없는 탓에 아들 녀석들 다 장가들이고 나면 내내 허전할까 걱정하였는데 이제 저 아이가 들어와 함께 살게 된다니 큰 위안이 됩니다. 마음이 벌써부터 든든하여집니다, 대감."

곱게 나이를 먹은 중년 여인이 뺨에 보조개까지 만들며 환하게 웃었다. 그러곤 겁에 잔뜩 질린 채 떨기 바쁜 그녀에게 호의가 가득한 미소를 보내었다. 아버님도, 어머님도 불쾌한 기색이라고는 단 한 점도 없이 그저 따스함만 가득한 눈빛으로 그녀를 보고 있었다.

오복은 어쩐지 눈물이 날 것만 같았다.

이제껏 이런 환대는 받아 본 적이 없었다. 그저 순수한 기쁨으로만 저를 대해 주는 사람들을 오복은 처음 보았다. 거두어 키워 주신 대감마님도, 도련님도 본래 다정한 성품들이 아니셨기에 언제나 무심한 듯 냉정하게만 대해 주셨을 뿐이었다. 함께 자라다시피 한 아씨에게선 오히려 연민 어린 시선만 받았다.

그랬는데 생전 처음 만난 이분들은 어째서 이리도 다정하단 말인가. 그녀의 무엇을 보고 이리도 기뻐해 주신단 말인가. 행복한데 얼떨떨하고 놀라우면서도 당황하여 오복은 저도 모르게 곁에 앉은 서방님을 돌아보았다.

"그대는 좋겠소이다. 친아들인 나보다 더 어여쁨을 받다니."

농담 같은 한마디와 함께 그가 씩 웃었다.

하나도 안 멋있는데, 감격스럽지도 않은데 갑자기 주르륵 눈물이 쏟아졌다.

"음? 왜, 왜 우는 거요?"

"아, 아무것도 아니…… 흑……."

"부, 부인?"

한껏 당황한 그의 목소리를 들으며 오복은 아예 퍼질러 앉아 펑펑 울었다.

三. 형님께서 명하시기를

"저런! 거지꼴을 하고 담을 탔더란 말이냐?"

"훌쩍. 예. 헌데 한사코 거지가 아니라고 부인을 하셨습니다. 지나가는 과객이라고 하셔 놓고는 또 배가 고프니 밥을 달라고 하셨습니다."

오복은 고자질을 하고 있었다.

폐백상을 앞에 두고서 할 짓은 아니었지만 어쩌다 보니 분위기가 어느새 서방님의 만행을 성토하는 쪽으로 흘러가 버렸다. '이랬소' 하면 기다렸다는 듯 '지화자' 하고 척척 박자를 맞춰 주니 저도 모르게 흥이 났나 보다.

"그래서 밥을 차려 주었고?"

"예. 아니 주면 소리를 지르신다고 하시어서."

"허어! 참으로 더 듣고 있기도 부끄럽고 민망하구나. 서찰 하나 달랑 남겨 두고 집을 나가 한 달 만에 거지꼴을 하고 들어오기에 어딜 갔었나 했더니, 게에 가서 그러고 싶더냐, 이놈아?"

구헌은 진심으로 한탄을 금치 못했다.

어릴 땐 누구보다 똘똘하고 귀여워 어여쁨을 받으며 자란 둘째 아들인데 다 자라서는 오히려 바보가 되어 버린 것 같았다. 공부도 뒷전이요, 혼인도 하기 싫다고 버티다 결국 제 잇속을 챙기고서야 선심 쓰듯 간신히 해 주는 듯하더니 잘하라는 충고를 할 새도 없이 그새 일을 저질러 놓았다.

청개구리 같은 저 성질머리에 혼인을 아예 파투를 내 놓지 않은 게 어디인가마는, 그래도 그렇지 말이야. 아비 얼굴이 있는데 혼인을 할 사람의 집까지 찾아가 그 주접을 떨어 놓을 것은 또 무어란 말인가. 그러다가 신부가 도망이라도 쳤으면 어쩌려고? 민망함에 구헌의 두 귀가 남몰래 벌게졌다.

"새아기를 볼 낯이 없구나."

오 부인이 수건을 꺼내어 눈물 젖은 오복의 얼굴을 닦아 주었다. 그러면서 멀뚱거리고 앉은 자경에게 물었다.

"헌데, 조금 이상하구나. 오고 가는 데 열흘이면 충분하고도 남는 거리를 너는 어찌 한 달이나 걸려 다녀온 것이냐?"

"그것이, 가는 길에 석전(石戰)놀이를 구경하다가……."

곰곰이 기억을 더듬다 자경은 아직 누구도 짐작하지 못하고 있던 그날의 일에 대해서 매우 허심탄회하게 털어놓았다.

그날, 도성을 벗어나 나루로 가는 길에 자경은 석전놀이를 구경했다. 돌을 던져 이마빡을 깨 놓는 일인 만큼 워낙 험한 놀이라 자주 벌어지지는 않지만 그만큼 흥미진진하기도 하여 골수꾼들이 많았는데 자경도 그중 하나였다. 그러니 참새가 어찌 방앗간을 그냥 지나가랴. 어찌어찌 그도 구경하는 무리에 끼게 되었다.

"헌데, 중간에 괜히 품이 허전해서 더듬어 보니 전낭이 없어졌지 뭡니까? 그리고 저만치에서 웬 중노미가 전낭을 들고 뛰더라고요."

"허어, 저런! 그, 그래서?"

"'저놈 잡아라' 소리치면서 따라 뛰었죠. 그런데 이놈이 정말 잘 뛰는 게 아닙니까? 나루까지 가서는 거기서 배를 타고 먼저 뜨기에 저도 뒤따라 배를 잡아타고 따라갔는데, 글쎄 이놈이 서경까지 올라가잖아요."

실로 독한 놈이라고 생각했다.

전낭 하나 털어 서경까지 들고튀다니. 난놈은 난놈이리라 생각하고 끝까지 쫓은 끝에 놈을 서경의 한적한 산길에서 때려잡았다. 그러곤 전낭을 도로 빼앗아 개경으로 향했는데 중간에 전낭을 열어 보니 돈은 없고 돌만 가득 들어 있었다.

"음? 돌만?"

"예. 알고 보니 석전을 하는 놈이었답니다. 몸이 날래고 팔 힘이 좋아서 제법 잘 던지는 자라고 소문이 났던데요."

"허면, 네 전낭은 어찌 된 것이고?"

"그게…… 돌아와서 보니 방에 그냥 있었습니다. 애초에 두고 나간 거였어요. 그래서 동가식서가숙(東家食西家宿)하며 개경까지 간 거지요. 하하하!"

방 안에 괴괴한 침묵이 내려앉았다.

그 속에서 혼자 껄껄 웃다 저 말고는 아무도 웃고 있지 않다는 사실을 깨달은 자경이 뒤늦게 표정을 굳히고 슬그머니 입을 다물었다.

"미안하구나. 어릴 때는 괜찮았는데……."

오 부인이 눈물까지 글썽이며 오복에게 진심으로 한탄을 하였다.

그 심정을 어쩐지 이해할 수 있을 것 같은 기분에 사로잡혀 오복은 그녀를 위로한답시고 말했다.

"괜찮습니다. 계집질과 주먹질을 하시는 것보다는 낫사와요."

"음?"

"소문이 험하여서 참말 걱정을 하였는데 이만하니 참 다행이다 싶습니다."

"그, 그런 소문도 돈단 말이냐? ……흑, 대감!"

갑자기 통곡에 가까운 눈물 바람이 일었다. 그리고 마냥 다정하고 친절하실 것이라 여겼던 아버님의 입에서 '네 이놈!' 하는 고함이 터져 나왔다. 그 순간, 오복은 무언가가 잘못되었다는 사실을 깨달았지만 일은 이미 거하게 벌어져 있었다.

철썩!

"어흑! 아버지 이러시는 거 아닙니다."

"시끄럽다, 이놈!"

"작은숙부님입니다."

누군가의 소개가 있었다. 오복은 수모들의 부축을 받아 작은 숙부님 내외께 절을 올렸다.

곁에서는 자경이 종아리를 맞고 있었다. 험한 소문이 돌 정도로 그 행실을 바로하지 못하여 부모의 체면을 깎고 처를 근심케 하였다는 죄목이었다. 아들의 잘못을 징치하기는 해야겠고 폐백도 당연히 받아야 하는 것이니 결국은 둘을 동시에 하게 된 것이었다.

철썩!

"억! 아, 아픕니다."

"아프라고 때렸다, 이놈아!"

신랑은 매를 맞고 신부는 다시 절을 하였다.

이 댁의 훈계는 엄한 구석이 있어서 절 한 번에 종아리 한 대가 착실하게 교환되었다. 하필이면 일가친척도 많았다. 아직 살아 계신 백숙부모, 고모 내외, 외숙 내외, 이모 내외와 친가의 아버님 형제 내외분들을 다 모신 탓에 절만 여러 번을 해야 했다. 자경의 종아리가 피로 물들어 갔다.

"아야야! 아, 살살 좀 하시오."

종아리가 걸레처럼 너덜거리도록 맞은 자경이 엎드려 누워 엄살을 떨고 있었다. 비명과 눈물이 난무하는 폐백을 끝내고 간신히 처소로 돌아와 누운 참이었다.

"엄살 피우지 마시어요. 그저 조금 찢어진 것뿐입니다. 피도 조금밖에 안 났습니다."

"그래도 아프단 말이오."

"흥! 아픈 거 싫어하시는 분이 석전놀이는 어찌 즐기시는지 모르겠습니다."

"그거야 내 머리통이 깨지는 게 아니잖소."

어쩌면 이렇게 얄미운 소리를 잘도 하실까.

잘난 머리통을 한 대 콱 쥐어박아 주고 싶은 충동을 느끼며 오복은 종아리에 열심히 발라 주던 약통을 내려놓았다. 짧은 한숨과 함께 너른 방을 돌아보았다.

시댁에 마련된 그녀의 처소는 드넓었다.

개경의 낡은 와가는 여기에 비하면 골방이었다. 굴러다녀도 될 정도로 넓은 방 안엔 붉은 칠을 한 가구들이 가득 채워져 있었다. 눈이 부셨다. 생전, 꿈도 꿔 보지 못한 사치였다. 정말 이런 것을 제가 누려도 되는 것일까, 보면 볼수록 두렵고 불안할 지경이었다. 불안 반, 설렘 반이 섞여 정신이 아득하니 멀어졌다.

"서방님은 참 좋으시겠습니다."

멍하니 방을 돌아보다 오복은 끙끙대는 자경을 향해 말했다.

"음?"

"좋은 부모님을 두시고 또 이렇듯 사랑을 받으니까요. 부럽습니다."

또 콧등이 시큰해지는 듯하여 오복은 황급히 돌아앉았다. 그러나 눈가에 맺히는 커다란 덩어리를 이미 들킨 후였다. 자경은 말없이 손을 내밀어 오복의 손을 잡았다. 그녀가 어미 없이 홀로 자랐음을 이제야 기억해 냈다. 그 쓸쓸함이 깊어 그렇게 울었구나 생각하니 가슴이 괜히 먹먹해졌다.

"이리 오시오. 같이 누웁시다. 옷고름 안 풀 테니 오늘은 그냥 이렇게 같이 누워 손만 꼭 잡고 자오."

장난기 하나 없이 진지한 표정으로 그가 그녀를 잡아끌었다. 그 모습을 가만히 보다 못 이긴 척 딸려가 오복은 그의 곁에 나란히 누웠다. 부드럽지만 단단하게 감싸 오는 그의 손에 가만히 손을 맡겨 두고 오복은 모처럼 편안하게 눈을 감았다. 몰랐는데, 그의 커다란 손은 참 많이 따뜻했다.

"오랜만에 뵙습니다."

화려한 미모에 그보다 더 화려한 치장을 한 여자가 오복에게 인사를 하며 그렇게 말했다. 마치 저를 알고 있는 듯한 인사라 오복은 내심 기함을 하고 놀라 저도 모르게 치맛단을 꼭 움켜쥐었다.

"저, 저를 아십니까?"

"아, 기억하지 못하시네요. 하긴, 까마득한 어린 시절이었으니까. 저, 홍주입니다. 언젠가 외가에 어머님과 함께 오셨었지요? 그때 서로 인사를 나누었지 않습니까? 하루 종일 같이 놀기도 하였는데 기억나지 않으십니까?"

"그, 그것이 저는 잘……."

오복의 입술이 새파랗게 굳었다.

서방님의 형제 내외들을 소개받는 자리였다. 종아리를 맞느라 어제 미처 인사하지 못한 형제들과 따로 마련한 자리인데 여인은 바로 그 자리에 앉아 있었다.

"서운해라. 저는 선명하게 기억하고 있는데. 물론, 그때는 우리가 동서지간이 될 거라곤 생각도 못 했지만요. 그러고 보면 사람의 인연이라는 것이 정말 신기하지 않습니까?"

신기한 게 아니라 끔찍했다.

아씨가 지금은 돌아가신 마님과 함께 외가에 들렀던 때라면 정말로 까마득한 어린 시절이었다. 마님이 건강하시고 아씨가 병이 들기 전의 일일 터인데 그때가 언제인지 오복은 짐작도 할 수 없었다. 당연히 이 낯선 여인에 대해 아는 바도 없다. 아니, 여기서 아씨를 아는 사람을 만나게 되리라곤 생각조차 하지 못했다.

오복이 아는 거라곤 아랫동네 어디인가에 기반을 두고 있던 아씨의 외가가 새 왕조가 들어선 직후 한양으로 올라왔다는 사실뿐이었다. 대감마님께서 처가살이를 끝낸 지 얼마 되지 않은 때이기도 했다.

"하, 한양이었지요?"

떨리는 가슴을 부여잡고 오복은 슬며시 운을 떼었다.

아니면 어쩌나, 그럴 리는 없겠지만 혹시 무언가 눈치를 채고 이러는 거면 어찌해야 하나. 심장이 춤을 추고 등줄기에서 식은 땀이 돋았다.

"아, 기억하시는군요. 그럴 줄 알았습니다. 다시 뵙게 되어서 정말 반갑습니다, 형님!"

"예, 예. 반갑습니다."

"아이참, 말씀을 놓으셔요. 제가 형님의 손아래 동서가 되었거든요. 호호호."

제 곁에 앉은 사내를 가리키며 홍주는 깔깔 웃었다.

서방님의 친아우는 무관처럼 커다란 덩치에 시원시원하고 사내다운 기운이 가득한 미남이었다. 안 그래도 일찍이 무반에 들어 궁에서 일을 하고 있다고 들었다. 활기차게 떠드는 안사람과 달리 그는 별다른 표정도 없이 그저 묵묵히 앉아 오복을 가만히 보고만 있을 뿐이었다.

요리조리 살피는 동서의 눈빛보다 그 말없이 곧은 시선이 더 두려워 오복은 그와 감히 눈도 마주치지 못하고 있었다. 마치 발가벗고 앉은 것처럼 부끄럽고 두려워 정신이 다 혼미해질 지경이었다.

"그나저나 하마터면 몰라볼 뻔했습니다. 집안내력을 미리 들었기에 망정이지 안 그랬으면 못 알아보고 지냈을 겁니다. 얼굴이 어릴 때와 많이 변하셨습니다."

오복의 얼굴에서 핏기가 가셨다. 당연했다. 아씨와 그녀는 얼굴이 판이하게 달랐다. 아씨가 가녀린 체구에 청초하고 섬세한 이목구비를 가진 데 반해 오복은 선이 제법 또렷하고 체구는 아담한 편이었다. 심장이 미친 듯이 뛰고 입술이 말랐다.

"그, 그렇습니까?"

"예. 많이 다르십니다. 그간 힘든 일이 많으셨다 하더니 그 탓인가 보옵니다."

"그렇……지요."

"허기는, 그때도 형편이 어려워 외가를 찾으신 거였다고 들었습니다. 양식을 꾸어 가셨던가요?"

"……!"

정신이 번쩍 들었다.

생글생글 웃고 있는 그녀의 얼굴에서 오복은 노골적인 비웃음을 읽었다. 입은 웃고는 있으나 눈빛은 서늘하기 이를 데 없어 보고 있으면 오싹 소름이 돋았다. 그 은밀한 적의가 소리 없이 심장을 훑고 지나갔다.

"제, 제가 혹 동서께 실수를 한 것이 있습니까?"

영문 모를 적의에 놀라 오복은 떨리는 목소리로 물었다.

"실수라……."

"실수라기보단 그냥 투기입니다. 이해하셔요. 저희가 이렇게 속이 좁습니다, 형님."

"그보다 난 조금 궁금하오. 천금을 받으셨는데 그건 다 어디에 쓰셨습니까?"

둘러앉아 있던 여인들이 일제히 떠들었다.

사촌 형제들의 안사람들과 누이들이었는데 함께 앉아 있는 사내들은 그저 흥미롭다는 시선을 나눌 뿐 아직 별다른 말을 꺼내지 않고 있었다. 저들도 내심 궁금하다는 뜻이었다. 그 모멸 어린 시선에 눈가가 저절로 붉어지려 했다. 그 때였다.

"공주 자가께서 드십니다."

언제 들어도 듬직한 가성댁의 목소리와 함께 소리도 없이 문이 열렸다. 그 사이로 곧 자그마한 인형이 걸어 들어왔다. 금박이 찍힌 비단 스란치마를 입고 수가 놓인 분홍빛 심의를 걸친 소녀의 등장에 그때까지 악의적인 이야기에 열을 올리던 사람들이 일제히 입을 다물고 부산스럽게 자리에서 일어섰다.

오복도 영문을 모르고 눈치를 보다 비틀거리며 뒤늦게 자리에서 몸을 일으켰다. 엉거주춤 선 오복을 지나 소녀는 당연하다는 듯 상석의 비단 보료에 자리를 잡고 앉았다. 고작 열서너 살이나 되었을까? 혼인한 여인처럼 입고 꾸미었으나 유부녀라고 하기엔 지나치게 어린 소녀였다.

헌데, 가장 상석에 앉았다.

이 자리에 있는 사람들 중에서 그 신분이 가장 높거나, 어른이라는 뜻이 아닌가. 워낙 정신이 없어 가성댁이 아뢴 소리를 제대로 듣지 못한 탓에 오복은 그녀의 신분을 짐작도 할 수 없었다. 그저 다른 사람들이 하니 따를 뿐이었다.

"내가 조금 늦었는가?"

작은 체구가 느껴지지 않을 만큼 당당한 태도로 앉아 그녀가 물었다.

"아니옵니다, 공주 자가. 이제 막 시작하려던 참이었사옵니다."

"마침 적당한 때에 오시었나이다."

오복에게는 먹이를 노리는 승냥이들처럼 야멸차게 굴던 여인들이 앞다투어 고개를 숙이고 있었다. 오복도 덩달아 고개를 숙이다가 '공주'라는 말에 화들짝 놀라 저도 모르게 고개를 들고 소녀를 빤히 바라보고 말았다.

공주라니? 설마, 상감마마의 따님이라는 그 공주?

아직 어리지만 그린 듯 아름다운 얼굴에 조금 짙은 눈썹과 봉목이라 커다랗고 투명한 눈망울을 가진 소녀를 바라보며 오복은 거의 심장이 철렁 내려앉는 듯한 충격을 받았다. 눈이 마주친 순간엔 저도 모르게 바닥에 납작 엎드리고 싶은 충동도 느꼈다. 상전본능을 제대로 타고난 소녀 앞에서 하마터면 노비근성이 발동할 뻔했던 것이다. 오복은 황급히 눈을 내리깔고 고개를 숙였다.

"흠. 자네가 내 아랫동서로군."

"마, 망극하옵니다."

"이야기는 많이 들었네. 듣던 대로 복이 많을 상일세."

연상의 어른이나 할 법한 소리를 태연하게 해 놓고 공주는 또 자랑스럽게 덧붙였다.

"들어 알고 있겠으나, 내가 바로 이 집안의 맏며느리라네."

아, 형님이셨구나. 그렇다면 아주버님께서는 부마이시겠구나.

아주버님이라면 서방님보다도 두 살이나 많다고 들었는데 그런 분이 이렇게 어린 공주와 혼인을 하셨구나. 혹시, 변태인가?

오복은 멍하니 앉아 그런 생각만 하고 있었다. 그러다 사방에서 들리는 나직한 기침 소리를 듣고서야 황급히 일어나 큰절을 올렸다.

"화, 황공하옵니다, 공주 자가. 소첩이 예법에 어두워……."

"저런! 천금을 들여 모신 귀한 분인데 그런 사소한 예법에조차 어두울 줄이야. 어찌 된 겁니까?"

"저는 또 미모는 경국지색이요, 그 재능은 하늘에 닿을 만치 뛰어나신 분인 줄 알았습니다."

"혹, 글은 읽을 줄 아십니까?"

이때다 싶었는지 여인들이 또 앞다투어 와르르 떠들어 대었다.

무어라 변명을 할 수도 없고, 그렇다고 아이처럼 울 수도 없어 오복의 얼굴은 이제 파랗다 못해 점점 더 하얗게 질려 가고 있었다. 손끝이 바들바들 떨렸다. 그런 때에 다시 방문이 열렸다.

"뭣 때문에 이렇게 소란스러워?"

서방님이었다.

종아리가 아프다고 형제간의 인사는 대강 건너뛸까 하시던 분이 어찌 된 영문인지 아주버님까지 대동하고 나타난 것이었다. 간밤의 후유증으로 인해 다리를 절룩이면서 들어온 그가 공주를 향해 절하는 시늉만 하더니 오복의 곁에 털썩 주저앉았다.

왁자하던 주위가 어느새 숨을 죽이고 착 가라앉아 있었다. 날카롭게 번들거리던 눈빛들이 변하여 이제는 조심스럽게 그의 눈치를 살피는 것이 느껴졌다.

형제간에도 서열이 있다더니 그래서인지 아니면 다른 이유가 있는 것인지 주위가 한층 얌전해진 듯하였다. 그 영문 모를 변화에 오복은 새삼스러운 시선으로 자경을 돌아보았다. 그러자 그가 또 씨익 웃어 주고는 아무렇지도 않게 입을 열었다.

"제가 조금 늦었습니다, 공주 자가. 물론, 제가 늦은 이유는

다 손이 느린 형님 때문이니 너무 나무라지 마시기 바랍니다."

"그게 어째서 나 때문이냐. 네 녀석이 그깟 약 바르는 일로 엄살을 부리는 바람에 조심하느라 이리된 것이지."

"흥! 내가 지금 얼마나 아픈데 그런 소리를 하오? 아버지 손속이 얼마나 잔인한지 겪어 보지 않으면 모릅니다. 그 양반은 어째서 해가 갈수록 더 힘이 남아도시는지, 하마터면 기절할 뻔했다니까."

제 형을 상대로 아이처럼 투덜거리며 자경이 다리를 쭉 뻗고 앉았다. 그사이 문경은 사람들 사이를 지나 더할 수 없이 점잖은 자태로 공주의 곁에 자리를 잡고 앉았다. 그런 그를 공주가 영리한 눈을 빛내면서 아까부터 빤히 바라보고 있었다.

"어찌 그리 보십니까?"

귀태가 흐르는 준수한 용모에 시원하면서도 다정한 미소를 머금고 그가 물었다.

"막 궁금한 것이 생겼습니다."

"음?"

"작은서방님께서 저이를 천금을 들여 데려온 것 아시지요?"

"예. 헌데 그것이 왜……."

"허면, 저에게는 얼마를 주시겠습니까?"

방 안에 정적이 내려앉았다.

오복을 골리는 재미에 눈을 빛내던 여인들이나 그저 재미있는 구경하듯 그 광경을 멀거니 바라만 보던 사내들은 물론이고 막 주저앉은 자경까지도 고개를 번쩍 들고 두 사람을 주시하였다.

와중에도 사내들은 분명히 깨닫고 있었다. 집으로 돌아가기가 무섭게 자신들도 안사람들로부터 저와 똑같은 질문을 받게 되리라는 것을 말이다.

"천금입니까? 만금입니까?"

"그것이…… 감히 셈을 할 수가 없습니다."

"……?"

"한서에서 이연년은 '북방에 아름다운 사람이 있어 세상을 벗어나 홀로 서 있네. 한 번 돌아보니 성이 기울고 다시 돌아보니 나라가 기우는구나. 어찌 성을 흔들고 나라를 무너뜨림을 모르리오만, 아름다운 사람은 다시 얻기 어렵다네.'라고 했습니다. 공주 자가께서는 바로 그러한 경국지색이시니 한 나라를 드려도 부족한데 소신이 어찌 그깟 푼돈으로 기망하려 들겠습니까."

"아!"

순간, 공주의 얼굴이 화사하게 피어났다.

어지간히 흡족하였는지 두 볼까지 발그레하니 붉히고 웃다가 그녀가 오복을 향해 당당히 말했다.

"들었는가? 자네는 고작 푼돈을 받은 것뿐이었어. 안됐으이."

"……화, 황공하옵니다."

얼떨떨하게 대답하고 오복은 주춤주춤 자경을 돌아보았다. 그도 한 방 맞은 사람처럼 망연한 시선으로 제 형을 보다 흔들리는 눈으로 오복을 바라보았다. 오복이 말했다.

"더 달라고 하지는 않겠습니다."

"고맙소."

멍청하게 고개를 끄덕이면서 자경은 생각했다.

제 형이 출사를 했다면 틀림없이 희대의 간신이 되었을 것이라고. 그렇지 않고서야 어찌 저렇게 천변만화한다는 여인의 비위를 잘도 맞추면서 살 수 있단 말인가.

"아, 참! 깜빡할 뻔했네."

해맑은 얼굴로 천금을 가뿐하게 푼돈으로 만들어 놓은 공주가 이번엔 손뼉까지 치면서 다시 오복을 돌아보았다.

"내가 자네에게 긴히 명할 것이 있다네."

"하, 하명하시어요."

명이라는 말에 오복은 또 바짝 긴장했다.

천금을 가볍게 들었다 났다 하는 언행으로 보아 무언가 어마어마한 명을 내리시려나 보다 지레짐작하면서. 그런 그녀를 향해 공주는 아주 진지한 얼굴로 말하였다.

"내가 이 집안의 맏며느리라고 했네. 즉, 제일 먼저 혼인을 하였단 말이지."

그, 그래서요?

"허니, 내가 먼저 회임을 하는 것이 당연한 순서요, 이치가 아니겠는가?"

"쿨럭! 고, 공주 자가?"

당황한 문경이 찻물까지 뿜어내고 바라보았지만 이미 늦었다. 아직 달거리도 시작하지 않은, 열세 살의 공주는 더더욱 진지한 어조로 덧붙였다.

"명일세. 나보다 먼저 아기씨를 가지는 일은 없도록 하게. 알겠는가?"

"예! 명심하겠사옵니다."

오복은 넙죽 고개를 끄덕였다. 자경의 입이 딱 벌어졌다.

"게서 그런 소리가 나옵디까?"

자경은 성질을 부렸다.

종아리 맞은 자리가 아프다고 절룩이던 일 따윈 없었다는 듯 멀쩡한 걸음으로 척척 걸어가면서 오복을 달달 볶았다. 그런 그를 짧은 다리로 다다다 쫓아가며 오복이 말했다.

"명이라 하시는데 그럼 못 한다고 합니까?"

"당연히 못 한다고 해야지. 공주 형수님의 연치가 이제 겨우 열셋이오. 아직 달거리도 시작하지 않은 몸이신데 언제 일 치르고 합방을 하실지 가늠도 할 수 없단 말이지."

"걱정 마시어요. 금방 자라실 겁니다."

"그동안 우리 형은 수절을 해야 할 테고요. 지금도 몸속에 사리를 서 말은 쌓아 두고 있을 텐데 몇 년을 더 수절을 하다 보면 아마도 곧 성불하시지 싶소. 형님이야 본인의 팔자이니 그렇다 칩시다. 도대체 나는 왜 수절을 해야 하는 거요?"

그 말을 들으니 왠지 없던 죄책감이 몰려오려고 했다.

경국지색의 아내를 곁에 두고 도를 닦고 계시는 아주버님처럼 고작 천금짜리 아내를 둔 서방님도 본의 아니게 나란히 도를 닦게 되었으니 말이다.

"헌데, 왜 안 가르쳐 주셨습니까?"

잘하면 집안에서 부처가 둘은 나오겠거니 생각하다가 오복이 문득 생각났다는 듯 물었다.

"공주 자가를 형수님으로 두신 일 말입니다. 귀한 댁의 고명 따님이라는 말만 들어 공주 자가이실 줄은 까맣게 몰랐습니다."

"……양녀요."

"예?"

"상감마마의 친따님이 아니란 말이오. 본래 집안끼리 친분이 있어 백부님, 조카야 하다가 한양까지 불러 혼인시키는 김에 아예 양녀로 삼아 공주 작호를 내리셨지. 자그마치 보국(輔國, 충성을 다해 나랏일을 도움)영령공주라오."

어쩐지 비아냥거리는 느낌이었다.

아닌 게 아니라, 입가에 씁쓸한 미소가 물려 있었다.

"본래, 사람의 마음이란 것이 다 그런 법이라오. 고생은 같이 할 수 있어도 부귀영화는 같이하기 싫은 법이지."

"그게 무슨……."

"아아, 몰라도 됩니다, 부인. 그저, 가엾은 분이니 부인께서 좋은 동무가 되어 주시면 되는 겁니다."

이것은 또 무슨 허튼소리일까? 이 집안에서 저보다 더 가엾은 처지가 어디 있다고? 어이가 없었지만 오복은 말없이 고개를 끄덕였다. 어린 공주 형님이 그녀도 싫지 않으니까. 아니, 물어 뜯을 듯 달려드는 아랫동서를 비롯한 다른 여인들에 비하면 차라리 편하기까지 했다.

아까의 일을 떠올리고 오복은 부르르 몸을 떨었다.

마치 굶주린 승냥이 떼에 둘러싸인 것처럼 무섭고 떨렸더랬다. 제 정체가 들통 날지도 모른다는 생각 같은 것은 미처 할 겨를도 없었다. 영문도 모른 채 생각지도 못한 비난과 비웃음을 감당해야 했다.

천금 운운하는 소리를 듣고서야 오복은 깨달았다. 아씨를 대신하여 시집온 오복으로서의 삶뿐만 아니라 가난한 집안 출신으로 천금에 팔려 온 아씨의 것까지 모두 제가 짊어지고 견뎌야함을. 그리고 그 뒤에 질척하게 남을 죄책감까지도.

'실수였어. 시부모님께서 마냥 편하게 대해 주시어서 긴장이 풀린 거야. 정신을 바짝 차려야 해. 나는 지금 내 편이라곤 하나도 없는 전쟁터에 있는 것이나 마찬가지다. 가짜라는 사실을 들키면 안 돼. 다 죽고 말아!'

창백하게 질린 얼굴로 오복은 남몰래 입술을 깨물었다.

그런 그녀의 뒤통수를 가만히 주시하는 눈이 있었다.

"무엇을 그리 보고 있소?"

"아무것도 아닙니다. 그저, 다정하여 보여서요."

차고 냉랭하던 표정을 얼른 지우고 홍주는 짐짓 생긋 웃으면서 휘경을 돌아보았다.

"집으로 가려는데 함께 돌아가시렵니까?"

"아니오. 다시 궐에 들어가 봐야 하오. 먼저 가시오."

"아이, 너무하십니다. 오늘 하루 정도는 같이 있어 주시면 안되는 것이어요? 그러지 말고 같이 가시어요. 아버님께 말씀드려일을 조금 줄여 달라……."

"부인!"

낮게 일갈하며 휘경은 이맛살을 찌푸렸다.

무남독녀 외동딸로 자라 무엇이든 제 뜻대로 하기를 즐기는 이 여인이 그는 오늘따라 유독 짜증스러웠다. 처음도 그러하였지만 날이 갈수록 그녀를 보는 일은 생각보다 더 큰 인내심을 요구하고 있었다.

"장인어른께 도움을 드리지는 못할망정 곤란한 일을 만들어 드릴 수는 없소. 가뜩이나 예민한 시기요. 괜히 책잡힐 일을 만들어 주상 전하의 눈 밖에 나는 일이 있어서는 안 될 것이오."

"하지만!"

"되었소. 서운하더라도 그대가 이해하오. 먼저 가 보리다."

그 말을 끝으로 그는 미처 붙잡을 새도 없이 찬바람을 뿌리며 휙 사라졌다. 채 거두지 못한 손이 민망하여 홍주는 재빨리 주위를 둘러보다 슬며시 손을 떨어뜨렸다. 치맛단을 꼭 움켜쥐는 손이 부들부들 떨리고 있었다.

"도대체 그깟 일이 무엇이라고!"

언제나처럼 눈길 한 번 주지 않고 사라지는 그가 원망스러워 죽을 지경이었다.

혼인을 한 지 벌써 몇 달이 다 되어 가는데도 그는 아직 그녀를 남 대하듯 하고 있었다. 애초에 둘 사이의 정이 깊어 한 혼인은 아니었지만 홍주는 자신이 있었다. 저의 빼어난 미모라면 그의 마음을 금방 돌릴 수 있을 것이라고 믿었다.

"목석도 저런 목석이 없을 것이야. 내가 무엇이 모자라서 이런 꼴을 당해야 해?"

새삼 분기가 치밀어 그녀는 이까지 깨물었다.

공주 자가 내외의 다정한 모습을 보고 나온 후라 그를 향한 원망도 그만큼 불쑥 커져 있었다.

"그 어린 계집도 그런 사랑을 받고 사는데……. 혹, 다른 계집을 본 것은 아니겠지?"

의심 어린 시선을 빛내다 그녀는 곧 고개를 저어 버렸다.

그의 성품을 잘 아는 까닭이었다. 그는 거짓을 모르는 우직한 사내였다. 마음을 속일 줄도 모르거니와 스스로 벌인 일은 꼭 책임을 지는 사람이었다. 그런 그에게 만일 마음을 준 여인이 생긴다면? 결과는 하나였다. 보나마나, 그는 모든 사실을 솔직하게 털어놓고 그녀에게 이혼을 요구할 것이었다.

"죽으면 죽었지 절대 그리는 못해."

제가 좋아서, 제가 원해서 병조판서인 아버지를 졸라 어렵게 한 혼인이었다. 그만큼 홍주는 그를 가지고 싶었고 결국 가지게 되었다. 그러니 죽을 때까지 놓지 않을 것이다.

"언제까지 내게 그리 냉정하게 굴 수 있는지 두고 보겠어요."

이미 사라진 사람의 그림자를 더듬으며 홍주는 그렇게 중얼거렸다. 그러다 토닥거리며 나란히 걸어가던 자경 내외를 떠올리고 이맛살을 찌푸렸다.

"참말 이상하다. 인상이 저리도 달라질 수 있는 겐가?"

그녀는 필사적으로 어린 시절의 기억을 더듬었다.

김 진사댁 여식하고는 어렸을 적 그때 딱 한 번 본 것이 다였다. 어머니를 따라나섰던 길에 우연히 그 댁에 와 있던 제 또래의 소녀를 만나 하루 종일 어울려 놀았었다.

처음 보는 동무였지만 어린 눈에도 그 아이가 저보다 더 예뻐 보여 심통이 났더랬다. 그래서 허름한 옷차림을 한 그 아이 앞에서 제 예쁜 옷과 노리개를 보여 주며 자랑을 일삼았는데 그래도 그 아이는 그냥 웃기만 했다.

"하기는, 얼굴이야 자라면서 변하기도 하는 것이지. 어미도 잃고 고생을 많이 했다고 했으니까. 제대로 못 먹어 저리된 거겠지."

스스로에게 말하듯 그녀는 가만히 중얼거렸다.

그러면서도 한편으로는 자신의 희미한 기억 속에 있는 하얗고 갸름한 얼굴을 쉽게 떨쳐 내지 못하였다. 생각할 때마다 무언가 이질적인 느낌이 드는 것이, 마치 목에 가시가 걸린 것처럼 개운치 못한 기분이었다. 그래서 그녀의 시선은 자경 내외의 처소가 있는 쪽에서 쉽게 떨어지지 못했다.

"기가 막히어서!"

저 먼 하늘을 망연히 바라보면서 자경은 한탄을 하고 있었다.

"아무리 그래도 그렇지, 제가 거기서 고개를 끄덕이면 어쩌라는 말이야?"

철없는 공주야 어려서 뭘 모르니 그럴 수 있다고 치자. 저는 다 큰 어른이지 않은가 말이다. 아무리 명이라지만, 열일곱이나 먹은 데다 갓 혼인을 한 새댁이 아직 한참이나 어린 공주보다 먼저 회임하지 않겠다고 약조를 하면 다른 놈들이 뭐라고 생각을 할 것인가.

"내소박 놓았다고 아주 자랑을 하시지."

생각할수록 기가 차고 부끄러워서 얼굴이 붉어질 지경이었다.

말도 안 되는 누명을 뒤집어쓴 일만 해도 억울하여 잠이 안 오는데 거기에 더해 맘에도 없는, 못생긴 아내에게 주야장천 소박이나 맞고 있자니 하늘을 찌를 듯 드높던 자존심도 요즘은 그 기세가 팍 꺾였다. 혹시, 그사이 제 매력이 덜하여진 것은 아닌지 의심스러울 만큼 그는 자신감을 잃어 가고 있었다.

"나가느냐?"

아내를 별채의 처소에 떼어 놓고 옷자락을 휘날리며 사랑채로 나섰을 때였다. 마침, 대청으로 올라서던 문경이 그를 보고 손짓을 했다.

"왜 거기로 드십니까?"

"아아, 아버지께서 잠시 보자 하시어서."

"왜요? 또 떠맡길 골치 아픈 일이라도 있답니까?"

"후후, 그런 것은 아니고. 마침 보았으니 너도 같이 들자."

따뜻하게 웃는 얼굴로 그가 마치 물귀신처럼 자경을 낚아챘다.

언제나처럼 아버지가 근엄한 목소리로 '들어오너라.' 했다면 모른 척 그냥 내뺐겠으나 느긋하게 웃는 얼굴로 저러니 대놓고 싫다는 소리를 못 하겠다. 하는 수 없이, 자경은 형을 따라 방으로 들었다.

"음? 같이 왔느냐?"

또 무슨 골머리를 앓고 있는지 미간까지 찌푸리고 앉아 서안 위를 노려보던 구헌이 반색을 하고 두 사람을 맞았다.

"마침 앞에서 만났습니다."

"그래? 안 그래도 부르려고 했는데 알아서 잘 왔구나."

"저를요?"

"그렇대도. 어허, 내뺄 생각하지 말고 얼른 앉아."

본능적인 예감에 엉덩이가 슬그머니 뒤로 빠지려는 걸 눈치챘는지 그가 잽싸게 자경의 다리를 걸었다. 결국 점잖은 자태로 앉아 있는 제 형의 곁에 털썩 주저앉고 말았다.

"뭡니까?"

"쯧, 말본새하고는. 너 말이다……."

"안 합니다."

"음? 아직 말도 다 안 꺼냈는데!"

"자리 하나 해 줄 테니 궐에 들어 날라리 벼슬아치 노릇이라도 하라는 소리 아닙니까?"

"크흠. 고얀 녀석, 눈치만 좋아 가지고."

속내를 들켰다는 생각에 씁쓸한 표정을 짓다가 그는 곧 곰방대를 찾아 물었다. 그러곤 연기를 훅 내뿜으면서 말했다.

"힘이 들어서 그래. 요즘 일이 여간 쌓였어야 말이지. 이러다 누구 하나 죽어 나갈 지경이란 말이다."

"노비 소송 때문입니까?"

"왜 아니겠느냐. 상감께서 노비변정도감을 폐하시고 모든 일을 형조로 떠넘기셨으니 일은 일대로 줄지 않고 문제는 문제대로 또 넘치니 골치가 다 지끈거리누나."

형조엔 본래가 일이 넘쳤다. 전 왕조 때부터 이어져 온 온갖 소송들이 넘쳤는데 그중의 압권은 뭐니 뭐니 해도 노비 소송이었다. 힘들고 번거롭고 거기에 시간도 오래 걸리는 것은 물론, 법규도 시시때때로 바뀌어 관리들조차 헷갈리는 일이 부지기수였다.

예를 들어, 이 첨지가 노비 구월이를 담보로 보내고 박 진사에게 돈을 빌렸다 치자. 헌데, 그사이 구월이는 박 진사네의 개똥이와 혼인을 하였다. 돈을 다 갚고 구월이를 돌려받았는데 글쎄 반년 만에 아이를 낳았다. 허면, 그 아이는 이 첨지네 노비일까, 아니면 박 진사네 노비일까? 거기까지만 해도 골치가 아픈데 아이가 다 자라 다른 집안으로 팔린 상태라면?

"끄응. 골치, 골치. 그놈의 신문고는 또 왜 설치를 하셔 가지고 말아야. 판결이 조금만 마음에 안 들어도 쳐 대는 바람에 일이 줄지를 않아."

"그래서요?"

"너라도 들어와 곁에서 도와주면 좀 낫지 않겠느냔 말이지. 어차피 이제 혼인도 하여 일가를 이루었으니 일을 하여 네 처자식을 먹여 살려야 할 것이 아니냐?"

이번엔 자경의 골치가 아파 왔다.

"아버지, 지금 그런 소리가 나오십니까?"

"후우, 답답하니 이러는 게지. 어차피 받아 둔 관직 하나 버리기 아깝기도 하고."

"그냥 버리세요. 차라리 그러는 게 집안을 위해서도 낫습니다."

음직(蔭職) 이야기가 나오기 무섭게 자경은 단칼에 말을 잘랐다.

"형님께서 평범한 혼인을 하셨다면 형님께 그 기회를 주셔도 되었을 겁니다. 하지만 형님은 공주 자가와 혼인을 하셨습니다. 성상께서 저 변방의 권가를 견제하고자 인질 삼아 데려온 공주 자가 말입니다. 안 그래도 공신이라고 가진 것 많은 집안에서 같은 공신 집안의 고명딸이요, 허명이든 무엇이든 공주 작호까지 달고 있는 며느리까지 들이었으니 주상께서 이 집안을 마냥 좋게만 보시겠습니까?"

"끄응."

"이런 때에 저 멍청한 막내 녀석의 처가는 하필 병판댁이군요. 이만하면 나라를 하나 더 세워도 될 법한 세가 아닙니까?"

"이놈! 말을 조심하렷다!"

"아버지의 충심을 의심하는 것은 아닙니다. 하지만 상께서도 과연 그러하시겠는지요?"

구헌은 잠시 말을 잇지 못했다.

그 또한 오래전부터 가문의 그러한 처지를 두려워하고 경계해 왔기 때문이다. 안 그래도 요즘 들어 미묘한 분위기가 감지되고 있어 적지 않게 걱정을 하고 있기도 하였다. 뭐 보고 놀란 가슴 뭘 보고도 놀란다더니 어쩌다 '주상께서 뉘 집에 대해 물으셨다더라.' 소리만 들려도 손발이 떨리고 가슴이 벌렁거렸다.

본래부터, 그 성정이 독하고 집요한 구석이 있어 한 번 하기로 마음을 먹은 일은 반드시 해내고야 마는 분이 아니던가. 그러니 함께 고생을 한 공신들은 물론이고 같이 자라다시피 한 처남들조차 눈 하나 깜빡하지 않고 쳐 낼 수 있었으리라. 요즘 공신들은 그분의 눈 밖에 나지 않기 위해 사력을 다하고 있었다.

"그분의 경계를 피하고자 부러 저를 빈한한 가문의 여식에게 보냈다는 걸 압니다. 저는 제 할 도리를 다했습니다, 아버지. 이런 효자를 아들로 둔 것을 다행으로 여기세요."

"고얀 놈! 세상에, 놀고먹는 한량으로 한세월 탕진하며 부모 속이나 썩히는 효자도 있다더냐?"

"하하하!"

자경은 짐짓 호탕하게 웃었다.

그런 그를 구헌은 조금 속 쓰린 얼굴로 보고 있었다. 누구보다 영리하고 뛰어난 아들이었다. 그런 아들이 시기를 잘못 만나 한량 노릇이나 하며 그 지닌 재주를 썩히는 꼴을 보고 있으려니 가슴이 갑갑해졌다. 차라리 정말 바보였다면 이렇게 미안한 마음이나 들지 않았을 것을.

"헌데, 형님께서는 요즘 궐 출입이 잦아지셨다면서요?"

자경이 가만히 앉아 있는 문경을 향해 물었다.

"거긴 뭐하러 그리 자주 다니십니까?"

"후우, 부르시면 가야지 별수 있나."

"이놈아, 네 형이 너처럼 어디 놀러나 다니는 사람이더냐? 들자니, 주상께서 일을 맡기실 듯하더라."

"일이라뇨? 벼슬을 하라는 겁니까?"

어디 눈먼 관직이라도 하나 던져 준 다음 이제는 곁에 두고 감시를 하려는 속셈인가 의심스러워 물었다. 그런데 의외로 문경이 고개를 저었다.

"그것은 내가 사양했다. 그랬더니……."

"그랬더니?"

"음, 단오 때 수박희(手搏戱)를 열자 하시는구나. 그 일을 관장하라 하셨다."

"그랬군요. 쳇, 재미없게끔. 차라리 석전을 여실 것이지."

"이놈아, 그래도 잔치인데 사람이 떼로 죽어 나가는 일이 말이나 된단 말이냐?"

"그냥 말이 그렇다는 거지요, 말이."

말을 그리하면서도 자경은 내심 고개를 끄덕였다.

석전이나 수박이나 험하기는 매한가지지만 맨손 겨루기인 만큼 적어도 수박에서는 사람이 죽어 나가는 일이 드물긴 했다. 그저 팔다리가 부러지거나 피부가 조금 찢어지는 일이 대부분이었는데, 물론 재수가 아주 나쁘면 간혹 맞아 죽는 사람이 나올 수도 있었다. 주먹 한 방에도 죽어지는 것이 인생이니.

"그나저나 양천 간에 혼인을 일체 금하라는 령 때문에……."

자경이 아직도 한참이나 먼 단오놀이에 잠깐 생각을 걸어 둔 사이 남은 두 사람은 또 어려운 일 이야기를 꺼내 들고 있었다. 하여, 볼일이 있다는 핑계를 대고 자경은 냉큼 자리를 털고 일어났다.

"양인과 천인이 혼인하지 못하고, 적자와 서자를 차별하며, 노비는 물건이니 사고판다."

한숨처럼 중얼거리다 자경은 문득 먼 하늘을 바라보았다.

새 왕조가 들어선 이후 많은 것들이 달라지고 있었다. 유학이 들어오니 절간이 폐쇄당하고 새로운 법이 세워져 처첩을 구분하게 되었으며 적자와 서자를 차별한다. 양천 간의 혼인은 금하여져 발각되는 이는 처벌을 받고 강제로 이혼을 당하기도 하였다. 이것은 다 누구를 위한 법인가.

"백성들의 대부분이 노비나 되지 않으면 다행이리. 갑갑하구나. 바람이나 쐬러 훌쩍 떠나 볼까?"

멀거니 하늘을 보면서 자경은 문득 대국(大國)에 대해서 생각하였다. 혼인을 치르기 전에 달아날까 하다가 집안의 형편을 생각해 결국은 혼인 치르고 난 다음 한 번쯤 가 보리라 생각하고 있었다. 더 넓은 곳으로 가 새로운 것을 보고 익히면 이 갑갑함이 가시지 않을까 하여서.

"헌데, 걱정이란 말이지."

나른한 시선이 얼핏 별채 쪽으로 향했다.

간도 크게 그를 소박 놓은, 못난이 아내가 신경 쓰였다. 사내의 뺨을 후려칠 수 있을 만큼 제법 당차다는 사실을 알고 있으면서도 이상하게 그냥 두고 돌아설 수가 없었다.

"손이 작아서 그런가."

자경은 고개를 숙여 두툼한 제 손을 내려다보았다.

그 손안에 쏙 들어올 만큼 작은 손이었다. 여리고 말랑한 그 손을 쥐어 보고서야 자경은 제 아내가 생각보다 더 어리고 작은 여자라는 사실을 깨달았다. 작은 키와 여윈 몸을 보고 그저 눈대중으로 알던 것과는 또 달랐다.

"그 몸의 어디가 열일곱이라는 거야?"

슬쩍 훔쳐본, 판판하던 가슴골을 떠올리며 자경은 깊은 한숨을 내쉬었다.

보고 싶어도 도통 봐 줄 것이 없는 몸이면서 옷고름은 죽어도 못 풀게 하고, 그런 주제에 또 호기심은 많아 잠든 그를 몰래 훔쳐보기를 즐기다니. 순진하다 해야 할지, 음란하다 해야 할지 구분이 가질 않았다. 거기에 잠버릇도 점점 고약해지고 있어서 요즘엔 그의 다리 위에 제 것을 척 올려 두기도 하였다.

"아직은 힘들겠지."

아직은 혼자 설 수 없다. 지금 그가 떠나면 그녀는 제 자리를 찾지도 못하고 주위의 등쌀에 시달리다 결국 혼자서 말라 죽고 말 것이었다. 자경은 그 사실을 너무나 잘 알고 있었다. 그래서 그의 고민은 길었다.

"그대를 어찌해야 할까?"

나직한 한마디가 한숨처럼 새어 나와 바람과 함께 흩어졌다.

아직은 시푸른 빛이 가득한 이른 새벽이었다.

짙은 안개가 깔려 한 치 앞도 제대로 보이지 않는 길을 그는 몇 개의 횃불을 앞세운 채 정신없이 달리고 있었다.

— 아직도 찾지 못했느냐?

다급한 마음을 드러내듯 거칠게 갈라지는 목소리로 그가 수하들을 재촉했다.

갑작스럽게 덮쳐 온 참변에 그는 거의 제정신이 아니었다. 어겸은 거친 숨을 헐떡이며 푸른빛에 잠긴 새벽하늘을 노려보았다. 수십에 이르는 장정들이 주위를 물샐틈없이 둘러싼 채 수색을 하고 있는 중이었다.

잠시 개경을 비운 사이 일단의 괴한들이 그의 집을 침입했다고 했다. 그 바람에 집은 불타고, 남아 있던 수하들의 대부분이 죽임을 당했으며, 그사이 아내와 갓 태어난 핏덩이는 사라졌다. 그 사실을 전해 들은 순간부터 그는 마치 실성한 사람처럼 달려와 미친 듯이 온 성안을 다 뒤지고 다녔다.

'만일 잘못되었다면…… 유화, 그대가 잘못되었다면 나 또한 살지 않겠다!'

시간이 흐를수록 점점 더 짙게 드리워지는 절망 앞에서 어겸은 몸부림을 쳤다.

'떠나는 것이 아니었어. 자리를 비우는 것이 아니었다.'

어겸은 진정으로 후회하고 있었다.

가지 말았어야 했다고, 아무리 큰일을 앞두고 있었다 하더라도 가족을 두고 떠나지는 말았어야 했다고 되뇌었다.

중요한 거사를 목전에 둔 때였다. 누군가는 반드시 죽어야만 끝나는 일. 얼추 6년을 준비한 일이었다. 사람과 물자를 모으고 적당한 때를 기다리던 그의 의형은 이제 칼을 뽑기 위해 몸을 일으켰다. 이 밤이 지나면 한양은 피로 물들게 되리라.

'피 보는 일을 꾸미었다고 나 또한 벌을 받는가.'

젖은 눈으로 어겸은 하늘을 보았다.

— 이번엔 아니 가시면 안 됩니까?

조심스럽게 물어 오던 아내의 얼굴이 눈앞을 스쳐 갔다.

태어난 지 백일도 안 된 어린것을 안고 그녀는 자꾸 불안하다
고 했었다. 그 말을 귀담아 들었어야 했는데 무엇에 씌었던 것인
지 그는 그저 노파심 정도로만 여기며 흘려듣고 말았다. 그 무심
함이 비수가 되어 이제 그의 폐를 찌르고 있었다.

— 찾았다!

— 어디냐!

— 나리, 이쪽입니다!

무리 지은 발소리가 한곳을 향해 우르르 내달렸다.

상념을 떨치고 달려 나간 곳에서 어겸은 불에 그을리고 피투
성이가 된 참혹한 덩어리를 하나 건네받아 안았다. 파리한 얼굴
을 한 아내는 이미 죽어 가고 있었다.

— 부인, 부인!

— 나리…….

— 괜찮소, 이제 괜찮아. 말을 아끼시오. 의원에게 갈 것이오.
걱정 마오. 그대를 반드시 살려 내겠소.

말을 하면서도 이미 늦었다는 사실을 그는 본능처럼 깨닫고

있었다. 그러나 믿고 싶지 않았기에 그는 더더욱 필사적으로 아내를 부여안았다. 끊어질 듯 가느다란 목소리가 힘겹게 귓전을 간질이고 있었다.

— 나리, 우리 아기…….

— 아기! 아기가…….

그러고 보니 아기가 없었다. 섬뜩한 생각에 머리 꼭대기가 싸늘하게 식어 내렸다.

— 부인, 아기는 어디 있소?

— 아, 아기를 찾아…….

— 유화, 아기를 어찌했소?

— 아가…….

꿈을 꾸듯 희미하게 잦아드는 목소리에 어겸은 필사적으로 귀를 기울였다.

— 아기를 어찌했소, 유화? 유화! 대답하시오. 제발 대답해 주오. 아기를 어찌했소!

둥!

먼 곳에서 북이 울었다.

"유화!"

비명처럼 아내를 찾으며 그가 벌떡 몸을 일으켰다. 괴괴한 어둠이 내려앉은 실내는 늘 그렇듯 고요하기만 했다.

"휴우, 또 꿈이었구나."

식은땀으로 흥건한 이마를 짚으며 어겸은 도로 축 늘어졌다.

자면서도 몸부림을 친 듯 온몸이 뻐근하니 아파 왔다. 하지만 이런 일조차도 이제는 익숙하였다. 그리움이 사무칠 때마다 꿈은 언제나 찾아왔으니까 말이다.

하긴, 아내를 잃고 아이를 잃어버린 날을 어찌 쉽게 잊을 수 있을까.

벌써 십여 년도 더 훌쩍 지난 일이었지만 그에겐 마치 어제의 일인 양 아직도 생생하기만 하였다. 그리하여 그날의 고통도, 그리움도 아직도 손에 잡힐 듯 생생한 것이었다.

"주군!"

"무슨 일이냐?"

"벽란도입니다. 배가 곧 도착하옵니다."

"알았다."

채 떨쳐 내지 못한 꿈의 여운을 붙잡고 어겸은 느릿하게 몸을 일으켰다.

선실의 문을 열고 나가 갑판 위로 올라갔다. 아직 서늘한 봄바람이 왈칵 다가와 땀에 젖은 몸뚱이를 사납게 풀어헤쳐 놓았다.

오랜만이었다, 고향으로 돌아온 것은. 그날 이후 어겸은 잃어버린 아이를 찾기 위해 몇 년이나 일에서 손을 놓고 미친놈처럼 도성을 헤집고 다녔었다.

아내를 발견한 곳을 중심으로 그 일대를 다 뒤져도 보고, 뉘 집에 업둥이가 들었다는 소리만 들려도 달려갔다가 그 뒤에는 비슷한 또래의 아이만 보아도 넋을 잃고 따라가기도 했었다.

몇 년을 그렇게 살다가 간신히 다시 일을 시작하였으나 돌아오기만 하면 또 습관처럼 일을 잊고 실성한 듯 아이를 찾아 헤매기를 반복하고 있었다.

"나는 이리 변하였는데 땅은 아직 그대로구나. 허기는, 사람의 일을 땅이 어찌 알 텐가."

불을 환하게 밝힌 벽란도를 바라보며 어겸은 허탈한 한숨을 내쉬었다.

무역선이 들어오고 있음을 알리는 나발 소리가 길게 울리는 가운데 배가 서서히 포구로 들어서고 있었다. 뭍에 가까워질수록 객주가의 흥청거리는 노랫소리가 점점 더 선명하게 귓전을 울렸다. 곳곳에서 휘날리는 깃발을 눈으로 훑다 어겸은 마랑을 찾았다.

"포구가 평소보다 조용한 듯하다. 먼저 내려가 무슨 일인지 알아보아라."

"예, 주군."

근 삼 년 만의 귀향이었다.

전 왕조 때만 못하다고는 하나 벽란도는 아직도 조선 최고의 무역항이었다. 배는 언제나 들고 나고 객주가 몰려 있는 저자는 각국에서 몰려온 상인들로 번잡했다.

그런 포구가 오늘따라 유독 조용하게 느껴졌다. 몇 년 사이 변란이 잦았던 것도 있거니와 장사꾼으로서의 감이 평소와 '다르다'고 인지하자 자연스럽게 경계하는 마음이 앞섰다.

배가 포구에 닿기가 무섭게 명을 받은 마랑이 달려 내려갔다.

선착장의 입구에서 누군가를 발견하고 인사를 하는 듯싶더니 그를 뒤에 달고 곧바로 다시 달려왔다.

"대감!"

횃불을 앞세운 긴 행렬이 배까지 이어졌다.

다행히 어겸은 마랑이 데려온 자의 얼굴을 알아볼 수 있었다. 확실히 아는 자였다.

"자네는…… 곽 내관이 아닌가?"

"알아보시옵니까?"

"그래, 알아보겠네. 3년 만인가?"

"예, 대감. 한양에서 뵌 지가 엊그제 같사온데 벌써 시간이 그리 지났사옵니다. 긴 여로에 무탈하시옵니까?"

"덕분에 무탈하네. 헌데, 한양에 있어야 할 자네가 여긴 어인 일인가?"

한양에서만 머물러야 하는 사람이 이곳까지 내려와 있다는 사실 자체가 별스러웠다. 더구나, 그가 돌아오는 시까지 딱 맞춰서 기다리고 있었음에랴. 어겸의 눈동자에 반가움 대신 날카로운 빛이 먼저 감돌았다.

"전하께서 보내셨나이다."

"전하께서? 그렇다면 호, 혹시……."

"송구하옵니다, 대감. 그 일로 찾으시는 것이 아니옵니다."

실망감에 어깨가 축 내려앉았다.

언젠가 뜻을 세우고 칼을 뽑았던 그의 의형은 이제 이 나라의 상감마마가 되셨다. 그리고 측근들은 공신이 되어 그분을 보필

하게 되었다. 논공행상이 시작되었을 때, 벼슬이며 재물을 받은 다른 이와 달리 어겸은 그분에게 단 하나만을 요구하였다.

— 잃어버린 아이를 찾을 수 있도록 도와주십시오.

그것 외에는 원하는 것도, 바라는 것도 없었다.

거의 모든 것을 잃었으나 남은 것조차 그리 필요치 않았다. 그저 어딘가에 있을 아이를 찾을 수만 있다면 그 아이를 의지해 남은 삶을 어떻게든 살아갈 수 있으리라 여겼을 뿐이다.

그런 그의 소원은 착실히 받아들여졌다.

지금도 상감의 명을 받은 군사들이 은밀히 팔도를 뒤지고 있을 터였다. 그러다 아주 가끔 비슷한 처지의 아이를 발견하고 연락을 해 오기도 하는데 안타깝게도 그의 아이는 아니었다.

그 일을 떠올리며 어겸은 간신히 한숨을 삼켰다. 숨을 턱턱 막히게 하는 진한 슬픔이 밀려와 금방이라도 울음이 터질 것만 같았다. 이제는 찾을 수 있다는 희망조차도 점점 더 사그라지려 하고 있음에랴.

"그 일이 아니라면 왜 찾으시는가!"

슬픔은 원망이 되어 터져 나왔다.

"가산을 바치고 가족까지 잃은 내게 뭘 더 바라서!"

"대감, 고정하십시오. 전하께서는 그저 대감을 뵙고 싶어 하시는 것뿐입니다. 오랜만이지 않습니까?"

"……"

"누구보다 아끼던 아우님이셨습니다. 형제를 그리워하는 그분의 마음을 부디 헤아려 주십시오."

곽 내관의 간곡한 청에 들들 끓어오르던 분노가 조금 가라앉았다. 그러나 단지 그뿐이었다. 마음 급한 일이 남아 있는데 한가롭게 궐이나 드나들고 싶은 마음은 없었다. 그가 아니라도 그분의 곁엔 어차피 사람이 차고 넘쳐 났다. 사사로이 형제 운운할 만한 자들도 많았다. 힘을 가진 자의 곁에는 본래 사람이 끓게 마련이지 않던가.

"다른 이들이나 불러 노시라 하게."

말을 하면서도 덜컥 의심이 들었다.

고작 그런 말 정도로는 그를 움직이지 못할 거라는 사실을 모르지 않을 터인데 상감께서는 어쩐 일로 사람까지 보내셨을까. 무언가가 더 있겠지 싶어 바라보자 역시나 곽 내관이 슬그머니 미소를 지었다.

"올해는 방방곡곡에서 사람이 많이 올라올 듯하옵니다."

"음?"

"곧 관등놀이가 있지 않습니까? 단오 잔치도 크게 벌어질 터이고 또 올해는 과거시험도 치러질 예정이옵니다. 사람 구경 하기는 참 좋은 때이지요. 한동안은 한양에서 머무르시는 것이 어떠하냐고 물으셨습니다."

사람 구경 하기 좋은 때라.

어겸은 그제야 상감이 저를 위해 잔치를 크게 벌이려 함을 깨달았다. 거리마다 관등이 내걸리면 아녀자들까지 나와 돌아다닐 터이고 단오 잔치를 크게 벌임도 마찬가지라, 혹 그중에 낯익은 얼굴 하나쯤은 있을지도 모르니 찾아보지 않겠는가 하는 뜻이었다.

그런 마음이 고마운 한편, 십여 년이 넘게 헤맸어도 찾지 못했는데 고작 그런 잔치에서 찾아질까 하는 마음이 들어 저도 모르게 씁쓸한 웃음이 머금어졌다. 그러나 부러 생각하여 주는 사람에게까지 그런 마음을 전할 필요는 없을 터였다.

"생각을 해 보겠네."

결국은 한숨 같은 한마디로 대답을 대신할 수밖에 없었다.

그런 그의 머리 위에서 하백을 상징하는 용왕기가 힘차게 펄럭이고 있었다.

오복은 조심스럽게 보따리를 풀었다.

누가 훔쳐보기라도 할까 봐 문까지 꽁꽁 닫고 혼자 앉아 서방님이 훔쳐다 놓은(?) 꼬질꼬질한 보따리를 길게 풀어 놓은 참이었다.

"생뚱맞기도 하지. 밥 얻어먹으러 오셨으면 말이야, 그냥 밥만 먹고 가실 일이지 남의 보따리는 왜 훔쳐 이리 가져다 놓으셨대."

야반도주를 하려다 딱 걸리는 바람에 '아' 소리도 못 해 보고 당하긴 했지만 다시 생각할수록 역시 기가 막혔다.

거지꼴을 해 가지고 몰래 제 신붓감을 보러 온 것도 기가 막히는데 아예 보따리까지 훔쳐 도망도 못 가게 만들어 놓을 줄이야. 훔친 보따리가 저보다 먼저 신방에 들어와 있었다. 미리 말을 듣기는 했지만, 으리으리한 곳에 덜렁 놓여 있던 허름한 보따리를 발견하고 오복은 얼마나 놀랐는지 모른다.

"분명히 낭패를 당해 보라고 일부러 그러하신 게야."

착착 개켜 넣은 속곳이며 옷가지를 도로 꺼내어 펼쳐 놓고 오복은 짐짓 입술을 삐죽였다. 점잖고 참 잘생긴 양반이 하는 짓은 어찌 그리 심술맞으신지 하여간에 속을 알 수가 없었다. 아까도 보라지. 공주 자가의 명대로 '아기씨 가지는 일은 먼 훗날로 미루겠습니다.' 하자마자 소박을 놓는 거냐며 또 눈에 불을 켜고 난리를 쳤다. 옷고름 풀 생각도 없다면서 도대체 화는 왜 내시는지 이유를 모르겠다.

"후우, 사람 마음이 간사한 것이라더니."

꼬질꼬질한 옷가지를 펼쳐 놓고 보며 오복은 한숨을 내쉬었다.

색 고운 비단옷을 걸치고 있는 까닭인가. 얼마 전까지 입고 살던 낡고 허름한 옷가지가 무척 낯설어 보였다. 어쩐지 제 것 같지가 않은 것이, 참말 이런 것을 입고 살았던 때가 있었나 싶을 정도로 까마득하였다.

"아씨 노릇을 조금 했다고 내가 정말 방자해진 게야."

오복은 진심으로 반성했다.

걸레로나 쓰면 딱 맞을 옷이지만 이것이 본래의 제 처지라는 사실을 어느새 잊고 있었다. 이러다 비단옷을 걸치고 사는 팔자가 본래의 제 것인 줄 알게 될까 봐 두렵기도 하였다. 시간이 흘러 본래의 처지를 잊고, 마음이 느슨하여졌을 때 모든 사실이 들통 나게 되면 그땐 어찌해야 할까.

'그렇게 되기 전에, 결단을 내려야겠지. 내가 죽어야 아무도 모르게 돼. 도리를 아는 사람이라면 그런 마음을 절대 잊어서는 안 되는 것이야.'

보따리를 뒤적이는 오복의 손길이 문득 느려졌다.

손끝에 제법 도톰한 천 뭉치가 잡혀 있었다. 처음, 달아나기로 결심했을 때 오복은 제일 먼저 이것을 챙겼더랬다. 유일하게 처음부터 제 것이라고 정해진 물건인 까닭이었다.

혹, 잃어버릴세라 꽁꽁 싸맨 것을 조심스럽게 풀어 보았다.

누렇게 색이 바랜 배냇저고리와 복잡한 문양이 들어간 천이 나왔다. 배냇저고리는 비단이 아닌 그저 흔한 무명천으로 지어졌는데 아비가 입던 헌옷으로 지은 것인지 쪽빛으로 염색이 되어 있었다. 그것을 조금 짠한 시선으로 보다 오복은 가만히 쓰다듬어 보았다. 기억이 없어 그런지 그렇게 보고 만져도 딱히 떠오르는 것이 없었다.

— 어수선한 때였느니라.

하루가 멀다 하고 난이 일어나는 때였다고 대감마님은 말씀하셨다.

— 양반이 하루아침에 노비로 전락하고 노비가 공신이 되는

139

세상이었다.

새 왕조가 들어서고 한양으로 천도를 하고서도 난리는 쉬이 그치지 않았다고 했다. 하여, 어제의 양반이 천것으로 떨어지고 노비도 줄을 잘 서면 공신이 되는 혼란스러운 시기가 도래하였는데 그런 때에 집에 업둥이가 들어 많이 당황하였단다.

— 아무래도 그때 난리에 휘말린 집안이었지 싶구나.

복잡한 수가 들어간 천을 펼쳐 보며 오복은 대감마님의 근심 어린 말을 되새김질하고 있었다.

— 쉬이 볼 수 있는 천이 아니었다. 아마도 귀한 것일 게야.

다섯 가지 색을 사용하여 꽃이며 나비를 촘촘하게 염색해 놓은 천은 무명도 비단도 아닌 것 같았다. 대감마님께서도 이런 천은 처음 보았다고 했었다.

그런 이유로, 내력을 궁금해하면서도 함부로 밖에 내어 보일 수 없었다. 하루아침에 한 집안이 몰락하고 자고 일어나면 없던 집안이 일어서는 때에 난리를 당한 집이라면, 모르긴 해도 결코 좋은 처지는 아닐 것이기에.

— 역모로 몰렸을지도 모르지. 아무 한 것이 없어도 그때는 다들 그런 죄목으로 잡혀갔으니.

공신이었던 자들이 싸우고 왕자들이 서로 싸웠단다. 다시 난이 일어나고 아비와 자식이 싸웠다. 세자가 바뀌고 임금이 바뀌고 한양으로 갔던 임금이 개경으로 돌아왔다가 도로 돌아가기도 했다.

그러한 일이 여러 번에 걸쳐 일어나다 보니 멀쩡한 사람도 그저 줄을 잘못 섰다는 이유로 역적이 되고 다시 노비가 되기 일쑤였다.

오복이야 죽지 않고 산 것이 그나마 다행이라 여기고 있지만 신분을 잃고 떨어져 평생 노비가 되어 살아야 하는 사람들까지 그리 생각하지는 않을 터였다. 그러고 보면 확실히 그녀는 운이 좋았다. 죽지도 않았고 노비가 되지도 않았으니까 말이다.

"그래도 가끔은 그립습니다."

빛이 바래 꼬질꼬질해진 배냇저고리를 만지작거리며 오복은 나직하게 중얼거렸다. 한 땀, 한 땀 세심하게 바느질된 자리가 괜히 아련했다.

"어떤 분들인지 궁금합니다. 보고 싶습니다. 제가 누구인지도 알고 싶습니다. 노비여도 좋으니 살아 계셨으면 좋겠습니다."

부질없는 희망이라는 사실을 알면서도 오복은 그리 소망했다.

할 수 있는 것은 단지 그것뿐이었다. 그녀의 처지가 처지인지라 정말로 만나질 거라는 생각 같은 것은 할 수 없었다. 설사, 누군가를 만난다 하더라도 남겨진 것이 없고 기억은 더더욱 없어 서로를 알아보지도 못하리라. 그리하여 오복의 슬픔은 더 깊을 수밖에 없었다.

"혹시, 저를 찾고는 계십니까?"

제가 그러하듯 부모님도 저를 그리워하고 있을까.

오늘, 어린 시절의 아씨를 아는 사람을 만난 것처럼 혹시 저랑 닮은 사람을 알고 있는 이와 만나지는 일도 있을까. 생각하고 보니 제 처지가 더욱 기가 막히어 오복은 또 가슴이 무너졌다.

견디려 해도 닭똥 같은 눈물이 어느새 뚝뚝 떨어져 배냇저고리를 적시고 있었다.

쪽빛으로 물들여 지은 저고리 끝에 세심하게 수놓인 붉은 문양이 오늘따라 더 아릿했다. 오복은 서러운 제 마음을 품듯 배냇저고리를 품에 안고 그렇게 남몰래 한참을 울었다.

四. 군자가 담을 넘는 이유

빙긋.

탐스럽기까지 한 붉은 입술 끝에 보기 좋은 미소가 걸렸다. 사내다우면서도 아름다운 그 미소에 여인의 시선이 순간 몽롱한 빛으로 물들었다.

"그동안 소원하였습니다."

다정한 목소리가 마치 듣기 좋은 음률이나 되는 듯 슬며시 귓전을 간질이고 지나갔다. 이번엔 두 볼까지 확 붉어졌다. 가슴이 심히 두근거리어 여인은 저도 모르게 앞섶을 꼭 움켜쥐고 말았다. 그 모습을 흐뭇하게 지켜보며 사내가 말했다.

"소식은 들으셨지요?"

"소, 소식이라 하시면……."

"제 혼인 말입니다."

"드, 듣기는 하였사옵니다만 저는 아무 상관이…… 아니, 그
게 아니라, 늦었지만 감축 드리옵니다."

헛소리다. 감축은 개뿔이.

그가 혼인을 한다는 소식을 들었을 때 그녀를 포함한 주위의
모든 여인들은 마치 제 서방을 빼앗기기라도 하는 양 깊은 심려
와 슬픔을 금치 못했었다. 이미 임자가 있는 몸이거나 말거나 상
관없이 그저 그가 누군가의 짝이 된다는 사실만 붙잡고 몇 날
며칠을 한탄을 하면서 보냈다. 도대체 어떤 여인네인지 전생에
나라를 열두 번은 구했을 거라는 말도 곁들이면서. 물론, 본 적
도 없는 그 여인네는 이미 공공의 적으로 낙인찍어 놓은 채였다.

그런 사실을 감쪽같이 감추고 여인은 태연하게 축하 인사를
건넸다. 그러면서도 한편으로는 그의 미끈한 자태를 눈으로나마
샅샅이 훑고 있었다.

역시나, 다시 보고 또 봐도 아름다운 사내였다. 오랜만에 보니
더더욱 아름다워진 것도 같았다. 아아, 만날 싸돌아다니기만을
즐기는 두꺼비 같은 인간 말고 저런 사내가 제 낭군이요, 서방님
이라면 얼마나 좋을까.

"고맙습니다. 그나저나 이 친구는 어딜 갔습니까?"

덥지도 않은데 괜히 부채까지 척 펼쳐 들고 살랑살랑 부쳐 가
면서 자경이 물었다.

"나리께서는 잠시 출타하셨습니다만."

"이런, 길이 엇갈렸는가."

심히 안타깝다는 표정을 지으며 그가 짧게 혀를 찼다.

친구 놈이 집에 없다는 사실 정도는 이미 알고 왔지만 어디까지나 모르는 척, 정말 안타까운 척 짐짓 한숨도 길게 내쉬어 주었다. 그러면서 슬그머니 덧붙였다.

"사실은, 그 친구 덕분에 제가 요즘 정말 사는 맛이 나게 되었지 뭡니까? 반신반의했었는데 그 친구 말대로 하니 정말 효과가 있더군요. 해서, 특별히 감사의 인사를 하러 온 것인데……."

"감사라니요? 무슨 일이기에."

"아, 그것이…… 크흠, 남녀 사이에 나눌 말이 아닌지라."

"저는 괜찮습니다!"

"음?"

"그, 그게 아니라, 그러니까 우리가 어디 남입니까? 어차피 서방님께 전하여 드려야 하니 그저 가족이다 여기시고 그냥 편히 말씀을 하시지요."

"그럴까요, 그럼?"

그러라고 부러 꺼낸 이야기지만 겉으로는 어디까지나 마지못한 듯 한껏 망설이면서 그가 다시 말을 이었다.

"사실은, 제가 혼인을 한다 하니까 이 친구가 초야에 써먹으라며 좋은 비법을 하나 가르쳐 주었습니다."

"비법이요?"

"예. 하룻밤에 다섯 번도 너끈히 즐길 수 있는 방법인데 덕분에 힘이 남아돌아 제가 요즘은 그저 해가 질 때만 기다리면서 산답니다. 하하하!"

말도 안 되는 거짓말이라는 건 하늘도 알고 땅도 알고 자경

본인도 잘 알고 있었다. 말마따나, 진짜 그런 비법이라는 것이 있었다면 첫날밤에 소박도 안 맞았을 거였다. 그러나 진실은 저 너머에 두고 그는 보란 듯이 어깨에 힘을 주었다. 입을 딱 벌리는 제수씨의 모습을 확인하고서야 당당하게 돌아 나왔다.

"어디, 고생 좀 해 보시게나."

감히 말도 안 되는 소문을 내어 첫날밤부터 소박을 맞게 만들었겠다. 그 두툼한 옆구리 살점이 다 떨어져 나가도록 안사람들에게 닦달을 당하지 않으면 내 손에 장을 지지련다.

그는 소박을 맞는 정도에 그쳤지만 이제 사건을 만든 친구들은 한동안 밤이 무서워지게 될 터였다. 어쩌면 몇몇은 피를 좀 보게 될지도 모르지. 그러나 알 바 아니었다. 죽지만 않으면 될 게 아닌가.

자경의 입가에 다시 화사한 미소가 맺혔다. 빚을 갚아 주고 났더니 체한 것이 내려간 듯 속이 개운하기까지 하였다.

그 기분으로 그는 휘적휘적 팔을 내저으며 느긋하게 운종가를 거닐었다. 그 짧은 사이에도 여인들의 흠모 어린 시선이 날아와 온몸 구석구석에 꽂혀 들고 있었다. 그를 향해 황홀한 눈빛을 보내다 우연히 스쳐 가는 그의 미소 한 번에 얼굴을 붉히며 자지러지는 여인들이 속출했다. 그에, 요즘 조금 줄어드는 듯했던 자신감이 급격히 채워지는 것을 느끼며 자경은 내심 고개를 끄덕이고 있었다.

'그렇지. 애초에 이 몸의 매력이란 것은 줄어들거나 사라질 수 있는 것이 아니었지.'

다만, 통하지 않는 상대가 있을 뿐이다.

아니, 통하지 않는 것이 아니라 정확히는 통했는지 말았는지 구분이 안 가는 경우가 하나 있었다. 첫날밤에 그를 소박 놓은 것으로도 모자라 이제는 강제로 수절을 하게 만든 대찬 그 여인 네를 두고 하는 말이다.

"끄응. 갑자기 두통이 몰려오는 것 같구나."

아내를 떠올리기가 무섭게 없던 두통이 몰려왔다.

치마 두른 여인이라면 아이부터 팔순 노인까지 유혹할 자신이 있는 그에게 옷고름 못 풀겠다며 버티는 아내는 그야말로 살아 있는 심마요, 번뇌였다.

어쩌다 눈이 마주치면 부끄러운 듯 얼굴을 발갛게 붉히며 몽롱한 눈빛을 하면서도 한 이불 덮고 자자 하면 또 기함을 하고 싫다 하니. 그 이중적인 심사를 도통 이해할 수가 없었다.

"은근히 고집이 세어서 난봉꾼이 아니라 해도 믿어 주지를 않고, 이제는 공주 형수님 명을 받든다고 강제로 수절까지 시키려 들다니. 문제로다. 그렇다고 대놓고 유혹을 할 수도 없고."

남들 자랄 때 뭘 했는지 열일곱이라는 나이가 무색하게 아직 자라다 만 것 같은 쪼매난 몸뚱이를 떠올리고 자경은 깊은 한숨을 내쉬었다. 짐승도 아닌데, 그 어린 사람을 상대로 뭘 어찌해 보자고 덤빌 수도 없는 노릇이어서 공연히 한숨만 더 깊어졌다.

"아무래도 더 키워야 하려나."

많이 먹이면 저도 크겠지 하다가 그는 또 흠칫 놀랐다.

이것은 마치 품지 못해 안달이 난 것 같지 않은가. 아내는 그냥 아내일 뿐 어여쁘지도 않고, 취향도 아닌데 제가 왜 이런 생각을 하고 있단 말인가.

"소박을 맞아 미친 겐가?"

자경은 스스로도 이해가 가지 않는 제 행동을 돌아보며 심각한 고민에 빠졌다.

드높은 자존심에 막대한 타격을 입어 그것을 만회하고 싶은 마음이 조금, 아주 조금 있었던 것은 사실이었다. 그래서 제가 먼저 안달을 하도록 슬쩍 유혹을 해 본 것이지 괜히 어여뻐 보인다거나, 다른 마음이 있어 옷고름을 꼭 풀어야겠다고 작심한 것은 절대로 아니었다. 말마따나, 그 사람은 아직 어리고 자신은 짐승이 아니니까 말이다. 뭐, 따지자면 열일곱이나 되었으니 여인으로서 아주 어린 것도 아니고 본래 사내는 다 짐승이라 하기도 한다지만…….

"어허, 갑자기 덥구나. 봄 날씨가 왜 이러누."

갑자기 관자놀이가 확 붉어지는 것을 느끼며 그는 부채질하는 손에 공연히 더 힘을 실었다. 못된 짓을 하다 들킨 사람처럼 가슴이 괜히 뜨끔하였다. 그런 그의 눈에 정말로 '못된 짓을 하는 중인 것처럼' 보이는 이가 눈에 띈 것은 실로 우연이었다.

"음? 저 양반이 왜 저러고 있지?"

심지어 아는 사람이기까지 했다.

으슥한 골목 한쪽에 어설피 숨어 어딘가를 맹렬하게 노려보고 있는 사내의 옆통수를 발견하고 자경은 슬그머니 다가갔다. 발끝을 들고 소리를 죽인 채 슬쩍 다가가서는 그가 바라보고 있는

방향으로 나란히 시선을 던졌다. 왈패들이 많이 모인다는 주막
거리 쪽이었다.

"암만 봐도 그냥 시커먼 사내들뿐이로군요."

"헛! 네, 네놈은?"

"예, 접니다. 오랜만이지요? 한동안 격조해서 그런지 오늘따
라 유난히 반갑습니다그려. 그나저나 형님께서도 참 너무하십니
다. 이왕 훔쳐볼 것이면 좀 어여쁜 처자로 고를 것이지, 저게 뭡
니까?"

"······꺼져라."

"반갑다고요? 한동안 안 보여서 궁금했다고요? 이해해 주십
시오. 안 그래도 소식을 전할까 했습니다만, 사실은 제가 조금
바빴습니다. 그사이 혼인을 하였거든요."

상대가 인상을 찌푸리든 말든, 험악한 말을 내뱉든 말든 전혀
신경 쓰지 않은 채 자경은 제 할 말만 잘잘 읊어 댔다. 흑립(黑
笠) 아래로 드러난 사내의 얼굴 표정이 묘하게 변하였다.

"네놈이 혼인을 하였다고?"

미간까지 일그러뜨리고 그가 되물었다. 그러자 여전히 주막거
리 쪽에 시선을 박아 둔 채 자경은 또 아무렇지 않게 말했다.

"그렇다니까요. 장안에 소문이 벌써 짜하게 퍼졌을 터인데 아
직까지 모르고 있는 것을 보면 그사이 형님께서도 꽤 바쁘셨던
모양입니다."

"흥! 바빠도, 바쁘지 않아도 내가 네놈의 일을 궁금히 여길 까
닭이 없······."

"엇, 저치들이 어딘가로 가려나 본데요?"

"젠장!"

아닌 게 아니라, 마주 앉아 한동안 탁주를 주거니 받거니 하던 사내들이 마침내 자리를 털고 몸을 일으키고 있었다. 그 모습을 발견한 사내, 희도는 나직하게 욕설을 내뱉은 다음 전혀 관심 없는 척 잠시 다른 곳을 보다가 그들이 골목을 벗어나기가 무섭게 곧 뒤를 쫓기 시작했다.

"좀 천천히 가십시다."

"음? 네놈은 왜 따라오는 것이냐?"

"어허, 그런 사소한 것에 신경 쓰지 말고 일에 집중을 좀 해 주십시오. 저길 보세요. 그사이 머릿수가 하나 더 늘었잖습니까."

골목을 벗어난 직후 사내 하나가 더 나타나 저들 일행은 이제 셋이 되었다. 그냥 둘일 때는 만만해 뵈더니 머릿수가 하나 늘었다고 조금 긴장이 돌기 시작했다. 거리낄 것 없이 척척 떼어 놓던 발길이 자연스럽게 조심스러워졌다.

"갑자기 궁금한 게 있습니다만."

"……."

"대체 저들은 누굽니까?"

진즉에 물었어야 할 질문이 이제야 나왔다.

설마 하긴 했는데 정말로 아무것도 모르고 따라나섰을 줄이야. 본래도 그런 인간인 줄은 대충 알고 있었지만 겪을수록 그의 대책 없음이 놀라워 희도는 하마터면 혀를 깨물 뻔했다.

"정말로 아무것도 모르고 따라나섰단 말이냐?"

"왜, 그러면 안 되는 거였습니까?"

"그걸 지금 말이라고……."

버럭 성질을 내려다 말고 도로 입을 꾹 다물었다.

생각해 보니 아무 상관이 없을 것도 같았다. 아무것도 모르고 따라나섰다가 비명횡사를 한다 해도 이놈이라면 전혀 미안한 마음이 안 들 것이 분명했기에. 아니, 오히려 잘 죽었다고 춤이라도 추고 싶어질지도 모른다.

"후우, 너 같은 놈이랑 혼인을 한 여자가 불쌍하구나."

정말이다.

얼굴 한 번 본 적이 없지만 희도는 이 계집 빰치게 잘생긴 놈과 혼인을 한 여자가 매우 불쌍하게 여겨지기 시작했다. 생긴 것만 멀쩡하지 대책도, 생각도 없이 사방팔방 돌아다니며 온갖 참견질에 사고만 툭툭 쳐 대는 놈과 살자면 그 얼마나 피곤할 것인가. 게다가 계집은 또 얼마나 잘 꼬이는지 투기를 하자고 마음을 먹는다면 일평생 동안 해도 부족할 지경일 것이었다.

"대답이나 먼저 해 주십시오. 그래서 저치들은 대체 뭐하는 자들이란 말입니까?"

해가 뉘엿뉘엿 넘어가는 저녁 무렵이었다.

주막거리에 모여 무언가 작당을 하던 일당들은 이제 한 와가에 숨어 건너편의 와가를 가만히 훔쳐보고 있었다. 그 부분을 지적하며 자경은 짐짓 인상을 찡그렸다.

"기분 탓인가. 하는 짓이 꼭 남의 집 담이라도 타려는 자들같단 말이지요."

"맞다."

"뭐라고요?"

"닥치고 그냥 더 지켜봐라. 그러면 무슨 일인지 저절로 알게될 테니."

남의 집 담을 타려는 자들이라.

뜻밖의 대답에 자경은 입을 다물고 가만히 눈을 빛냈다. 사내들이 노리고 있는 집이 뉘 집인지에 대해서는 그도 몰랐다. 거기에 더해, 뭘 훔치려는 것인지도 모른다. 확실한 건, 그냥 평범한 도적들은 아닐 것이라는 사실이었다. 그들이 그저 그런 놈들이었다면 애초에 저 늑대 같은 위인이 작정을 하고 미행을 하고 있지도 않았을 테니까 말이다.

"생각해 보니 그게 더 이상하군요."

문득 의심이 들었다. 천하의 동랑(東狼)이 불의한 일을 하려는 자들을 그냥 지켜보고만 있다?

"형님, 혹시 어디 아프십니까?"

"닥쳐."

"아니아니, 도적질하려는 자들을 순순히 보아주는 걸 보니 아무래도 어딘가가 아픈 것이 분명합니다. 머리 쪽인가요?"

"내가 미쳤으면 네놈을 진즉에 죽여 버렸겠지. 제발, 그놈의 주둥이 좀 다물란 말이다, 이 자식아!"

주먹이 운다더니 이럴 때 쓰는 말이었던가 보다.

사내자식의 입이 왜 저리도 가벼운 것인지 마음 같아서는 저

나불대는 주둥이에 주먹을 꽂아 넣고 싶은 심정이었다.

"무정한 양반 같으니. 너무하십니다. 그래도 제가 형님의 생명을 구해 준 은인이라면 은인인데……."

갑자기 머리가 아파 왔다.

희도는 진심으로 후회했다. 그냥 쫓기다 죽는 한이 있더라도 남의 집 담은 타는 것이 아니었다고. 어쩌다 담 한 번 잘못 넘은 죄로 저런 놈과 엮여서 이런 고생을 하느니 그냥 죽는 게 백번 나은 것 같았다.

희도가 그를 만난 것은 얼추 5년 전의 일이었다.

덫에 걸려 발을 다친 채로 쫓기고 있던 그가 자경의 집 담을 넘으면서 인연이 시작되었다. 고통이 심해 식은땀을 줄줄 흘리며 괴로워하던 그를 자경이 주워 제 방에 숨겨 두고 치료를 해 주었더랬다.

자경의 주장은 그러하였으나 희도의 입장에서는 안 그래도 아파 죽겠는데 웬 계집처럼 예쁘장한 놈이 도망도 못 가게 붙잡아 놓고 곁을 지키면서 끊임없이 주절거려 머리까지 깨질 듯 아팠던 굴욕적인 경험에 지나지 않았다.

그때 이후 거리에서, 시전에서 그들은 종종 마주쳤다. 솔직히 말하면, 자경이 그를 찾아다닌 것에 가깝지만 어쨌거나 그때는 그나 자경이나 아직은 어린 소년들이었기에 어쩌다 마주치면 치기 어린 기 싸움을 벌이곤 했었다.

"네놈이 아니었어도 나는 잘 살 수 있었다. 오히려, 곁에서 떠드는 네놈 때문에 괴로워 상처가 더디 나은 거다."

"글쎄, 그런 게 아니래도요. 제가 그때 정성껏 병간호를 해 주지 않았다면 형님께서는 벌써 죽었을지도⋯⋯."

"시끄러! 거기서 한 마디만 더 하면 죽는다."

"혹시, 쥐덫에 걸려 다친 것이 부끄러워 그러시는 겝니까? 걱정 마십시오. 그 일은 계속 비밀로 해 드리겠습니다. 제 입은 생각보다 무겁거든요. 하하하!"

살벌한 표정으로 주먹을 들어 보이는 희도를 보면서도 자경은 여유만만하게 웃었다. 잠시 침묵이 이어졌다. 그러다 해가 완전히 기울고 어둠이 빠르게 짙어지기 시작했을 때 문득 자경이 착가라앉은 목소리로 물었다.

"그나저나 본가에는 들러 보셨습니까?"

"⋯⋯."

"말씀은 안 하시어도 궁금히 여기는 눈치시던데⋯⋯."

벌떡!

말을 꺼내기가 무섭게 희도가 자리에서 벌떡 몸을 일으켰다. 그에 엉거주춤 따라 일어서면서 자경은 슬그머니 그의 눈치를 살폈다.

"아니, 전 그냥 이따금 소식이라도 좀 전하는 게 좋을 것 같아서⋯⋯."

"쉿! 움직인다."

"음?"

멀쩡한 대문을 놔둔 채 담을 타고 넘어가는 시커먼 그림자들을 가리키며 희도가 잽싸게 몸을 낮추었다. 덩달아 자경도 그의 곁으로 바짝 붙어 도로 쪼그려 앉았다. 마침내 기다리던 일이 시작되려는 모양이었다.

"어허, 도적놈들치고 제대로일세. 복면까지 뒤집어썼습니다그려."

맞춘 듯한 시커먼 옷을 입고 복면을 뒤집어쓴 일당들이 날랜 동작으로 담을 넘어 목적했던 와가의 처마 밑으로 숨어들고 있었다. 본래 도적질을 업으로 삼은 놈들은 아닐진대 동작이 어찌나 재빠른지 '어' 하는 순간 이미 처마에서 나와 담을 타고 사라졌다.

"우리도 따라갑시다."

놈들을 놓친 자경이 벌떡 몸을 일으키면서 외쳤다.

"자고로 도적놈들은 현장에서 잡아야 하는 겁니다."

"네놈 실력으로는 되레 잡히어 맞지나 않으면 다행일 것이다."

비아냥거리는 소리에 자경은 잠자코 제 주먹을 꾹 쥐어 보았다. 그러곤 냉큼 덧붙였다.

"……제가 한 놈을 맡을 테니 형님께서 나머지를 맡아 주십시오."

"일없다."

"예? 그럼 저더러 둘을 맡으라는 소리? 형님, 그리 안 봤는데 혹시 저를 믿고 일을 벌이신 겁니까?"

"미친놈. 너를 믿느니 차라리 그냥 혀를 깨물겠다. 괜히 날쳐서 일을 망치지 말고 예에 가만히 처박히어 지켜만 봐라."

마음이 급한 자경과 달리 희도는 아예 팔짱까지 척 끼고 자리에 도로 앉아 버렸다. 행여 놓칠세라 이제껏 열심히 미행을 하고 남의 집 모퉁이에 숨어 저들의 일거수일투족을 지켜보던 사람답지 않게 갑자기 여유만만하게 군다 싶더니 거기서 한발 더 나아가 눈까지 감아 버렸다. 그러한 그의 급작스러운 변화 앞에서 자경은 조금 당황하였다.

"도대체 무슨 생각을 하고 계신 겁니까? 그러고 보니 저치들이 누구인지 아직도 가르쳐 주지 않으셨습니다만."

"……."

"사형, 정말 이러실 겁니까?"

"그리 부르지 말라고 했지. 누가 네놈의 사형이란 말이냐?"

"이거 참, 도대체 뭐하는 작자들이란 말인가. 나 혼자라도 담을 타야 하려나."

울컥 소리치는 희도를 무시하고 자경은 혼자 고뇌에 빠졌다. 그러나 미처 생각을 마무리 짓기도 전에 저들이 예의 날랜 동작으로 다시 담을 넘어오고 있었다.

한 놈, 두 놈, 그리고 벌레처럼 살아 꿈틀거리는 데다 신음소리까지 흘리고 있는 큼직한 보따리가 담을 넘고 마지막으로 세 번째 놈이 담을 훌쩍 뛰어 넘었다. 담을 가뿐히 넘어온 일당들은 주위를 유심히 살핀 다음 서둘러 처음 숨어들었던 와가로 다시 몸을 감추었다.

그때까지도 희도는 제자리에서 꿈쩍을 하지 않고 있었다. 그렇게 반시진이 지날 무렵이었다. 대문이 열렸다. 복면을 쓰고 남의 집 담을 넘던 놈들이 이제는 그럴듯하게 차려입은 채 손에는 등까지 들고 먼저 밖으로 나섰다. 그리고 뒤를 이어 큼직한 그림자가 나타났다. 그것을 발견한 순간 자경은 눈을 휘둥그렇게 뜨고 저도 모르게 소리쳤다.

"저것은 옥교(玉轎)가 아닙니까?"

건장한 가마꾼 넷이 메는 옥교가 보무도 당당하게 눈앞을 지나가고 있었다. 그것은 3품 이상 고위관료들의 부녀자들에게만 허락된 가마였다. 떵떵거리는 공신 집안이라는 자경의 집에서도 공주 형수나 어머니만 탈 수 있을 뿐 나머지는 감히 욕심도 낼 수 없는 물건이었다. 해서, 자경 또한 혼인을 하면서 아내를 가마가 아닌 말에 태워 모셔 온 것이 아닌가 말이다.

그런 가마를 도적놈들이 메고 나왔다.

앞서거니 뒤서거니 하면서 가마를 호위하고 놈들은 태연하게 대로를 활보하고 있었다. 아니, 정직하게도 어딘가를 향해 똑바로 직행하고 있는 중이었다.

"건춘문이다. 더는 못 가."

홀린 듯 말도 없이 무작정 가마만 따라가는 자경을 희도가 잡아챘다.

"놓으십시오."

"네놈이 왕족이나 척신이라도 된단 말이냐? 아니면 춘궁에 들어 상궁나인이라도 해 보려고?"

"그럼 그냥 보고만 있으라는 소립니까? 저, 저 가마 안에 든 것이 무엇인지 몰라서 지금 그런 소리를 하시는 겁니까?"

"그냥 보고 있지 않으면?"

희도는 흥분한 기색 하나 없이 담담한 표정이었다.

그러고 보니 지금까지 계속 그랬던 것도 같았다. 저들이 여염집의 담을 넘고 누군가를 보쌈해 오는 것을 보았을 때도, 그리고 갑작스럽게 나타난 옥교의 뒤를 밟으면서도 그는 계속 평정을 유지하고 있었다.

생각해 보니 내내 자경 혼자서 긴장하고 떠들고 흥분한 것이었다.

뒤늦게 그 사실을 깨달은 자경은 어쩐지 허탈한 마음이 들어 들썩이던 어깨를 축 늘어뜨리고 말았다. 갑자기 모든 것을 알아 버린 기분이었다.

"처음부터 알고 계셨군요."

자경의 얼굴에서 표정이 사라졌다. 무섭도록 가라앉은 얼굴로 그가 희도를 노려보았다.

"이 일을 처음부터 알고 있었어요. 보쌈에다가, 저 가마가 궐로 들어갈 거라는 사실까지! 안 그렇습니까?"

"……맞아."

"이 미친 양반이……!"

"처음이 아니니까."

"뭐, 뭐라고요?"

"이번이 처음이 아니라고. 물론, 오늘이 마지막도 아니겠지."

갑작스러운 폭로 앞에서 자경은 그만 할 말을 잃고 말았다.

놀라고 충격 받은 얼굴로 자경은 그저 멍하니 서서 한동안 가마가 사라진 자리만 바라보고 있었다. 이러한 일이 처음도 아니고 마지막도 아니라니. 무에 이런 어처구니없는 일이 다 있단 말인가.

"여인……이겠지요?"

한참만에야 돌아서면서 자경이 물었다.

"그럼 사내겠냐?"

"동궁으로 들여가는 겁니까?"

"틀림없이."

"어린놈의 새끼가!"

갑자기 입에서 욕설이 터져 나왔다.

그 기세가 어찌나 격한지 앞서가던 희도가 걸음까지 멈추고 돌아보았을 정도였다.

"너, 그거 불충한 언사다."

"알 게 뭡니까. 없는 곳에서는 나라님도 욕하는 법이라는데."

"그렇지. 헌데, 네가 말한 그 자식이 너랑 동갑이라는 사실은 알고 있냐?"

"그래서 더 기분 나쁘단 말입니다! 빈에다 후궁에다 그 많은 궁녀들과 기생을 끼고 노는 것으로 모자라 이제는 여염집 처자까지 보쌈을 하다니. 천하의 나쁜 놈! 음탕한 놈! 난 이제 간신히 혼인을 한 데다 아직……."

"아직 뭐?"

"……아무것도 아닙니다."

'아직 옷고름도 못 풀었는데.' 라는 말을 꿀떡 삼키고 자경은 완강히 시치미를 뗐다. 만에 하나라도, 사실을 알게 되면 면구스러운 것은 둘째 치고 저 양반이 얼마나 비웃을 거냔 말이다. 온갖 여인들은 다 꼬이고 다니면서 정작 제 처의 옷고름에는 손도 대 보지 못했다며 비웃다가 입이 돌아갈지도 모른다.

"도대체 형님께서는 어찌 그리 담담하신 겝니까? 저 꼴을 보고 화도 나지 않습디까?"

"났었지, 처음엔."

"……."

"헌데 이제는 가엾다, 이 나라가. 저런 자를 세자며, 왕으로 섬겨야 하는 이 땅의 백성들이."

컴컴한 어둠을 배경으로 두고 희도는 자경을 돌아보았다. 그리고 말했다.

"그리고 저 꼴을 목격하고도 아무것도 할 수 없는 네가."

"허! 형님 본인은 불쌍하지 않고요?"

"나야…… 그냥 멍청한 놈일 뿐이지."

자조적인 어조에 자경의 얼굴이 순간 어두워졌다.

문득, 두문동(杜門洞)의 일이 떠올랐다. 승하한 태상왕은 끝까지 출사하지 않고 충절을 지킨 전 왕조의 유신들을 한자리에 모아놓고 '불이 뜨거운가, 왕명이 뜨거운가.' 보자며 불을 놓았다.

그 분노 어린 불길은 동두문동과 서두문동 전체에 고루 번져 문·무신을 가리지 않고 백여 명도 넘게 태워 죽였다. 개성의 선비들은 앞으로 백 년 동안 과거를 보지 못하게 하라는 명도 떨어졌다.

희도는 바로 그러한 개성, 그것도 두문동 출신이었다.

공신 집안이지만 딱 반보만 더 앞으로 내디디면 당장 칼을 맞을 처지인 자신과 비록 뛰쳐나왔을지언정 출신 때문에 평생 동안 출사는 꿈도 못 꾸는 그. 둘 중에 하나는 불쌍하고 하나는 멍청하다고 희도는 말하고 있었다.

"갑갑하구나."

달빛조차 숨어든 밤하늘을 올려다보며 자경은 긴 한숨을 내쉬었다. 그러더니 무슨 생각을 했는지 돌연 희도의 어깨에 팔 하나를 척 하니 걸고는 씨익 웃으면서 말했다.

"저랑 같이 대국에나 놀러 가지 않으시겠습니까?"

"미친놈. 이제 갓 혼인을 했다는 놈이 잘하는 짓이다."

"아니, 혼인을 하였다고 놀러도 가지 못한단 말입니까? 그러지 말고 같이 갑시다. 예?"

"내가 왜 네놈과 대국을 간단 말이냐."

"원래 벗끼리는 같이 다니기도 하는 법이 아닙니까."

"벗 같은 소리하네. 떨어져! 제발 좀 엉겨 붙지 말란 말이다, 이 망할 자식아!"

"하하하!"

티격태격하는 소리가 밤하늘까지 잔잔하게 퍼져 가고 있었다.

문 앞에 잠시 멈추어 서서 오복은 깊게 심호흡을 하였다.

'나는 아씨다. 나는 상전이다.'

주문을 외듯 속으로 외친 다음 가슴에 손까지 얹고 자꾸만 발발 떨리는 심장을 가만히 다독였다. 그러다 곧 고개를 발딱 들고 어깨에 힘을 주어 쫙 펴고는 힘차게 방문을 열어젖혔다.

"아씨 나오십니까요?"

흠칫!

방 밖으로 나서기가 무섭게 마침 마루를 닦고 있던 말년네가 넙죽 인사를 하였다. 잠잠하던 심장이 또 벌렁거리기 시작했다. 그렇게 연습을 하였어도, 저보다 나이 많은 이가 존대를 하며 고개를 조아리는 것은 영 적응이 되질 않았다. 안 그러려고 해도 때마다 마주 고개를 숙여야 할 것만 같고, 대신 일을 해 주고 싶은 충동도 느껴지려고 하였다. 나이 마흔이 가까운, 어미뻘의 말년을 향해서도 딱 그런 기분을 느끼고 있었지만 어디까지나 아닌 척 오복은 짐짓 태연하게 물었다.

"오, 오냐. 헌데, 예서 무엇을 하고 있었느냐?"

"무엇을 하긴요. 이제 뒷정리를 다 끝내고 저녁 진지 올릴까 하던 참입니다요. 시각도 늦었고 하니 이만 상을 볼까요?"

"응. 그리하여라."

뉘엿뉘엿 넘어가는 해를 확인하고 오복은 순순히 고개를 끄덕였다. 일찌감치 시부모님께 진지 올리는 일을 봐 주고 저는 혹시 서방님이 들어오실까 싶어 밥도 안 먹고 기다리던 참이었다.

"후우, 오늘도 아니 들어오시려나 보다."

오복의 안색이 조금 흐려졌다.

벌써 사흘째였다. 어딜 간다는 말도 없이 출타하신 서방님은 벌써 사흘째 소식도 없이 돌아오지 않고 있었다. 첫날에, 걱정이 되어 안절부절못하고 있자 어머님은 도리어 미안하다는 표정과 함께 '그 아이가 원래 그리 나돌아 다니기를 밥 먹듯이 한단다.'라고 하셨다. 그래서 시집에 온 지 사흘째 되는 날 사당에 고하는 일도 혼자 치렀고 아침마다 시부모님께 문안인사 여쭈는 일도 매일 혼자 하고 있었다.

"또 뉘 집의 담을 타고 다니시는 건 아닌지 몰라."

밥을 먹는 둥 마는 둥 하고 오복은 다시 방에 콕 처박혀 종알거렸다.

이 사람 많은 집에서 그녀는 오로지 혼자였다. 공주 형님께서는 그녀가 사당에 고하고 난 다음 날 아주버님을 이끌고 상감마마가 지어 주신 자신의 궁으로 돌아가셨고 괜히 무서운 동서도 서방님과 함께 그날 바로 친정으로 돌아갔다.

그리하여 이야기를 나눌 사람이라고는 어머님 한 분뿐이었는데 그분께서는 또 지나치게 후덕하시어서 '무엇을 할까요?' 라고 물으면 그저 '아직 힘들 터이니 쉬거라.' 하는 말씀만 하셨다.

덕분에, 오복은 정말로 아무 하는 일도 없이 밥만 축내며 하루하루를 견디고 있었다. 이렇게 무위도식을 하는 건 태어난 이래 정녕 처음이었다. 그래서 그녀는 매우 불안했다. 일을 하지 않고 그저 차려다 주는 밥만 먹으며 살면 편할 줄 알았는데 아니었다.

"길쌈은 노비들이 하고, 옷을 짓는 것도 노비들이 하고, 밥이며 빨래도 다 해 주고……. 후우, 오복이 팔자가 상팔자가 되었구나."

그런데 왜 이렇게 마음이 편치 않은 건가.

놀고먹는다고 뭐라 하는 이 하나 없고 보는 이마다 '아씨, 아씨.' 하고 불러 주는데 그럼에도 불구하고 공연히 눈치가 보이고 자꾸만 앉은 자리가 불편하였다. 그리고 한편으로는 두려운 마음도 있었다. 혹, 아무 생각 없이 한 행동이 누군가의 의심을 사고 그것으로 인하여 본래의 제 신분이 드러나게 되면 어쩌나 싶은 것이다.

"서방님이 계시면 이런 마음도 덜하여질까?"

오복은 또 자경을 떠올렸다.

곁에 있을 때는 저를 의심하게 될까 봐 마냥 무섭기만 하더니 막상 없어지고 나자 어쩐지 자꾸 빨리 돌아왔으면 하고 바라게 되었다. 옷고름 푼다고 위협해도 좋으니 그냥 곁에 있었으면 싶은 것이다. 그제야 오복은 제가 그를 많이 의지하고 있음을 깨달았다.

제일 가까우니만치 그저 조심하고, 또 경계해야 할 사람임을 알고 있지만 또한 가장 의지할 수밖에 없는 사람이기도 했다. 아씨 대신이긴 하여도 어쨌거나 서방님이니까.

"수틀이나 맬까?"

할 일이 없어 두 손 놓고 멍하니 앉아 있다가 오복은 결국 수자(繡刺)를 하기로 하였다. 하루 종일 밥 먹고 빈둥거렸더니 밤이 되어도 통 잠이 오질 않았다. 그리고 어쩌면 밤늦게라도 서방님이 돌아오실지 모르니까.

자그마한 형상의 그림자 하나가 불 밝힌 창 너머에서 어른거리고 있었다. 밤은 깊고 밤새는 어서 자라고 처량맞게 우는데 불을 밝히고 앉은 그림자는 잠도 없는지 아까부터 저리도 얌전히 앉아 있다.

"저러니 안 크지."

오도카니 앉은 작은 그림자를 보며 자경은 불퉁한 한마디를 툭 내뱉었다. 잠을 자야 키가 클 것인데 이 늦은 시각까지 잠도 안 자고 깨어 있으니 저리 자라다 만 것이 아닌가 말이다.

멀쩡한 대문을 놔두고 그는 또 제 집의 담장 위에 올라앉아 있었다. 오랜만에 지인들도 만났겠다, 한 며칠은 어울려 놀다가 스승님을 뵈러 다녀올까 했었다. 그냥저냥 보름이면 되겠지 계산하고 나선 길이었는데 이상하게 발이 떨어지질 않는 것이다. 하여, 결국 스승님께 안부만 슬쩍 여쭈고 도망치듯 사흘 만에 돌아오고 말았다. 그런 제 행동이 자경은 괜히 마음에 들지 않았다.

"이상하단 말이지. 왜 뒤통수가 당기고 발이 무거운 거냐고. 대국에 갈 때도 이러면 안 되는데."

말은 그렇게 하면서도 그는 슬금슬금 담을 내려가 조금 빠른 걸음으로 중정을 가로질렀다. 그러고는 창문에 어른거리는 그림자를 향해 '못난이' 하고 말하듯 입술을 한 번 삐죽거려 보인 다음 누가 들을세라 나직하게 말했다.

"부인, 접니다. 안에 들어도 되겠습니까?"

벌컥!

말을 하기가 무섭게 방문이 벌컥 열렸다. 거의 동시에 자그마한 덩어리가 쏘아진 활처럼 안에서 튀어나왔다.

"서방님!"

하루 종일 주인을 기다린 강아지처럼 꼬리라도 흔들 것 같은, 그야말로 온통 반가움으로 가득한 얼굴이 턱 밑에서 쏙 나타났다. 헌데, 이상도 하지. 그 얼굴을 보자 조바심치던 마음이 비로소 평소대로 느긋해지고 평온해졌다. 심지어 마음 한구석이 이유를 알 수 없는 흡족함으로 그득하게 채워지는 것도 같았다. 그런 제 변화를 깨닫지도 못하고 자경은 부러 투덜거리며 방으로 들었다.

"이러다 담을 타는 일이 습관이 되겠소이다."

"예에? 그것이 무슨 말씀이셔요?"

아니, 이 양반이 또 어디서 담을 타다 오셨단 말인가.

안 그래도 걱정하던 일이라 오복은 당장 눈을 치떴다.

"또 뉘 집 담을 넘으셨사와요?"

"뉘 집 담이긴. 바로 내 집 담을 넘어왔소이다. 덕분이오."

"아니, 양상군자도 아니시면서 멀쩡한 대문 놔두고 왜 자꾸 담을 넘으십니까? 게다가 덕분이라뇨?"

자경의 눈이 가늘어졌다.

사실은, 저도 제 심사를 모르겠다. 아무리 생각해도 사랑채 제 방으로 들어가는 대신 담까지 타면서 이리로 들 까닭은 없었는데 말이다. 물론, 핑계는 있었다.

"천금을 들여 모셔 온 우리 귀한 부인께서 중문을 꼭 잠그고 계시는데 별수 있소이까. 괜히 소박맞은 티를 내어 망신을 사지 않으려면 담이라도 타야지."

"아, 중문! 그, 그것이…… 그만 깜빡하였습니다. 죄송합니다."

"흥, 일부러 그러신 것은 아니고요?"

"아, 아닙니다. 그것은 참말 아니어요. 저는 그냥…… 무서워서."

오복의 목소리가 기어 들어가듯 가늘어졌다.

이 집은 지나치게 크고 넓었다. 살림의 규모가 크고 일하는 사람이 많고 거기에 더해 형조판서 댁이라 지체 높은 양반들이며 이런저런 물건들이 끊임없이 들고 나 정신이 하나도 없을 지경이었다.

그러니 아무것도 할 줄 모르고 아는 것도 없는 오복은 혹 실수라도 할까 두려워 낮에는 어머님의 눈치를 보면서 집안일을 조금 거들다가 해가 지면 그땐 또 그때대로 혼자 남겨진 것이 두려워 이렇게 문을 걸어 닫고 방에 처박힐 수밖에 없었다.

"무서웠소?"

"……서방님이 아니 계시어서."

꼬물꼬물 대답하다 보니 어쩐지 눈물이 날 것 같아 오복은 고개를 푹 숙이고 말았다. 그 모양을 본 자경은 죄책감에 더해 공연히 가슴까지 철렁 내려앉는 것을 느끼고 거의 안절부절못하기 시작했다.

"지금 우, 우는 거요?"

"아닙니다. 훌쩍."

아니긴 뭐가 아니란 말인가. 벌써 닭똥 같은 눈물이 뚝뚝 떨어지고 있는데 그럼 그건 눈물이 아니고 비라도 된다는 것인가. 여인의 눈웃음만 겪어 봤지 눈물은 겪어 본 적이 없는지라 자경은 이제 걱정을 넘어 거의 두려움마저 느낄 지경이었다. 단언하건대, 역적모의를 하다 들켜도 이보다 더 두렵지는 않으리라.

"우, 울지 마시오."

"흐윽, 말도 없이 나가시어 사흘 내내 소식 한 자락도 없어서 얼마나 걱정했는데……."

"내가 잘못했소이다."

"어머님, 아버님께 문안인사도 만날 혼자 드리고. 가성댁은 공주 자가를 따라 돌아가 버리고……. 흑, 무서웠단 말이어요."

이제야 제 편을 들어주는 사람을 만난 아이처럼 오복은 저도 모르게 어리광을 부리고 있었다. 그런 것도 모르고 자경은 수건까지 대령하여 뚝뚝 떨어지는 눈물을 닦아 주면서 연방 '내가 참말 잘못했소이다.' 하고 빌었다. 한참을 그러고 나니 식은땀이 쭉 빠졌다.

"헌데, 그간 어딜 다녀오신 겁니까?"

간신히 울음을 그친 오복이 짐짓 원망 섞인 어조로 물었다.

'어허, 아녀자가 사내의 일에 웬 간섭이란 말이오.' 라고 말하려던 본래의 계획도 잊고 이미 지쳐 떨어진 자경은 힘없이 사실대로 털어놓았다.

"스승님이 계십니까?"

"그렇소. 오랜만에 문안도 여쭈고 혼인을 한 일도 고할 겸 잠시간 다녀왔소."

"네에."

대답을 하는 오복의 눈이 별처럼 반짝이고 있었다.

어찌나 환하게 빛나는지 벌써 겉옷을 벗어 던지고 이부자리 위에 반쯤은 널브러져 있던 자경이 움찔 놀라 도로 몸을 일으켰을 정도였다. 까닭은 모르겠지만 왠지 불길한 기운이 느껴졌다.

"왜, 왜 그리 보시는지?"

왠지 떨리는 이 마음은 그저 기분 탓이려니 하고 싶소만.

그렇게 자경이 까닭 모를 긴장에 사로잡혀 있을 때 오복은 그녀대로 남몰래 잔뜩 긴장을 하고 있었다. 사실, 최근 그녀에겐 작은 소망이 하나 생겼다. 그냥 오복으로 살 때는 생각도 못 해본 일이었으나 이제 아씨로, 상전으로 살기 위해서는 꼭 필요한 일이기도 하였다.

"저어, 저기……."

두 볼에 홍조까지 드리우고 그녀는 한껏 망설였다.

말할까 말까. 죄 없는 입술을 잘근거리고 양 손가락을 번갈아가며 만지작거리다 슬그머니 그의 눈치를 살피고 그러다 다시 입을 꼭 다물기를 반복하였다. 자꾸만 걱정이 앞섰다. 놀리시면 어찌하지?

"더 보고 있기 괴로우니 차라리 그냥 말을 하시구려. 그래, 무슨 일이오?"

"그, 그것이…… 그러니까……."

에라, 모르겠다.

질끈 눈을 감고 오복은 조그맣게 물었다.

"저어, 서방님은 글을 아시지요?"

"음?"

"그게, 저어…… 소첩도 글을 배우고 싶습니다!"

"고작 그런 일로 그리 뜸을 들이었소? 글이라. 허어, 글을 배우는 것쯤이야 뭐가 어렵겠소이까. 얼마든지 하고 싶은 대로 하시오."

"그, 그것이 아니오라…… 소첩에게 글을 가르쳐 주십시오."

이것이었구나!

스승님이 있다는 소리에 눈을 별처럼 빛낸 이유가 바로 이것 때문이었나 보다. 자경은 저도 모르게 입을 딱 벌린 채 멍하니 아내를 바라보았다.

"지, 지금 나더러 가르쳐 달라는 말이오?"

"예. 공주 자가께서도 아주버님께 글을 배우고 있다 하셔서요. 벌써 천자문이랑 명심보감도 떼시고 소학도 보셨답니다. 요새는 대학이랑 시 짓는 법을 배우고 계시고요. 저도 그리하여 주시면 아니 되어요?"

당연히 안 된다. 나돌아 다닐 시간도 없는데 아내에게 글을 가르칠 시간 따위가 있을 리 없으니까.

자경은 조금 당황했다. 굳이 그럴 필요는 없지만 아내가 글을 꼭 배우고 싶다면야 까짓 말릴 생각까지는 없었다. 어차피 깊이 공부하지도 않겠지만 어쨌든 해서 나쁠 것은 없으니까. 하지만 그것을 반드시 자신이 가르칠 필요는 없지 않은가 말이다.

'형님 때문에 내가 정말 못살겠구나. 안 그래도 바쁜 양반이 언제 형수에게 글까지 가르치고 있었단 말인가. 허어, 애초에 공주 형수를 업고 다닐 때부터 알아보았어야 했는데. 에잇, 망할 공처가 같으니라고.'

희대의 간신을 넘어 이제는 희대의 공처가로 거듭나고 있는 제 형을 욕하며 자경은 내심 이를 갈았다. 그때, 오복이 다시 말했다.

"이런 청을 드리어서 정말 죄송합니다."

"아, 아니 뭐 죄송할 것까지야 없소만……."

"아니어요. 제가 어리석어 미처 글을 익히지 못한 탓인걸요. 저를 비웃는 것이야 그러려니 하옵니다만, 저로 인해 서방님까지 부끄러운 일을 겪으실까 봐 걱정이 되었습니다."

오복의 고개가 처연하게 떨어졌다.

여인이 글을 모르는 것이야 크게 흠이 되는 일도 아니라지만, 그날 글은 읽을 줄 아느냐고 묻던 말이 가시처럼 박히어서 오복은 계속 자격지심을 느끼고 있었다. 아씨를 흉내 내는 일만 해도 그렇다. 아씨께서는 몸이 불편하여 계속 누워만 지내느라 따로 소일거리를 할 것이 없어 어렸을 적부터 대감마님과 도련님의 책을 숱하게 가져다 읽으셨는데 그녀는 집안일을 하느라 글을 제대로 배우지 못한 탓에 아는 글자라고는 제 이름자를 빼고 고작 스무 개나 될까 말까 한 처지였다.

'아씨라면 당당하셨을 거야. 멍청한 것. 글도 제대로 모르면서 어찌 아씨 대신 살겠다는 소리를 할 수 있어.'

이렇게 무식하게 살다 결국은 아씨의 이름을 더럽히고 대감마님과 서방님까지 욕보이게 될까 봐 오복은 두려웠다.

"비웃어?"

우울한 몰골을 하고 웅크려 앉아 있는 오복을 보다 자경은 지그시 이를 갈았다.

직접 본 것은 아니지만 대강 무슨 일이 있었는지 정도는 감이 척 잡혔다. 어쩐지, 갑자기 글을 배우겠다고 나선 것이 이상하더니 아무래도 누군가가 잘난 척을 하느라 저 사람을 깎아내린 것이 분명하였다. 스스로에 대한 드높은 자존심만큼이나 제 집안이며 가족에 대한 자부심 또한 강한 자경은 그런 일을 도통 참아 본 적이 없었다. 헌데, 감히 그가 없는 자리에서 제 처를 비웃었다? 부부는 일심동체(一心同體)라고 하였으니 이는 곧 그를 비웃은 것이나 마찬가지가 아니더냐.

'어느 놈인지 찾아내기만 하여 보아라. 그 잘난 입에서 제발 살려 달라는 소리가 나오게 해 주마.'

남몰래 다짐까지 하고 그는 언제 질색을 했던가 싶게 넙죽 고개를 끄덕였다.

"좋소. 그리합시다."

"예? 차, 참말이십니까? 정말 소첩에게 글을 가르쳐 주시는 것이어요?"

"아, 그렇다니까요. 내가 또 한다면 하는 사람이라, 가르치는 일도 제법 잘한다오."

"감사하옵니다. 저, 열심히 배우겠습니다. 허면, 언제부터 하옵니까?"

"쇠뿔도 단김에 빼라고 하였소. 어차피 말이 나왔으니 당장 합시다."

이미 늦은 시각이라는 사실도 아랑곳 않고 자경은 당장 천자 문부터 가르치겠다고 나섰다.

"하, 하지만 책이 없는 걸요? 지필묵도 없는데……."

"없어도 배울 수 있다오. 책은 이 머릿속에 있고 지필묵이야 내가 평소 가지고 다니는 것이 있으니 되었소. 본격적인 것은 내일부터 하기로 하고 오늘은 시각도 늦었고 하니 딱 네 글자만 외우고 주무시오."

"예에."

네 글자쯤이야.

오복은 자신 있게 고개를 끄덕였다. 아주 바보가 아닌 이상 글자 네 개 외는 것쯤 못할까 싶었던 것이다. 그러나 채 일각이 지나기도 전에 그녀는 그런 제 생각이 아주 크게 잘못되었음을 깨닫게 되었다.

첫 글자는 쉬웠다. 하늘 천(天)이라 그저 작대기 몇 개 그리는 것으로 금방 외웠다. 땅 지(地)라든지, 검을 현(玄)자도 그럭저럭 힘을 들이지 않았다. 헌데, 그다음부터가 문제였다.

"어허, 이 쉬운 글자도 모른단 말이오? 다시 찬찬히 그려 보오. 누를 황(黃)."

"누를 황."

하늘 천, 땅 지 하고 외는 것은 잘하였다. 헌데, 그것을 쓰는 것은 왜 이리도 어려운 겐가. 엎드려 누운 채 오복은 작은 붓으로 다시 종이 위에 삐뚤삐뚤한 그림을 그려놓았다. '황' 자라고 그려 놓았는데 그리다 보니 어느새 거북이가 되어 있었다. 그것을 한 열 번쯤 그리고 나자 이제는 앞에 외운 글자들까지 헷갈리기 시작하였다. 결국은 종이가 떨어졌다.

"안 되겠소이다."

자경은 방법을 바꾸기로 하였다.

"이래 가지고서는 더 헷갈리기만 하겠소. 절대 잊지 못하게 내가 아주 몸에다 새겨 주겠소."

"예에? 어, 어떻게요?"

"쉽소이다. 손을 줘 보시오."

뭘 어쩌려는 것인가.

의문 속에서 그녀는 조심스럽게 손을 내밀었다. 그 손을 덥석 잡아다 놓고 자경은 손가락을 꼿꼿하게 세웠다. 그러곤 좍 펼친 그녀의 손바닥 위에 천천히 글자를 쓰기 시작하였다.

"어? 크읍. 가, 간지럽습니다."

"어허, 움직이지 마시오. 글자가 자꾸 삐뚤어지잖소."

"그, 그렇지만…… 으음. 아앗!"

오복은 간지러움을 참아 보려고 무진 애를 썼다.

입을 꼭 다물고 활짝 펼친 손에 힘도 바짝 주었다. 그러나 이상하게 서방님의 손가락이 닿기만 하면 저도 모르게 몸이 움찔 놀라고 손이 간질간질해지면서 다리가 오그라들더니 나중에는 온몸에 힘이 들어가기까지 하였다. 참으려고 안간힘을 다하다 보니 입에서는 절로 신음이 새어 나왔다. 민망함에 얼굴이 점점 더 붉어졌다.

"자, 이번엔 부인이 한번 써 보시오."

"제, 제가요?"

"지금 공부를 하는 것은 내가 아니라 부인이잖소. 자, 얼른 소리 내어 읽고 여기다 써 보시오."

큼직한 손을 쫙 펴서 그가 코앞으로 디밀었다.

갑자기 가슴이 콩닥거리기 시작하였다. 글자를 외지 못해서가 아니었다. 나란히 엎드려 누워 그의 손을 잡고 있으려니 새삼 수려한 그의 미모가 신경 쓰였다. 촛불 아래에서 은은히 빛나는 단단한 피부라든지, 잘생긴 얼굴이며, 보기 좋은 모양의 붉은 입술이 오늘따라 왜 이리도 선명하게 느껴지는 겐가. 안 그래도 뜨뜻하던 두 볼이 더 화끈해졌다. 그의 손을 붙잡고 있는 두 손이 바들바들 떨리는 것도 같았다.

'왜, 왜 이리 떨리지.'

마른침을 꼴깍 삼키고 오복은 슬쩍 그를 훔쳐보았다.

얇은 적삼 아래의 단단한 살과 두툼한 목덜미를 지나 탐스러운 붉은 입술이 그린 듯 아름다웠다. 아무도 보는 이가 없다면 한번 만져 보고 싶을 정도였다.

'마, 만지다니! 서방님을 욕보일 생각이란 말이냐. 이 나쁜 것, 음란한 것.'

지레 놀란 가슴이 더 미친 듯이 뛰기 시작하였다.

어쩐지 숨이 차는 것도 같아 오복은 헉헉거리며 그를 가만히 올려다보았다. 문득, 눈이 마주쳤다. 담담하고 맑기만 한 눈동자가 그녀를 지그시 내려다보고 있었다. 음란한 생각이라고는 한 톨도 들어 있지 않은, 그저 그녀에게 열심히 글을 가르쳐 보겠노라는 의지로 가득 찬 눈이었다.

그 눈을 마주한 순간 오복은 제가 얼마나 바보처럼 굴고 있었는지를 깨달았다. 글을 제대로 배워 오지 못해 창피함을 당하는 것으로도 모자라 이제는 열심히 배우지는 못할망정 귀찮음을 무릅쓰고 계신 분에게 못된 마음이나 품다니. 무에 이런 염치없는 것이 다 있단 말인가.

'서방님을 실망시키면 안 돼.'

오복은 입술을 질끈 깨물었다.

더 열심히 해서 서방님께 기쁨을 드리리라 다짐하였다. 해서, 눈에 힘까지 잔뜩 주고 그녀는 손가락을 꼿꼿하게 세웠다.

"하늘 천!"

"음?"

"땅 지!"

움찔.

자경은 조금 당황했다. 아니, 사실은 크게 당황하고 있었다. 제가 쓸 때는 모르겠더니 반대의 상황이 되자 전혀 생각지도 못했던, 곤란한 일이 발생하고 만 것이다.

'가, 간지럽구나.'

그저 손바닥에 작은 손가락이 하나 닿은 것뿐인데 어째서 심장이 펄쩍 뛰는 겐가.

아내는 그저 간지럽다고만 했는데 저는 간지러움을 넘어 등골이 수상하고 열이 나는 듯도 하더니 급기야는 몸이 떨리고 또…… 아랫배에도 불끈 힘이 들어가려고 했다. 아닌 게 아니라, 손바닥 위에서 작은 손가락이 꼼질댈 때마다 그의 신경도 예민하게 곤두서는 이리저리 같이 움직이고 있었다.

'어허, 글자가 어찌 이리 음란한고.'

아내는 땅 지자를 그리고 있는 중이었다.

평소엔 무심히 들여다보던 글자였는데 이제 와 겪어 보니 참 음란한 글자인 것 같았다. 짧은 획으로 시작하여 긴 획으로 이어지는 글자가 흡사 박자를 타는 듯하지 않은가 말이다.

'미치겠구나. 참아야 하느니!'

자경은 고개를 돌리고 이를 악물었다. 획 하나하나가 착착 그려질 때마다 아래의 사정이 점점 더 곤란하여지다 못해 위험한 수준으로 빠르게 치닫고 있었다. 이러다가는 곧 넋이라도 있고 없고 할 지경에 처할 것만 같았다.

"맞았습니까?"

"음?"

"제대로 쓴 것이 맞느냐고 여쭈었습니다."

"아! 자, 잘 썼소. 금방 배우는구려."

"잘 가르쳐 주신 덕분입니다."

잘 가르친 것은 맞는데 아무래도 방법은 바꾸는 것이 좋을 것 같았다. 고작 글자 네 개에 넋이 나갈 지경인데 더 획이 많은 글자를 가르칠 때는 어쩌란 말인가.

"이리 손바닥에 쓰니 더 잘 외워지는 것 같습니다. 신기합니다."

신기하기는 그도 마찬가지였다.

손바닥에다 쓴, 삐뚤빼뚤한 천지현황 글자 네 개가 그 감촉이며 궤적까지도 흡사 뼈에 새겨진 듯 선명하여서. 하늘도 땅도 검고 누른 것도 죄다 말랑하고 부드러웠었지. 생각만 해도 몸이 후끈 달아올랐다. 이대로라면 아마 죽을 때까지 잊지 못할 듯싶었다. 그런 것도 모르고 아내가 꽃처럼 활짝 웃으면서 말했다.

"다음에는 더 넓은 곳에다 써 볼까요?"

더 넓은 곳? 팔뚝을 보고 있는 그녀와 달리 자경은 제 옷고름을 내려다보았다. 그래, 손바닥보다는 가슴이라든지 배가 더 넓기는 하지. 하지만 게에다 손을 대면 정말 큰일이 나지 싶었다. 지금도 충분히 곁에 나란히 누워 있는 이가 의식되어 미칠 것 같았다. 발그레한 볼이라든지, 작고 촉촉한 입술이며 여린 목덜미 아래의 뽀얀 살결의 감촉이 매우 궁금했다.

생각하는 순간 저도 모르게 뜨건 숨이 훅훅 뿜어져 나왔다. 위기감이 몰려왔다. 아래의 상황이 갑자기 급박하여져 식은땀이 다 삐져나왔다. 그에, 재빨리 숨을 고르고 그는 속으로 외쳤다.

'나는 짐승이 아니다, 나는 짐승이 아니다.'

자경은 그때까지 잡혀 있던 손을 슬그머니 빼냈다. 그러고는 말없이 돌아누웠다.

"곤하오. 이만하고 잡시다."

"한 번만 더 하고 자면 아니 되어요?"

"아, 아, 아니 되오!"

차라리 나를 죽이시오.

돌아누워 땀을 뻘뻘 흘리면서 자경은 울부짖었다. 그러면서 변명이랍시고 또 말했다.

"첫날부터 너무 많이 하면 다음날 공부하기 어려워지는 법이라오. 남은 공부는 낼 또 합시다."

"예에."

얌전히 대답하고 오복은 입김을 훅 불어 불을 껐다. 그러곤 언제 잠이 안 왔나 싶게 그의 곁에 나란히 눕자마자 금방 잠이 들었다. 그런 모습을 자경이 벌건 눈으로 바라보고 있었다. 자란다고 정말 자는구나. 그의 입에서 문득 긴 한숨이 새어 나왔다.

"지금 그러고 잠이 온단 말이오?"

밤이 참 길 듯하였다.

"하백(河伯)이 온다지요?"

왁자한 술자리 가운데서 누군가가 그렇게 운을 떼었다.

"하백이라. 허어겸을 이르는 게로군."

"그렇지요. 그자 말고 누가 감히 하백을 사칭하겠습니까."

"주상께서 사람을 보내어 부르셨다지?"

"그런 듯하더이다. 내시부의 내관 하나가 명을 받고 은밀히 나간 모양입디다."

오랜만에 거론되는 이름 하나에 잠시 무거운 침묵이 감돌았다. 그러다 그를 조금 아는 자가 마치 혼잣말처럼 다시 옛이야기를 꺼내었다.

"그자, 잃어버린 자식을 찾아다니고 있다 했었지?"

"그렇지. 그런 소리를 들은 기억이 있네. 그 때문에 주상의 부르심도 거부하고 들어오기만 하면 실성한 사람처럼 여기저기 헤매고 다닌다던가?"

"방자한 자 같으니. 상께서는 속도 없으이. 십여 년을 기다렸으면 되었지, 그런 자를 또 뭐하러 찾으신단 말인가."

"워낙 아끼시는 자이니 별수 있나."

그 말엔 모두가 고개를 끄덕였다.

확실히 상감께서는 하백을 아꼈다. 그는 원래부터 성품이 바르고 정직한 데다 사내다운 호탕함이 가득하고 사람 사귀기를 좋아하여 벗이 많았다.

또한, 장사를 하면서 보고 배운 것이 많아 그들이 알지 못하는 신기한 이야깃거리를 잔뜩 알고 있었다.

상감께서도 보위에 오르기 전에는 종종 그를 찾아가 술잔을 기울이며 밤새 이야기 듣기를 즐겼을 정도였다. 그것만으로도 충분한데 보위에 오르고 난 후 상이 그를 그리는 마음은 더 커진 듯하였다. 고작 처자식을 잃은 정도로 자신의 부름을 단칼에 외면하고 떠나 버린 그인데도 말이다.

"공을 세우고도 아무것도 바라지 않은 이는 그가 유일하니 더 애틋하신 게지."

"흥!"

"그나저나 그냥 두고 보실 겁니까들?"

"그냥 두고 보지 않으면?"

"본래부터 세상에 무서운 것이 없다며 거칠 것 없이 사는 위인입니다. 이번에도 큰돈을 벌어 돌아왔다 하던데 그냥 두면 제잘난 맛에 겨워 아예 우리 머리꼭대기에 올라앉으려 들지도 모르는 일이 아닙니까. 허니, 이번에야말로 그 건방진 버릇을 얼마간은 고쳐 놓아야 하지 않겠습니까?"

"설마, 그렇기야 하겠습니까? 하백이라면 그래도 인의를 아는 자라 칭송이 자자한데요."

"아니야. 듣고 보니 일리가 있는 말이구먼."

이리저리 중구난방으로 떠드는 가운데 가장 상석에 앉아 있던 자가 마침내 잔을 내려놓으며 그렇게 말했다. 그러면서 문득 한쪽에 앉은 자에게 넌지시 물었다.

"잃어버린 자식을 찾고 있다고 했던가?"

"예에, 그랬습니다만."

"적당한 아이를 하나 찾아보지."

"무슨 말씀이신지……."

"그자의 자식뻘쯤 되는 아이를 찾아 비슷하게 꾸미어 내놓으란 말이야. 자식 상봉을 시켜주면 바라던 일도 이루어졌겠다, 마침내 제 본색을 드러내겠지."

버르장머리를 고치는 일은 그때 가서 해도 늦지 않는다.

본색을 드러내게 하고 상의 눈에서 벗어나게 만든 다음 가진 것을 빼앗고 멀리 내쫓으면 그만이리라. 간단하게 반역죄쯤으로 하면 어떨까 싶다.

"헌데, 비슷한 아이가 있을지 모르겠습니다. 그 집안사람들에게 무슨 특징 같은 것이 있다는 소리를 들은 기억이 있어서 말입니다. 전에도 아이를 몇 명 찾긴 했었는데 그자가 척 보자마자 제 핏줄이 아니라고 하더랍니다."

"가지가지 하는구먼."

"뭐, 특별한 것은 아니겠지. 한번 자세히 알아보게나. 알아보고 준비를 해 보세."

단정 어린 말에 동의를 구하는 눈빛들이 빠르게 오고 갔다.

"고작 그런 자 하나를 위해 잔치까지 벌이신다 하였지. 흥! 그자는 공신이고 우리는 아니라던가. 그딴 차별이 어디 있누."

"그리고 보니 혼자서 고고한 척은 다 하며 우리를 벌레 보듯 보았었지. 목숨을 걸고 일을 돕고 그 대가를 조금 바라는 것이 무어가 나빠서."

"그런 자들이 뒤를 캐 보면 더 더럽다 하더이다."

수군거리는 소리가 점점 더 커져 갔다.

그 모습을 흡족하게 지켜보다가 또 누군가가 말했다.

"그럼, 그렇게 하는 것으로 하십시다."

"아무래도 그게 좋겠군."

"아이는 우리 쪽에서 준비하리다."

이미 작정을 하고 시작한 듯 순식간에 말이 척척 맞추어졌다.

한바탕 왁 하고 끓어올랐던 자리는 다시 떠들썩한 술자리로 돌아갔다. 풍악이 울고 사내들의 취한 웃음소리가 요란하게 퍼져 가는 밤이었다.

五. 관등놀이

이른 아침부터 집안이 매우 소요하였다.

"어디서 불이라도 났나. 꼭두새벽부터 웬 발소리가 저리 분주
한고."

계명성(鷄鳴聲)을 들은 지 얼마 되지도 않았는데 벌써부터 문
틈으로 스며드는 발소리를 들으며 자경은 무거운 눈꺼풀을 간신
히 밀어 올렸다. 부스스 뜬 눈으로 동창을 보니 아직 컴컴한 것
이 해도 제대로 안 뜬 듯하였다.

평소라면 아랫것들도 이제 겨우 눈을 뜰까 말까 하는 때였다.
그런 때에 이 별채까지 발소리가 분주하고 거기에 더해 간간이
두런대는 누군가의 말소리도 섞여 들려오고 있었다.

"아버지가 조회에 드시는 날인가?"

눈만 뜨고 그대로 누운 채 그는 잠시 날짜를 가늠하여 보았

다. 아니었다. 그리고 설령 조회에 드시는 날이라고 하여도 인시(寅時)께에 조용히 죽 한 그릇 자시고 훌쩍 나가시는 터라 여태 껏 집안이 이리 시끄러워진 적도 없었다. 거기까지 생각하다가 결국 자경은 더 자기로 결정하였다. 그러면서 슬쩍 제 품 안을 내려다보았다. 아담한 덩어리 하나가 품에 쏙 안겨 있었다.

"어쩐지 팔뚝이 묵직하더라니. 기가 막히다. 언제 이리로 굴러왔단 말인가."

제 겨드랑이에 코를 박고 파묻힌 듯 폭 안겨 있는 아내를 내려다보며 자경은 저도 모르게 헛웃음을 흘렸다. 잠들 때는 분명히 두어 뼘쯤 떨어져 나란히 누웠었는데 언제부터인가 새벽쯤 깨어 보면 꼭 이렇게 품 안에 들어와 있는 것이다. 어떤 때엔 마치 죽고 못 사는 사이처럼 서로 꼭 끌어안고 자다가 깰 때도 있었다.

"옷고름은 못 풀게 하면서."

짐짓 구시렁거리면서도 내어 준 팔을 빼지 않은 채 그는 모로 누워 잠든 제 아내를 가만히 바라보았다.

혼인을 한 지 벌써 두어 달이 지나고 있었다. 그 사이, 제법 잘 먹었다고 아내는 두 볼에 뽀얗게 살도 오르고 키도 조금 커진 것 같았다. 흡사, 마른 나뭇가지에 물이 오르듯 그녀도 서서히 물이 오르고 있는 것이다.

요즘엔 혈색도 훨씬 고와지고 태도 더 반듯하여졌으며 피부와 머리엔 윤기가 흘렀다. 전에는 그저 판판해 보이기만 하던 가슴골도 이제는 앙증맞게 부풀어 있었다. 열린 저고리 사이로 볼록

하게 부푼 가슴을 슬쩍 훔쳐보다 자경은 설핏 미간을 찌푸렸다.

"아니, 아직 모자란 것 같은데. 더 많이 드셔야겠소. 나는 좀 큰 편이 좋다오."

그렇다고 작은 것이 싫다는 소리는 아니었다. 작은 것도 좋고 큰 것도 좋은데 이왕이면 큰 편이 조금 더 취향에 가깝다는 뜻이다. 쥐었을 때 손안에 그득하게 들어오는, 그 찰진 감촉을 제대로 느껴 보고 싶은 마음이 있다고나 할까.

"아서라, 옷고름 풀 일도 까마득한데 어느 천년에."

괜히 흐뭇하게 웃다가 그는 도로 고개를 떨어뜨렸다.

생각해 보면, 딱히 그녀가 버티고 있는 것은 아니었다. 첫날밤에 소박을 맞은 탓에 자존심이 상한 그가 짐짓 관심이 없는 척, 그깟 옷고름 따위 풀 생각이 없는 척하고 있는 것일 뿐. 정작 그녀는 한양으로 온 이후 그를 대놓고 완강하게 거부한 적은 없었다.

아기씨 먼저 가지지 말라는 공주 자가의 명을 잊었는지 오히려 때마다 처소를 찾는 그를 반갑게 맞이하고 거기에 더해 얼마 전부터는 자청해서 그에게 직접 글공부도 배우고 있었다.

"이렇게 아무 거리낌 없이 자다가 품으로 굴러들어오기도 하고."

곤히 잠든 이의 발그레한 볼을 손가락으로 콕 찔러 보며 자경은 가만히 한숨을 내쉬었다. 결국 옷고름을 풀지 못하는 것은 순전히 제 탓이라고 할 수 있었다. 초야에 무너진 자존심과 아내가 아직 어리게만 느껴지는 자신의 마음이 문제인 것이다. 다른 것

은 몰라도 어린아이를 덮치는 짐승 신세는 면해야 할 것이 아닌
가 말이다.

"외모는 점점 봐줄만 하여지고 있으니 거기만 조금 더 자라셨
으면 좋겠소만. 그렇지. 고 오얏만 한 것이 수밀도(水蜜桃)만 하
여지면 다 자란 것으로 칩시다."

지금으로서는 과연 그런 날이 오기는 할까 의심스럽긴 하지만
저도 사람이니 자꾸 먹이면 더 커지겠지.

그리 생각하면서 내심 흐뭇해하다가 그는 또 흠칫 놀랐다. 큰
일이었다. 정말 품지 못해 안달이 난 것도 아닌데 왜 자꾸 이런
생각을 하고 있단 말인가. '제 스스로 옷고름 풀고 안겨올 때까
지는 손도 대지 않으련다.' 해도 모자랄 그 드높은 자존심은 어
쩌고 대체 무슨 병이 들었기에 허구한 날 언제 커지나 하면서
목만 길게 빼고 있는 겐가.

"크흠, 새벽이라서 그런 거겠지."

변명이랍시고 생각해 낸 한마디를 중얼거리며 그는 괜히 헛기
침을 했다. 해가 솟는 시각이니 아랫도리도 덩달아 솟고 그러니
의도하지 않아도 생각이 절로 음란하여지는 것이라고 믿고 싶었
다. 물론, 품에 안겨 있는 따스한 덩어리를 당장 떨쳐 내지 않는
것도 다 그런 이유에서였다.

"아씨마님! 작은아씨마님, 기침하셨습니까요?"

문득, 밖에서부터 모기가 날갯짓하는 듯한 작은 목소리가 새
어 들어왔다. 막 눈을 감고 다시 잠을 청하려던 자경의 눈매가
슬쩍 일그러졌다.

"아직 주무신다. 무슨 일인데 이른 시각부터 깨우고 난리란 말이냐."

"아이고, 송구하옵니다요, 작은서방님. 오늘 장고(醬庫)에 치성을 드리는 날이라 아씨마님께서 일찌감치 깨워 달라 청하셨습니다."

"음? 치성이라니?"

"곧 초파일이 아닙니까요. 안방마님께서 장고를 여시고 가내가 두루 무탈하도록 치성을 드리신다고 하여 며칠 전서부터 단단히 준비를 한 참입니다요."

"……알았다. 아씨는 내가 알아서 깨워 드릴 테니 이만 물러가거라."

말을 해 놓고도 자경은 한동안 꿈쩍도 않고 그대로 누워만 있었다. 치성이라는 말이 나오는 것을 보니 요즘 아버지의 심적 고초가 이만저만이 아니신 모양이었다. 하긴, 공신들을 탄핵하는 상소가 날이면 날마다 날아들고 있는 때이니 몸을 사리긴 하셔야지.

"적당히 해먹고 물러나면 참 좋으련만."

벼슬아치치고 털어서 먼지 안 나올 인간 하나 없는 세상이었다.

말단관료라고 해도 털어 보면 뒤로 받아먹은 뇌물이 산더미처럼 나올 텐데 공신이라는 이름까지 달고 있는 자들의 행태는 더 말해 무엇하랴. 오죽하면, 좌의정조차 뇌물을 너무 많이 받아먹었다고 탄핵을 다 받았을까. 세상이 그러하니 그저 안 걸리면 다행이요, 걸리면 운수가 나쁘다고 할밖에.

"형조판서 같은 썩은 벼슬아치를 위해 치성을 드리느니 차라리 게가 수밀도만치 자라게 해 달라고 비시오. 그럼 내 기꺼이 깨워 드리리다."

귓가에 입술을 대고 그가 나직한 목소리로 가만히 속삭였다. 깨워 주겠다고는 했지만 애초부터 정말로 깨울 생각은 없었던 것이다. 그런데 하필이면 바로 그때 어느 정신 나간 닭이 길게 울어 젖히는 것이 아닌가. 그리고 기다렸다는 듯 아내가 눈을 떴다. 시선이 마주쳤다. 잠시 어색한 침묵이 흘렀다.

"제, 제가 왜 또 서방님 품 안에 있습니까?"

"난들 알겠소."

"후우, 자꾸 곁으로 끌어다 놓지 마시어요. 저는 원래 제 자리에 누워야 잠을 잘 잔단 말입니다."

"허! 그런 것치고는 밤새 내 팔뚝을 베고 잘만 주무시더이다. 허고, 끌어다 놓기는 누가 끌어다 놓았다고 그러오? 그쪽이 굴러온 것이지."

"말도 안 됩니다. 자리가 불편한 것도 아닌데 제가 뭐하러 그러겠습니까? 아이참, 좀 떨어지셔요."

언제 붙어 잤던가 싶게 둘은 서로에게 먼저 떨어지라며 토닥거렸다. 그러다 얼핏 동창을 본 오복이 화들짝 놀라 벌떡 몸을 일으켰다. 푸릇하게 사위가 밝아오고 있었다.

"에고머니! 늦었습니다. 어떻게 해. 말년네한테 깨워 달라 그리 단단히 말해 두었는데."

간이 철렁 내려앉았다. '시각 놓치지 말고 나오너라.' 신신당
부하던 어머님의 말씀이 화살처럼 뇌리를 스쳐 가자 흡사 얼굴
에서 핏기가 가시는 것 같은 충격이 몰려왔다. 오복은 그때까지
곁에 딱 달라붙어 있던 자경을 휙 밀치고 일어나 허겁지겁 옷을
꿰어 입었다. 그 모습을 본 자경의 이마에 별안간 힘줄이 돋았
다.

제가 먼저 굴러 와서 딱 달라붙어 자고는 엄한 사람에게 끌어
다 놓았다고 투덜거리더니 말이야. 이제는 필요 없다고 휙 밀치
고 일어나? 연인에게 버림받은 사내처럼 없던 배신감까지 느끼
며 그는 눈을 가늘게 내리떴다. 미끈한 얼굴에 심술 어린 표정이
노골적으로 떠올랐다.

자경은 슬그머니 일어나 긴 팔을 뻗었다. 부랴부랴 방을 나서
려는 아내를 문 앞에서 잡아챘다. 그러더니 그녀가 뭐라 말하기
도 전에 한손으로 그 여린 뒷목을 움켜쥐고는 귓불 아래의 부드
러운 살을 슬쩍 깨무는 것이다.

"아야!"

따끔한 목덜미를 움켜쥐며 오복은 저도 모르게 비명을 내질렀
다.

깨문 자리를 쪽 소리가 나도록 빨아 놓고 서방님은 아무 일
없었다는 듯이 도로 잠자리로 가 드러눕고 있었다. 이불을 어깨
까지 끌어올리면서 보란 듯이 등을 보이고 휙 돌아누웠다. 억한
마음에 급하다는 사실도 잊고 그녀가 그 뒤통수에다 대고 빽 소
리쳤다.

"왜 깨물고 그러십니까?"

"흥!"

"잘 주무시고 일어나 이유도 없이 이리 사람을 괴롭히시다니. 서방님은 참말 이상한 분이십니다."

발까지 탁탁 굴러가며 성을 내다가 오복은 입술을 깨물고 서둘러 방을 나섰다. 마음 같아서는 잘난 옆구리라도 뜯어 놓고 싶었지만 당장은 시각이 늦어 더는 지체를 할 수가 없었다. 탁! 문이 닫혔다.

"제길, 가슴만 커지면 뭘 하나. 저리 숙맥인데. 흥! 어디 한번 당해 보라지."

횅하니 사라지는 그녀의 치마꼬리를 노려보며 자경은 엎드려 누워 그렇게 중얼거리고 있었다.

"늦으셨습니다."

날이 잔뜩 선 냉랭한 목소리가 날아와 이마를 후려쳤다.

아랫것들을 거느리고 미리 와 있던 동서가 차가운 얼굴로 거의 뛰다시피 걸어오는 오복을 노려보고 있었다. 안 그래도 내심 두려워하는 동서라 기가 팍 죽었다.

"미, 미안합니다, 동서."

"그저 미안하다고만 할 일이 아니지요. 가내의 중요한 일이라 저는 어제 일찍 와 목욕재계(沐浴齋戒)까지 했습니다. 친정에서 지내는 저도 이러한데 한집안에서 지내시는 형님께서 이러시면 안 되는 겁니다. 더구나 어머님께서도 이렇듯 먼저 나와 기다리고 계시는데 감히 늦잠이라니요."

"그, 그것이······."

아랫것들이 다 보는 앞에서 제가 마치 상전이라도 되는 양 홍주는 오복을 향해 엄한 꾸지람을 내렸다. 죽을죄라도 지은 것처럼 가슴이 묵직하여지고 눈물이 절로 핑 돌았다. 오복은 안절부절못하다 파랗게 질린 얼굴로 어머님 앞으로 쪼르르 달려가 고개를 푹 숙였다.

"죄, 죄송합니다, 어머님."

"되었다. 아직 해가 다 뜨지 않았으니 늦은 것은 아닐 게야. 시작하자꾸나."

그 때였다.

미처 장고의 문을 열기도 전에 크고 작은 그림자가 후원으로 나란히 들어서고 있었다.

"제가 조금 늦었습니까?"

공주 자가였다.

어제 점심때에 아주버님을 모시고 함께 오시기는 하였지만 아직 어리신 터라 새벽에 깨어 나오시리라고는 생각지 못하였는데 그런 그녀가 놀랍게도 완벽하게 성장까지 하신 채 가성댁을 거느리고 나온 것이다.

"아니, 그냥 더 주무시지 뭐하러 이리 일찍 깨어 나오십니까?"

오복에게는 슬쩍 못마땅한 표정을 지어 보이신 것과 달리 어머님의 목소리가 애틋함을 담고 하늘을 날았다. 누가 보면 친딸을 대하고 있다 여길 정도로 정이 그냥 뚝뚝 떨어졌다. 이것은 맏며느리와 다른 며느리의 차이인가, 아니면 신분의 높고 낮음의 차이인가.

제가 워낙 모자란 며느리인 탓에 딱히 불만은 없었지만 오복은 까닭 없이 아랫동서가 신경 쓰였다. 그리하여 저도 모르게 슬쩍 그녀를 돌아보았다가 흠칫 놀랐다. 눈에 힘이 들어가고 입술까지 질끈 깨물고 있는 것으로 보아 아무래도 마음이 그리 좋아 보이지는 않았던 것이다. 특히 눈빛이 어찌나 살벌한지 괜히 등골이 오싹했다.

"봄이라 해도 새벽엔 아직 쌀쌀합니다. 여기는 제가 다 알아서 할 터이니 그냥 들어가십시오. 예?"

"아닙니다. 그래도 제가 이 집안의 맏며느리인데 그냥 있을 수 있습니까? 잘할 수 있습니다."

"호호호, 어쩌면 이리 야무지실꼬. 그럼 그냥 하라는 것만 살살하시는 겁니다?"

"예, 뭐든 맡겨 주시어요."

그렇게 공주 자가가 앞으로 나섰다.

아직 어리지만 상전 본능 하나는 제대로 타고나신 양반이 척하니 나서자 그때까지 상전들의 눈치만 보고 있던 아랫것들이 조금 긴장하는 기색을 보였다.

"열쇠를 이리 주게."

어머님을 대신하여 장고의 열쇠를 쥐고 있던 동서에게 공주가 손을 내밀었다.

"어머님께서 제게 맡기셨으니 이 일은 제가 하겠습니다."

"맏며느리인 내가 있는데 자네가 왜?"

"그야 공주 자가께서는 아직 어리시어 이런 일을 잘 모르실 터이니……."

"허면, 저이도 어려서 안 되는 겐가?"

공주가 눈으로 한쪽에 오도카니 서 있는 오복을 가리키면서 물었다. 그에, 동서는 조금 당황하는 듯하였으나 이내 입가에 미소를 머금으면서 대답했다.

"작은형님께서는 이 집안에 들어오신 지 얼마 되지 않으시어 가풍을 아직 다 익히지 못하시지 않았습니까. 하여, 소첩이 대신 하려는 겁니다."

"어려서 안 된다, 가풍을 익히지 못하여 안 된다. 헌데, 이상하구먼. 되는지, 아니 되는지를 왜 자네가 결정하는가?"

"그, 그것은……."

"열쇠를 이리 내놓게."

"그냥 제가 하는 것이……."

"명일세. 열쇠를 내놓아."

단호한 한마디가 떨어졌다.

허명이든 무엇이든 공주라는 작호(爵號)를 달고 있는 이상 그녀는 정부인(貞夫人)인 어머님을 포함하여 이 자리에 있는 모든 이들의 웃전이었다. 그런 이의 입에서 명이라는 말까지 나왔으니 더 버티는 것은 죄가 되는 일이었다.

안주인이신 어머님이 못 본 척하는 가운데 아랫것들을 비롯한 오복은 아연 긴장하여 두 사람의 눈치만 보고 있었다. 오복도 나름 생각이 있어서 둘 사이에 벌어지고 있는 일이 기 싸움이라는 사실을 모르지는 않았다.

그러나 이해할 수 없는 것은 동서의 태도였다. 어차피 상대는 손위동서이고 자그마치 공주 자가이신데 무엇 때문에 저리 고집을 피워 가며 대거리를 한단 말인가. 그저 고개를 숙이면 편해지는데 말이다. 노비근성인 줄도 모르고 오복은 제 생각에 스스로 만족했다.

"가성아."

"예, 공주 자가."

"명을 어기는 자를 어머니께서 어찌 다루시더냐?"

"처음엔 장(杖)을 치고 두 번째가 되면 목을 베셨습니다."

오복의 입이 쩍 벌어졌다.

실로 엄한 가법이었다. 명을 따르지 않았다고 장을 치고 목을 베다니. 그것은 전장의 병졸을 다룰 때나 사용할 법한 형벌이 아닌가. 공주 자가의 친정이 요동과 가까운 저 먼 화령부(和寧府) 근처이며 그 집안의 노비는 곧 전장의 병사나 마찬가지라 처벌이 엄할 수밖에 없다는 사실도 모르고 오복은 덜컥 겁을 집어먹었다.

아닌 게 아니라, 동서의 얼굴 또한 창백하게 굳어 있었다. 결국은, 부들부들 떨리는 손으로 제 것인 양 꼭 쥐고 있던 열쇠를 내밀었다. 그것을 무심히 받아 든 공주가 나직하게 속삭였다.

"다음번에는 장을 칠 것이다."

안 그래도 조용하던 사위가 더 고요하게 가라앉았다.

그저 어리게만 여겼던 공주였는데 이제 보니 그 성정이며, 위엄이 만만치 않다는 사실을 깨달은 것이다.

열쇠를 쥔 공주가 장고의 문 앞으로 걸어갔다. 그러나 그녀는 키가 작고 장고의 문은 조금 높아 열쇠구멍이 거의 눈높이에 온다는 것이 문제였다. 그 사실을 깨닫자마자 가성댁이 한쪽을 노려보았다. 거의 동시에 노비 하나가 달려 나와 문 앞에 바짝 엎드렸다. 당연하다는 듯 그 등을 밟고 올라가 공주는 태연히 장고의 문에 열쇠를 꽂아 넣었다.

열린 문 사이로 줄지어 늘어선, 수십 개에 달하는 장독들이 모습을 드러내었다. 이 집안의 모든 식솔들을 먹이는 각종 장과 젓갈이며 술이 담긴 항아리들이었다. 문이 열림과 동시에 바로 치성을 올리는 의식이 시작되었다.

우선, 주변을 정갈하게 한 다음 깨끗하게 삶아 말린 면포로 독을 하나하나 닦는다. 그리고 큰 독에 숯과 면포를 꽂은 새끼줄을 두르고 그 앞에 촛불을 켰다. 따로 마련한 반듯한 대(臺)에 떡시루 한 동이와 해 뜨기 전에 떠온 정화수를 올린 후 웃전부터 시작하여 차례로 절을 올리고 치성을 드린다. 장독대는 여인들이 관리하는 곳이라 이 모든 일은 처음부터 끝까지 오직 가내의 여인들만 참여하여 이루어졌다.

"헌데, 자네의 목덜미는 왜 그런 겐가?"

치성이 끝나고 장고의 문이 닫히는 것을 지켜보다 문득 공주가 오복을 향해 물었다. 해가 이미 완전히 떠올라 푸릇하던 사위

는 어느새 환하게 밝아져 있었다. 당연히 발긋하게 물린 자국이
남은 오복의 목덜미도 훤히 보였다.

"아무래도 벌레에 물린 것 같구면."

"아! 그, 그게 아니라……."

목덜미를 매만지면서 '서방님께서 깨무셨습니다.' 라고 말하려
다 말고 오복은 슬그머니 말을 흐렸다. 주변의 분위기가 어쩐지
이상하였다. 슬쩍 얼굴을 붉히면서 고개를 돌리는 이가 있는가
하면, 대놓고 부러운 듯 바라보는 이도 있고 또 군데군데에서 숨
죽여 웃는 웃음소리가 실실 새어 나오고 있었던 것이다.

'이상하다. 왜들 저러는 게지?'

영문을 모르는 오복의 고개가 갸우뚱 기울어졌다.

심지어 어머님까지 못 말리겠다는 듯 고개를 절레절레 저으시
자 그녀는 더더욱 당황하여 어쩔 줄을 몰랐다. 왜인지는 모르겠
지만, 아무래도 제가 크게 잘못을 한 듯한 기분이 들었다.

"어쩐지 그 나돌아 다니기 좋아하는 녀석이 꼬박꼬박 잘도 들
어와 잔다 하였지."

아니, 서방님께서는 요즘도 잘만 나돌아 다니고 계시옵니다마
는.

"이러다 곧 아기씨 소식이 들리는 것 아닌지 모르겠습니다."

안 된다. 공주 자가께서 자신보다 먼저 아기씨 가지지 말라고
단단히 명하셨다. 해서, 아직도 옷고름을 풀지 않았는데 이 무슨
억울한 오해란 말인가.

혹, 제게도 장을 치신다 할까봐 두려워 오복은 저도 모르게

공주 자가를 돌아보았다. 헌데, 이 성정이 엄하시고 위엄까지 두루 갖추신 분이 눈을 반짝이면서 저를 빤히 바라보고 계신 것이 아닌가. 그러고는 물었다.

"그, 그리하면 아기씨가 생기는 겐가?"

"예?"

"어찌하면 그런 자국을 만들 수 있는가?"

갑자기 숨이 컥 막혔다.

이상하게도 '그냥 서방님께서 깨물어 주시면 되어요.' 라는 말이 나오지를 않았다. 식은땀이 흘렀다. 공주 자가의 애타는 눈빛은 점점 더 강렬하여지고 숨죽인 웃음소리들은 자꾸만 더 커지고 있는 가운데 오복은 이러지도 저러지도 못하고 혼자 울상을 짓고 말았다.

그런 두 사람의 모습을 홍주가 날카로운 시선으로 노려보고 있었다. 아랫것들이 다 지켜보는 가운데 대놓고 모욕을 당한 처지라 아직도 속에서 열불이 끓어올라 얼굴이 홧홧하였다.

'변방 촌구석에서 굴러 온 어린 것이 감히 나를 모욕하였겠다. 흥! 공주? 제가 언제부터 공주였다고 모가지에 그리 힘을 주고 덤빈단 말이더냐. 고얀 년, 죽일 년!'

상처받은 자존심이 아파 눈시울이 절로 아릿해졌다.

홍주는 이를 깨물었다. 처음부터 저 공주란 계집은 눈엣가시와 같았다. 그녀가 서방님을 마음에 두고 혼인을 조를 때 저 계집이 반대한다는 소리를 듣는 바람에 마음고생을 제법 하였던 것이다. 하여, 혼인만 하면 언제고 그 못된 버릇을 따끔하게 고쳐 주고야 말리라 작심을 하고 있었는데 일이 잘못되어 도리어 제가 큰 망신을 당하고 말았다. 수치심에 손까지 부들부들 떨렸다.

'내 아버님이 병조판서이시니라. 그깟 변방의 장수 나부랭이와 같은 줄 아느냐.'

혼인만 하면 이깟 집안쯤은 단박에 휘어잡을 수 있을 줄 알았다.

맏동서는 어리고 바로 손위 동서는 촌것에 가난한 집안 출신이라 들어 마음만 먹는다면 제가 원하는 대로 휘둘러질 줄 알았는데 어린 공주가 생각보다 만만치 않을 줄이야. 게다가 어머님조차 출신이 가장 좋은 그녀를 놔두고 어린 공주만 끼고 돌았다.

무남독녀 외동딸로 태어나 온갖 사랑은 다 받고 자란 그녀였다.

헌데, 아무 잘난 것 없는 이 집안사람들은 그녀를 하잘것없는 돌멩이 대하듯 하고 있었다. 오죽하면 서방이라는 작자조차 여태껏 그녀를 거들떠보지 않고 있을까. 서러움에 사무쳐 벌겋게 젖어 드는 그녀의 눈에 오복의 목덜미가 쏟아지듯 들어왔다.

'저런 못난이조차 지극한 사랑을 받고 사는데 왜, 나는 왜 안 된다는 것이야!'

처음 인사받는 자리에서 형수를 모욕 준 일로 작은형님께서 저를 비롯한 사촌아우들에게 대놓고 타박을 주었노라고 하던 서방님의 말까지 떠올리고 보니 이제는 화가 나다 못해 기까지 막혀 왔다. 홍주는 저들이 원망스러웠다. 대체, 제가 무엇이 모자라 이런 대접을 받고 산단 말인가.

"참! 가풍이라는 말이 나와서 하는 말이네만."

한 걸음 앞서가던 공주가 문득 그녀를 돌아보았다.

"나야 지엄한 어명을 받은 몸이라 하는 수 없으나 자네는 다르니 이제 그만 친정살이를 끝내고 이곳으로 들어와 사는 것이 어떤가?"

"예, 예에? 가, 갑자기 그것이 무슨……."

"혼인한 지 벌써 반년이 아닌가. 이가(李家)의 사람이 되었으니 이제는 이 집안의 가풍을 익혀야지. 아니 그렇습니까, 어머님?"

"그러면야 오죽 좋겠습니까. 허나, 저 아이의 집안사정을 모르는 바가 아니니 제 입장에서는 그야말로 언감생심(焉敢生心) 꿈도 못 꿀 일입니다. 하필이면, 무남독녀 외동딸이 아닙니까."

크게 당황하는 홍주를 앞에 두고도 안타깝기 그지없다는 표정을 감추지 않고 오 부인이 한숨을 푹 내쉬었다.

"집안은 그만하여도 그저 같이 데리고 살 수 있는 아이가 들어오기를 바랐으나 일이 이렇게 되었으니 포기할 것은 해야지요. 안 그래도 막내아이 혼인을 시키면서 내심으로는 데릴사위로 보내는 것이라 여기고 살자 했답니다."

"송구하옵니다, 어머님. 맏며느리인 소첩이 뫼시고 살 수 있으면 좋으련만 어명이 지엄하여. 그래도 개경에서 온 동서가 있으니 저이를 보시면서 다소라도 위안을 삼으시어요. 저도 더 자주 찾아오겠습니다."

"아이고, 우리 공주 자가께서는 참말 다정하기도 하시지. 이 어미를 위로하여 주심이지요? 망극하옵니다. 허나, 너무 마음 쓰지 마십시오. 저는 그저 그 마음만으로도 충분하답니다."

오고 가는 한 마디 한 마디가 어쩌면 저리도 정이 뚝뚝 흐를까.

보면 볼수록 저 두 양반은 전생에 모녀지간이었던 것이 틀림없다는 생각만 들었다. 오복은 내심 고개를 끄덕였다. 그리고 한편으로는 부럽기도 하였다. 아버지의 정은커녕 어머니의 정도 모르는 그녀였기에 저리 사랑받는 기분은 어떨까 궁금하였던 것이다. 그리고 이왕이면 아니, 할 수만 있다면 저도 한 번쯤은 저런 사랑을 받아 보았으면 하는 마음도 들었다.

"그나저나 곧 관등놀이가 시작된다 하는데 이 어미랑 같이 나가 보시렵니까?"

"아, 좋습니다. 저도 그러고 싶었습니다. 마침 동서들도 있으니 함께 나가 놀아요, 어머님."

"호호호, 그러십시다. 공주 자가께서 원하시는데 안 될 일이 무엇이겠습니까."

그렇게 밤나들이가 결정되었다.

이제껏 관등놀이라는 것이 있다는 소리만 들었지 직접 즐겨 본 적이 없는 오복은 제법 기대가 되어 부끄러운 일을 당했다는 사실도 잊고 어느새 방긋 웃었다. 물론, 그 전에 동서가 '저는 친정 식구들과 함께하기로 하였습니다.' 라고 말하며 쌩하니 사라졌을 땐 분위기가 조금 어색해지기도 하였지만 집 안에 걸어

둘 등을 만들 생각에 그것도 금세 잊어버렸다.

어겸이 한양으로 온 것은 도성 곳곳에 한창 등이 내걸리기 시작할 즈음이었다.

부름을 받기는 하였지만 본래 관등놀이는 그냥 넘기고 단오 때나 내려올까 했더랬다. 헌데, 곽 내관 편으로 기대치도 않았던 급한 소식이 오는 바람에 쌓인 일도 다 제쳐 놓고 서두른 걸음이었다.

"어디라고 했더냐?"

말고삐를 잡아당기며 그가 마랑을 향해 물었다.

"곽 내관이 연락을 받고 찾아가 그분을 직접 경정공주 자가의 궁으로 모셨다 하옵니다."

"상감께서도 알고 계신다는 말이군."

"그분이야 모든 것을 알고 계시는 분이니까요."

"그래, 본래 그런 분이시지."

그 말을 끝으로 어겸은 입을 다물었다.

그의 얼굴에 짙은 피로감이 떠올랐다. 몇 번이나 실망을 겪었으면서도 가슴은 또 부질없는 기대로 세차게 뛰고 있었다. 이번에도 기대가 어긋나 그 뒤에 무너질 일을 생각하면 벌써부터 정신이 아득하기만 한데 그럼에도 불구하고 불쑥 솟아오르는 희망을 내려놓을 수가 없었다.

'병이구나, 이것도 병이야. 이 병으로 인해 언젠가는 내가 죽을 것이다.'

하루가 다르게 기력이 떨어지는 것을 느끼고 있었다.

한 번씩 이런 일을 겪을 때마다 마음이 무너지고 몸이 무너졌다. 그러다 보니 이제는 숫제 내일이 두렵기까지 하였다. 이러다 어느 날 아침엔 결국 눈을 뜨지 못하게 되는 것은 아닐까 걱정이 되는 것이다. 그렇게 가는 것은 두렵지 않으나 가는 순간에조차 혼자일까 봐 그는 두려웠다.

"서두르자."

말의 옆구리를 걷어차며 그가 다시 길을 재촉했다.

"주군, 말이 지쳤습니다."

"허면, 객주에 들러 말을 갈아타자꾸나."

"주군께서도 지치셨습니다. 어차피 상단의 객주에 들르실 거라면 하룻밤 정도는 쉬었다가 내일쯤 방문하시는 것이 어떨지요?"

"아니다. 그 아이가 코앞에 있다 하는데 내가 어찌 쉴 수 있겠느냐. 할 수만 있다면 날아서라도 가고 싶은 마음이거늘."

절절한 한마디에 마랑도 하는 수 없다는 듯 입을 다물었다. 다만, 말을 갈아타기 위해 객주에 들렀을 때 말을 준비해야 한다는 핑계로 한 시진 정도 시간을 만들어 그 사이에 어겸으로 하여금 먼지 쌓인 옷이라도 갈아입게 했다.

"주군, 곽 내관이 왔습니다."

옷을 갈아입고 다시 출발 준비를 마쳤을 때였다.

궐에 있어야 할 곽 내관이 교자까지 준비하여 어겸이 머물고 있는 객주를 찾아왔다.

"자네가 여긴 어쩐 일인가?"

"전하께서 보내셨사옵니다."

"그게 무슨 말인가? 내 지금 당장 가 보아야 할 곳이 있다는 것을 알면서!"

어겸의 미간이 사납게 일그러졌다.

잠깐 쉬는 것조차 아까운 이 급한 때에 얼굴 한 번 보자고 공연히 궐로 부르시는 것인가 싶어 거의 서운한 마음마저 들 지경이었다. 그러거나 말거나 곽 내관은 여느 때처럼 환하게 미소를 지었다.

"대감의 사정을 전하께서 어찌 모르시겠습니까. 오르시지요, 소인이 그곳으로 뫼시겠습니다."

"음?"

"경정공주 궁 말입니다. 뭘 하십니까? 서두르십시오."

어겸의 고개가 갸우뚱 돌아갔다.

왜인지는 모르겠지만 뒷골이 삐죽 곤두서고 있었다. 등을 떠밀리듯 교자에 오르면서도 그 찝찝한 느낌은 쉬이 가시지를 않았다.

'무슨 일이 벌어지고 있는 겐가.'

어겸은 주위를 둘러보았다.

상감의 수족인 곽 내관이 직접 나와 곁에 서고 수십이나 되는 병졸들이 좌우로 도열한 채 뒤를 따랐다. 거기에 제가 부리는 수하들까지 달라붙자 어느 왕족의 행차마냥 아주 거한 행렬이 만들어졌다. 몇몇 수하만 대동하고 조용히 찾을 생각이었던 애초의 계획은 그렇게 물거품으로 돌아갔다.

'이상하다. 아무래도 무언가가 있는 것 같은 느낌인데…….
설마, 설마!'

문득 한 가지 경우를 떠올리고 어겸은 저도 모르게 눈을 치뜨
고 말았다.

상감께서 직접 명을 내리고 이렇게 보란 듯이 떡 벌어진 행차
를 하게 만드는 데에는 분명 그만한 이유가 있을 터였다. 실낱같
던 기대감이 갑자기 불쑥 커졌다.

'어쩌면 이번에야말로!'

기대감이 커지자 이제는 몸이 달아 엉덩이가 들썩이기 시작했
다. 당장이라도 교자에서 내려 제 다리로 달려가고만 싶은 심정
이었다. 교자를 멘 장정들의 걸음이 느린 것도 아닌데 그에게만
은 마치 굼벵이 기어가듯 느리게만 느껴졌다. 해서, 어겸은 저도
모르게 몇 번이나 재촉을 하고 말았다.

그렇게 재촉을 하여서도 연덕궁이라 불리는 경정공주의 궁에
도착한 것은 이미 해가 지고도 한참이 지난 후였다. 마침 관등놀
이가 시작된 날이라 궁의 내외에는 갖가지 모양의 수많은 등이
내걸려 있었다. 덕분에 한밤중임에도 불구하고 사위가 마치 대
낮처럼 밝았다.

"기다리고 계십니다. 어서 안으로 드시지요."

교자에서 내려서기가 무섭게 기다리고 있던 비자(婢子) 하나
가 다가와 짧게 읍을 하더니 먼저 앞장을 섰다. 그런 그녀를 따
라 걸으며 돌아보니 궁의 안팎으로 창칼을 든 병사들이 빽빽하

게 둘러서서 번을 서고 있었다. 아무리 공주궁이라고는 하나 경비가 사뭇 과한 구석이 있었다. 그리된 까닭을 어겸은 안으로 들어서서야 알게 되었다.

"오랜만일세."

단단한 체구를 흔한 직령포로 감추고 흑립을 쓴 장년인 하나가 그를 향해 알은체를 했다. 사내다운 단정한 이목구비가 흑립 아래에서 아련하게 드러났다. 너무 오랜만인 까닭일까? 아주 잠깐 동안 어겸은 그를 알아보지 못하고 그저 멍하니 바라만 보고 있었다. 그러자 조금은 쑥스러운 듯 나직하게 웃으면서 그가 다시 말했다.

"하백, 이 친구야. 날세."

"저, 전하?"

상감마마였다.

오래전, 형님 아우 하는 벗이 되어 밤이 짧다 하며 함께 술잔을 기울이고 앞날을 이야기하던 바로 그 사람이었다. 그 익숙함과 못 본 사이의 낯설음을 동시에 느끼면서 어겸은 허물어지듯 그 자리에 엎어졌다.

"허어겸이 주상전하를 뵈옵니다."

"이런, 이 사람아. 일어나게, 어서 일어나. 이런 인사를 받자고 온 길이 아니야. 나는 오늘 신하가 아니라 내 아우를 보러 왔단 말이지."

"황공하옵니다."

"오랜만이지 않나. 무심한 사람 같으니. 자네 얼굴을 마지막으로 본 지가 언제인지 이제는 기억조차 가물거릴 정도야."

당연했다. 그를 마지막으로 배알한 날로부터 얼추 십 년이 지났으니 말이다. 십 년 세월이 그냥 흐른 것은 아니어서 어겸 또한 그가 낯설었다. 그리하여 서둘러 붙잡아 일으키는 손길도 외면하고 부러 꿋꿋하게 절을 올리고서야 몸을 일으켰던 것이다.

전에는 형님이었는지 모르나 이제 그는 군왕이었다. 자고로, 왕에게는 신하는 있어도 동료는 없다고 했다. 그에, 어겸은 스스로를 낮추어 신하의 자리로 내려섰다. 그것이 그의 치세에서 살아남을 수 있는 유일한 방법임을 본능적으로 알고 있었기 때문이었다.

"오랜만입니다, 허 공."

"그사이 공께서도 많이 늙으셨습니다그려."

"우리를 알아보시겠습니까?"

절을 마치고 몸을 일으키자 그때까지 잠자코 기다리고 있던 낯익은 얼굴들이 하나둘씩 모습을 드러내었다.

지켜보고 있는 눈이 매서워 나름 반가운 척을 하고는 있으나 한편으로는 어색하고 조금은 불편해 보이기도 하는 표정까지는 감추지 못한 채 앞다투어 인사를 건네는 이들. 어겸 자신에게 그랬듯 상감은 저들에게 공신이라는 칭호를 달아 주었다.

"오랜만입니다."

감정이 깃들지 않은 무심한 얼굴로 어겸은 그들 앞에 한 마디를 툭 던져 놓았다. 원래도 그리 좋아하던 자들이 아니긴 했지만 상황이 상황이다 보니 오늘은 더더욱 반갑지 않았다. 덕분에, 일이 끝도 없이 번잡해지고 있었기 때문이었다.

"그래, 자네는 아무래도 먼저 만나 보고 싶은 사람이 있겠지."

주위의 못마땅한 시선도 무시하고 이해한다는 듯 왕이 먼저 나서서 어겸의 손을 잡아끌었다. 그러더니 미리 준비해 둔 자리로 이끌면서 말했다.

"그래도 자네는 저이들에게 감사해야 할 것이야."

"……?"

"오늘 이 자리가 바로 저이들의 노력으로 이루어진 것이거든."

"무슨 말씀이신지……."

"자네가 돌아온다는 소식을 듣고 저기, 저 병판이 직접 사람을 풀어 이리저리 수소문을 했던 모양이야. 덕분에 나도 십여 년이나 찾지 못하던 아이를 금세 찾아낼 수 있었지."

칭찬인 듯하면서도 묘한 여운을 남기는 말과 함께 왕은 병판 쪽으로 슬쩍 시선을 던졌다. 그러한 시선을 박우는 연륜이 있는 자다운 느긋한 태도로 받아넘겼다.

"허허, 그저 운이 좋았을 따름이옵니다. 혹시나 싶어 용모파기를 돌려 보았는데 마침 낭청(郎廳) 하나가 하백 대감과 유난히 닮은 이를 안다 하기에 불러 본 것이지요. 그랬더니 그 모습이며 나이가 꼭 들어맞았다 하옵니다."

"세상에 닮은 이야 얼마든지 있을 수 있는 것 아닌가?"

"그야 그렇지요. 허나, 그냥 닮기만 한 것은 아닌 듯하옵니다."

"음? 그냥 닮기만 한 것이 아니다? 허면, 확신을 가질 만한
무엇이 더 있었다는 뜻이오?"

"예. 그 아이가 어릴 적에 강보에 싸인 채 버려졌다고도 하거
니와 또 듣자 하니 몸에 기이한 모양의 흉터가 있다 하더이다."

"흉터?"

문득, 어겸의 안색이 눈에 띄게 달라졌다.

흉터라는 말이 나오기가 무섭게 그는 무심한 표정으로 일관하
던 이제까지의 태도를 집어던지고 귀를 쫑긋 곤두세운 채 이쪽
으로 슬쩍 돌아앉았다. 그 모습을 회심 어린 눈으로 바라보면서
병판은 예의 낭청을 불러들였다. 제법 반듯한 오관에 정갈한 차
림을 한 서른 안쪽의 사내가 잔뜩 긴장한 얼굴로 발발 떨면서
불려나왔다.

"어찌 아는 아이더냐?"

차마 입을 떼지 못하는 어겸을 대신하여 누군가가 물었다.

"저, 저희 집안이 전에는 개경에 살았었는데 그때 들어온 업
둥이입니다요."

"업둥이?"

"예. 백일 남짓 되었을 때 강보에 싸여 들어왔다고 했습지요.
그때 이후 줄곧 한 집안에서 살았습니다."

"음? 자네 동생으로 삼았다는 소리인가?"

"그, 그것은 아니옵고……."

"설마, 노비로 삼은 것인가?"

사내의 두 귀가 설핏 붉어졌다.

난감한 표정으로 식은땀만 뻘뻘 흘릴 뿐 차마 대답을 하지 못하는 모양으로 보아 역시나 노비로 삼은 것이 맞는 듯하였다.

"허어, 이런 일이 있나."

"거, 힘들게 자랐겠구먼."

"쯧쯧, 원 사람들하고는."

잠시 나직한 타박이 이어졌다. 그 속에서도 어겸은 꿈쩍 않고 앉아 흔들림 없는 시선으로 사내만 빤히 바라보고 있었다. 표정조차도 점점 더 사라져 바로 앞에서 보고 있음에도 불구하고 그가 무슨 생각을 하고 있는지 도통 감을 잡을 수 없을 지경이었다. 이런저런 이야기가 더 오고 갔으나 그때에도 그는 별다른 표정의 변화를 보이지 않았다.

"되었다. 얘기는 그만하고 그 아이부터 보자."

왕의 명이 떨어졌다. 그리하여 마침내 어겸을 꼭 빼닮았다는 아이가 그들의 앞으로 불리어 나오게 되었다.

"참말 이러고 다녀도 되는지 모르겠습니다."

오복이 제 머리를 매만지면서 조그맣게 중얼거렸다.

혼인을 한 이후 내내 올린 머리를 하고 살았으나 오늘은 전처럼 채머리를 하고 그 끝에 금박을 물린 붉은 댕기를 달았다. 그런 것은 곁에 나란히 선 공주 형님도 마찬가지였다.

"얼마 전까지는 줄곧 이러고 살았으면서 고작 두어 달 지났다고 어쩐지 어색하여 죽겠습니다."

"걱정 말게. 잘 어울리네. 누가 봐도 혼인을 하였다고는 생각지 못할 게야."

"정말요? 헤헤, 사실은 공주 자가께서도 잘 어울리십니다. 영락없는 아기씨 같으십니다."

당연했다.

신분을 떼면 아직 달거리도 시작하지 않는 열세 살짜리 계집아이일 뿐인데 아기씨 같지 않으면 어쩌겠다는 것인가. 오복도, 영령도 영락없는 대갓집의 귀한 따님들처럼 보였다. 심지어, 누구도 혼인을 한 부인이라는 생각을 못할 만큼 잘 어울리기까지 하였다.

두 사람이 그런 차림을 하게 된 것은 시어머니인 오씨 부인 때문이었다. 함께 관등놀이를 나가기로 하고 준비를 하는데 문득 그녀가 긴 한숨을 내쉬면서 '나도 딸이 하나 있었으면 얼마나 좋았을까.' 하는, 거의 넋두리에 가까운 한마디를 흘렸다. 해서, 그 소리를 들은 두 사람은 그 자리에서 '오늘은 저희들이 딸이 되어 드리겠습니다.' 하는 약조를 하였고 그 결과가 바로 이것이었다.

"잘 어울리는구나."

나란히 나서는 두 사람을 발견하고 오 부인이 함박웃음을 머금었다. 그 모습을 본 두 사람은 잠시 시선을 교환한 다음 쪼르르 달려가 오 부인의 양쪽 팔을 하나씩 꿰찼다.

"장에서 맛난 것 좀 사 주시어요, 어머니."

"저도요. 저는 어려서 가지고픈 것도 더 많습니다. 다 사 주시어요. 네?"

"오호호, 요것들 좀 보게. 아주 날을 잡았구나. 오냐, 다 사주마. 없으면 멀리서라도 구해다 줄 것이다. 가자."

그렇게 세 여인이 길을 나섰다.

불이 환하게 밝혀졌다고는 하나 밤길이라 호위를 겸하여 가성 댁과 칼을 품은 장정 몇이 뒤를 따랐다. 본래는 아주버님과 서방님 중 한 분이 함께 나섰으면 하였는데 아주버님께서는 잔치 준비 일로 궁으로 불려 가셨고 서방님께서는 언제나 그렇듯 해가 지기 전에 나간다는 말도 없이 사라졌다. 때마다 생각하는 거지만, 대체 어디서 뭘 하고 다니는지 알 수가 없는 양반이었다.

"세상에, 등불이 정말 많습니다."

집집마다 내걸린 갖가지 모양의 등불들과 거리 곳곳에 걸린 등까지 둘러보며 오복은 탄성을 터뜨렸다. 어둠 속에서 색색의 등들이 마치 별처럼 빛나고 있었다.

"저는 이렇게 많은 등불은 처음 보았습니다. 정말 화려해서 눈이 다 부십니다."

"응, 나도 처음엔 그랬다네. 헌데, 나야 친정이 저 먼 변방이라 그런다지만 자네는 개경에서 자라지 않았나? 개경엔 큰 절들이 많으니 이보다 더 등이 많이 내걸릴 텐데, 아닌가?"

"아, 그렇기야 합니다만 아쉽게도 이렇게 나와 마음 편히 구경할 기회가 없었습니다. 워낙 빈궁한 살림이라 늦게까지 일을 해야 했거든요."

조금 부끄러운 듯 얼굴을 붉히면서 오복이 말했다.

사람들이 가족의 수만큼 등을 만들고 그것을 내걸면서 놀이를 즐길 때 그녀는 혼자서 길쌈을 하고 옷을 짓고 수자를 놓느라 바빴다. 거기에 더해 집안일도 해야 했고 때마다 끼니도 장만해야 했으니 무슨 정신이 있었을까.

그때는 놀이란 것이 벌어져도 실감을 한 적이 거의 없었다. 그저 남들이 그리하고 논다니 그런가 보다 하고 지나갔을 뿐이었다. 때마다 다가오는 명절조차도 그녀에게는 사실 별다른 의미가 없었다. 그때도 쉬어 본 적이 없다 보니 오히려 평소보다 일거리가 더 많이 늘어나는 날에 지나지 않았던 것이다.

"처음입니다, 이렇게 놀러 나온 것은."

오복의 목소리가 조금 작아졌다.

고운 비단옷을 걸치고 아무 거리낌 없이 이리 나와 구경을 다니는 것은 정말로 처음이었다. 전처럼 일을 해야 한다거나, 끼니를 장만해야 한다는 걱정 없이 지낼 수 있다는 사실만으로도 마음 한쪽이 그득하여지고 느긋해졌다. 아씨께는 죄송하지만 이 순간 그녀는 많이 행복하였다.

"참말 좋습니다."

"그렇구면. 나도 이렇게 보고 있으니 화령에서 지내던 일이 생각나. 그땐 집안 구석구석에 등을 걸고 가족이 다 모여 술판을 벌였었지."

"수, 술판이요?"

"응. 오라비만 여섯에 사촌형제들도 죄다 사내들뿐이라 술과 주먹질을 빼고는 이야기가 되질 않았거든."

초파일이라는 것과는 아무 상관없이 돼지를 잡고 술을 마셔 대고 수박을 하는 등 떠들썩하게 지냈다고 말하며 공주는 설핏 웃었다. 멀고 먼 친정이라 이제는 가 보기도 어렵게 되었다면서 말이다.

"많이 그리우시겠습니다. 아, 직접 가지 못하시면 오라버님들 께서 다녀가셔도 될 터인데요. 한번 부르시지 않고요."

오복의 말에 공주의 얼굴이 슬쩍 굳었다.

이 순간만큼은, 가성댁도 어머님도 입을 꾹 다물고 그녀를 향 해 원망 어린 시선을 던지고 있었다. 분위기가 이상하여지자 오 복은 제가 무얼 잘못했는지 몰라 조금 당황하고 말았다.

"친가의 분들은 화령부를 벗어날 수 없습니다. 어명이지요."

보다 못한 가성댁이 나직한 목소리로 속삭였다. 분위기가 더 착 가라앉았다. 그에, 더더욱 당황하여 오복은 얼굴까지 붉히고 어쩔 줄을 몰라 하였다. '가엾은 분'이니 잘 대해 주라던 서방 님의 말이 뒤늦게 뇌리를 스쳐 가고 있었다.

"죄, 죄송합니다. 저는 그런 줄도 모르고……."

"괜찮네. 그것이 어디 자네 탓이던가. 다만, 사람들이 저리 등 을 내걸고 두 손 모아 기도하는 지극한 마음을 이제야 헤아리고 있을 뿐이야."

말끝에서 희미한 울음이 묻어 나왔다.

어명으로 인해, 그녀는 도성을 벗어날 수 없고 가족들은 화령 부에 발이 묶였다. 하여, 그 어린 나이에 벌써 그리움을 알고, 보고 싶어도 볼 수 없는 이들을 위해 기도하는 간절한 마음을 깨달았다고 하였다.

"만나실 수 있을 겁니다."

가슴이 온통 연민으로 물드는 것을 느끼며 오복은 저도 모르게 공주 자가의 손을 잡았다.

"희망을 버리지 않으면 언젠가는 만나실 수 있어요. 살아만 있다면 반드시 만날 수 있습니다. 저는 그리 믿고 있습니다."

"그럴까?"

"그럼요. 게다가, 여기에도 이렇게 가족이 있지 않습니까?"

오복은 안타까운 마음에 한쪽에 서서 눈시울을 적시고 있는 어머님을 가리키며 그렇게 말했다. 생각해 보면, 공주 형님께는 변태지만(?) 사랑해 마지않는 아주버님도 계시고 친딸처럼 아껴 주시는 어머님이 계셨다. 그러니 혼자는 아니었다. 부모님이 죽었는지 살았는지, 형제가 있는지 없는지조차 모르는 오복에 비하면 아주 많이 행복한 셈이었다.

"가엾은 것."

오 부인이 신분도 잊고 부르짖으며 공주를 품에 끌어안았다. 그러다 곁에 선 오복을 보고는 손짓으로 그녀를 부르더니 팔을 벌려 함께 안아 주었다. 하나는 가족이 살아 있어도 만날 수 없고, 다른 하나는 어려서 어미를 잃고 홀로 자랐으니 그 안타까움을 이루 말로 할 수 없었던 것이다.

"오늘부터 너희들은 며느리가 아니라 진짜 내 딸이니라."

두 사람을 품에 꼭 끌어안고 오 부인은 그렇게 말했다. 그 때였다.

"형님, 들으셨습니까? 방금 어머니가 우리를 버리셨습니다."

담담하지만 허를 찌르는 한마디가 뒤통수를 후려쳤다.

어쩐지 낯이 익은 목소리다 싶어 홀쩍 돌아보니 서방님이 아주버님과 나란히 서서 이쪽을 바라보고 있었다.

"서방님!"

주인을 발견한 강아지처럼 오복이 오 부인의 품을 벗어나 쪼르르 달려갔다. 말도 없이 나가시었기에 또 밤늦게나 돌아오시겠구나 하였는데 이렇게 만나다니! 반가운 마음에 코앞까지 다가가 환한 얼굴로 올려다보면서 오복이 물었다.

"어찌 된 일입니까?"

"나야말로 묻고 싶소이다. 대체 어찌 된 일이란 말이오?"

"아, 저희는 함께 관등놀이를⋯⋯."

"그건 나도 압니다. 나는 다만 어쩌다가 어머니가 우리를 버리기로 작심하셨는지가 더 궁금하다오."

다 알면서.

누구보다 눈치가 빠른 분이니 돌아가는 상황을 이미 알아채고도 남았으면서 괜히 모르는 척이었다.

"못된 녀석!"

오 부인이 자경을 향해 짐짓 매서운 눈빛을 날렸다. 그러더니 피식 웃으면서 말했다.

"제 부인이랑만 놀고 싶어 '집 안에만 두지 마시고 이리 **빼돌려 주십시오.**' 청하여 놓고는 이제 와 모른 척이라? 오냐, 이 녀석아. 이래서 내 너를 버리고 며느리를 딸 삼겠다고 하는 것이다."

"쳇, 너무하십니다. 그냥 빼돌려만 주시면 됐지 말이야, 게에서 아들까지 버릴 건 또 뭐랍니까?"

"그걸 지금 투기라고 하는 게냐?"

"흥, 투기는 무슨."

"어이구, 이 녀석아. 네 형을 반만 닮아 보아라. 그러면 버리는 대신 업고 다닐 터이니."

그 소리에 자경이 가만히 손을 들어 오 부인의 등 뒤를 가리켰다. 오복의 시선도 덩달아 그쪽으로 향했다. 언제 움직였는지 아주버님께서 공주 자가를 아기 안듯 품에 안고는 토닥토닥 등을 두드려 주고 있었다.

나이 차이만큼이나 키 차이도 큰 데다 오늘은 특별히 댕기머리까지 하고 나온 공주 자가였지만 둘이 붙어 있으니 이상하게도 오누이처럼은 보이지 않았다. 그러한 두 사람의 미묘한 분위기에 멀쩡하던 관자놀이가 공연히 확 붉어졌다.

"잘난 우리 형님께서는 어머니가 안중에도 없나 본데요?"

"고얀 녀석들. 이래서 아들 키워 봐야 아무 소용이 없다고 하는 것이다. 이만 들어가련다. 너희들끼리 놀거라."

짐짓 토라진 척 한마디를 던져 놓고 오 부인이 돌아섰다. 두 칼잡이가 당연하다는 듯 따라나서고 가성댁은 오복을 향해 싱긋 웃어 보인 후 공주 자가 부부를 쫓아갔다.

"이, 이제 어찌합니까?"

졸지에 둘만 덜렁 남겨지자 오복은 당황하여 어찌할 바를 몰랐다.

나란히 손잡고 거니는 공주 자가 부부를 따라가자니 민폐를 끼치는 것만 같아 눈치가 보이고, 그렇다고 이제 와 어머님을 따라가자니 아직 휘황찬란한 등불이 아쉬웠다. 이러지도 저러지도 못하고 헤매는 그녀를 자경이 잡아끌었다.

　"자아, 우리도 가 봅시다."

　"예? 어, 어디로 갑니까?"

　"이왕 나왔으니 관등도 더 구경하고 시전도 한 바퀴 돌고 또 낙화(落火)놀이도 한다니 그것도 봅시다."

　"세상에, 낙화놀이도 합니까?"

　"그렇다오. 천변에서 한다 하는데 그것 말고 불꽃도 쏘아 올린다니 사정 따라 골라 봅시다."

　환하게 피어나는 오복의 얼굴을 보면서 자경은 남몰래 뿌듯해했다. 도성 안에 아는 이 하나 없어 내내 집 안에서만 오락가락하는 이가 안쓰러워 계획을 한 일이었는데 생각보다 더 좋아하여 주니 이리 나오기를 잘하였다는 생각이 들었다.

　더구나, 처녀시절처럼 머리를 내리고 댕기를 맨 모습을 보니 어쩐지 느낌이 새롭기까지 하였다. 왠지 아침에 보았을 때보다 더 고운 것도 같고 또 조금 수줍어하는 듯도 보이는 것이, 마치 혼인 전의 그녀를 만나고 있는 양 가슴이 두근거렸다.

　'어허, 단단히 씌었구나.'

　밤인 탓인가, 아니면 저 요란한 등불들 때문인가.

　갈수록 아내를 향한 마음이 점점 더 커지는 것만 같아 그는 내심 걱정이 되었다. 저이는 아직 아무런 생각이 없는 것처럼 보이는데 혼자서만 마음을 키우는 것은 아닌지, 이러다 스스로도 제어할 수 없는 지경까지 간다면 그땐 어찌해야 하는지 두려울 정도였다. 마음은 그러하였으나 몸은 어느새 곁에서 얌전히 따르고 있는 아내의 작은 손을 찾아 쥐고 있었다. 그러고는 짐짓 딴 곳을 보면서 말했다.

"사람이 꽤 많소이다. 놓치지 말고 잘 따라와야 할 것이오."

"예에."

"크흠. 조금 출출할 때인데 뭐 드시고 싶은 것은 없소? 전에 보니 만두를 잘 드시는 것 같던데……."

"저, 저는 아무거나 괜찮습니다."

대답하는 오복의 얼굴이 능금처럼 붉어져 있었다.

참말 이상하였다. 집 안에서 뵐 때는 아무렇지 않게 타박도 하고 밤에는 손잡고 나란히 누워 글공부도 하였는데 그때는 괜찮던 가슴이 지금은 어째서 이렇게 심하게 벌렁거린단 말인가.

'내가 아무래도 홀린 모양이야.'

등불 아래에서 더 환하게 빛나는 서방님의 잘생긴 얼굴을 돌아보며 오복은 가쁜 숨을 몰아쉬었다. 그에게 잡혀 있는 손이 부끄러워 고개가 자꾸만 땅으로 향하고 있었다. 게다가 마음은 또 어찌나 이상한지, 뉘가 보고 놀리면 어쩌나 걱정이 되는 동시에 또 한편으로는 뉘가 좀 보아 주었으면 싶은 마음이 들었다.

'혹시, 다른 사람들의 눈에도 우리가 아직 혼인하지 않은 처녀총각처럼 보일까?'

점점 더 북적거리는 주위를 둘러보며 오복은 그런 생각을 해 보았다. 만약에, 제가 김 진사 댁에 업둥이로 들어온 오복이가 아니고 뉘 집의 어여쁜 따님이었다면 저기 멀찍이 떨어져 은밀히 눈빛을 주고받는 처녀총각들처럼 저도 그렇게 혼인 전에 서방님을 만나 관등놀이를 보러 다닐 수 있었을까 하는. 그만큼 걷잡을 수 없이 커지는 마음이었다.

'내가 진짜 아씨가 아니라는 사실이 들통 나면 서방님께서는 어찌하실까?'

생각하는 순간, 싸하게 심장 어림이 아파 왔다.

그 아픔이 생각보다 커 오복은 저도 모르게 제자리에 멈추어 서고 말았다. 그러고 보니 그 생각을 미처 하지 못하고 있었다. 오복의 시선이 제 옷고름으로 떨어졌다. 공주 자가의 명이 있어 지금이야 그럭저럭 버티고 있다지만 언제까지 이리 살 수는 없을 터였다.

언젠가는 올 것이 오고야 말리라. 그러다 제가 진짜 아씨가 아니라는 사실이 들통 나게 되면, 정말로 그런 날이 오게 된다면 저야 어차피 죽을 테지만, 그 사이 혹시라도 실수하여 아기씨가 생긴다면 그땐 어찌해야 하나. 생각만으로도 눈앞이 까맣게 어두워졌다.

"음? 왜 그러오?"

"아! 아무것도 아니옵니다. 그저……."

두렵습니다.

흔들리는 시선으로 오복은 서방님을 올려다보았다.

잘생긴 얼굴에 희미한 의문을 담고 내려다보는 시선이 전에 없이 따스하였다. 그것을 깨닫고 나니 어쩐지 눈물이 날 것만 같아 오복은 가만히 입술을 깨물었다.

"혹시……."

자경의 눈매가 슬쩍 이지러졌다. 그러곤 회심의 미소를 지으면서 말했다.

"저 달떡이 드시고 싶으신 겁니까, 부인?"

그의 손가락이 한쪽을 가리켰다.

어느 아낙이 지고 나온 떡판 위에서 보름달처럼 동그랗게 빚어 참기름을 바른 달떡이 허옇게 빛나고 있었다. 그 심심한 떡을 본 찰나, 설레다가 아프다가 마침내 서글퍼지려던 마음이 한순간에 풀썩 주저앉았다. 그래, 원래 이런 양반이었었지. 오복의 고개가 번쩍 쳐들렸다.

"서방님은…… 서방님은 바보여요!"

돌팔매질을 하듯 한마디 휙 던져 놓고 오복은 돌아섰다. 그러고는 어디로 간다는 말도 없이 사람들을 헤치고 무작정 걷기 시작하였다. 실성한 듯 앞만 보고 한참을 걷자 이윽고 조금 한산한 거리가 나왔다. 군데군데 걸린 등불과 높은 담벼락들 말고는 아무것도 없는 곳이었다.

'기, 길을 잃었나?'

제정신이 돌아오자 덜컥 겁이 났다.

서방님이 쫓아오는 기척도 없어 더더욱 그랬다. 혼인을 한 이후 내내 집 안에서만 지낸 터라 아직 아는 곳 하나 없는데 예서 길을 잃으면 집까지는 어찌 찾아가야 하나. 그렇게 생각하는 순간이었다.

"크흠. 다 왔소?"

"에고머니! 까, 깜짝이야."

언제 쫓아온 것인지 등 뒤에서 서방님이 아무렇지도 않은 얼굴로 불쑥 나타났다.

"어, 언제 쫓아오신 겁니까?"

반가움 반, 서운함 반이 섞여 조금 퉁명스러운 말이 먼저 튀어 나갔다.

"계속 같이 걷고 있었소만."

"그, 그랬습니까? 몰랐습니다."

"헌데, 여긴 어디요?"

"그게…… 서방님이 모르시는데 제가 어찌 알겠습니까?"

시무룩하게 대답하고 오복은 온 길로 다시 돌아섰다.

참으로 바보 같았다. 제 생각만 하다가 공연히 아무 잘못 없는 분에게 화를 내다니. 무에 이런 뻔뻔한 계집이 다 있단 말인가. 허탈한 마음에 어깨가 축 늘어졌다.

"이만 돌아갈 것입니다."

"아직 불꽃놀이도 못 보았는데 벌써 가려오?"

"……안 보아도 됩니다."

제 발등만 내려다보면서 오복은 조그맣게 대답했다. 그런 그녀의 머리꼭대기를 가만히 보다가 문득 자경이 손을 내밀었다.

"그럼, 이거나 드시구려."

언제 산 것인지, 그의 손에 하얗게 빛나는 달떡이 들려 있었다. 기가 막혀서 그것을 그저 멀거니 보고만 있자 그가 손수 하나를 집어 들더니 오복의 코앞으로 쑥 내밀었다.

"자, '아' 하시오."

"되, 되었습니다. 쳇, 뉘가 먹고 싶다 했나?"

"음? 이것이 먹고 싶었던 것이 아니란 말이오?"

"아닙니다!"

"허면, 다른 것을 사 드리오?"

"아, 되었습니다. 그냥 돌아간다니까요?"

새침하게 쏘아 준 다음 오복은 입을 댓 발이나 내밀고 삐죽거렸다. 그러고 있는데 문득 머리 위에서 나직한 웃음소리가 들렸다.

"어쩌지. 방금 먹고픈 것이 생겼소."

"흥!"

"주시오."

"드시든지 마시든지."

길은 잃었고 속은 상하고. 오복의 입술이 더 튀어나왔다. 그 때였다. 슥 다가온 손에 의해 퉁퉁 부은 얼굴이 바짝 쳐들리어진다 싶더니 눈앞에 아련하게 웃고 있는 서방님의 얼굴이 나타났다. 휘영청 밝은 달빛을 가리며 그의 입술이 다가오고 있었다.

쪽!

은밀함을 담은, 부드럽고 뜨거운 덩어리의 감촉이 입술 위에 사뿐히 내려앉았다.

"아!"

순간, 숨이 멎고 떨림이 멎고 심장이 멎었다. 입술을 빼앗긴 채 오복은 돌멩이처럼 바짝 굳어 버렸다. 그런 그녀의 귓가에 바람처럼 스쳐 가는 한 마디가 있었다.

"맛있소."

六. 통(通)하였느냐?

평범하게 생긴 소년이었다.

남들처럼 눈 두 개, 코 하나, 입 하나가 달린, 나름 반듯하긴 하지만 그렇다고 잘생겼다고도 볼 수 없는 그저 그런 인물에 덩치도 별로 유난하지 않아 눈어림으로 대강 짐작해 보아도 딱 제 또래만 한 아이였다.

게다가, 그렇게 닮았다고 주장하던 것과 달리 나란히 놓고 본 어겸과 소년은 생각보다 그리 닮지 않았다. 백번 양보하고 보아도 그저 턱과 입매가 조금 비슷한 정도에 불과했고 눈매는 아예 달랐다.

그런 소년을 어겸은 한동안 말없이 바라보고 있었다. 슬쩍 조바심마저 내비치던 조금 전까지의 일은 잊은 듯 평온한 표정으로 물건 보듯 가만히 보기만 하다가 곧 시선을 떼어 상감을 한

번 보고 침을 꼴딱꼴딱 삼키면서 지켜보고 있는 중인(衆人)들도 한 번씩 돌아보았다. 그러다가 긴 한숨과 함께 소년을 향해서 물 었다.

"너는 노비냐?"

"……"

"노비로 태어났느냐?"

아무런 감정이 담기지 않은 어겸의 질문에 소년은 조금 당황 한 듯 보였다. 그런 것은 병판 이하 공신들과 소년을 데려온 낭 청도 마찬가지였다. 평정을 유지하고 있는 것은 오로지 어겸과 그 수하들, 그리고 저 높은 자리에 한 마리 범처럼 똬리를 틀고 앉은 왕뿐이었다.

"네 부모도 노비냐고 물었다."

"어허, 이 친구야. 무슨 질문이 그래? 아까 분명히 강보에 싸 여 들어온 아이라는 소리를 듣지 않았는가 말이야."

지극히 연극적인 어조로 왕이 한마디를 보탰지만 어겸은 코끝 으로도 신경 쓰지 않았다. 그는 여전히 소년만 바라보고 있었고 그런 것은 소년도 마찬가지였다. 짧은 사이 수많은 생각이 교차 하고 있는 듯 어겸을 바라보는 소년의 눈동자가 세차게 떨렸다.

"네가 사실대로 말해야 나도 결정을 할 수 있다."

그 한마디에 눈동자의 흔들림이 조금 가라앉았다. 마음을 정 했다는 뜻이었다. 그럼에도 불구하고 두려움은 아직 진하게 남 아 거의 부들부들 떨리는 목소리로 소년이 다시 입을 열었다.

"부, 부모님을 구해 주실 수 있으십니까?"

"그리하마."

"그럼, 저는 노비가 아닙니다."

그 말과 함께 갑자기 불이 들어온 듯 눈을 환하게 밝히면서 소년은 제 바지 자락을 걷어 올려 종아리를 보여 주었다. 종아리 한복판에 오래되어 보이는 화상 자국이 나 있었다. 헌데, 상처가 아문 자국이 조금 특이하여 슬쩍 잘못 보면 뱀이나 용처럼 보일 수도 있겠다 싶었다.

"이 자국을 보고 저자가 저를 강제로 끌고 왔습니다. 하지만 이것은 어렸을 적 놀다가 화덕에 데인 자국일 뿐입니다. 그리고 저는 업둥이가 아닙니다."

"알고 있다. 너는 업둥이도 아니고 내가 찾는 아이는 더더욱 아니다. 이만 돌아가도 좋다. 걱정 말아라. 먼저 가 있으면 네 부모도 곧 돌아갈 것이다."

단단한 약속의 말은 없었으나 그가 말하자 당연히 그리될 것 만 같았다. 잠시 주위를 살피던 소년이 벌떡 일어나 그의 곁으로 물러났다. 눈치 빠른 어겸의 수하 중 하나가 소년을 데리고 나갔 다. 아이의 부모를 돌려받는 대로 멀리 저들의 손이 닿지 않는 곳으로 이주를 시킬 생각이었다.

"허어, 이번에는 진짜인 줄 알았는데."

"그러게 말이오."

계획했던 일이 어이없을 정도로 간단하게 실패로 돌아가자 공 신들은 겸연쩍은 듯 짐짓 자신 없는 한마디씩을 늘어놓았다. 와 중에 박우가 미안한 기색 하나 없이 왕을 향해 고개를 조아렸다.

"송구하옵니다, 전하. 아이가 하백 대감을 많이 닮은 데다 나이도 비슷하여 이번에는 틀림이 없는 줄 알았는데 일이 그만 이렇게 되고 말았습니다."

"그렇군. 허나, 내게 미안할 일이 무어야. 미안해하려거든 저 사람에게 해야지."

왕은 술잔을 기울이면서 그렇게 말했다. 그러나 입가에 머금고 있는 미소와 달리 눈빛은 어느새 얼음장처럼 차게 가라앉아 그 깊은 심중을 희미하게나마 비추어 내고 있었다.

"허, 허 대감!"

문득, 주위에서 비명 같은 소리가 새어 나왔다.

박우가 황급히 돌아보니 어겸이 제 수하의 허리춤에 꽂혀 있던 칼을 천천히 뽑아 들고 있었다. 그것을 들고 어겸은 터벅터벅 낭청을 향해 걸어갔다. 벌벌 떨고 있는 그의 앞에 서서 높낮이를 거의 느낄 수 없는 서늘한 어조로 말했다.

"재미있더냐?"

"대, 대감."

"제 실수로 잃어버린, 하나뿐인 혈육을 찾아 헤매는 이 단장(斷腸)의 아픔조차 너희에게는 그저 한낱 유희거리에 지나지 않았더냐?"

눈은 낭청을 보고 있었으나 나오는 말은 오롯이 그를 향한 것이 아니었다. 그 사실을 좌중의 모두가 눈치챘을 때였다. 한순간, 어겸의 눈동자 위로 싸늘한 한기가 스쳐 갔다. 표정조차 사라진 무심한 얼굴로 그는 칼을 높이 치켜들었다. 그것을 본 낭청의 얼굴에서 핏기가 가셨다.

"사, 살려 주십시오! 저는 그저 시키는 대로 했을 뿐……."

스각!

반듯한 석계(石階) 위로 뜨거운 피가 긴 궤적을 그리며 뿌려졌다. 가뜩이나 냉랭하던 사위(四圍)가 급격히 얼어붙었다. 워낙 갑자기 벌어진 일이라 모두가 할 말을 잃고 갑자기 생겨난 시체만 빤히 바라보고 있었다.

"주, 죽었습니다."

시체를 확인한 병졸 하나가 하얗게 질린 얼굴로 외쳤다.

속아 넘어가 주면 좋고 아니면 말겠지, 하는 심정으로 시작한 일이었는데 이게 대체 무슨 일이란 말인가. 모두들 어찌할 바를 몰라 주위를 두리번거리다 결국은 왕과 병판의 입만 멍하니 바라보았다.

"네 이노오옴!"

문득, 천둥 같은 고함이 터져 나왔다.

화가 머리끝까지 오른 박우가 고함을 내지르며 자리에서 벌떡 몸을 일으키고 있었다.

"네 아무리 주상께서 아끼는 자라 해도 그렇지, 어찌 이리 무도할 수가 있느냐. 감히, 감히 나라의 녹을 먹는 관리를 죽여? 그것도 주상전하께서 친림(親臨)하고 계신 자리에서!"

"……."

"네놈의 오만함을 내 진즉부터 익히 알고 있었으나 그 성품의 그악함이 이 지경까지 이른 줄은 미처 몰랐다. 네 이놈, 당장 그 무릎을 꿇고 엎드려 죄를 고하지 못할까! 무엇들 하느냐. 저놈의 손에 들린 흉기를 빼앗고 당장 포박하여 꿇리렷다!"

마치 제가 임금이나 되는 듯 삿대질까지 해 가면서 난리를 치는 것을 보면서도 어겸은 아무런 반응을 보이지 않았다. 그저 병사들이 움직일 듯하자 긴장한 수하들이 그의 곁으로 한 걸음씩 다가섰을 뿐이었다. 그 속에서 어겸은 왕을 바라보고 있었다.

오늘의 이 자리가 어떻게 만들어졌는지를 알 것 같았다.

공신들의 일에 대해서라면 좋은 것과 나쁜 것을 가리지 않고 거의 모든 것을 다 알고 있는 왕이었다. 그런 분이니 저들이 어떻게 일을 꾸미고 준비했는지 또한 미리 알고 있었으리라. 그럼에도 불구하고 막기는커녕 자리까지 마련하여 그를 불러들인 까닭은 무엇인가. 저를 내치기 위함인가 아니면…….

'두려우신 겁니까?'

어겸은 공신들을 향한 왕의 경계심을 읽었다.

함께 일을 도모할 때는 든든한 뒷배였던 자들이 이제는 두려워진 것이리라. 그리하여 어떤 식으로든 경고를 해 줄 필요를 느꼈을 것이다. 그런 사실을 짐작하면서도 어겸은 저 깊은 속에서부터 울컥 치솟는 분노를 느꼈다.

'아무리 급했어도 그렇지, 왜 하필이면 가장 아픈 곳을 건드리시는 게요, 왜!'

아직 아물지 않은 상처가 강제로 헤집어졌다.

치부 아닌 치부처럼 그저 감추어 둔 채 제 스스로 다시 상처 내길 반복하며 엉엉 울고 지샌 밤이 천 일씩 세어 다섯 번이 넘는데, 그런 것을 남이 강제로 들추어내자 미칠 듯한 분노와 함께 원망이 터져 나왔다.

어겸은 저미는 아픔으로 가슴이 온통 먹먹해진 채 이를 악물었다. 한참을 그러고 있다 문득 눈을 부릅뜨면서 손에 들고 있던 피 묻은 칼을 아무렇게나 집어 던졌다.

"저, 저런 건방진 자를 보았나!"

"자식을 찾아 헤매는 가엾은 처지를 생각하여 직접 수소문까지 하였거늘, 고마워하지는 못할망정 사람을 베고 이제는 칼을 집어 던져?"

"전하, 무엇을 하시는 겁니까? 당장 저자를 잡아들여 녹권(錄券)을 거두어들이시고 참형에 처하소서!"

"통촉하여 주시옵소서, 전하!"

언제 조용했었더냐 싶게 다시 주위가 왁자하게 끓어오르기 시작하였다. 어명이 떨어지지 않아 짐짓 망설이던 병사들조차 다시 무기를 꼬나 잡고 앞으로 나서고 있었다. 그 모습을 가만히 둘러보다가 어겸은 나직하게 말했다.

"나는…… 딸을 잃어버렸다. 사내아이가 아니야. 나는 딸을 잃었단 말이다!"

"뭐, 뭐라?"

"그게 무슨 소리요? 딸이라니?"

생각지도 못한 고백에 분노하던 것도 잊고 모두들 깜짝 놀라 그를 돌아보았다. 그가 잃어버린 아이가 딸이라는 사실을 오늘 처음 알았다는 듯한 얼굴들이었다.

"저이 말이 옳아. 찾는 것은 사내아이가 아니라 계집아이였지."

담담하게 말을 보탠 것은 의외로 왕이었다.

"저 집안이 본래 그렇거든. 계집아이가 태어나면 일곱 살 전까지는 사내아이 옷을 입혀 키우다가 그 후에야 제대로 돌린다네. 그래야 하백에게 빼앗기지 않는다고 하더군."

"……."

"저 죽은 놈이 그런 사실을 모르고 갈잖게도 공신을 속이고 우롱하다가 발각이 나고 만 것이지. 이는 백번 죽어도 싼 일이다. 아니 그런가?"

"하오나, 전하!"

은근슬쩍 넘어가려는 낌새가 느껴지자 박우가 황급히 나서서 말꼬리를 잡아챘다.

안 그래도 없는 죄라도 만들어 쳐낼 생각으로 꾸민 일이었다. 헌데, 본격적으로 일을 만들기도 전에 제 성질을 못 이긴 어겸이 어전에서 칼을 뽑아 들고 사람을 죽였으니 이보다 더 좋은 기회가 또 어디 있으랴.

"어허, 살다 보면 그럴 수도 있는 일이 아닌가."

박우가 입을 열기 전에 왕이 다시 말을 이었다.

"장기판으로 사람을 쳐 죽이고, 궁녀를 겁간하고, 금전을 받고 관직을 매매하며, 상인들을 윽박질러 금품을 뜯어내는 자들도 잘만 버티고 있는데 그깟 낭청 하나 죽인 일이 무슨 대수야."

"……!"

"더 할 말이 남았더라도 그냥 넣어 두시게. 부처께서 오신 날이니 오늘 하루쯤은 짐도 자비를 베풀고 싶음이야."

한 마디 한 마디가 떨어질 때마다 저도 모르게 어깨를 움찔거리던 공신들이 약속이나 한 듯 가만히 입을 다물었다. 그런 것은 삿대질까지 하며 발광을 하던 박우도, 한쪽 구석에 앉아 불구경하듯 그저 멀거니 지켜만 보던 구헌도 다르지 않았다.

'이상하다.'

구헌의 얼굴에 희미한 수심이 어렸다.

와중에도 자비라는 말이 이상하게 마음에 걸렸다. 누구를 향한 자비라는 말인가. 겉으로야 양쪽의 일을 모두 묻어 두면서 그럭저럭 중립을 지키는 듯하였지만 어쩐지 그것이 다는 아닌 것 같은 느낌이 들었다.

그동안 서로 닭 보듯 하던 하백과 다른 공신들의 사이가 오늘의 일을 계기로 완전히 갈라서게 된 것은 둘째 치고, 오늘따라 유난히 서늘하게 느껴지는 왕의 시선부터가 심상치 않았다. 숫제, 강력한 경고를 받은 듯한 느낌이지 않은가 말이다.

'무슨 생각을 하고 계시는 것인가.'

구헌은 왕의 마음이 궁금했다. 동시에, 병판의 다음 행보가 걱정되었다. 그의 시선이 무심하게 가라앉은 왕의 용안과 아직도 분을 삭이지 못하여 어깨를 들썩이며 씩씩거리고 있는 병판 사이를 바쁘게 오고 갔다.

"자비라. 크흐흐흐, 자비라."

어겸의 입에서 웃음인지, 울음인지 구분이 가지 않는 나직한 소리가 새어 나왔다. 뉘가 봐도 살짝 실성한 것 같은 모습이었다. 그 자리에 심어진 것처럼 꼿꼿하게 선 채 그는 잠시 하늘을 보았다. 그러다 곧 허리춤을 뒤져 네모반듯한 옥패를 하나 꺼내 들었다.

"이깟 것이 무어라고."

지난날, 형님 아우 하며 지낼 때 왕으로부터 받은 신표였다.

서로의 이름을 새겨 넣고 같은 날 나오지는 못하였으나 죽을 때는 같이 죽자며 단단히 약속을 했었다. 그것을 어겸은 허무한 시선으로 한동안 가만히 내려다보았다. 그러다 입술을 질끈 깨물더니 손을 들어 옥패를 석계 위로 내동댕이쳤다.

날카로우면서도 맑은 소리가 달 밝은 하늘까지 쨍하니 울려 퍼졌다. 내내 담담하던 왕의 용안도 이 순간만큼은 크게 흔들리고 있었다. 그것을 본척만척 외면하고 어겸은 단호하게 소리쳤다.

"내 오늘의 일을 결코 잊지 않을 것이다! 두고 보아라. 지킬 것 하나 없는 자가 얼마나 잔인해질 수 있는지 똑똑히 보여 줄 터이니."

둘러앉은 공신들의 얼굴을 하나하나 노려보며 그는 강력한 경고를 날렸다. 그리고는 미련 한 점 남기지 않았다고 말하듯 망설임 없이 돌아서서 그대로 그곳에서 떠나 버렸다.

"자, 한번 신어 보시오."

비단을 두르고 꽃 수자를 들인 어여쁜 꽃신이 자그마한 발 앞에 척 대령되었다.

수줍음에 잠시 망설이던 오복이 조심스레 발을 내밀자 자경이 냅다 받아 쥐더니 신은 안 신기고 발만 요리조리 조물거렸다. 여인의 발이 원래 이렇게 작았던가? 고작 버선발 하나에 눈이 벌겋게 달아올랐다. 겨우 손바닥만 한 것이 어찌나 앙증맞고 어여쁜지 할 수만 있다면 그대로 입에 넣고 핥고만 싶은 기분이었다.

그런 마음을 아는지 모르는지 신기료장수가 공연히 신을 들었다 놨다 하면서 눈치를 주었다. 그제야 아쉽다는 표정을 지으며 슬그머니 발을 내려놓고는 손수 신을 신겨 주었다.

"어찌, 잘 맞는 것 같소?"

"예. 편하게 잘 맞습니다. 저는 조금 낙낙한 것이 좋거든요."

작으면 어떻고 헐렁하면 또 어떠하랴.

서방님이 사 주시는 신이라는 것만으로도 그저 좋아서 오복은 방긋 웃었다. 그 웃음에 자경의 흐뭇한 웃음이 더하여졌다.

'허허, 어여쁘지고. 누구 마누라인지 보면 볼수록 자꾸만 더 어여뻐지는구나.'

달덩이 같은 얼굴을 올려다보면서 속도 없는 놈처럼 허허 웃다가 신기료장수에게 은병을 던져 준 다음 신을 받아 들고 자경은 또 아내의 손을 지그시 잡아끌었다. 길가의 으슥한 곳으로 끌어들이는 손길이 제법 은근하였다.

"아이, 또 어이 이러셔요. 안 된다니까요."

"한 번만 더 하오. 응?"

"뉘가 보면 어쩌려고 자꾸 이러셔요?"

등불 뒤, 컴컴한 그늘에 숨어 자경이 또 입술을 들이밀었다.

참 이상한 일이었다. '참아야 하느니라.' 하면서 그저 바라만 볼 때는 괜찮더니 막상 한 번 손을(?) 대고 나자 더는 걷잡을 수가 없어졌다. 자꾸만 안달이 나고 돌아서면 궁금하고 그랬다. 사방에 켜진 등불 탓인지, 아니면 휘영청 밝은 달빛 때문인지 오늘따라 아내가 매우 어여뻐 보이기도 하였다.

'눈에 뭐가 씐 겐가, 아니면 내가 미친 겐가?'

날이면 날마다 품에 안고 잘 때는 모르겠더니 입술 한 번 훔친 후로는 당장 어찌하지 못해 안달이 나다니. 아무래도 너무 참아 병이 된 게 틀림없었다. 몸뚱이에 사리를 쌓을 자리가 드디어 바닥이 난 게다.

'난 백 일도 못 되어 이 지경인데, 앞으로도 몇 년은 더 견뎌야 하는 우리 형님은 대체 어찌 살고 있는 거지?'

자경은 갑자기 제 형을 향한 연민에 휩싸였다.

도를 닦다 닦다 드디어 득도의 경지에 이르렀어도 어찌 되었든 앞으로도 꼼짝없이 삼 년은 더 기다려야 할 테니까 말이다. 그런 형님의 형편에 비하면 자신의 처지는 훨씬 나았다. 어쨌거나 아내는 벌써 열일곱이나 되었고 당장 옷고름을 푼다고 해도 문제가 없을 정도로 어느새 통통하게 물이 올라 있었으니까.

'더 참다가는 내가 먼저 죽으리.'

잘록한 허리에 팔을 두르고 불끈 끌어안으며 자경은 작심했다. 이제부터는 본격적으로 유혹을 하여 보겠노라고. 그리하여 반드시 저 얄미운 옷고름을 풀고야 말리라. 그런 생각과 함께 그는 그 잘생긴 얼굴에 빙긋 미소까지 매달고 그녀를 향해 그윽한 시선을 쏘아 보냈던 것이다. 아내의 어여쁜 두 볼이 순식간에 발그레하게 물들고 있었다.

'아이참, 자꾸 이러면 안 되는데…….'

그윽한 미소와 함께 촉촉한 입술이 서서히 다가오고 있었다.

달은 밝고 서방님의 화려한 미모는 오늘따라 더더욱 빛이 나고 그래서 여린 가슴은 또 쿵덕쿵덕 방아를 찧었다. 참말 이상한 일이었다. 날마다 보고 사는 분인데 오늘은 왜 이리도 떨리는 가슴을 주체할 수 없는 것일까. 휘영청 밝은 달빛 때문인지, 아니면 제가 미친 탓인지 구분이 가지 않았다.

심지어는 머릿속마저 텅 비어 버린 것 같았다.

그의 입술 끝에 매달린 아름다운 미소를 보는 순간, 아기씨 가지지 말라는 공주 자가의 명도, 언제 발각될지 모르는 제 신분이며, 당장 눈앞에 있는 분을 기망(欺罔)하고 있다는 죄스러운 마음조차도 한순간에 몽땅 사라지면서 머릿속이 온통 하얗게 물들었다. 그에, 언제 안 되는데, 되는데 했었냐는 듯 오복은 순순히 눈을 감았다.

따스하고 물컹한 덩어리가 그녀의 입술 위에 나비처럼 가만히 내려앉았다. 가느다랗게 내쉬는 숨결을 간질이다 단숨에 집어삼키면서 꾹 내리누르는 입술의 감촉이 지나치게 아찔하여 정신이 다 혼미하여졌다. 그의 커다란 손이 그녀의 작은 두 볼을 조심스럽게 감쌌을 땐 몸도 마음도 둥실 떠오르는 듯한 느낌에 발밑이 아득하게 멀어질 지경이었다.

"으음."

살짝 벌어진 입술 사이로 저도 모르게 나직한 신음이 새어 나
왔다.

짧은 사이 뜨겁게 다녀간 입술이 어쩐지 아쉬웠다. 이왕 왔으
면 조금 더 길게 머물러 주시지 말이야. 매정하여라, 어찌 이리
금방 다녀가시누.

"이만 집으로 가오. 응?"

달뜬 목소리로 그가 귓가에 입술을 대고 은근히 속삭였다. 그
한마디에 안 그래도 동동거리던 가슴이 미친 듯이 내달리기 시
작하였다. 집으로 가서 뭘 어쩌자는 것인지 모르지 않기에 오복
은 부끄러워 제대로 고개도 들지 못한 채 자그맣게 고개를 끄덕
였다. 그러자 곧 성급한 손이 불쑥 다가와 그녀의 작은 손을 꼭
움켜쥐었다.

컴컴한 그늘에서 나와 자경은 성큼성큼 걸었다.

아내의 손을 꼭 쥐고 척척 걸어가는 걸음이 오늘따라 매우 성
급하였다. 그리하여 그를 따라가는 오복의 짧은 다리는 자연히
종종걸음을 칠 수밖에 없었다. 바로 그러한 때에 자경이 갑자기
걸음을 멈추었다.

'아니, 저 양반이 왜 또 저기서 저러고 있는 게지?'

자경은 한숨을 내쉬었다. 컴컴한 나무 그늘에 숨어 한쪽을 맹
렬히 노려보고 있는 곰 같은 위인의 그림자가 하필이면 이 순간
그의 눈에 띈 것이다.

'어쩐다. 그냥 가?'

손에 쥔 자그마한 덩어리의 감촉이 아쉬워 죽을 지경이었다. 그것을 놓고 알은척을 하자니 제가 급하고, 모르는 척을 하자니 언제나 걱정스러운 희도의 일이 눈에 밟혔다. 자경은 잠시 갈등했다. 그러나 또 언제나 그렇듯 결론은 금방 나왔다.

"내 잠시 다녀오리다."

"예에?"

"아는 이를 보았소. 잠시 인사만 하고 올 테니 예서 꼼짝 말고 있어야 하오. 딴 데로 가시면 아니 되오."

유난히 등불이 환한 자리에 오복을 세워 놓고 자경이 걸음을 서둘렀다. 이번에도 어설피 숨어 지나는 사람들마다 한 번씩 흘끔거리는 줄도 모르고 희도는 사람이 유난히 북적거리는 한쪽을 지그시 노려보고 있는 중이었다. 그런 그에게 소리도 없이 다가가 얼굴을 나란히 하면서 자경이 속삭였다.

"이번에는 좀 낫습니다. 어여쁜 처자들이군요."

"헛! 네, 네놈이 여길 어떻게?"

"아아, 그런 사소한 일은 신경 쓰지 마시고 설명이나 해 보십시오. 저 중에 누굽니까, 형님께서 점찍어 둔 처자가?"

여인들의 연회인지 스물은 훌쩍 넘어가는 처자들이 모여 등을 환하게 밝혀 놓고 다과회를 벌이고 있었다. 개중에는 혼인을 한 부인도 있었고 몇몇은 아직 혼전인 듯 보였는데 멀지 않은 거리에 그녀들을 호종(護從)하고 온 종이며 호위들이 주변을 돌아가면서 경계를 하는 모습이었다.

"그, 그런 것 아니다!"

"아니었습니까? 하도 열심히 보시기에 전 또 저 중에 형수님 되실 분이 있는 줄 알았지요."

짐짓 놀리듯 떠벌리며 자경이 짓궂게 웃었다. 그런 그를 보며 희도는 조금 망설였다. 사실대로 말하고 도움을 구할까, 아니면 이대로 묻고 혼자서 애를 써 볼까.

사실, 이번에도 그는 동궁의 색차지(色次知)들을 뒤쫓고 있는 중이었다. 본래는 그만 신경을 끊으려고 하였으나 일이 생각보다 심각하여지는 바람에 그리하지 못했다. 지난번의 일을 막지 않은 것이 큰 실수였다는 사실을 뒤늦게 알게 된 것이다.

— 그 처자가 죽었다. 동궁의 뒷방에 들여지는 대신 하룻밤 만에 시체가 되어 나왔구나.

죽임을 당한 것인지, 아니면 자진을 한 것인지까지는 알지 못하였다. 그러나 자꾸만 떠오르는 것은 차라리 중간에 막아섰다면 살았을지도 모른다는 생각이었다. 그 일로 몇 날 며칠을 괴로워하다가 희도는 이번에는 작정을 하고 저들의 뒤를 쫓기 시작하였다.

'분명히 저 중에 저들이 점찍은 처자가 있는 것이야.'

이번에는 꼭 구해 내고야 말리라. 그러자면 한 사람이라도 더 끌어들이는 것이 옳았으나 곁에 선 녀석에게는 어쩐지 선뜻 말이 나오지 않았다. 떵떵거리면서 사는 공신 집안의 아들이긴 하지만 또한 그런 이유로 옴짝달싹할 수 없는 처지임을 잘 아는 까닭이었다.

그런 놈을 끌어들였다가 만약 중간에 문제가 생긴다면 그저 사소한 계집질에 지나지 않았던 일이 한 가문의 존망조차 가를 만한 큰 사달로 이어지고야 말리라. 거기까지 생각하자 더더욱 말이 나오지 않아 희도는 결국 도로 입을 다물고 말았다.

그러한 사정을 아는지 모르는지, 나란히 선 두 사람을 흐뭇한 시선으로 지켜보고 있는 시선이 있었다.

"아직도 이쪽을 보고 있느냐?"

입가에 찍은 것처럼 자그마한 점이 있는 여인이 교태를 부리듯 상긋 웃으면서 곁에 앉은 여인에게 속삭였다.

"예. 아예 하나가 더 늘었네요."

"그래?"

여인의 입가에 드리워져 있던 미소가 더 짙어졌다. 그러더니 우연인 척 은근슬쩍 한쪽으로 시선을 던졌다. 아니나 다를까, 아까부터 이쪽을 홀린 듯 보고 있던 사내 곁에 다른 사내가 하나 더 달라붙어 있었다.

"어머나, 저게 웬 봉황이야."

여인의 눈이 휘둥그레졌다.

안 그래도 훤칠하니 잘생긴 사내가 이쪽을 보고 있어 내심 가슴이 두근거렸었는데 이번에는 그보다 더 아름다운 사내가 나타나 나란히 이쪽을 향해 시선을 던지고 있는 것이 아닌가. 새로 나타난 사내를 발견하기가 무섭게 여인의 눈빛이 확 살아났다. 옷고름을 손가락에 배배 감으면서 중얼거렸다.

"눈앞이 다 환해지는구나. 세상에, 저런 사내가 어디 있다 이제야 나타난 것인가."

대체 누굴 보았기에 이 호들갑인가.

곁에 앉아 찻잔을 기울이던 여인이 시큰둥한 표정을 감추고 사내들 쪽을 슬쩍 바라보았다.

"음? 아니, 저분은?"

"왜, 혹시 아는 분이니?"

"아, 그게……."

홍주는 당황하여 저도 모르게 말을 흐렸다.

어머니를 비롯하여 같은 공신 집안의 처자들이 한자리에 모여 관등놀이를 즐기는 중이었다. 그중에서도 곁에 앉은 여인은 그녀의 이종사촌 언니였는데 이미 혼인을 하여 살고 있으나 서방 되는 자가 그녀보다 열다섯 살이나 더 많은 늙은이인 데다 못생기기까지 하여 낙심이 이만저만이 아닌 사람이었다.

그에, 나이 많은 서방을 대놓고 구박을 하는 것으로 모자라 요즘에는 다른 사내들에게 수작을 거는 일도 곧잘 벌이고 있어 가족들에게 눈치를 좀 받고 있었다. 그런 이가 하필이면 홍주의 작은서방님을 발견한 것이다.

홍주는 잠시 고민했다. 이 음탕한 여인에게 자경의 정체를 알려 준다면 보나마나 분란이 일어날 것인데 그 일을 감당하자니 생각만으로도 짜증이 치밀었다. 그렇다고 아예 모른 척을 할 수도 없었다. 이 자리에만도 그를 아는 사람이 그녀 말고도 둘은 더 있었으니까 말이다.

'하필이면 이쪽으로 나오실 게 무어람. 그 못난이 아내는 어디다 팽개쳐 두고…… 음? 그렇지!'

제 못난 윗동서와 공주 자가까지 생각하다가 홍주의 뇌리에 문득 좋은 생각 하나가 스쳐 갔다.

'그래, 이런 일로 문제가 생기면 서방님도 한동안은 내 눈치를 봐야 할 터이고 그 못난이를 내치고 나면 공주랍시고 목에 힘을 주고 사는 꼬마 계집애도 몸을 좀 사리겠지.'

그녀의 입술 끝이 하늘로 솟았다.

"알다마다요. 그러니까 저분이 누구냐면 말이지요……."

오복은 혼자서 주위를 두리번거리고 있었다.

혹시라도 잃어버릴세라 등불이 환한 곳에 세워 두는 바람에 사람도 많고 볼거리도 많아 아까 미처 보지 못한 것들을 이리저리 구경하는 중이었다. 혼자였지만 다행히 서방님이 그리 멀지 않은 곳에서 누군가와 이야기를 나누는 중이었기에 아까처럼 그리 두려운 마음도 들지 않았다.

게다가, 마침 그녀의 시선을 사로잡은 물건도 있었다.

길거리 좌판 위에 놓인 자그마한 토끼 모양의 백자연적이었는데 그것을 보자마자 오복은 개경에 계시는 도련님을 떠올렸다. 대감마님께서는 작은 청자연적을 가지고 계시어 날마다 애지중지하시었으나 도련님에게는 그러한 것이 없었다는 사실이 이제야 생각난 것이다.

'이제라도 사서 보내 드릴까?'

친정에 선물을 보내는 일이 흠이 될 리 없으니 이 정도 사 보내는 것이야 사실 아무것도 아닐 터였다. 더구나 이제 곧 과거도 보실 터이니 꼭 필요하기도 하고.

"소식을 보내 볼까?"

문득, 그리운 마음이 치밀어 오복은 조심스레 욕심을 내 보았다.

이 한양 땅에서 분에 넘치는 사랑을 받으며 등 따시고 배부르게 살고 있지만 때때로 허름한 개경의 집이 그리워지는 것을 막을 수 없었다. 언제나 무뚝뚝한 대감마님과 무심한 도련님도 보고프고 아씨의 일도 많이 궁금하였다. 집안이 잘 돌아가는지도 알고 싶었고 어떤 때에는 밤을 지새워 하던 고된 길쌈 일조차 그리워질 때가 있었다.

향수(鄕愁)라, 생각만으로도 눈가에 금방 물기가 맺혔다.

뉘가 볼세라 재빨리 눈가를 훔쳐 내고 오복은 용기를 내어 연적을 구입하였다. 고작해야 손가락 하나만 한 크기여서 값도 그리 비싸지 않았다. 그것을 소중히 받아 줌치에 잘 챙겨 넣고 돌아섰을 때였다. 그녀의 눈에 이상한 것이 보였다.

귀한 구슬을 꿰어 매단 흑립을 쓰고 색이 선명한 비단 직령포를 입은 노인이 눈물을 철철 흘리면서 혼자 길을 가고 있었다. 평범한 신분으로는 아니 보였는데 무슨 큰일을 당하였는지 넋까지 빼놓고 휘청휘청 걷고 있는 모양이 참으로 처연하여 보는 이의 마음까지 다 안타깝게 만들었다.

"허어, 웬 노인이 저리 울고 다니누. 재수 없게끔."

그녀에게 연적을 판 상인이 퉁명스럽게 한마디를 던져 놓았다. 그런 때에 오복의 눈에 노인의 품에서 툭 떨어져 뒹구는 기다란 물건이 보였다. 뉘가 뒤따르고 있을 거라는 생각도 못하고 오복은 저도 모르게 그것을 집어 들었다.

그것은 나무로 만든 패였는데 양쪽 면으로 글자가 새겨져 있고 한쪽 끄트머리에 작은 구멍이 나 있어 그곳에 붉은 수실을 꿰어 옥을 달고 매듭을 지어 놓았다. 글자를 배운 티가 나는 것인지 개중에서 오복은 쉬운 글자 몇 개를 알아보았다.

'강 하(河), 우두머리 백(伯). 세상에, 내가 참말 글자를 읽을 줄 알게 되었구나.'

오복은 제가 자랑스러웠다.

고작 두어 달 배웠을 뿐인데 벌써 글자를 읽을 줄 알다니. 어깨가 으쓱거리고 서방님에게 보여 드리고 칭찬도 받고 싶었다. 그러나 그 전에 패를 주인에게 돌려주는 일이 먼저였다.

"저어, 어르신! 어르신!"

"음?"

"잠시만요."

종종걸음으로 달려가며 몇 번이나 부르자 노인이 그제야 정신을 차리고 그녀를 돌아보았다. 그에, 오복은 두 손으로 공손히 패를 내밀었다. 가까이에서 보니 생각보다 키가 큰 노인이라 자연스레 고개가 위로 쳐들리었다.

"이것을 떨어뜨리셨습니다."

"음?"

"어르신의 것입니다. 방금 전에 떨어뜨리셨습니다."

참말 넋이 나간 노인인가?

패를 보고도 노인은 한동안 아무런 반응을 보이지 않았다. 그저 흐릿한 시선으로 그녀를 내려다보다가 고개를 흔들고 손을 들어 다시 눈을 비비더니 또 멍한 표정을 지었다.

"바, 받으십시오."

걱정스러운 동시에 어쩐지 무서운 생각이 들어 오복은 그의 손에 재빨리 패를 쥐어 주고 돌아섰다. 가다가 슬쩍 돌아보니 그때까지도 노인은 제자리에 멍하니 서 있었다.

어겸의 입이 열린 것은 바로 그 순간이었다.

"유하?"

어겸은 제가 드디어 미쳐서 헛것을 보고 있다고 생각했다.

처자식을 잃고 이제 다시 의형을 버렸으니 이렇게 살아 무엇하랴 하는 마음으로 떠나온 길이었다. 졸지에 조롱을 당한 기분이 하도 참담하여 차라리 저들을 몽땅 죽이고 같이 죽어 버릴까 하는 극단적인 생각도 하였다.

온통 절망스러운 생각만 가득하고 이렇게 몰락한 제 처지가 기가 막히어 눈물만 하염없이 흘렀다. 그에, 이대로 모든 것을 포기하고 돌아가 다시는 한양 땅을 돌아보지 않으리라 작심하기도 하였다. 헌데, 갑자기 눈앞에 그토록 그리워하던 얼굴이 나타난 것이다.

'내가 헛것을 본 것인가, 아니면 귀신을 만난 것인가.'

죽은 아내를 쏙 빼닮은 소녀였다. 아니, 아니다. 그 선한 눈매

와 귀여운 볼우물은 아내를 닮았으나 완만한 턱과 고집 센 입매
는 그의 것과 흡사하였다. 딸아이가 살아 있다면 딱 저리 자랐으
리라 싶은 모습이었다.

"설마, 설마……."

어겸은 퍼뜩 정신을 차렸다.

생각하고 보니 댕기를 두르고 있던 소녀는 딱 제 딸과 비슷한
나이로 보였다. 꼭 닮은 외모에 비슷한 나이라. 이런 우연이 또
어찌 있을 수 있단 말인가.

"유하, 유하!"

정신을 차린 어겸은 미친 듯이 달리기 시작하였다.

신이 벗겨지는 줄도 모르고 물밀 듯이 밀려오는 사람들을 헤
치고 무작정 소녀가 사라진 곳을 향해 내달렸다. 그러나 아무리
둘러보아도 방금 전까지 그곳에 있던 소녀는 연기처럼 사라지기
라도 했는지 어디에서도 모습을 보이지 않았다.

"마랑! 어디 있느냐, 마랑!"

"주군!"

"보았느냐? 너도 보았느냐?"

어겸은 실성한 사람처럼 소리쳤다. 사정없이 무너지고 흔들리
는 그를 마랑이 굳게 잡아 세웠다.

"주군! 진정하십시오."

"보았느냐? 너도 내가 본 것을 보았느냐?"

어겸은 스스로를 믿을 수가 없었다. 그만큼 제정신이 아니었
기에 스스로의 눈과 정신을 온전히 믿을 수가 없어 필사적으로

마랑에게 매달렸다.

"방금 유하를 보았다. 내 딸을 보았어. 설마…… 내가, 내가 방금 헛것을 본 것이냐?"

"아니옵니다."

"허면?"

"소인도 분명히 그분을 보았습니다. 돌아가신 마님과 꼭 닮으셨습니다. 주군과도 닮으셨습니다."

"……!"

갑자기 정신이 더 멍하여졌다.

충격이 너무 커 아예 바보가 되어 버린 것만 같았다. 어겸은 그제야 제 손을 내려다보았다. 소녀가 방금 전에 쥐여 주고 간 자신의 신물이었다. 꿈이 아니었다. 헛것을 본 것은 더더욱 아니었다. 이제야 확신이 들었다.

"찾아라. 그 아이를 찾아."

고개를 번쩍 들고 어겸은 명령했다.

"안 그래도 수하들이 뒤를 쫓고 있사옵니다. 곧 연락이 올 것입니다."

"그래, 그래."

"조그만 기다리시면 만나 보실 수 있습니다. 그러니 제발 희망을 버리지 마십시오. 이대로 무너지시면 안 됩니다."

아이처럼 눈물을 철철 흘리면서 어겸은 그저 고개만 끄덕였다.

모든 것을 포기하고 마지막 남은 희망마저 버리려던 순간에 그는 마침내 기적을 만났다. 어겸은 제 신물을 꾹 움켜쥔 채 소녀가 사라진 자리를 한참이나 떠나지 못했다.

"잃어버린 줄 알고 깜짝 놀랐소이다."

자경이 놀란 가슴을 다독이며 말했다.

"분명히 게에 꼼짝도 말고 계시라 했는데 그리 사라지면 어쩐단 말이오?"

"죄송합니다. 하지만 멀리 가지 않았습니다. 바로 코앞에 있었는걸요?"

"자리에 없어 놀랐단 말이오. 길도 익숙지 않은 사람이 혹 어디서 홀로 헤매고 있는 것은 아닌지, 뉘가 겁박하여 데려간 것은 아닌지 걱정되어 내가 간이 다 철렁하였소."

자그마한 손을 꼭 쥐고 자경이 밉지 않게 타박을 하였다.

"많이 걱정하셨습니까?"

"그렇소. 크흠, 앞으로는 절대로 홀로 두면 아니 되겠소이다. 이거 원, 뉘가 집어 갈까 봐 두려워 살겠소?"

말은 그렇게 하면서도 얌전히 따라오는 아내의 모습에 자경의 눈꼬리가 슬쩍 늘어졌다.

이렇게 고운 사람을 잠시나마 홀로 둘 생각을 했었다니. 아무래도 잠깐 미쳤었나 보다. 아닌 게 아니라, 이렇게 어여쁜데 어느 놈이 보고 반하여 데려갔으면 어쩔 뻔했단 말인가. 멀쩡한 여염집 처자도 보쌈을 당하는 세상인데 노비 하나 거느리지 않고 혼자 돌아다니는 여인은 얼마나 더 위험할까.

"안 되겠소이다. 공주 형수님께 청하여 가성댁이라도 내어 달라고 해야지."

사내놈들은 믿을 수 없다. 그러니 자경이 여인, 그중에서도 어지간한 사내보다 크고 힘센 가성댁을 떠올린 것은 당연하였다. 공주 자가야 가성댁 말고도 워낙에 거느린 노비도 많고 친정에서부터 데려온 호위에, 또 상감마마께서 내려 주신 병졸들까지 있으니 홀로 길을 잃고 헤맬 일은 없을 터였다.

뿐만 아니라, 형님께서도 쉬쉬하여 말은 못하지만 그분 곁에 모습을 감춘 비밀 호위가 존재함을 자경은 이미 눈치채고 있었다. 보나 마나, 걱정 많은 친정의 식구들이 상감을 믿지 못하겠다며 몰래 붙여 놨을 것이다. 아니면 형님이 직접 하였거나.

'그렇게까지는 못하여도 만사 불여튼튼이라 미리미리 방비를 함이 옳겠지.'

방금 전 헤어진 희도를 떠올리고 자경은 내심 그렇게 작심을 하였다. 우직한 양반이라 말은 못하고 끙끙거리기만 하다가 말았지만 그는 대충 감을 잡았더랬다. '아, 이 양반이 또 춘궁의 색차지들을 쫓고 있구나.' 하고 말이다. 설마하니, 그 무도한 것들이 콧대 높은 형판 집의 담을 넘기야 할까마는 사람의 앞날이란 어찌 될지 아무도 모르는 것이 아니던가.

거기까지 생각했을 때였다.

얼마 걷지도 않은 것 같은데 벌써 집이 보였다. 그때부터 둘은 벙어리나 된 것처럼 갑자기 말이 없어졌다. 나란히 대문을 넘고 평소처럼 별채를 향해 느릿느릿 걸을 때도 마찬가지였다. 그렇게 별채로 향하는 중문 앞에 이르렀을 때였다.

"크흠. 곧 들 것이오."

자경이 귓불을 벌겋게 붉힌 채 말했다.

"싫으면 지금 말하오."

"소, 소, 소첩은……."

"나는 진심이오. 진심으로…… 그대를 원하고 있소."

정신이 아득하여졌다.

오복은 부끄러움에 긴장하여 손까지 벌벌 떨면서 그를 바라보지도 못하고 그저 별채의 중문만 죽어라 노려보고 있었다. 그러다가 모기만 한 소리로 조심스레 물었다.

"소첩을…… 사랑하십니까?"

"누군가를 생각할 때마다 가슴이 떨리는 것이 사랑이라면 나는 분명히 그러하오. 허면, 그대는 어떻소? 나를 사랑하오? 혹, 아직도 믿지 못하여 그 옷고름 풀 생각이 없는 거요?"

"그, 그런 것은 아니어요!"

오복은 황급히 외쳤다.

처음에야 그를 모르니 소문을 믿을 수밖에 없었던 것이지, 지금까지도 그리 믿고 있는 것은 절대로 아니었다. 간혹 밖으로 돌긴 하시어도 주먹질은 말도 아니 되고 계집질한다는 소리도 아직까지는 한 번도 들은 바가 없었던 것이다. 게다가 그가 보기보다 얼마나 다정한 사람인지 오복은 겪어 알고 있었다.

"소, 소첩도 서방님이 조, 좋습니다. 글도 가르쳐 주시고 다정하시니까요."

"그뿐이오?"

만족스럽게 웃던 자경의 얼굴에 설핏 장난기가 돌았다. 솜털 보송한 귓가에 입술을 대고 그가 속삭였다.

"아까 전의 입맞춤은 좋지 않았소?"

"헉!"

"나는 참말 좋았소. 우리 조금 이따가 다시 해 봅시다. 그럼 다녀오리다."

히죽 웃으면서 자경은 잘 익은 발그레한 볼에 입술을 꾹 눌러 주었다. 그러고는 하하 웃으면서 잰걸음으로 사라졌다.

"하아, 하아. 아, 심장이야."

서방님의 모습이 어둠에 묻히기가 무섭게 오복은 다리에 힘이 풀린 듯 그 자리에 풀썩 주저앉고 말았다.

"사, 사랑하신대."

'까악' 비명이라도 터질 것만 같아 오복은 두 손으로 입을 꼭 틀어막았다.

보는 이도 없는데 얼굴이 막 달아오르고 심장은 정신없이 널을 뛰었다. 기분이 참 이상하였다. 초야 때는 그저 무섭기만 하여서 딱 도망치고 싶은 기분이었었다. 헌데, 이번엔 도망칠 기회를 준다 하는데도 거부했다. 무서우면서도 묘하게 기쁘고 두근거리어 죽을 것만 같았다.

"내가 미친 게야."

오복은 진심으로 그리 생각하였다.

당장 공주 자가께 받아 놓은 명이 있고 아기씨 가져서는 안

될 이유도 있는데 어째서 그분을 밀어내지 못하였나. 허락한 적
도 없는데 마음은 언제 이렇게 커져 버린 것일까.

제 마음대로 커져 버린 마음이 오복은 두려웠다. 한편으로는,
아무것도 모르는 그의 마음을 넙죽 받아 버린 제가 가증스럽기
도 하였다. 이 죄를 대체 어쩌면 좋단 말인가.

"소첩이 이리 서방님을 바라보아도 되는 것인지 모르겠습니
다. 좋은데, 자꾸 죄송해집니다."

그를 생각하는 마음의 크기만큼 죄책감도 나란히 자라나고 있
었다. 저기 내걸린 등불처럼 오복의 마음도 하얗게 타들어 갔다.

"아씨, 저는 어쩌면 좋아요."

울음 물린 한마디가 불빛에 놀라 화드득 이지러졌다.

자경이 다시 별채를 찾은 것은 삼경(三更) 즈음이었다.

본래는 손발을 닦고 옷만 갈아입을 생각이었는데 생각하여 보
니 초야라 아예 목욕재계까지 하느라 조금 늦었다. 물론, 그러고
도 한참이나 방을 맴돌면서 초야 치르는 공부도 하였지만 그것
은 비밀이었다.

"크흠! 접니다, 부인."

뛰는지 나는지 구분도 안 가는 걸음으로 별채로 들기가 무섭
게 그는 당장 기척부터 내질렀다. 심장 아래가 벌써부터 말도 못
하게 간질거리고 있었다. 이렇게 극성을 부릴 거면서 도대체 그
동안은 어찌 그리 잠잠했는지 모를 일이었다. 아니다. 생각하여
보니 그냥 잠잠하기만 했던 것이 아니었다.

혼인이 결정된 이후, 아니 정확히는 혼인 전에 아내를 보고 온 이후부터 그의 심장은 내내 정상이 아니었다. 두고 보자 벼르다가도 히죽 웃고, 맞은 뺨이 아플 때마다 화가 나기는커녕 그 당돌한 눈동자부터 먼저 떠올리곤 했는데 그때마다 가슴 아래가 희미하게 간질거렸었다. 순간, 어떤 깨달음 하나가 뇌리를 스쳐갔다.

'낚였구나!'

자경은 그제야 제가 아내에게 첫눈에 반하였음을 깨달았다.

이제 보니, 제 뺨을 친 조그맣고 말라비틀어진 계집아이에게 반하였는데 첫날밤에 소박을 맞는 바람에 앙심을 품고 아닌 척 계속 버티고 있었던 거였다.

"드, 드시어요."

삐죽 방문이 열렸다. 그 안에서 얼굴을 온통 붉게 물들인 아내가 고개를 외로 꼰 채 기다리고 있었다. 막 목욕을 마치었는지 아직 촉촉하게 젖은 모습이 말도 못하게 싱그럽고 어여뻤다. 다시 심장이 풀쩍 뛰었다. 그에, 울고 싶은 기분에 사로잡힌 채 자경은 소리쳤다.

"어, 억울하오!"

"예에? 갑자기 어인 말씀이셔요?"

"조그맣고 취향도 아니고 뺨까지 맞았는데 어째서 반한 거냔 말이오. 대체, 나에게 무슨 짓을 한 거요? 혹시, 그때 먹은 밥에다 약이라도 친 것 아니오?"

아니, 이게 웬 자다가 봉창을 뚫는 소리란 말인가.

영문 모를 소리에 오복은 그저 눈만 동그랗게 뜨고 그를 멍하니 바라보고 있었다. 그러자 무엇인지는 모르겠지만 하여간에 매우 억울해 보이는 표정을 한 그가 휘청휘청 걸어오더니 그녀의 한쪽 어깨 위에 이마를 대고는 한숨을 푹 내쉬었다. 그러면서 말했다.

"책임지시오. 날 이렇게 만든 책임을 지란 말이오."

"소, 소첩이 어찌하면 되는데요?"

"흥! 이제부터는 매일매일 안아 주고 입 맞추어 주오. 은애한다는 말도 매일 해 주어야 하오. 아기씨는 못해도 다섯은 낳을 것이오. 당연히 죽을 때까지 나만 바라보고 나만 은애해야 하오."

막힘없이 잘잘 흘러나오는 말에 오복의 입이 점점 더 벌어졌다.

기가 막혀서가 아니라 너무 엄청나서다. 일일이 헤아리고 있자니 갑자기 할 일이 많아진 듯한 느낌마저 들었다. 헌데, 도대체 무슨 고백을 이리도 얄밉게 한단 말인가. 이어지는 요구사항을 가만히 듣다가 오복은 샐쭉 눈을 흘겼다.

"그러다 밥도 떠먹여 달라 하시겠습니다."

"음? 그것도 좋소. 그리하여 주오."

"아이, 갑자기 어린아이가 되셨습니까? 그런 말도 안 되는 요구가 어디 있습니까?"

어디 있긴, 여기 있지.

입술을 삐죽이면서 타박을 하는데도 불구하고 자경은 씨익 웃었다. 그러더니 그녀의 귓가에 입술을 가져다 대고 속삭였다.

"사랑하여 달란 말이오."

"흡!"

"많이, 더 많이."

자경은 마음껏 제 욕심을 드러내었다. 한 번 터진 마음은 날뛰는 망아지처럼 제멋대로 튀어나와 그를 온통 헝클어 놓았다. 제 마음인데 숫제 마음대로 길들여지지가 않았다. 태어난 이래, 이런 경험은 진정 처음이었다. 그러니 어찌하랴. 연약한(?) 사내는 그저 마음이 가는 대로 따를밖에. 그에, 솜털이 보송한 귓불을 핥다가 슬쩍 깨물면서 그는 웃었다.

"그러면 나는 사랑받기 위해 최선을 다하리다."

혹시, 그 최선을 다하는 일에 음란한 눈빛을 하고 제 옷고름을 풀어내는 것도 포함이 되는 것인가?

오복의 눈동자가 몽롱하여졌다.

아직 물기가 마르지 않아 촉촉한 얼굴에 예의 아름다운 미소까지 떠오르자 정신까지 다 혼미하여지는 듯하였다. 그의 미끈하고 고운 손끝에서 쪽빛 두루마기가 바닥으로 툭 떨어졌다. 얇은 속저고리 아래로 단단하면서도 하얀 속살이 아련하게 비치고 있었다. 안 그래도 큰 오복의 눈이 튀어나올 듯 더욱 커졌다. 어쩐지 조금 숨이 차는 것도 같았다.

"가, 갑자기 옷은 왜 벗고 그러십니까? 제가 또 이상하여집니다."

"열도 나고 숨이 가빠지고 한다고요? 괜찮소. 오늘은 내가 책임지리다."

거친 숨을 몰아쉬는 그녀를 향해 스윽 다가온 그가 긴 팔을 뻗어 그녀의 잘록한 허리를 휘감았다. 억세고 단단한 힘에 몸이 휙 끌려가 그의 품에 푹 안겨 버렸다. 가슴이 맞닿은 채로 그가 다시 여린 귓가에 달콤한 소리를 흘려 넣었다.

"입 맞추어 주오."

"소, 소, 소첩은⋯⋯."

얼굴이 확 달아올랐다.

서방님의 입술이 지나치게 가까이 있었다. 그런데 선뜻 제 입술을 가져다 댈 수가 없었다. 컴컴한 어둠 속에 숨어서는 잘만 나누던 것이 어째서 지금은 이렇게도 부끄럽고 민망하기만 한 것인지 모를 일이었다.

"부, 불을⋯⋯."

자그마한 목소리로 오복은 간신히 애원했다.

"제발 불을 꺼 주시어요."

"싫소."

"하, 하지만⋯⋯."

"안 하여 주면 내가 하리다."

거의 맞닿아 입던 입술이 기어이 하나로 포개어졌다. 강하게 내리누르는 뜨거운 입술 아래에서 오복은 가만히 눈을 감았다. 얼굴을 간질이는 다정한 숨결과 뺨을 감싼 커다란 손의 존재가 지나치게 선명하여 가슴이 온통 진탕되고 있었다.

"맛있소."

나직하게 속삭이는 달큰한 목소리가 예민해진 귓불을 슬며시 간질이고 지나갔다. 그러다 아프지 않게 잘근 깨물리는 느낌이 들면서 아찔한 소름이 등을 타고 오소소 올라왔다. 가슴이 덜컹 내려앉는 기분이었다. 어쩐지 부끄럽고 민망하여 그의 품 속 깊은 곳에 얼굴을 감추고 싶은 기분도 들었다.

"옷고름을 풀겠소."

흠칫!

퍼뜩 정신을 차려보니 모양 좋은 듬직한 손이 어느새 가슴 위에 턱 얹혀 있었다. 단단히 잡아맨 옷고름을 얄궂은 손가락 하나로 희롱하며 그가 가만히 시선을 던졌다. 무언가를 갈망하듯 애타게 바라보는 눈빛 하나에 공연히 얼굴이 뜨거워졌다.

두근두근.

금방이라도 튀어나올 듯 설레발치는 심장과 벌레가 숨어든 듯 온통 간질거리는 몸이 그녀를 안절부절못하게 하고 있었다. 참말 이상하였다. 내 몸인데 내 몸이 아닌 듯 하나하나가 오늘따라 어찌 이리 낯설게 반응하는 것인지.

"허락해 주오. 응?"

"부, 불을 끄시면……."

수줍음에 모기만 한 소리로 속삭이며 오복은 고개를 외로 꼬았다. 그에, 자경은 첫날밤을 맞이한 사내답게 성급한 손길로 촛불을 눌러 꺼 버렸다. 불빛이 사라진 자리에 금가루 같은 누런 달빛이 쏟아졌다.

"흡!"

은은한 달빛 속 단정하게 펼쳐 놓은 비단금침에 시선을 빼앗긴 사이, 열기를 품은 은근한 손길이 다가와 떨리는 몸뚱이를 강하게 그러안았다.

너른 품에 갇히기가 무섭게 뜨끈한 입술이 달려들어 그녀의 작은 입술을 담뿍 삼켜 버렸다. 순간, 숨이 턱 막히는 듯한 느낌에 진저리를 치며 오복은 저도 모르게 눈을 부릅뜨고 말았다. 저녁 내내 주고받은 그것처럼 그저 조심스레 다가오던 다정한 입맞춤이 아니었다.

그녀의 작은 입술을 덮친 불덩이는 짐승처럼 사나웠다. 언제 다정하게 굴었었냐고 말하듯 그것은 숨결마저 삼켜 버릴 것처럼 강하게 다가와 여린 입술을 빨아들이고 핥고 살짝 깨물기까지 하였다. 어찌나 성급하고 격한지 입술 끝에서 희미한 통증마저 느껴질 지경이었다.

그에, 당황하여 급한 숨을 들이켜려는데 문득 살짝 벌어진 입술을 가르며 뜨끈한 덩어리가 입안으로 그득히 밀려들어오는 것이었다.

"읍읍!"

혀와 혀가 뒤엉키는 적나라한 느낌에 몸을 떨며 오복은 작게 고개를 저었다. 단단한 품에 갇힌 몸뚱이가 서서히 뒤로 넘어가고 있었다. 느끼지 못한 사이 그녀는 어느새 달빛 가득한 금침 위에 반쯤 눕혀지고 있었던 것이다.

"아핫! 하아, 하아……."

간신히 놓여난 입술 사이로 참았던 숨이 한꺼번에 터져 나왔다.

등 뒤에서 푹신한 이불의 감촉이 느껴지고 있었다. 갑자기 두려움이 몰려왔다. 그에, 거친 숨을 몰아쉬며 오복은 눈물 맺힌 눈으로 서방님을 올려다보았다. 열기에 흠뻑 빠진 듯 그는 조금 몽롱한 눈을 하고 있었다. 그러곤 그녀의 귓가에 입술을 대고 마치 꿈꾸듯 나른한 어조로 말했다.

"어여쁘오."

"서방님."

"은애하오. 사랑하오. 허니, 그대를 주오. 그대를 가지겠소."

숨 가쁜 한마디와 함께 그는 손을 뻗어 망설임 없이 그녀의 옷고름을 잡았다. '아니 되옵니다.' 버티던 것이 무색하게 옷고름은 쉽게도 술술 풀어져 버렸다. 앞섶이 금방 활짝 벌어졌다. 이제껏 누구에게도 보인 적 없던 속살이 훤히 드러나자 심장이 펄쩍 튀어 오르고 당장이라도 비명이 터질 것 같았지만 오복은 입술을 깨물고 필사적으로 견뎌 냈다.

"두렵소?"

"아, 아닙니다."

덜덜 떨면서도 아닌 척 오복은 열심히 고개를 저었다.

사실은, 방금 전까지는 두려웠는데 이제는 부끄러움이 더 커지려 하고 있었다. 저고리를 벗겨 낸 서방님이 마침내 치맛말기에 손을 대기 시작했기 때문이다. 어쩔 새도 없이 봉긋하게 부푼, 어린 처녀의 수줍은 가슴이 그렇게 드러나고 말았다. 부끄러움에 오복은 얼굴을 붉히며 황급히 작은 손으로 가슴을 가리려

들었다.

"가리지 마오."

"부, 부끄럽습니다."

"어여쁘오. 너무 어여뻐 눈이 다 부신 것을."

참말이었다. 그리 크지 않은, 아담한 수밀도 한 쌍에 홀려 자경은 눈이 부시다 못해 거의 넋이 나갈 지경이었다. 잠들었을 적에 옷깃 사이로 몰래 훔쳐볼 때는 그저 '아직 좀 작구나.' 하고 말았는데 이렇게 보고 있으려니 눈앞이 다 아찔하였다.

꽃인 듯 천도인 듯 희고 어여쁘면서도 탐스러워 괜히 목이 타고 허기가 졌다. 분홍빛 유두가 마치 유혹하듯 눈앞에서 가늘게 떨고 있었다.

꿀꺽.

마른침이 목을 타고 내려갔다. 저도 모르게 멍청한 질문이 새어 나왔다.

"마, 만져도 되오?"

"예에? 그, 그것이……."

안 그래도 발간 얼굴이 더더욱 빨개지더니 이제는 눈에 눈물마저 맺힐 듯 촉촉하여졌다. 그러면서도 결국은 고개가 끄덕여졌다. 그에, 참지 못하고 자경은 바들바들 떨고 있는 아내의 여린 팔을 조심스레 쓰다듬으며 그녀의 목덜미 깊은 곳에 얼굴을 묻었다. 성급한 입술로 귀여운 귓볼을 물고 가만히 속삭였다.

"날 만져도 좋소."

"그, 그, 그런……."

'그런 일은 할 수 없습니다!' 하고 외치고 싶었으나 귓불을 타고 목덜미로 흘러내리는 뜨끈한 입술의 감촉에 그만 그 말이 쏙 들어가고 말았다. 심장이 별안간 쿵 내려앉는 듯하여 저도 모르게 팔을 뻗어 서방님의 어깨에 매달린 것이다.

'훗' 하고 웃는 소리가 바람처럼 귓가를 어지럽히고 지나갔다. 다시 얼굴이 뜨거워졌다. 헌데, 더더욱 민망하게도 목덜미를 타고 내려온 입술이 반듯하게 뻗은 쇄골을 지나 아래로 내려가는 것이 아닌가.

"흡!"

오뚝 솟은 유두 위로 손 대신 입술이 내려앉았다. 안 그래도 혼미하던 정신이 완전히 나가 버릴 듯 아득하여졌다. 거기에 '쪽' 소리가 나도록 가슴이 빨리는 느낌마저 들었을 땐 그만 비명을 내지를 뻔하였다.

"아프오?"

도리도리.

오복은 힘겹게 고개를 저었다. 차라리 아프면 정신이라도 번쩍 들었을 것인데. 아픈 듯 아프지 않으면서 아랫도리가 저절로 움찔하게 만드는, 이 뭐라 말할 수 없이 요상한 느낌을 어찌 말로 설명할 수 있을 것인가.

"힘들면 말을 하오."

"예에."

무슨 일을 더 하시려고 힘들 거라 하시는가 생각하는데 불현듯 아랫도리에서 묘한 느낌이 올라왔다. 말기가 풀어져 그저 대강 두르고 있던 치마가 한쪽으로 치워지는가 싶더니 겹겹이 챙겨 입은 속치마며 바지가 훌훌 벗기어졌다. 그에, 미처 힘들다 말하기도 전에 아랫도리가 상당히 허전하여지고 말았다.

위는 홀딱 벗고 아래는 손바닥만 한 속곳만 걸친 채 서방님 아래에 깔려 있자니 마음이 말도 못하게 힘들었다. 그 힘든 마음에 불을 지르듯 서방님이 나른한 시선으로 발가벗은 몸을 꼼꼼히 훑어 내리고 있었다.

부끄러움에 몸이 자꾸만 오그라들려 하였다. 하필이면 오늘따라 달이 밝아 불을 끈 것도 별로 도움이 되지 않았다.

"아름답소. 내가 잘못 생각하였소. 이리 곱게 피었는데 어리다고만 여겼다니."

떨리는 손으로 고운 몸을 가만히 어루만지면 자경은 진심으로 후회했다. 이렇게 다 자란 줄 알았으면 진즉에 옷고름을 푸는 거였는데 하고 말이다. 허기는, 이 사람 벌써 열일곱이나 되지 않았던가. 못 먹어 바짝 마른 모습으로만 남은 처음의 기억 때문인지 저도 모르는 사이 마냥 어리게만 보는 습관이 들었던가 보다.

"벗겨 주오."

얇은 제 속저고리의 고름을 가리키며 서방님이 가만히 속삭였다. 귓불을 만지작거리다 아래로 슬슬 내려가는 손가락의 움직임이 은근히 야하고 음탕하였다. 봉긋한 가슴을 슬며시 움켜쥐는 손길에서 불같은 열기가 확 올라왔다. 이상하게 또 아랫도리에 힘이 들어갔다.

음약 같은 분이라 하더니 참말로 제게 무슨 짓을 하기는 한 것인지 심장 아래가, 아랫배가 말도 못하게 간질거렸다. 모양 좋은 손가락이 몸을 슬쩍슬쩍 스칠 때마다 반사적으로 허리가 쳐들리면서 발가락이 안으로 오그라들었다.

오복은 취한 기분으로 손을 뻗었다. 얄미운 옷고름을 홀홀 풀어내면서 생각하였다. 서방님이 저를 이상하게 만드신 것이지 제가 처음부터 이상한 것은 아니라고.

그러면서 매미 날개처럼 얇은 속저고리를 벗겨 내었는데 그러기가 무섭게 그녀는 예기치 않게 또 충격을 받았다.

'뜨, 뜨겁구나.'

몰래 훔쳐만 보던 하얀 속살에 눈이 부시다는 생각을 하기도 전이었다. 단단하면서도 건장한 몸이 제 맨살에 닿는 순간 오복은 잠깐 제가 불에 덴 줄만 알았다. 그리고 깨달았다. 사내의 맨몸이 생각보다 많이 뜨겁다는 사실을 말이다. 그 뜨건 몸이 발가벗은 그녀의 몸을 온통 덮쳐누르고 있었다.

가슴이 마주 닿고 팔다리가 얽혔으며 무엇보다 아랫배가 딱달라붙었다. 그러다 보니 제게는 없는, 낯선 이물감이 더 선명하게 느껴지는 것이었다. 참 이상도 하지. 서방님의 아랫배에 무언가 딱딱하고 기다란 것이 달려 있었다. 그것이 자꾸만 속곳에 감싸인 제 아랫도리를 쿡쿡 찌르는 것도 같았다.

안 그래도 간질거리던 아랫도리가 물기라도 머금은 것처럼 촉촉해졌다. 기분이 이상하여 치워 달라 하고 싶은데 그러는 대신 서방님은 허리를 슬쩍 들어 바지를 벗어 던지셨다. 배꼽 아래에서부터 까맣게 숲을 이룬 체모 사이로 크고 단단한 것이 우뚝서 있는 것이 보였다.

오복의 눈이 화등잔만 해졌다. 까닭 없이 덜컥 겁도 났다. 그
것으로 뭘 어쩐다는 것도 모르면서 본능적으로 엉덩이를 뒤로
뺐다. 이제라도 힘들다고 말하면 그만하시려나 생각하면서.

"으읍!"

제 속을 눈치챈 것일까?

힘들다고 말하려는 것을 막듯 그가 다시 입을 맞춰 왔다. 입
이 그렇게 막혔다. 그녀의 두 손목을 한손으로 잡아 위로 올려
둔 채 자경은 남은 한 손을 뻗어 앙증맞은 속곳을 잡았다. 얇은
비단 천을 사이에 두고 손가락으로 움푹 들어간 곳을 조심스레
쓸다가 그 안으로 살며시 손을 넣어 보았다.

"으음."

촉촉하면서도 녹을 듯 부드러운 속살의 감촉에 절로 신음이
터졌다. 갑자기 마음이 다급하여지기 시작하였다. 하여, 허겁지
겁 속곳을 풀어 젖히면서 가녀린 다리를 활짝 벌리고 그 사이에
달아오른 몸을 깊이 묻었던 것이다.

예민한 첨단이 촉촉하게 젖은 여체를 느끼고는 벌써부터 흥분
하여 몸을 단단하게 굳히고 있었다. 어찌나 흥분하였는지 아랫
도리 전체가 둔통을 앓는 것처럼 욱신거리는 듯한 느낌이었다.
당장이라도 어디로든 파고들어 미친 듯이 내달리고 싶은 마음에
이성마저 멀어질 지경이었다.

"아, 아프셔요?"

간신히 놓여난 입술로 오복은 조심스레 물었다.

까닭은 모르겠지만 무언가를 참는 듯 서방님이 식은땀까지 뚝 뚝 떨어뜨리며 괴로워하고 있었다. 하여, 갑자기 어디가 편찮아지셨나 보다 생각한 것인데 아니나 다를까 고통스러운 신음 소리가 먼저 흘러나왔다.

"으음, 죽을 것 같소."

"허, 허면 어찌하지요?"

"그대가 달래 주오."

"예에?"

아니, 무얼 어떻게?

홀딱 벗은 데다 다리마저 쩍 벌리고 누운 몸으로 무엇을 어떻게 달래 줘야 할지 감이 잡히질 않았다. 그런 때에 문득 다리 사이로 굵직한 손가락이 하나 불쑥 스며드는 것이 아닌가. 허리가 휙 튕겨 올라갔다.

"아흑!"

촉촉이 젖은 몸속으로 자경은 손가락 하나를 살며시 밀어 넣어 보았다. 그러자 좁고 빡빡한 여체가 마치 적을 막듯 미친 듯이 조여 왔다. 엄지손가락으로 깊은 곳에 숨어 있는 꽃봉오리를 찾아내어 가만히 문질렀을 땐 촉촉하게 젖어 있던 곳이 더 빠르게 젖어 들면서 마침내 여체의 꽃잎이 활짝 벌어졌다. 그에, 손가락을 하나 더 밀어 넣으면서 그는 흐느적거리는 그녀의 다리를 허리에 둘렀다.

"조금 아플지도 모르겠소."

"으윽, 으음!"

"되도록 아프지 않게 하리다."

"히, 힘이 드는데……."

아니, 힘들면 말을 하라더니.

덜컥 겁이 나 잽싸게 힘든 척을 하면 그만둘 거라 생각하였는데 아니었다. 느릿느릿 아랫도리를 쑤석거리던 손가락이 쑥 빠져나간 것도 잠시. 곧 그보다 더 크고 묵직한 무언가가 예민한 속살에 비벼졌다. 아무래도 아까 슬쩍 본 그놈인 것 같았다. 설마, 설마…….

"어어!"

손가락 두 개 보다 크고 묵직한 데다 뜨겁기까지 한 놈이 활짝 벌어진 아랫도리 속으로 머리를 불쑥 들이밀었다. 그것만으로도 기함을 하고 놀란 오복은 저도 모르게 발버둥을 쳤다. 사실은, 아까도 힘들었는데 이제는 정말로 힘들었다. 강제로 벌어진 속살이 마치 찢기듯 아파 오기 시작하였던 것이다.

"아앗! 아, 아프옵니다."

"윽! 히, 힘을 빼시오."

"으흑, 아프옵니다."

자경은 이러지도 저러지도 못한 채 굵은 땀방울만 뚝뚝 떨어뜨리고 있었다. 간신히 머리만 들이밀었는데 미친 듯이 조이면서 아내는 아프다고 앙앙 울어 댔다. 발정 난 아랫도리가 끊어질 듯 아파 왔다.

저도 처음이고 나도 처음인데 뭘 어쩌란 말이냐.

마음 같아서는 우는 여체를 붙잡고라도 잔인하게 밀어붙이고 싶었지만 그러기엔 이 여자가 너무 소중하였다. 처음 깨달은 사랑이 아닌가 말이다. 하여, 죽을힘을 다해 가까스로 흥분을 가라앉히고 자경은 다시 그녀에게 입을 맞추었다. 긴장으로 뻣뻣하게 굳은 몸을 살살 어루만져 다시 촉촉하게 젖어 들게 하였다.

"아아!"

한참이나 정성을 들이자 마침내 그녀의 허리가 활처럼 휘었다. 그에, 더는 참지 못하고 자경은 어느새 흥건히 젖은 아랫도리로 다시 파고들었다. 빡빡하던 아까와 달리 물건이 조금은 수월하게 안으로 미끄러졌다. 그녀가 저를 받아 주었다는 기쁨과 몸을 꽉 죄어 오는 속살의 감촉이 본능적으로 허리를 튕겨 올리게 만들고 있었다.

"악!"

반도 채 들어가지 않았던 묵직한 덩어리가 드디어 뿌리까지 안으로 밀어닥쳤다. 아까와도 비교도 할 수 없는 묵직한 통증에 오복은 비명을 내지르며 자지러졌다. 온몸에 다시 힘이 들어가려 하였다. 그런 때에 폭군처럼 들이닥쳤던 물건이 도로 쑥 빠져나가더니 다시 느릿느릿 몸속으로 파고들었다.

"아흑!"

쑥 빨려나갔던 속살이 도로 밀려들어오는 느낌이 너무 아찔하여 눈앞이 다 가물거렸다. 덩실덩실. 마침내 하나로 연결된 허리가 같은 박자에 맞추어 흐느적거리며 춤을 추었다. 눈물과 피가흐르는 가운데 여체는 아름다웠고 사내는 강인하였다. 하여, 밤이 깊어지고 다시 날이 밝을 때까지 그들의 춤은 결코 멈추지 않았다.

“참 별일이다, 별일이야.”

밥상을 차리면서 말년네는 쯧쯧 혀를 찼다.

“아니, 지난 두어 달 동안은 뭘 하시고 이제 와 저리들 좋아 죽으신대.”

“왜, 아직도 안 나오셨나?”

“그렇다니까. 하루 이틀도 아니고 벌써 나흘째네, 나흘째. 방 안에 콕 처박혀서 코빼기도 아니 보이신 지가 꼬박 나흘이 지났단 말이지.”

“세상에, 부럽기도 하지.”

부엌에서 일을 보던 여인들이 깔깔거리며 자지러졌다.

도대체 어찌 된 영문인지 관등놀이 간다며 나란히 나들이 나갔다가 돌아오신 두 분이 그날로 방에 처박히더니 꼬박 나흘이 지나도록 방 밖으로 나오지 않고 있었다. 그냥 나오지 않는 것이 아니라 나흘 내내 가져다 들이미는 밥도 먹는 둥 마는 둥 하면서 서로 좋아 죽느라 바빴다.

“간밤에, 내가 아씨 목욕시켜 드리면서 보니까 온몸에 성한 곳이 없더구먼. 세상에 야무지게도 물고 빨아 놨더라니까.”

“그러고 보면 우리 작은서방님이 인물만 잘나신 게 아니라 그 방면에도 일가견이 있으셨나 보구먼. 이걸 어째. 아씨께서 살아 나오기나 하시려나.”

다시 까르르 웃음이 터졌다.

이러다 금방 아기씨 생기고 집 안에 아기 울음소리가 들리는 날이 오는 것 아니냐는 소리부터, 서방님께 오래가는 비법을 여쭈어 보아야겠다는 말까지 숨 가쁘게 오고 갔다. 그런 즐거운 때에 기척도 없이 갑자기 문이 벌컥 열렸다.

"무엇들 하는데 이리 시끄러운 것이냐!"

성마른 목소리가 카랑카랑 울리자 와자하던 주위가 금방 숨죽인 듯 고요해졌다. 노비들이 가장 무서워하는 이 댁의 막내 아씨마님이 등장한 것이다. 전에는 꼭 필요한 때나, 웃전에서 부르셔야만 오시던 양반이 이번에는 관등놀이 다음 날부터 하여 벌써 며칠째 눌러앉아 있었다. 덕분에, 요즘 노비들은 살기가 조금 고단하여진 참이었다.

"천한 것들의 웃음소리가 어찌 이리 요란하단 말이냐. 또 한 번 이런 일이 있을 시에는 모두 경을 칠 줄 알거라."

살기 어린 눈빛으로 단단히 경고를 해 주고 홍주는 아직 덜 차려진 상을 살폈다.

"낮것상 준비는 아직 덜 되었느냐?"

"다, 다 되었습니다요. 곧 내가겠습니다."

"국수는 빨리 불어 터지는 것이니 서둘러 내어야 할 것이다."

"명심하겠습니다요."

기가 죽은 노비들이 납작 엎드리자 그제야 성이 찬다는 듯 그녀가 조금 풀어진 얼굴로 사라졌다.

"휴우, 하마터면 애가 떨어질 뻔하였네."

"기가 막히어서. 국수가 빨리 불어 터지는 것임을 뉘가 모른다고 저 난리람."

"그보다 왜 친정으로 안 가고 저리 버티고 있는 거래?"

"몰라서 묻나? 막내 서방님이 버티고 계시니 저러는 게지."

"한쪽은 좋아 죽고 한쪽은 동장군이 왕림해 계신 듯 살벌하니 어느 장단에 맞춰 드려야 하는지 알 수가 없구먼."

아까보다 한결 작아진 목소리로 소곤소곤 떠드는 소리가 잠시 더 이어졌다. 그 소리를 뒤로하고 홍주는 중정으로 나섰다.

"나흘이라."

중정 한복판에 서서 그녀는 잠시 별채 쪽을 바라보았다.

요즘 한창 깨를 볶는 중이라면서 아랫것들이 수군거리기에 무슨 일인가 하였더니 별채의 못난이 처소에 작은아주버님이 들어 계신다고 하였다. 그것도 나흘째 나오지도 않고 서로 좋아 죽는단다. 평소에도 따로 잔 것은 아닌데 관등놀이를 다녀온 이후에는 아예 붙어산다나?

"저 못난이에게 사내 후리는 수단이 있었을 줄은 몰랐구먼."

중얼거리는 홍주의 눈에 문득 한기가 돌았다.

그놈의 관등놀이를 생각하니 새삼 치가 떨렸다. 여인들끼리 다과회를 마칠 때까지만 하여도 아무 문제가 없었는데, 오늘날 제 신세가 어찌 이리된 것인지 생각할수록 분이 끓어올라 견딜 수가 없었다.

"이 모두가 다 서방님 탓이다. 아무리 아버님께 잔소리 좀 들었기로서니 내게 어찌 이러실 수가 있단 말인가."

부부들끼리, 연인들끼리 다정하게 돌아다니는 모습이 얼마나 부러웠는지 모른다. 하여, 그 서운한 마음을 어머니께 털어놓았는데 그것이 그만 아버지께 그대로 전하여졌다. 그런데 평소라면 그저 '네가 잘하여라.' 하고 말았을 분이 그날따라 무슨 일이 있으셨던 것인지 서방님을 불러 대놓고 야단을 치셨다.

잔소리라 하기엔 분명히 평소보다 조금 더 심하긴 하였지만 설마하니 그 정도를 가지고 집을 박차고 나갈 줄은 꿈에도 몰랐다. 홍주의 시선이 이번엔 사랑으로 향하였다. 갑자기 들이닥쳐 사흘 동안 꿈쩍도 않고 방에만 처박혀 있던 양반을 보다 못한 시아버님께서 불러들인 참이었다.

어머니가 가 보라 해 쫓아오긴 하였으나 솔직히 홍주는 시댁에 머무는 것이 싫었다. 윗분들 눈치를 살펴야 하는 것도 그렇거니와 며느리로서 이리저리 챙겨야 할 것들이 너무 많았다.

"후우, 답답하구나. 어머니도 너무하시지. 굳이 이렇게 쫓아오지 않아도 어차피 아버님이 한 말씀 하시면 도로 돌아올 수밖에 없을 터인데 뭐하러 이리 쫓아와 고생을 하게 만드느냐 말이야."

그녀의 한탄 섞인 한숨에 땅이 푹푹 꺼져 나가고 있었다. 그러나 홍주는 지금 이 순간 저 담 너머에 딱 저만큼 아니, 저보다 더 속이 터져 나가는 한 사람이 있다는 사실을 알지 못하였다.

"뭐라?"

구헌은 멍한 얼굴로 막내아들을 바라보았다.

"너, 지금 뭐라 하였느냐?"

"더는 이리 못 살겠다 하였습니다."

"못 살면은? 설마, 이혼이라도 하겠다는 소리냐? 그런 게야?"

찬찬히 잘 설득하리라 다짐했던 일이 무색하게 목소리가 저절로 높아졌다.

"사흘 내내 입 한 번 벙긋하지 않고 그저 처박혀 있기만 하더니 그런 생각을 하고 있었던 것이냐고 묻질 않느냐!"

"예, 그랬습니다. 소자는 더 이상 처가의 행사를 견디지 못하겠습니다. 애초에, 제가 원해서 한 혼인도 아니었습니다."

"허! 네가 지금 제정신이냐? 아무리 그래도 그렇지, 왜 하필이면 지금이란 말이냐. 요즘 집안 꼴이 어떠한지 몰라서 그래?"

"압니다. 알기에 소자도 어지간하면 참고 살아 보려 하였습니다. 하지만 그래도 도통 마음이 가지 않는 것을 어찌하란 말입니까. 집안을 생각해 간신히 마음 붙이려고 노력하는 중이었는데 그날은 장인께서 안사람에게 무슨 소리를 들으신 건지 삿대질까지 하며 '니가 미치고 방자하다'고 하시니 더는 참지 못하겠더이다."

"뭐, 뭐라? 너더러 삿대질에 미치고 방자하다고 소리를 쳐?"

아들이 혼났다는 말에 구헌의 눈이 홱 돌아갔다.

"뿐인 줄 아십니까? 네가 이리 나오면 네 집안을 내가 가만둘 줄 아느냐며 협박도 하셨습니다."

"내 병판 이 작자를!"

"처가살이가 이리 고단할 줄 알았다면 애초에 혼인도 아니 하였을 것입니다. 자세히 말씀은 못 드리나, 제 속도 말이 아닙니다, 아버지."

속 깊은 곳에서부터 쏟아지는 아들의 한탄에 구헌도 할 말을 잃었다. 자신도 젊었을 적에 처가살이를 한 적이 있긴 하지만 다행히 장인을 비롯하여 그 집안의 가풍이 유순한 구석이 있어서 도리어 친가에서보다 편히 지냈었다. 게다가, 큰아들은 공주 자가와 혼인을 하여 따로 궁을 지어 나와 살고 있고 둘째는 한술 더 떠 아예 처가살이를 건너뛰는 바람에 곁에 끼고 살다 보니 그의 입장에서도 막내가 유난히 힘들어 보이긴 하였다.

"하긴, 병판이 쉬운 사람이 아니긴 하지."

쉬운 사람이 아니라 숫제 어려운 사람이었다, 그는.

본래도 고집 세고 오만한 위인이었는데 요즘은 그 기세가 더 심하여져서 뭐든 제 뜻대로 되지 않으면 난리가 났다. 당장 공신들의 모임 자리에만 가도 그가 왕 노릇을 하고 있질 않던가.

"끄응. 고민이로구나. 안 그래도 주상의 눈치가 조금 이상하였는데 말이야."

구헌은 하백이 다녀갔던 그날의 일을 떠올리고 있었다.

애써 꾸민 일이 실패로 돌아갔으나 그 일로 공신들이 책망을 들은 것은 아무것도 없었다. 그저 낭청 하나가 죽어 나갔을 뿐. 헌데, 이상하게도 그는 그 일이 자꾸만 마음에 걸렸다. 특히, 하백이 과거 주상께서 내리신 옥패를 집어 던지고 나간 후 그것을 바라보던 왕의 눈길을 잊을 수가 없었다.

'분노. 헌데 대체 누구를 향한 분노란 말인가.'

그날, 하백과 공신들은 완전히 갈라섰다.

적도 동지도 아니었던 사이에서 완전한 적으로 돌아선 것이다. 그렇게 만든 것은 공신들의 무모한 계획 탓이 크긴 하였으나 주상의 역할도 아주 없었다고는 할 수 없었다. 하백이 찾는 자식이 아들이 아니라 딸이라는 사실을 알고 있었으면서도 그 일을 그냥 지켜만 보고 있었으니까 말이다.

'공신들을 경계하심은 알지만 우리를 다 쳐낼 수는 없을 게야. 헌데, 자비라.'

자비 운운하던 왕의 말이 다시 명치에 턱 걸렸다.

제가 왕인 양 길길이 날뛰던 병판의 모습도 걸리고 옥패를 집어 던지던 하백의 모습도 걸렸다. 구헌은 곧 심각한 고민에 빠져버렸다.

'도대체 어느 쪽에다 줄을 대야 살 수 있단 말인가.'

하루하루가 살얼음 위를 걷는 것만 같은 요즘이었다. 그 속에서 구헌은 필사적으로 살길을 찾고 있었다. 병판과 사돈을 맺은 것도 다 그런 방편의 하나였는데 이제 와 보니 더 힘들기만 할 뿐 나아지는 것은 없어 보였다.

구헌의 생각이 길어졌다. 그러다 한참 만에야 그가 다시 입을 열었다.

"아무래도 안 되겠구나. 너 말이다, 당분간 돌아와 있거라."

"예? 진심이십니까?"

"그렇대도. 혹, 며느리가 너를 두고 홀로 돌아가겠다고 하면 그러라고 하든지."

"하지만 그리하면 장인께서 가만히 계시지 않을 터인데요?"

"그렇겠지. 허나, 그렇다고 그리 계속 구박받고 살 수는 없지 않겠느냐. 일단 돌아와. 네 장인은 내가 따로 만나 볼 터이니."

반색을 하는 아들의 얼굴을 보면서 구헌은 내심 고개를 끄덕였다.

'비겁하지만 어느 쪽도 확실하지 않다면 중립을 지키는 수밖에. 그나저나 병판 이자를 어찌한다.'

보나마나 길길이 날뛸 텐데 그 지랄맞은 위인을 어찌 납득시킬까 고민이 되었다. 그리하여 오늘도 그의 한숨은 매우 깊었다.

七. 웃전의 일

"이번에는 소채(蔬菜)를 주셔요."

"알았소. 자아, '아' 하시오."

제비 새끼의 그것처럼 짝 벌어진 입안으로 즉시 소채가 대령
되었다. 그것을 날름 받아 냠냠 먹으며 오복은 방긋 웃었다.

"맛나오?"

"예. 오늘따라 소채가 참말 맛납니다. 서방님도 드시어요."

대답 대신 자경은 넙죽 입을 벌렸다. 그러자 이번에는 오복이
젓가락질을 하여 밥 위에 소채를 올린 다음 그의 입에 넣어 주
었다.

"음, 맛나오. 봄나물이라 그런지 고소하구려."

"그렇지요? 소첩은 이리 먹는 것이 제일 맛난 것 같습니다."

"그렇긴 하지만, 그래도 이제는 고기도 많이 드셔야 합니다,

부인. 그래야…… 밤의 그 일을 감당할 것이 아니겠소?"

"아이참, 부끄럽게 그런 말씀은 왜 하시어요. 몰라요!"

오복의 통통한 두 볼이 확 달아올랐다. 그러면서도 한편으로는 사랑받고 있는 여인으로서의 자신감이 가슴을 뿌듯하게 채워 어깨가 저절로 으쓱해지기도 하였다. 그가 안달을 할 때마다 어쩐지 제가 전보다 더 어여뻐진 것도 같고 또 귀하게 된 것도 같은 느낌이었다. 하여, 요즘 오복은 참말로 많이 행복하였다. 이렇게 행복해도 되는 것인지 때때로 겁이 날 정도였다.

"밥도 먹었으니 이제 앵도(櫻桃)를 주시오."

숭늉 그릇을 내려놓기가 무섭게 서방님이 또 은근히 손목을 잡아끌었다. 그에, 오복은 부끄럽다, 민망하다 하면서도 두 손으로 그의 옥돌 같은 얼굴을 붙잡고 입을 쪽 맞추어 주었다.

"부족하오. 더 해 주오."

"아이, 자꾸만 이리 보채시니 날이 갈수록 소첩이 점점 더 감당하기가 힘이 듭니다."

"그럼 내가 하면 힘이 덜 들겠소?"

오복의 애교 섞인 앙탈질에 이번에는 자경이 그녀의 허리를 끌어안고 덥석 입술을 물었다. 헌데, 그저 입맞춤만 한 오복과 달리 그는 아예 혀까지 사용하여 야무지게 물고 빠는 듯하더니 지난 며칠 내내 그랬던 것처럼 이번에도 그녀를 안은 채 보료 위로 풀썩 엎어지는 것이었다. 어찌나 재빠르고 능숙하신지, 한 손은 이미 옷고름까지 풀어내고 있었다. 거기서 더 나아가 치마 속을 더듬으며 그는 보기 좋게 부푼 천도 한 쌍을 찾아내어 냉큼 입에 물었다. 그 때였다.

"작은아씨마님!"

굵직한 목소리가 방문을 후려쳤다.

"에고머니!"

"음?"

가성댁이었다.

그녀의 우렁찬 목소리를 듣기가 무섭게 오복은 저를 타고 오르던 서방님을 홱 밀쳐 내고 발딱 몸을 일으켰다. 벌써 풀어 헤쳐진 옷고름을 부랴부랴 다시 매면서 마주 소리쳤다.

"무, 무슨 일인가?"

"안방마님께서 찾아 계십니다요."

"어머님께서?"

"예. 진지 마치었으면 잠시 건너오너라 하시었습니다."

"알았네. 곧 나가겠네."

대답하고 나서야 오복은 제가 그간 시부모님께 문안도 제대로 드리지 못하였다는 사실을 떠올리고 말았다. 신선놀음에 도낏자루 썩는 줄 모른다더니 그녀가 딱 그러하였다. 서방님이랑 노느라고 문안도 거르고 집안일도 제대로 돌보지 아니하지 않았던가.

'세상천지에 나처럼 막되어 먹은 며느리도 없을 게야.'

그에, 오복은 제 손으로 머리통을 한 대 콩 쥐어박고는 서둘러 몸을 일으켰다.

"음? 정말 나가려 하오?"

장난감을 빼앗긴 아이처럼 자경이 입을 툭 내밀고 항의를 하였다.

"방금 들으셨지 않습니까. 어머님께서 찾으신다 합니다."

"그럼 나는 어쩌오?"

"어쩌기는요. 모처럼 나가시어 아버님께 문안도 드리고 친우분들도 만나 보시어요. 전에는 만날 잘만 나돌아 다니시더니 별스럽습니다."

그 말과 함께 아내는 옷자락을 휘날리며 횅하니 사라졌다.

졸지에 버림받은 자경은 한동안 입만 쩍 벌리고 멍하니 앉아 있었다. 이미 달아오른 몸뚱이가 하릴없이 욱신거리고 있었기에 당장은 움직일 수도 없었다.

"끄응. 산 넘어 산이라더니. 심마를 넘으니 또 다른 심마가 닥치는구나."

이제 슬슬 운우지정의 맛을 알게 되었는데 그런 마음도 몰라주고 저를 버리고 저렇게 쪼르르 나가 버리다니. 좋았던 만큼 왈칵 서운함이 밀려왔다.

"애정이 덜한 게야. '좋습니다.' 하고 말은 했지만 나만큼 절절하지는 않은 게지. 쳇! 두고 보아라. 오늘 밤엔 아주 죽여 놓으리."

자경은 단단히 작심했다.

이 미끈한 몸을 더 열심히 갈고닦아 성심을 다해 유혹을 한 다음 밤 내내 놓아주지 않겠노라고. 물론, 그 전에 고 예쁜 입으로 마르고 닳도록 '은애하옵니다.', '제발 안아 주시어요.' 하고 말하는 소리를 들어야겠지.

"후후후. 그럼 간만에 바람이나 쏘이러 나가 보실까?"

자경은 관등놀이 때 슬쩍 보고 온 희도를 떠올렸다.

그 양반이 분명히 무언가 일을 벌이고 있는 것은 같은데 자세히 말을 해 준 것은 없다 보니 아무래도 그 일이 조금 궁금하였다. 해서, 오늘은 작심하고 나가 찾아볼 생각이었다.

"죄송합니다, 어머님."

오복이 벌건 얼굴로 고개를 숙였다.

"되었다. 한창 좋아 죽을 때가 아니냐."

"그, 그런 것은 아니온데……."

"아니기는. 둘째 녀석이 별채에 아예 뿌리를 내렸다고 소문이 자자했단다. 호호호. 그 녀석도 참 별나지. 그리 열심히 돌아다니더니 이제는 도통 나가기가 싫은 모양이야."

안 그래도 벌건 얼굴이 더더욱 붉어져 오복은 제대로 고개도 들지 못하고 입술만 깨물면서 방바닥만 죽어라 바라보았다. 부끄러워서 죽을 것만 같았다. 그리고 동시에 서방님이 조금 원망스럽기도 하였다. 저가 아무리 좋으셔도 말이야, 좀 적당히 하실 것이지 어째 그리 꼭 붙잡고 놓아주질 않으시어 사람을 이리 면구스럽게 만드신단 말인가.

"어, 어머님!"

"호호호, 알았다. 내 그만하마. 이러다 우리 둘째 얼굴이 홍시가 되면 아니 되지."

순진한 둘째 며느리를 놀리는 맛이 제법이라 오 부인은 한동안 더 개구진 웃음을 멈추지 못하였다. 그런 두 사람의 모습을 홍주는 조금 아니꼬운 얼굴로 바라보고 있었다.

'내가 별 같잖은 꼴을 다 보겠구나.'

가뜩이나 심화가 들끓는 와중인데 지난번처럼 목덜미를 잔뜩 물어뜯긴 몰골로 나타난 못난이 윗동서와 그것을 놀리느라 바쁜 시어머니 사이의 일을 보고 있자니 절로 한숨이 쏟아졌다. 저는 황당한 일을 당하여 마음이 온통 심란하고 우울한데 그것을 알아주기는커녕 지금 저리들 웃음이 나온단 말인가.

'기가 막혀서. 내가 이런 집에서 하루인들 어찌 마음 편히 지낼 수 있을까.'

앞으로의 일을 생각하자니 억울하여 분기가 치밀다 못해 눈물이 쏟아질 것만 같았다. 그에, 홍주는 입술을 질끈 깨물고 만만한 윗동서만 찢어 죽일 듯 노려보았던 것이다. 그 뜨거운 눈길을 느낀 것인지 못난이 동서가 그녀를 슬쩍 돌아보았다.

"허, 헌데 동서는 언제 오셨습니까?"

"며칠 되었습니다. 그것도 모르고 계셨습니까?"

"모를 수도 있지. 그게 뭐 그리 대단한 일이라고."

날카로운 홍주의 추궁에 오 부인이 슬그머니 오복의 편을 들고 나섰다. 그러면서 전에 없이 다정한 투로 오복에게 말했다.

"일이 그렇게 되었단다. 막내가 한동안 돌아와 있고 싶다고 했다지 무어니."

"예에?"

"대감께서도 허락을 하시고 다행히 처가에서도 그러라 하셨단다. 해서, 앞으로는 이 집에서 지내게 될 듯하구나."

"앞으로가 아니라 그저 당분간입니다."

신경이 쓰였는지 동서가 전에 없이 날카롭게 반응하였다.

"서방님의 마음이 풀어지실 때까지 당분간만 머무는 것입니다. 친정에서도 그런 줄 알고 계십니다."

"그래?"

"예. 저도 틈이 날 때마다 잘 말씀을 드리고 있으니 서운한 마음이야 금방 풀어지시지 않겠는지요. 본래 부부싸움이란 칼로 물 베기라는 말도 있고요."

"그래, 알았다. 네가 그런 거라면 그런 것이겠지."

어쩐지 느낌이 이상하였다.

말씀은 선선히 하시는데 오복의 귀에는 그 말이 마치 '네 말대로 되는지 어디 두고 보자꾸나.' 하는 소리로 들렸다. 분위기가 말도 못하게 껄끄러웠다. 전에도 아주 좋은 사이는 아니었지만 그래도 이 정도로 껄끄럽지는 않았었는데 그사이 대체 무슨 일이 있었기에 이리 되었나. 그 일에 대해 오복은 아주 다행스럽게도 금방 알아낼 수 있었다.

"뭐라? 그런 막말을 들으셨어?"

"예, 그러셨답니다. 미치고 방자한 놈이라는 둥, 집안을 가만두지 않겠다는 둥. 하여간에 별 험한 말을 다 들으신 듯하더구먼요. 그동안도 처가살이가 제법 고단하다고는 하셨는데 그 정도인 줄은 대감마님께서도 몰랐던 것이죠."

"그러셨구먼. 세상에, 어찌 그런 일이……."

잘잘 이어지는 가성댁의 말에 오복은 놀라 눈을 동그랗게 떴다.

아무리 어려운 처가살이라지만 그리 대놓고 구박을 했을 줄이야. 별 볼 일 없는 저도 이리 어여쁨을 받으며 편히 지내고 있는데 모자란 것 없는 막내 서방님께서는 무엇을 잘못하였기에 그런 험한 소리까지 들어 가며 사셨단 말인가.

자주 보는 사이가 아니었기에 그만큼 각별함은 없었지만 오복은 그래도 온갖 구박을 홀로 견뎌 냈을 막내 서방님이 불쌍했다. 그리고 동시에 앞으로의 일이 걱정스럽기도 하였다. 오복의 안색이 조금 어두워졌다.

"후우, 그나저나 걱정일세. 나는 아랫동서가 조금 어려운데."

어려운 게 아니라 사실은 무서운 거였다.

처음 인사하던 날 겪은 일 때문에 지금도 동서의 얼굴만 보면 오복은 지은 죄도 없이 간이 떨렸다. 저도 모르게 눈치를 보게 된다. 한양에서도 둘째가라면 서러울 정도로 탁탁한 집안의 외동딸이라 동서는 보기 드물게 오만한 성품이었고 오복은 아무래도 걸리는 것이 있다 보니 지나치게 의기소침해서 벌어진 일이었다.

"자꾸 그렇게 어려워만 하시면 안 됩니다, 아씨."

곁을 따르던 가성댁이 나직하게 훈수를 두었다.

"윗사람은 윗사람답고 아랫사람은 아랫사람다워야 한다고 했습니다. 헌데, 자꾸 그렇게 눈치를 보시면 아랫것들이 간이 커져 결국엔 웃전을 업신여기게 되는 겁니다."

"그, 그렇겠지."

"허니, 앞으로는 조금 엄하고 당당히 대하셔요. 막내 아씨마님께도 다르지 않습니다. 저희 공주 자가께서 처음 이 댁으로 시집을 오시어 하신 일이 무엇인지 아십니까?"

"……?"

"아직 어린 분이라 웃전들이며 아랫것들까지 모두 다 가벼이 보는 눈들이 많은 때였습니다. 하여, 공주 자가께서는 어른들께 인사를 드린 첫날 아랫것들을 한자리에 모아 두고 인사를 받으셨는데 그 명을 따르지 않았거나, 그 자리에서 불손한 태도를 보인 것들을 골라 장을 치셨지요."

오복의 입이 딱 벌어졌다.

전에도 직감했지만 참으로 엄한 가법 아래에서 자란 분이셨다. 웬 장 치는 일을 그리 가벼이 여기신단 말인가. 그러거나 말거나 가성댁의 말은 계속 이어졌다.

"사소한 일에서부터 버릇을 고치셨습니다. 찬이 마음에 들지 않아도 벌을 주셨고 청소나 옷가지 하나가 흐트러져도 매를 드셨습니다. 반대로, 찬이 마음에 들면 칭찬을 하셨고 잘한 일엔 모두가 보는 앞에서 상을 주셨습니다. 그렇게 두어 달이 지나자 이 댁에서 공주 자가를 만만히 보는 것들은 아무도 없게 되었지요."

"아!"

"매를 들 땐 심하다 싶을 만큼 단호히 치시고 상을 줄 땐 후하게 주시는 겁니다. 허면, 아랫것들은 저절로 숙이게 됩니다.

그리하시면 막내 아씨마님께서도 이전처럼 아씨를 만만히 여기지 못하게 되실 겁니다."

"그, 그럴까?"

오복의 얼굴이 그나마 조금 밝아졌다.

제가 간직하고 있는 비밀은 둘째 치고, 없는 집안 출신이라 대놓고 무시하는 기색을 느낄 때마다 사실은 마음이 온통 우울하였더랬다. 그나마 날마다 얼굴 부딪치며 사는 사이가 아니다 보니 아주 가끔만 겪어서 견디었지 안 그랬다면 매일 눈물 바람을 일으켰을 터였다. 그런 이와 앞으로 한집에서 살 생각을 하니 벌써부터 눈앞이 캄캄하였다.

"그래도 자네가 곁으로 와 주어 참말 다행일세. 나 혼자였다면 어찌할 바를 몰랐을 게야. 고맙네."

"쇤네야 그저 공주 자가께서 가 보거라 하시어 온 게지요. 괘념치 마십시오."

그리 말하면서 가성댁은 후덕하게 웃었다. 오복도 덩달아 마주 웃어 주고 곧 다시 방으로 돌아왔다.

서탁 앞에 앉아 잠시 고민하다가 그녀는 곧 서랍을 뒤져 전날에 사 둔 백자연적을 꺼냈다. 그것을 곱게 수놓은 비단 수건으로 꼼꼼히 싸 놓고 따로 준비한 것들도 잘 챙겨 보따리 안에 잘 챙겨 넣었다. 그런 다음 그녀는 지필묵을 꺼내 가지런히 펼쳐 놓았다. 서신을 쓸 생각이었다.

"모, 모자라다 탓하시면 어쩌지?"

붓을 들다 말고 그녀는 멈칫했다.

서신이라는 것은 처음 써 보는 것이었다. 전에는 서신이 와도 글자를 몰라 그저 왔나 보다 하면서 받아 대감마님께 전하여 드리고 말았고, 글자를 배운 후에는 아직 그 솜씨가 많이 모자라 감히 밖으로 내보일 생각 같은 것은 해 보지 못했었다. 그런데 이제 처음으로 제가 쓴 글자를 서방님이 아닌 다른 이가 본다 생각하니 갑자기 가슴이 떨렸다.

"대감마님께서 내 글자를 알아보실까?"

삐뚤삐뚤한 제 글자를 보고도 제가 하고픈 말을, 전하고 싶은 이 간절한 마음을 알아보아 주실까 문득 염려가 되었다. 아는 글자가 아직 많지 않아 간단한 말밖에 적을 수 없기에 더더욱 그러했다. 해서, 종이를 펼쳐 놓고도 한참이 지나도록 그녀는 한 글자도 적을 수가 없었다.

처음 마주친 것은 시전으로 향하는 길목에서였다.

화려한 비단 옷을 차려입고 검은 천이 드리워진 너울을 쓴 여인이 말을 타고 살랑살랑 길을 가고 있었다. 희도를 찾기 위해 막 시전으로 들어서던 자경은 앞서 가는 말을 발견하고는 아무 생각 없이 먼저 지나치려 하였다. 헌데, 진한 꽃향기와 함께 어딘가에서 비단 천이 날아와 얼굴에 철썩 달라붙는 것이었다.

"어마, 내 손수건!"

손수건에 꼬리가 달린 것도 아닐 텐데 바로 간드러지는 목소리가 날아와 귀를 찔렀다. 앞서 가던 여인의 것이었다. 그것을 알아차리기가 무섭게 자경은 낚아챈 손수건을 팔랑이면서 여인의 말고삐를 잡고 있는 종을 불렀다.

"여봐라. 여기 꽃이 떨어졌구나."

"아이고! 감사합니다요, 나리."

모란꽃이 수놓아진 작은 손수건이 종을 통해 제 주인에게로 돌아갔다. 그러자 입가에 찍은 듯 선명한 점을 가진 여인이 너울 너머에서 생긋 웃으면서 자경을 돌아보았다. 짧은 사이, 불어오는 바람에 얇은 너울이 슬쩍 젖혀져 분 바른 뽀얀 얼굴이 선명하게 드러났다가 다시 가리어졌다.

한창 무르익은 나이대의, 요염하면서도 농익은 아름다움이 짙게 배어 있는 얼굴이었다. 어렴풋이 드러난 자태만 보아도 천하절색이라고 부를 수는 없겠으나 어디에 가져다 놓아도 미인이라는 소리를 들을 정도는 될 듯하였다.

"송구하옵니다, 나리. 바람이 얄궂어 그만 공연한 번거로움을 드리고 말았나이다."

"별것 아닌 일이었소이다. 말마따나, 오늘은 바람이 조금 얄궂은 듯하니 조심하시오. 그럼 이만."

"아니, 저기……."

'그냥 가시옵니까?' 라는 말을 바람결에 들은 듯하였지만 자경은 무시했다. 손수건을 놓친 사연 따위는 일일이 듣고 있기도 귀찮을 정도로 마음이 다급하였다. 어서 형장(兄丈)을 만나 뵙고 난 후 아내에게 도로 돌아가고 싶은 마음뿐이었다.

'용번(龍飜)에 호보(虎步), 원박(猿博)을 거쳐 선부(蟬附)에 봉상(鳳翔)까지. 오늘은 기필코 다섯 번을 채울 것이다.'

그는 가슴속에 그런 원대한 꿈을 품고 있었던 것이다.

'마셔도 마셔도 갈증이 가시지 않고 먹어도 먹어도 배가 부르지 않으니 참으로 고것이 요물이로다.'

처음 맛본 그 풋풋한 꽃잠이며 물고 빨고 희롱하는, 달달하기가 사탕보다 더한 사랑 놀음에 빠져 있다 보니 다른 것은 아예 눈에 들어오지도 않았다. 마음 같아서는 이 귀찮은 일도 집어치우고 그냥 집으로 돌아갔으면 싶을 정도였다.

"그나저나 이 양반이 어딜 갔기에 보이질 않는단 말인가."

희도가 자주 출몰하는 운종가의 시전거리를 돌고 육조거리며 주막거리까지 탐색을 해 보았으나 어찌 된 영문인지 그는 코빼기도 보이지 않았다.

"설마하니 본가로 간 것은 아닐 터이고. 아무래도 이상하단 말이지."

길을 되짚어 나오면서 자경은 조금 후회했다.

관등놀이에서 만났을 때 무슨 일인지 자세히 물었어야 했는데 제 급한 일이 먼저였던 터라 그만 건성으로 흘리고 말았다. 무슨 일인지는 모르겠지만 표정이 그리 좋아 보이지 않았던 것이 내내 마음에 걸렸다.

"어마, 선비님!"

"음?"

비단이며 장신구를 파는 상점가 앞을 지나치고 있을 때였다.

혹시 모르니 형장의 본가가 있는 동촌 쪽으로 가 볼까 하여 잡은 길이었는데 그 앞에 서 있던 여인이 그를 향해 알은체를 하였다. 아까 오는 길에 보았던 바로 그 여인이었다. 비단을 보고 있었던지 너울드림을 걷은 채였는데 임이라도 본 듯 유난히 화사하게 웃고 있어서 자경은 뒤에 다른 누가 있는지 슬쩍 돌아보았을 정도였다.

"이리 또 만나다니, 우연이옵니다."

"시전거리야 뭐 게가 게이니 걷다 보면 이렇게 마주치기도 하는 게지요. 그럼, 볼일 보고 들어가시오."

"아, 잠깐만요!"

"음?"

뭐 피하듯 멀찍이 돌아 스쳐 가려는 그를 여인이 잽싸게 잡아챘다. 보고 있던 비단까지 팽개치고 다가와 짐짓 유혹적인 미소를 뿌리더니 교태가 뚝뚝 떨어지는 간드러지는 목소리로 속삭였다.

"아이, 이리 가시면 소첩이 섭섭할 듯합니다. 아까 도움을 받은 일도 있고 하니 가까운 다점이라도 가 차 한 잔 대접하고 싶습니다."

"되었소이다. 대접받을 만한 일도 아니었거니와 내 급한 일이 있어⋯⋯. 허면, 이만."

가로막는 여인을 미꾸라지처럼 슥 피해 자경은 무사히 비단전을 지나쳤다. 아니, 지나치려 하였는데 하필이면 그런 때에 비단전 한쪽에 아기자기하게 놓인 명주실이 그의 눈에 들어오고 말았다. 별것도 아닌데 그것을 보자 틈만 나면 수틀 붙잡기를 즐기는 아내가 떠오른 것이다.

'흠, 좋아하려나?'

자경의 귓불이 희미하게 붉어졌다.

생각해 보니, 이제껏 여인을 위해 무언가를 산 일이 없는 것 같았다. 혼인 전에 아내에게 옥가락지를 가져다준 일은 있었지만 그거야 어머니가 나중에 며느리 될 사람에게 주어라 해서 간직하고 있었던 것이었다.

"어째, 실을 드릴깝쇼?"

꼼짝도 않고 서서 실만 죽어라 노려보고 있자 비단전의 행수가 슬며시 운을 뗐다. 결국은 색깔별로 골고루 장만하여 소맷자락에 고이 집어넣고 말았다. 그 모습을 점박이(?) 여인 옥금이 내내 썩은 표정으로 바라보고 있었으나 자경은 전혀 개의치 않고 제 갈 길을 가느라 바빴다.

"아니, 무에 저런 사내가 다 있노?"

휑하니 사라지는 자경의 뒤꽁무니에 대고 옥금이 신경질적인 한마디를 던졌다.

"여인 좋아하고 나돌아 다니기 좋아한다 하더니 말짱 헛소리가 아니냐?"

여인을 좋아한다는 사내가 이리 대놓고 유혹하는 여인을 피해 가는 법도 있던가? 어딜 가도 빠지지 않는 미모였기에 옥금은 제가 못나 자경이 피했다는 생각 같은 것은 아예 하지도 않았다.

"설마, 홍주 그년이 나를 속인 겐가?"

꼴에 시아주버니라고 아끼는 겐가 싶어 의심을 하여 보았으나 곧 고개를 저었다. 요즘 이모님 댁이 시끄럽다는 소리를 얼핏 들은 기억이 난 것이다.

"흥, 서방이 본가로 돌아가 졸지에 시집살이를 하게 되었다 하던데 그럴 정신이 있으려고. 어디 두고 보라지. 이대로 포기할 옥금이 아니랍니다, 선비님."

득의만만하게 웃으며 옥금은 홱 돌아섰다. 말마따나, 포기하기엔 이르고 기회야 또 만들면 그만이었다.

"음?"

잰걸음으로 걷던 자경이 집을 코앞에 두고 문득 멈추어 섰다. 무슨 일인지 처음 보는 사내들이 집 주변을 오락가락하고 있었다. 하여, 처음엔 어느 놈들이 불손한 생각을 가지고 그의 집을 살피고 있는 것인가 했는데, 가만히 보니 딱히 그의 집을 살피고 있는 것은 아닌 듯 이 집 저 집을 돌아가며 두루 흘끔거리는 모습이었다.

"아무리 봐도 많이 수상한데. 저치들은 또 뉘실까들?"

굳이 다가가지 않고 먼발치서 가만히 살피다 자경은 또 희도를 떠올리고 말았다. 방금 전까지 희도를 찾다가 오는 길이었기에 자연스레 그리될 수밖에 없었다.

"서, 설마 이 양반이 또 쫓기다 뉘 집의 담을 넘은 겐가? 대체 나 몰래 무슨 일을 벌이고 다녔기에."

거기까지 생각하자 별안간 머리 꼭대기가 선뜻해졌다.

이런 생각을 하면 아니 되지만, 쫓기다 칼을 맞고 피를 철철 흘리며 남의 집 담을 넘는 희도의 모습이 뇌리에서 뱅뱅 맴돌고 있었다. 그러고 보니, 시전의 갖바치도 그랬었다. 요 며칠 내내 모습이 통 보이지 않는다고.

"꿀꺽. 뉘 집 담을 넘었을까? 이왕 넘으려면 차라리 우리 집 담을 넘는 것이 나을 것인데."

자경의 걸음이 갑자기 빨라졌다.

희도가 그의 집 담을 넘었을 경우 아랫것들이 발견하여 그를 잡아 족치고 있을지도 모르는 일이었기에.

"제기랄. 어디 찾기만 하여 봐라. 이번엔 묶어 놓고 석 달 열흘을 잡아 둘 테니."

단단히 작심하면서 그는 부러 고개를 낮추고 사내들 곁을 잰 걸음으로 지나쳤다. 그런 그를 불러 세우는 목소리가 있었다.

"잠시 보세나."

대문까지 스무 걸음 남짓 남겨 두었을까.

초췌한 안색이긴 하였으나 제법 잘 차려입은 중늙은이가 그의 앞을 막아섰다. 듬직한 덩치에 시원시원한 이목구비를 가진 노인이었는데 그만은 못하여도 젊었을 적에 잘생겼다는 소리는 꽤 들었을 법한 용모였다.

"뭡니까?"

노인이 등 뒤에 거느리고 있는 산만 한 덩치를 가진 자를 흘 깃 본 다음 자경이 조금 불손한 표정으로 물었다.

"말을 좀 묻겠네."

"그러시지요."

"혹시, 이 주위에……."

"못 봤습니다."

"음? 아직 말도 안 꺼냈는데."

"저치들을 보니 사람을 찾고 계신 듯하여 드리는 말씀입니다. 저는 개경에 갔다가 한 달 만에야 돌아오는 길입니다. 허니, 어떤 자인지는 모르나 어르신께서 찾는 사람을 봤을 리가 없지요."

"그, 그렇겠구먼. 그럼, 여기 어딘가에 사는 사람인 듯하니 혹시 용모파기라도 좀 봐 줄 수는……."

"송구합니다만, 제가 지금 몹시 급합니다."

'개성에서부터 참아서요.' 라는 말을 남기고 자경은 뒤도 안 돌아보고 집 안으로 후다닥 달려 들어갔다. 그런 그의 뒷모습을 어겸이 조금 멍한 얼굴로 보고 있었다.

"허, 그놈 참. 참을 게 따로 있지, 뒷일을 개경에서부터 참았단 말인가?"

생긴 건 지나치게 미끈한 놈이 보기보다 독한 구석이 있는 모양이었다. 예서 개경까지는 못해도 닷새는 걸리는 길인데 그 길을 내내 견디면서 왔다는 소리가 아닌가 말이다.

"실로 독한 놈이로고."

어겸은 짧게 혀를 찼다. 그러다 그가 들어간 집을 바라보면서 또 긴 한숨을 내쉬었다.

"저 집이 뉘 집이더냐?"

"형판 이구헌의 집인 줄 아옵니다."

"이구헌? 석중(石重) 이구헌 말이냐. 그자라면 나도 안다. 슬하에 아들만 셋이라 했었지. 그러고 보니 병판과 사돈을 맺었다는 소리를 들은 것도 같구나."

"맞습니다, 주군. 막내아들이 그 집으로 장가를 들었지요."

"허면, 저 아이는 둘째겠군. 첫째는 고 당돌한 영령공주가 차지하였으니 말이야."

이 땅을 완전히 떠나 있던 날이 자그마치 3년인데 그럼에도 불구하고 그는 꽤 아는 것이 많았다. 하는 일이 일이다 보니, 나라가 돌아가는 사정은 물론이고 궁 안의 일이며, 대신들의 일, 시전의 일 등등을 포함하여 어지간한 정보는 다 그에게로 흘러든다고 보아도 무방하였다. 해서, 그는 금방 우울해지고 말았다.

"형판에게는 딸이 없으니 저 집은 아니겠구나."

너무 많이 아는 것도 때로는 좋지 아니하였다. 이런 일 정도는 조금 늦게 알아도 괜찮을 것을.

"분명히 이 북촌으로 온 것이 맞느냐?"

거리 여기저기에 흩어져 집집마다 흘끔거리는 수하들을 돌아보며 어겸은 조금 허탈한 어조로 물었다. 관등놀이가 있던 날 우연히 스친 그 아이를 찾아 헤맨 지도 벌써 닷새가 지나고 있었다.

"분명히 이곳 초입 즈음에서 흔적을 놓쳤다 하였습니다. 사람이 워낙 붐비어 중간부터는 거의 발자국을 따라 움직였기에 확신할 수는 없으나 적어도 북촌으로 접어든 것만은 확실하다 하옵니다."

"후우, 북촌이라. 그러고 보니 그 아이 어여쁜 비단 옷을 입고 있었더랬지. 돌아와서야 깨닫고 그나마 다행이구나 싶었는데."

"틀림없이 어여쁨을 받고 자라셨을 것입니다."

"그러면 오죽이나 좋을까. 아니, 어찌 자랐어도 좋으니 그저 다시 한 번 볼 수 있었으면 좋겠구나. 다시 한 번만 더 보면 그땐 확신을 할 수 있을 것 같아."

어겸은 되새김질을 하듯 그날 스쳐 간 소녀의 모습을 다시 떠올렸다. 분명히 아내를 많이 닮고, 저도 닮은 아이였다. 자식이 아니고서야 그리 닮을 수 없다고 여길 만큼 닮았으니 어쩌면 그의 딸이 맞는 것일지도 몰랐다. 하지만 만에 하나 아닐 수도 있으니 그는 소녀를 찾아 확신을 얻고 싶었다.

"그저 닮은 아이일 수도 있는데……. 아니, 아니다. 더 이상은 생각지 않으련다. 이 희망이 또 깨어질까 봐 두렵구나."

간신히 잡은 희망 한 조각을 붙잡고 어겸은 필사적으로 버티고 있었다. 그러니 진실이야 어찌 되었든 이 끈을 잡고 끝까지 따라가 볼 생각이었다.

초저녁부터 집안 분위기가 살벌하였다.

"네 이년, 네년이 그러고도 살기를 바랐느냐!"

"흑흑, 제발 살려 주십시오. 아씨, 쇤네는 모르는 일……."

"닥쳐라! 네년들이 세상 무서운 줄을 모르고 감히 웃전의 일을 떠벌리고 다녔음을 뉘가 모를 줄 아느냐?"

"그, 그런 것이 아니옵니다요. 으흑. 억울하옵니다!"

"저년이 그래도! 뭣들 하느냐! 당장 저년을 매우 치지 않고."

성마른 고함 소리가 짜랑짜랑하게 중정을 울리고 있었다.

시퍼렇게 살기가 오른 안색으로 발까지 탕탕 굴러 가며 홍주는 고함을 내지르고 그 끝에서 꿇어 엎어진 채 철철 울고 있는 것은 안채에서 일하는 노비였다. 제가 친정에서 데려온 건장한 하인 둘을 시켜 매질을 하는 중이었다.

주위에는 홍주가 불러다 놓은 노비들이 불안한 얼굴로 죽 둘러선 채 그 모습을 숨죽여 바라보고 있었다. 어찌나 모질게 치는지 울음소리와 숨넘어가는 비명 소리가 안채의 담을 넘어 대문 밖까지 울릴 정도였다. 별채에 있던 오복도 그 소리를 듣고 종이마다 붓질을 해 대던 것도 내려놓고 밖으로 나왔다.

"무슨 일인데 이리 시끄러운가?"

오복이 밖으로 나서자 기다렸다는 듯 말년네가 쪼르르 달려왔다.

"크, 큰일 났습니다요, 아씨. 막내 아씨마님께서 안채에서 일하는 콩이네를 잡아다 매질을 하고 계십니다."

"매질? 그 아이가 무슨 잘못을 하였기에?"

"글쎄, 그걸 모르겠습니다. 다른 이들에게 물어도 영문을 모르겠다고 하고요. 밥하다가 이유도 모르고 끌려간 콩이네는 그저 억울하다고 난리입죠."

"아무 잘못이 없는데 매질이라니. 세상에, 그런 일도 있는가."

오복의 시선이 담 너머로 슬쩍 향하다 도로 돌아왔다. 그녀가 조금 소리를 죽여 물었다.

"혹, 어머님께서 이 일을 아시느냐?"

"아닙니다. 안방에는 고하지도 않으신 걸로 압니다요."

"허면, 자네는 이 길로 달려가 어머님께 알리시게. 나도 서둘러 나가 보겠네."

놀라고 기가 막힌 심정이라 오복이 걸음을 서둘렀다.

가성댁에게 아랫것들 다스리는 법에 대해 배운 지 고작 하루도 지나지 않아 그 내용을 아직 생생하게 기억하고 있었다. 가성댁은 엄히 다스리고 후하게 상을 주라고 했지, 없는 죄 만들어 장을 치라는 소리는 하지 않았다. 적어도 상전 된 자의 상벌 기준은 일관성 있고 공평해야 한다면서.

공주 자가께서는 아직 어리시나 어렸을 적부터 친정어머님의 행사를 보고 자라신 터라 따로 배우고 익히지 않아도 본능처럼 그리해 오고 계신다고도 했다. 본래부터 상전 본능 하나는 진하게 타고나신 분이기에 당연히 그리하는 줄 알고 계신다면서 말이다.

잰걸음으로 안채로 들어서자 아니나 다를까 한쪽에서는 노비들이 죄다 모여 선 채 벌벌 떨고 있고 그 가운데에서는 콩이네가 엎어져 매를 맞고 있었다. 헌데, 얼마나 모질게 친 것인지 벌써부터 중정 바닥에 피가 낭자했다. 그것을 보고 놀란 오복이 눈이 휘둥그레져 달려왔다.

"멈추어라!"

그녀의 입에서 생전 처음으로 커다란 고함 소리가 튀어 나갔다.

소리쳐 놓고도 놀라 오복은 저도 모르게 어깨를 움찔했다. 그러다 모두가 움직임을 멈추고 저만 바라보자 짐짓 안 그런 척 어깨에 힘을 주고 부러 천천히 걸음을 떼어 놓았다. 치렁한 치마 속에서 다리가 발발 떨리고 있었다.

'나는 상전이다. 나는 아씨다.'

마른침을 삼키면서 속으로는 부지런히 주문을 외웠다.

그렇게 상전다운 태도로 걸어가 석계 위에 기세등등한 모습으로 서 있는 동서와 마주 섰다. 그 살벌한 얼굴을 보자 다시 간이 철렁하고 다리에 힘이 풀리는 듯하였지만 서방님을 생각하면서 꿋꿋하게 버티었다. 그러곤 숨을 깊이 들이마시면서 나직하게 입을 열었다.

"이게 다 무슨 일입니까, 동서?"

"형님께서 신경 쓰실 일이 아닙니다."

"나는, 무슨 일이냐고 물었습니다. 허고, 이 집안에 내가 신경 쓸 일이 아닌 것도 있습니까? 이것도 다 집안일인데요."

여리고 떨리는 목소리였지만 오복은 침착하게 또박또박 말하려고 애를 썼다.

"비명 소리가 담을 넘어 지나던 이들까지 기웃거릴 지경이니 묻는 말입니다. 대체 무슨 일이기에 다저녁때 피를 뿌리는 겁니까?"

"별것 아닙니다. 아랫것들이 감히 상전의 일을 나불거리기에 훈계를 하려는 것입니다. 허니, 형님께서는 공연히 참견하지 마시고 별채를 지키며 아주버님 뫼시는 일에나 신경 쓰세요."

마치 제가 웃전이나 되는 듯 홍주는 이제 오복에게까지 훈계를 하고 있었다. 모멸감에 오복은 치맛자락을 꾹 움켜쥐었다. 그런 때에 매를 맞던 콩이네가 기진맥진한 와중에도 고개를 들고 서럽게 소리쳤다.

"억울하옵니다! 쇤네는 그런 일을 한 적이 없습니다! 살려 주십시오, 아씨. 어흐흑."

"저년이 그래도! 더 치지 않고 뭣들 하는 것이냐!"

"멈춰라!"

발발 날뛰는 홍주를 두고 오복이 다시 소리쳤다. 그런 그녀의 얼굴에 전에 없던 강한 분노가 떠올라 있었다.

"다시 매를 드는 놈은 당장 이 집안에서 내칠 것이다. 모두들 꼼짝 말고 있거라."

"형님! 지금 무엇을 하시는 겁니까? 제가 분명히 참견하지 말라 이르……."

"그 입 다물게!"

"뭐, 뭐요?"

"입 다물라 했네. 비록 노비라 하나 억울함을 호소하니 얘기를 듣지 않을 수 없네. 허고, 콩이네는 이 이씨 집안의 노비이고 저 장을 치는 것들은 자네 친정의 사람들인데 어머님의 허락도 없이 일을 벌여 시댁의 노비를 상하게 하다니. 자네가 진정 웃전 무서운 줄을 모르는 것 같구면."

오복의 날카로운 일침에 홍주는 잠시 당황한 것 같았다. 생각하여 보니 일이 오해를 사면 어머님께 그리 좋은 소리를 듣지 못할 듯싶기는 하였다. 그러나 그것은 그것이고 이것은 이것이었다. 그녀는 곧 이를 깨물고는 다시 오복을 노려보았다.

"고작 노비를 벌하는 일입니다. 어쩌다 보니 친정 노비를 부렸습니다만, 그게 무슨 문젯거리나 된답니까?"

"……된다!"

대답을 한 것은 마침 중정으로 나오던 오 부인이었다. 어찌 이리 딱 맞추시었나 싶어 오복이 돌아보니 말년네가 뒤에서 조그맣게 고개를 끄덕이고 있었다. 그에, 오복이 냉큼 석계를 달려 내려가 오 부인에게 고개를 숙여 보인 다음 '소첩은 어머님 편입니다. 한 방을 보여 주십시오.' 하듯 그 곁으로 물러나 섰다. 그 모습을 찬찬히 보다가 오 부인이 다시 일갈했다.

"안 그래도 안채가 시끄럽다며 대감께서 한마디 하시어 무슨 일인가 하였는데 기가 막히게도 이런 일을 벌이고 있었단 말이냐!"

"어, 어머님. 그런 것이 아니오라……."

"닥쳐라! 고얀 것 같으니. 감히 친정 노비를 부려 시댁의 노비를 상하게 해? 게다가 제 윗동서를 향해 눈을 똑바로 뜨고 무어라 떠드는 것이야?"

"그, 그것은 형님께서 아무것도 모르고 공연히 참견을……."

"닥치라는 말 못 들었느냐!"

오복과는 비교도 되지 않을 정도로 위풍당당한 기세가 뿜어져 나왔다. 홍주의 안색이 점점 더 하얗게 질려 가고 있었다.

"집사는 무엇하는가. 내 집에서 장을 친 저 건방진 놈들을 끌어내어 집 밖으로 내치지 않고!"

"어, 어머님!"

"또한, 막내는 웃전을 무시하고 일을 벌인 죄로 하루를 굶길 터이니 저 아이 처소엔 물 이외에 아무것도 들이지 말거라."

엄한 명이 떨어지자 하인들이 부산스럽게 움직이기 시작하였다.

그 곁에서 오복은 숨도 제대로 쉬지 못하고 눈만 똥글똥글 굴렸다. 속으로는 어머님의 위엄 있는 모습에 새삼 감탄을 하면서.

그런 때에 하필이면 안채의 문을 넘는 사람이 있었다.

"무슨 일인데 이리 소란스럽습니까?"

서방님이었다.

"서, 서방님!"

그를 보자 오복은 갑자기 울컥하여 눈물이 날 것만 같았다. 하여, 보는 눈들이 있다는 사실도 잊고 쪼르르 달려가 그에게 덥석 매달렸던 것이다.

"음? 부인, 지금 우시는 겁니까?"

"아, 아니옵니다. 훌쩍."

우는 게 아니면 지금 그 눈에서 철철 흘러 옷자락을 적시는 것은 눈물이 아니라 비란 말이오.

자경의 눈이 심각하게 가라앉았다.

안 그래도 희도의 일을 걱정하느라 정신없이 들어온 길이었다. 헌데, 집 안에 들어서자마자 떡메 치는 소리와 함께 비명 소리가 난무하고 하인들이 한곳으로 우르르 몰려가는 게 아닌가.

'잡혔구나!'

순간, 희도가 잡혀 매를 맞는 줄 알고 자경은 그야말로 기함을 하고 말았다. 해서, 사랑에 돌아왔다는 사실을 알리는 것도 잊고 냅다 안채 중문부터 넘은 것이었다.

'헌데, 형장은 없고 아내는 울고. 이게 다 무슨 일이란 말인 가.'

시리게 가라앉은 자경의 눈이 오 부인을 향했다가 다 죽어 가는 몰골의 콩이네며 피가 낭자한 마당을 훑고 석계 위의 홍주에게로 차례로 움직였다. 가노들에게 붙잡혀 질질 끌려 나가는 놈들도 한차례 보아 준 것은 물론이었다. 구구절절 말을 듣지 않아도 무슨 일이 있었는지 척하니 견적이 잡혔다.

다만, 모르겠는 것은, 이 사람이 왜 또 울고 있는가 하는 것이었다. 어리고 여린 사람이 낯선 곳으로 와 홀로 견디고 있는 것이 가뜩이나 안쓰럽고 가여워 죽을 지경인데 또 무슨 일이 있었기에 이리 서럽게 울고 있단 말인가.

"꾸중을 하셨습니까?"

그럴 리는 없지만 혹시나 싶어 자경은 오 부인에게 물었다.

"그럴 리가 있느냐. 작은애야 늘 착실한데 꾸중할 일이 무에 있다고. 그냥 그럴 일이 좀 있었구나."

"그럴 일이라."

자경의 목소리가 낮아졌다.

그는 입을 꾹 다물고 잠시 오 부인을 보다가 석계 위의 홍주를 바라보았다.

"그럴 일이라는 것은 지금 저 일과 관련이 있다는 뜻이겠지요?"

"후우, 무슨 말을 더 하겠느냐. 다 내가 부덕한 탓이지."

거기까지 들은 자경의 눈에 한줄기 분노가 스쳐 갔다.

"장 집사!"

"예, 작은서방님."

"당장 사랑으로 가 휘경이 놈을 끌어내어 형틀에 묶게."

"예에?"

"안사람을 제대로 단속하지 못하여 집안을 시끄럽게 만들었으니 내 형으로서 치죄를 할까 하네. 허고, 당장 큰형님께 사람을 보내 이 일을 고하고 병졸들을 내어 달라 청하여 집 밖에 세워두게."

"예!"

그제야 자경의 말을 알아들은 장 집사가 아랫것들을 이끌고 서둘러 달려 나갔다.

자경은 이 일과 내쫓긴 노비들의 일로 병판 댁에서 곧 사람이 올지도 모른다는 사실을 지적하고 있었던 것이다. 본래, 그 집안이 다혈질에 화급한 성격이라 무슨 일을 벌일지 알 수 없었던 것이다. 하여, 저들이 무시로 들이닥치는 일을 막고 동생을 범함으로써 제수씨에게는 경고를, 저들에게는 일의 처리가 공평하였음을 알려 주려는 것이었다.

"아! 그러고 보니 깜빡하였습니다. 어머니, 제 재산 중에서 노비 열 구(口)를 떼어 아내 앞으로 돌려 주십시오."

"음? 노비를 열 구나?"

"예. 별채 살림이야 워낙 소소합니다만 이 사람도 따로 돈 쓸

일이 있을 듯싶어서요. 허고, 살림 살핀답시고 연약한 몸을 해칠까 걱정도 되고 또 이제 아기씨도 생길 터인데 그 준비도 하여야지요."

"허기는 그렇구나. 알았다."

오 부인이 선선히 고개를 끄덕였다.

그에 조금 안심을 하며 자경이 울다 말고 놀란 얼굴로 올려다보는 아내를 지그시 바라보았다.

"뚝! 이제 고만 우시고 별채로 들어가오. 응? 내 곧 가서 달래 주리다."

"하, 하오나 서방님."

"쉿. 남은 이야기는 이따가 하십시다. 어서 들어가오. 말년네는 어서 아씨 뫼시고 들어가거라."

"예, 서방님."

어머님을 모셔 올 때만 해도 겁에 잔뜩 질려 눈치만 보고 있던 말년네가 이번엔 냉큼 뛰어나와 오복을 부축하고서는 여봐란 듯이 중정을 가로질렀다.

'봐라, 우리 아씨가 이리 대단하신 양반이다. 안방마님이 아끼시고 서방님께서 노비까지 챙겨 줄 정도로 어여뻐하며 죽고 못 사는 분이란다.'

이제 저것들이 감히 우리 아씨를 무시하지 못하겠지?

고개까지 바짝 치켜들고 자랑스러운 기색이 역력한 얼굴로 느릿느릿 중정을 지나 별채로 향했다.

"하아!"

별채로 들어서던 오복이 문득 풀썩 주저앉았다.

"아이고, 아씨 괜찮으십니까요?"

"괘, 괜찮네. 내가 조금 긴장을 하고 있었던 모양이야."

어디 긴장만 했던가.

말은 못하지만 무서워서 달달 떨기까지 하였다. 그 덕에 다리에 힘이 풀리어 이렇게 문턱도 제대로 넘지 못하고 휘청거린 것이다.

"그래도 오늘은 참말 멋지셨습니다."

주저앉은 오복을 아예 들쳐 업으며 말년네가 흐뭇하게 말했다.

"만날 눈치만 살피시고 아무 말씀도 못하시기에 어쩌시려나 걱정하였는데 그래도 당당히 한 말씀도 하시고 또 콩이네도 구해 주셔서 얼마나 감사한지 모릅니다. 감동하였습니다."

"그, 그런가?"

"예에! 비록 노비라 하나 억울함을 호소하니 얘기는 들어 봐야 한다고 하시는데, 쇤네는 그만 울컥하여 눈물이 날 것만 같았습니다. 참말 감사합니다, 아씨. 저희 편을 들어 주시는 분은 아씨밖에 없으십니다."

오복은 가만히 고개를 끄덕였다.

생각하여 보니 이런 것도 나쁘지 않았다. 형님이신 공주 자가께서는 강한 분이시라 아랫것들이 감히 고개를 들고 올려다볼 수도 없고 아랫동서는 그 성미가 사나워 다들 두려워하였다. 그러니 이런 때에 그녀마저 매를 든다면 살기가 얼마나 팍팍할까.

온전히 편을 들어 줄 수는 없지만 그래도 조금씩 형편을 보아 주고 힘들어하면 위로해 주는 것이 제가 할 일이지 싶었다. 저도 노비나 다름없이 살아왔으니 누구보다 저들의 일을 잘 이해할 수 있었다. 오복은 상전으로서의 위엄을 세우는 것보다 일을 잘 살피어 저들에게 위안이 되는 사람이 되고 싶었다.

"알았네. 내 앞으로도 신경을 씀세."

단단히 결심한 오복이 마침내 그리 말하면서 고개를 끄덕였다. 그러자 어미뻘의 말년네가 좋아라 웃으면서 오복을 업고 말처럼 팔짝팔짝 뛰었다.

그날 저녁, 오복은 그야말로 상다리가 부러지게 잘 차려진 저녁상을 받았다.

"요것도 드시고, 요것도 드시어요. 고기 많이 드시고 힘을 내시어요. 아, 요것은 콩이네가 손수 만들어 아씨께 올린 버섯전입니다요. 변변찮은 것이지만 맛이나 보십시오."

"응응, 먹고 있네. 버섯전도 참 맛있네. 내 많이 먹고 힘낼 것이니 콩이네에게도 고맙다고 전하여 주게. 허고, 매 맞은 자리 상하지 않게 약이라도 좀 가져다주오. 응?"

"아이고, 우리 아씨는 참말 다정도 하시지. 알겠습니다. 어느 분 말씀이라고요."

서방님이 특별히 챙겨 먹이라고 했다는 고기 찬과 함께 오복은 갖가지 맛난 반찬 곁들여 배가 부르게 잘 먹었다. 헌데, 그렇게 먹고 나니 문득 굶고 있을 동서가 눈에 밟히는 것이다. 친정에서 데리고 온 노비들은 모두 쫓겨났고 저는 방에 갇히어 물만 핥고 있을 터인데 어찌 견디려나 싶었다.

오복처럼 굶기를 밥 먹듯이 하며 노비나 다름없이 자란 신세
도 아니고, 귀한 집안에서 나고 자라 단 한 끼도 굶어 본 적이
없을 터이니 생전 처음으로 겪는 그 굶주림이란 생각보다 꽤 고
통스러울 터였다.

"후우, 어찌한다."

모른 척하자니 두 다리 쫙 뻗고 잠을 잘 수가 없을 듯하고 챙
기자니 어머님의 추상같은 명이 걸린다.

"모, 몰래 가져다주면……."

밤이고 또 저는 몸집도 작으니 몰래 찾아가 요깃거리만 넣어
주고 오면 아무도 모를 듯도 싶었다. 다행히 오늘은 서방님이 놀
라 쫓아오신 아주버님과 지은 죄도 없이 졸지에 매를 맞은 작은
서방님을 뫼시고 진지를 하시어 시간이 약간 여유가 있었다.

"서간도 다 적었고."

하루 종일 종이마다 환칠을 한 끝에 오복은 마침내 그럴듯한
서간을 완성하였다. 그래 보아야 아는 글자를 다 동원하여 고작
안부를 묻는 내용만 넣긴 했지만 그래도 글자 하나 모르고 살던
전에 비하면 그야말로 장족의 발전이라 할 수 있었다.

"내일 사람을 시켜 보내야지."

잘 싸 둔 보따리에 어렵게 쓴 서간을 챙겨 놓고 오복은 슬며
시 몸을 일으켰다.

"몰래 요깃거리만 넣어 주고 오자."

가만히 있으려 해도 마음이 쓰여 더 견디지 못하겠다.

데리고 있는 아랫것들이 눈치껏 몰래 챙겨 주면 좋겠으나 오늘은 그 일도 쉽지 않을 터였다. 바늘 가는 데 실 간다고 아주버님이 놀라 쫓아오실 때 공주 자가께서도 함께 오시어 안방에 떡하니 버티고 계시기 때문이었다.

안채의 다른 노비들을 시켜 몰래 가져다줄까 하였지만 그것도 곧 포기했다. 공주께서 계시는 때에 사고를 치면 평소보다 그 상벌이 더 엄하여져서 여차하면 사소한 일로도 목숨을 잃을 수 있었다. 하여, 결국 오복은 밤참으로 가져다 둔 떡이며 식혜를 직접 챙겨 치맛단 속에 숨겨 가지고 몰래 별채를 나섰던 것이다.

"나쁜 년! 죽일 년! 못난 것이 감히, 감히!"

홍주는 이를 득득 갈며 방바닥을 구르고 있었다.

분기가 치밀어 엉엉 울다가 욕을 하다가 다시 주먹으로 바닥을 치기를 반복하였다. 마음 같아서는 이대로 당장 뛰쳐나가 친정으로 돌아가 버리고만 싶었다. 하지만 그리하면 서방님을 다시 뵐 날이 그만큼 멀어지게 된다.

"내가 친정으로 혼자 돌아가길 바라고 있겠지요? 하지만 나는 절대 그리하지 않아! 뭐라 하여도, 이보다 더한 일이 있어도 버티고 있을 거야. 당신이 먼저 찾아와 무릎을 꿇을 때까지 여기서 이대로 꼼짝하지 않아!"

있는 대로 성을 내며 바락바락 소리를 치다가 그녀는 곧 제풀에 지쳐 힘없이 늘어졌다.

꾸르륵.

배가 고팠다. 분기가 치밀어 제정신이 아닌데도 배는 꼬박꼬박 먹을 것을 요구했다. 살아생전, 단 한 번도 굶어 본 적이 없는 그녀로서는 이런 제 상태가 믿어지질 않았다. 독기라면 뉘에게도 뒤지지 않는다 생각했는데 그런 것과 허기는 아무 상관이 없는지 속은 자꾸만 요동을 치면서 먹을 것을 기다리고 있었다.

"아, 이젠 배가 아프기까지 하구나."

길게 늘어져 있던 몸을 부스스 일으켜 그녀는 물 주전자를 찾았다. 그러나 언제 다 마셔 버린 것인지 그것은 이미 텅 비어 물 한 방울만 똑 떨어뜨리고 말았다.

"이익!"

비참함에 홍주는 주전자를 내던지고 주저앉아 흐느꼈다.

누구보다 잘난 집안의 잘난 저인데 어머님은 어찌해서 저를 이리 미워하신단 말인가. 공주 자가는 그렇다 쳐도 어째서 고 못난 계집만 싸고도시는 겐가.

"내가 억울하여 못살겠구나. 도대체 그깟 것이 뭐라고. 어머니, 어머니 딸 홍주가 굶어 죽을 것 같소. 으흑. 아버지는 대체 뭘 하시는 겐가. 당장 군사들을 이끌고 와 저놈들을 혼내 주시지 않고."

공주 자가의 궁에 사람을 보내 병사들을 보내 달라 청하라는 소리는 들었지만 두 내외가 함께 와 있는 줄은 모르고 홍주는 바락바락 성질을 부렸다.

아버지만 도와주시면 콧대 높은 서방님은 물론이고, 이 집안 사람들에게 본때를 보여 주는 것도 여반장일 텐데 하나뿐인 딸

년이 이런 수모를 겪고 있는 데도 어째서 꿈쩍을 아니하시나. 야속하고 원망스러웠다.

"아아, 배고파."

바닥에 한쪽 얼굴을 대고 엎어져 홍주는 힘없이 중얼거렸다.

배가 너무 고파서 속이 울렁거리고 정신마저 점점 더 혼미해지는 것만 같았다. 결국 다시 부스스 고개를 들고 물 주전자를 찾다가 밖을 향해 소리쳤다.

"거기 아무도 없느냐!"

"……."

"네 이년들, 나를 이대로 죽일 셈이냐! 당장 가서 물을 떠 오너라. 삼복아! 여월아! 거기 없느냐!"

없는 힘까지 짜내어 그녀는 아랫것들의 이름을 부르고 또 불렀다. 그나마도 아는 이름이 몇 개 되지 않아 같은 이름만 몇 번이나 불러야 했다. 그러다 더 지치어 아예 문 앞까지 슬슬 기어가고 있을 때였다.

기척도 없이 문이 스르르 열렸다.

발소리도 하나 없이 누가 들어온 것인지 스르르 열린 문 사이로 자그마한 쟁반이 하나 들어왔다. 먹음직스러운 떡이며 전이랑 식혜가 담겨 있는 쟁반이었다.

먹을 것을 본 순간, 가물거리던 눈이 도로 번쩍 뜨였다. 허겁지겁 다가가 떡부터 집어 들면서 물었다.

"여, 여월이냐?"

"……."

"네 이년, 무엇하다가 이제야 왔단 말이냐! 하마터면 내가 굶어 죽을 뻔하였거늘 네년은 잘도 밥을 먹은 게지. 게다가 고작 이것을 먹고 어찌 견딘단 말이냐. 당장 가서 밥을 차려 오너라."

'바, 밥을?'

숨까지 멈추고 조심스럽게 쟁반을 밀어 넣어 주던 오복이 깜짝 놀라 고개를 들었다.

비록 양이 적기는 하지만 떡이랑 전만으로도 하룻밤은 견딜 수 있을 것이라 생각하였는데 모자라다고 밥을 차려 오라 하니 상황이 매우 난감하여졌다. 이렇게 온 것만 하여도 들킬까 봐 간이 다 조마조마하였는데 밥상까지 차려 내려면 간이 몇 개나 더 있어도 모자랄 터였다.

"왜 말이 없느냐!"

"저, 저기……."

"누, 누구냐?"

"미안합니다, 동서."

결국 오복은 자그마한 목소리로 자백을 하고 말았다.

"어머님 몰래 나온 터라 밥상까지는 무리일 듯합니다."

"……."

"먼저 요기라도 하고 있으면 내 다시……."

"필요 없습니다."

"예?"

"지금 병 주고 약 주는 게요? 내가 누구 때문에 이 지경이 되었는데! 고작 이깟 것으로……."

분기 어린 말과 함께 갑자기 문이 발칵 열렸다.

와장창!

"꺄악!"

열린 문 사이로 제가 밀어 넣었던 쟁반이 날아와 오복의 머리 위에 떡이며 전을 쏟아 놓고 바닥으로 떨어져 저만치 굴러갔다.

"이깟 것을 챙겨 준다 하여 내가 오늘의 일을 잊을 줄 알았단 말입니까. 두고 보오. 내 반드시⋯⋯."

"더 하여 보아라. 반드시 무얼 어쩌겠다는 것인지."

엉망진창이 된 대청 위로 나직한 한마디가 떨어졌다.

갑자기 눈앞이 확 밝아졌다. 아랫것들이 들고 있던 등을 대청 으로 몽땅 옮겨 놓은 것이다. 그 속에 서 있는 이를 홍주는 단박 에 알아보았다. 그녀의 얼굴에서 핏기가 가셨다.

"고, 공주 자가."

싸늘한 눈을 한 영령공주가 어머님과 아랫것들을 거느린 채 당당히 서서 그녀를 바라보고 있었다.

"쯧쯧!"

영령은 나직하게 혀를 찼다.

어머님과 모처럼 함께 밥을 먹으면서 그녀는 저녁나절에 있었 던 일에 대해 전해 들었다. 일 자체야 별것 아니었지만, 늘 의기 소침하여 보이던 아랫동서가 모처럼 나서서 일을 잘 처리하였다 는 소리는 그녀에게도 뜻밖이었다. 하여, 위로도 하고 치하도 할 겸 직접 어머님을 모시고 별채로 가는 길이었다.

─ *쯧, 내 저럴 줄 알았지. 저길 보십시오, 공주 자가.*

별채에 닿기도 전에 어머님이 먼저 불룩한 치맛자락을 해 가지고 살금살금 별채를 나서는 동서를 발견하였다. 하여, 어찌하나 보려고 짐짓 모르는 척 뒤를 따랐는데 이런 꼴을 보게 될 줄이야.

떡이며 식혜를 뒤집어쓴 채 자빠진 동서의 몰골에 영령은 기가 막혔다. 딴에는 걱정이 되어 저리 신경을 쓴 모양인데 받는 사람이 모질어 험한 꼴을 당하고 말다니.

"웃전 대하기를 우습게 여긴다더니 네가 정말 죽고 싶어 환장을 하였구나."

"그, 그런 것이 아니오라."

"아니면은? 내가 지금 헛것을 보고 있단 말이냐? 엄연히 네 손위 동서이거늘, 네가 감히 저이를 우습게 여기지 않고서야 어찌 쟁반을 던진단 말이냐. 게다가 무어라? 두고 보자 협박까지 하여?"

"고, 공주 자가 그것은……."

"내 분명히 전에 말하였다. 다음번에는 장을 치겠다고. 뭣들 하느냐. 저 계집을 당장 끌어내어 형틀에 묶어라!"

서릿발 같은 명이 떨어졌다.

그에 가성댁이 나서서 홍주를 끌어다 마당에 패대기를 치고 장정들은 형틀을 부려 놓았다. 참말로 장을 칠 듯한 기세였다. 그에 멍하니 앉아 있던 오복은 그제야 정신을 차리고 자빠질 듯 마당으로 달려 내려갔다.

"고, 공주 자가! 이러지 마십시오."

"물러서게. 자네가 나설 자리가 아니야. 별채로 물러가 몸부
터 추스르게."

"소첩은 괜찮습니다. 하오니, 동서를 용서하여 주십시오."

"물러나게."

"공주 자가, 동서는 아무 잘못이 없습니다. 저녁의 일로 이미
벌을 받고 있었사온데 소첩이 어머님의 명을 어기고 음식을 넣
어 주려다 그만…… 바, 발이 접질려 넘어진 것이옵니다."

입에 침까지 바르고 거짓말을 하다가 오복은 제풀에 걸리어
슬그머니 말을 흐렸다. 그러고는 도와 달라는 표정으로 어머님
을 올려다보았다.

"차, 참말입니다."

"아이고, 못난 것. 속도 없는 것. 그리 물러 터져서 어찌할
꼬."

오 부인이 답답하다는 표정으로 한숨을 푹 내쉬었다.

하나는 너무 드세어 걱정인데 다른 하나는 너무 물러 터져서
걱정이었다. 마음 같아서는 저 둘을 한데 넣어 달달 볶아 반반씩
섞어 내면 참 좋을 것만 같았다.

"인정을 베푸는 것도 좋으나 때로는 엄히 다스려 가법을 바로
세우는 것도 중요한 것이야."

"아, 아옵니다. 하오나, 동서는 이미 벌을 받는 중이었사옵고
또 실수는 소첩이 하였사오니 소첩을 보아서라도 한 번만 더 용

서를 하여 주십시오."

"……자네는 화도 나지 않는가?"

제가 죄인이나 된 듯 싹싹 빌고 있는 오복을 보며 공주가 문득 나직하게 물었다. 오복이 얼굴을 붉히면서 고개를 숙였다. 그러자 그때까지 머리에 붙어 있던 떡이 눈앞으로 툭 떨어졌다. 그것을 슬그머니 치맛단 아래에 숨기고 그녀는 자그마한 목소리로 말했다.

"소첩도 사람인데 어찌 황당한 마음이 들지 않겠습니까? 다만, 사연 없는 사람이 없다고 동서도 저러는 이유가 있을 터이니 무조건 매를 드는 것보다는 웃전으로서 위로하고 다독여 주는 것이 먼저라 여겼습니다."

"……"

"한 번만 용서하여 주십시오, 공주 자가."

오복이 두 손까지 모으고 빌었다.

영령의 시선이 잠시 그에 머물다 그때까지도 멍청히 서 있는 홍주에게로 향했다. 죄인처럼 빌고 있는 오복을 두고도 그녀는 여전히 뻣뻣한 얼굴로 서서 짐짓 딴청을 부리고 있었다. 그런 그녀를 스산하게 빛나는 눈으로 바라보며 영령은 말했다.

"네가 운이 참 좋구나."

"……"

"오늘 내 손에 죽을 터였는데 웃전을 잘 두어 목숨을 부지하게 되었으니 말이다. 허나, 내 약속하마. 다음번엔 네 동서가 아니라 어머님이 빌어도, 서방님께서 말리어도 소용이 없을 것이다."

　이보다 더 살벌한 경고가 또 있을까.

　언성을 높이는 법도 없이 잔잔하게 떨어진 한마디에 홍주는 흠칫 어깨를 떨었다. 다음번엔 기필코 제가 죽을 것만 같은 느낌이었다. 덜덜 떨리는 손을 꾹 쥐고 홍주는 입술을 깨물었다.

　'웃기지 마라. 내 아버님이 병판이시다. 뉘가 코흘리개 네년 손에 그리 쉽게 죽어 준다더냐!'

　오기와 분노가 섞이어 휘청거리는 몸을 그나마 반듯하게 세울 수 있게 하였다. 홍주는 떨리는 몸을 들키지 않기 위해 천천히 돌아서서 다시 방으로 들어섰다. 방문을 닫기 전, 그녀의 시선이 잠시 무릎을 꿇고 앉은 오복에게로 향하였다. 때리는 시어미보다 말리는 시누이가 더 밉다 하더니 그녀가 딱 그러하였다.

　'어디 두고 보자, 이년들!'

　작심하는 눈이 호랑이의 그것처럼 시퍼렇게 빛나고 있었다.

八. 발각

쪽!

발가벗은 아담한 어깨에 입술을 대고 자경이 쪽 소리가 나도록 빨았다. 밤새 물고 빨다 안고 잠든 아름다운 몸이 품 안에 쏙 안겨 있었다.

"흐음, 깨울까 말까."

아직 동이 트지 않은 새벽 무렵이었다.

밤새 어울려 서로 희롱하다가 잠깐 잠이 들었는데 그새 또 몸이 당기어 다시 깨고 말았다. 몇 번이나 양껏 즐겼음에도 불구하고 그런 적 없다는 듯 심장 아래가 벌써부터 근질근질한 것이 난리도 아니었다. 그에, 다시 깨워 올라탈까 말까 잠시 고민을 하다가 자경은 짧은 한숨을 내쉬었다.

"단단히 빠졌구나. 이제는 가히 취향을 넘어 습벽(習癖)이라

할 수 있을 지경이다.”

생각할수록 기가 막혔다.

남들은 혼인을 하고 몇 달쯤 지나면 슬슬 줄어진다는데 저는 어째서 날이 갈수록 더 하고만 싶은 겐가. 더욱이, 요즘 들어서는 한 번 손을 대면 밤이 새도록 도통 멈출 수가 없으니 암만 생각하여 보아도 제가 정상이 아니지 싶었다. 감히 입 밖으로 꺼내어 말은 못하나, 짐승처럼 발정이라도 난 것이 아닌지 매우 의심스러울 정도였다.

“이리 만들어 놓고 지금 잠이 온단 말이오?”

제가 이상하여진 것은 다 아내 탓이로다.

자경은 공연히 잠든 아내를 타박하였다. 한창 물이 오를 나이라, 날이 갈수록 점점 더 어여쁘만 지니 제가 도저히 정신을 차릴 수가 없는 것이다. 평소, 여인에게 빠져 가산을 탕진하고 그도 모자라 간이랑 쓸개까지 빼 줄 듯 구는 사내들을 가리켜 ‘못난 것들이로다.’ 하면서 비웃었었는데 이제는 진심으로 그들을 이해할 수 있을 것만 같은 기분이었다.

자경 자신도 아내가 방긋 웃으며 ‘이것 주시어요.’ 하면 홀랑 넘어가 무엇이든 다 털어 주고야 말리라. 지난번 수실을 사다 주었을 때도 아내는 좋아서 방긋방긋 웃었는데 그 모습을 더 보고 싶어 아내가 그만하라 할 때까지 체면도 잊고 한동안 이것저것 사다 나르지 않았던가.

“미소 하나로 사내를 들었다 놓았다 하니 요것이 실로 요물이로구나. ……얼른 잡아먹어야겠다.”

음흉한 손이 슬금슬금 움직였다.

손이 가니 몸도 따라 움직이고 잡아먹어야 하니 당연히 입술도 따라가 머무는 곳마다 도장을 찍듯 차근차근 맛을 보았다.

쪽!

"음, 맛난지고."

슬슬 아래로 미끄러져 내려가던 입술이 마침내 아담한 발에 도착했다. 손바닥만 한 것을 물고 빨다가 그의 시선이 어여쁜 선을 그리고 있는 발등에 머물렀다. 박속처럼 하얗고 깨끗한 발등 위에 새끼손톱만 한 꽃 한 송이가 선명하게 새겨져 있었다.

아내는 기억나지 않는 어렸을 적에 데인 자국인 듯하다고 하였으나 자경은 봄까치꽃을 닮은 그 작고 앙증맞은 꽃이 참으로 마음에 들었다. 그저 보기만 해도 어여쁘고 기쁘고 또 혹 달아오르는 것이……

"에라, 모르겠다."

결국 잠에서 깰세라 조심조심 더듬던 것도 잊고 자경은 다시 아내의 아름다운 몸을 타고 올랐다. 멀리서 닭이 울고 있었다.

"단오놀이요?"

앵두화채를 마시다 말고 오복이 눈을 둥그렇게 떴다.

"그렇구나. 이번 단오놀이에 큰 애가 궐에서 열리는 수박희를 맡게 되지 않았니. 어차피 외명부라 인사도 여쭈어야 해서 나는 공주 자가 뫼시고 궐에 잠시 다녀올 터이니 너는 가까운 이들이라도 불러다 함께 마음 편히 놀고 있거라."

"소첩이야 이 한양 땅에 혈혈단신이니 가까운 이들이랄 것이 있겠습니까?"

"그런가? 허면, 나를 따라 궐에 들려느냐?"

"그, 그래도 됩니까?"

"되다마다. 이 어미가 있고 공주 자가께서 계시는데 안 될 것이 무엇이겠느냐?"

오복의 얼굴이 환해졌다.

그저 말로만 들어본 궐인데 제가 정말 게에 들어가 볼 수 있다니. 상감마마며 중전마마께서 사신다는 그 궐에 가 볼 수 있을 거라는 생각은 꿈에도 해 보지 못하였던 터라 오복의 입이 저절로 벌어졌다. 이것이 웬 호강인가 싶었다.

"소첩이 궐 구경을 다 하게 되다니. 너무 설렙니다, 어머님."

"호호호, 그저 무시로 드나드는 궐인데 설레기까지야. 네 그리 좋아할 줄 알았다면 진즉에 한번 데리고 갈 걸 그랬구나. 오냐, 이번에 꼭 데리고 갈 것이니 준비하고 있거라."

"예! 그리하겠습니다. 참말 감사합니다, 어머님."

좋아 어쩔 줄을 모르며 오복이 냉큼 대답하였다.

안 그래도 이 댁에서는 단오를 어찌 지내시나 내심 궁금히 여겼는데 파종을 끝낸 턱이라 아랫것들에게는 후한 잔칫상을 내리고 어른들께서는 궁의 잔치에 다녀오는 것으로 대강 갈음하시려는 모양이었다. 그에, 벌써부터 떡을 치고 기름붙이들을 장만하느라 집안은 하루 종일 분주하고 떠들썩하였다.

"잔치하는 기분이란 것이 바로 이런 것이었구나."

오복은 힘찬 걸음으로 별채로 향하며 개경에서의 단오를 떠올렸다. 명절이라고는 하지만 빈한한 살림이라 딱히 준비할 것이 없어 그때도 오복은 일을 하여 어렵사리 곡식을 장만하고 그것으로 수리취떡과 기름 두른 음식을 조금씩 만들어 대감마님과 도련님, 그리고 아씨께 올렸었다. 그러고 저는 남은 찬밥 한 덩이를 간신히 목으로 넘겼던 기억이 있었다.

남들은 창포에 머리를 감네, 부채를 만들고 그네를 뛰네 할 때 그녀는 다시 집에 처박혀 길쌈을 하였다. 하루 종일 집안은 절간마냥 내내 조용하다 못해 고요하였고 그렇게 명절은 아무 흔적도 없이 지나가 버렸다.

"제호탕(醍湖湯)이라도 하여 드릴걸. 아씨께 앵두화채를 하여 드리면 좋아하셨을 텐데."

오늘 맛본 앵두화채를 떠올리면서 오복은 뒤늦게 후회했다.

제가 조금만 더 바지런을 떨었더라면 명절 상에 화채 정도는 더 올릴 수 있었을 텐데 하는 생각이 들었다. 앵두를 얻으려들면 못 얻을 것도 없었으면서 그때는 왜 그걸 몰랐을까. 생각할수록 제가 어리석고 미련하여 후회스럽고 그저 죄송한 마음만 들었다.

"아씨!"

함박 웃으면서 안방을 나섰다가 점점 더 시무룩해지려는 때에 말년네가 허겁지겁 달려오며 그녀를 찾았다.

"그러다 숨넘어가겠네. 무슨 일이기에 그리 달리는 겐가?"

"하아, 하아. 아이고, 숨이야. 무슨 일이기는요. 좋은 소식을 전하려 함이지요."

"좋은 소식?"

"네에! 방금 전에 개경에 갔던 사람이 돌아왔습니다요. 요기, 요 서찰을 받아왔습니다요."

호들갑을 떨면서 그녀가 두 손으로 곱게 모셔 온 작은 비단보를 내밀었다. 틀림없이 오복이 직접 꿰매어 만든 보였다. 그 안에 유지로 싼 서찰이 들어 있을 터였다. 안 그래도 시무룩하게 가라앉던 오복의 얼굴이 도로 활짝 피어났다.

"세상에, 며칠은 더 걸릴 줄 알았거늘!"

반색을 하며 오복이 냉큼 서찰을 받아들었다.

서찰을 보낼 때 급하다는 말을 한 적이 없어 며칠은 더 기다려야겠거니 생각하였는데 어찌 용케 날짜를 맞추었을까. 기쁘고 설레어 오복은 서찰을 끌어안고 냉큼 방으로 들었다. 그러곤 자리에 다 앉기도 전에 허겁지겁 꺼내어 또박또박 읽어 내려갔다.

"나는 잘 지내고 있다. 여기 일은 걱정 말고 글을 익히고 쓰는 일에 더욱 정진할 것이며 웃어른을 잘 모시고 행실을 바로하여 예의에 어긋남이 없게 하여라. 음, 대감마님도 너무 하시지. 만날 똑같은 말만 적으시는구나. 체, 뉘가 잔소리 듣고 싶다 했나?"

짐짓 투덜거리면서도 입술은 삐죽삐죽 하늘로 솟았다.

제가 보낸 삐뚤빼뚤한 글자를 보시고 타박하는 법도 없이 때마다 꼬박꼬박 답장을 보내 주시는 마음이 지극하여 눈물이 날 것만 같았다. 더욱이, 글공부를 하고는 있으나 아직 아는 글자가 그리 많지 않은 오복을 위해 부러 쉬운 글자들로만 골라 적으셨음을 그녀는 벌써 깨닫고 있었다.

"뵙고 싶습니다, 아, 아버지."

진즉에 허락은 하셨지만 너무나 어려운 이름이라 그동안은 감히 불러 볼 수도 없었던 이름을 오복은 용기 내어 조그맣게 불러 보았다. 아씨 대신 저를 이 집안으로 시집보내신 이후 늘 걱정하시고 근심하시는 마음을 어찌 모를까. 그런 마음을 감추어 두고 그저 괜찮다고만 하시는 말씀이 오복은 눈물겨웠다.

그리움과 감동으로 촉촉이 젖은 오복의 시선이 다시 서찰로 향했다. 언제나처럼 계속 이어지는 잔소리를 하나도 빼놓지 않고 읽어 내려가는데 웬일인지 끄트머리에 낯선 글자가 보였다.

"마침 적당한 자리가 있어 올 가을께에 네 오라비를 그리로 장가들이려 한다. 아!"

'오라버니'라는 말 앞에서 새삼 낯설어 하다가 의미를 깨닫는 순간 오복의 눈동자가 저절로 동그래졌다.

"아, 도련님께서 장가를 가시는구나."

안 그래도 그녀를 보내면서 '욱이도 곧 보내련다.' 하시던 말씀을 기억하고 있던 터라 그 날이 언제가 될까 내심 궁금했었는데 드디어 혼처가 정해진 모양이었다. 가까운 곳에 마침 적당한 집안이 있어 그리로 보내기로 말을 맞춘 듯하였다.

"다행이다. 평생 홀로 계시면 어쩌나 걱정하였는데."

기쁨마저 느끼며 오복은 서찰을 한참이나 가만히 바라보았다.

어쩐지 기분이 조금 이상하였다. 혼인하던 날 그 참담했던 기분까지는 아니어도 조금쯤은 서운한 마음이 들 줄 알았는데 아니었다. 그저 한없이 기쁘기만 하였다. 왜 그럴까 생각하다가 오복은 자연스럽게 서방님을 떠올렸다.

그토록 아름다운 분께 분에 넘치는 사랑을 받는 것으로 모자라 친딸처럼 아껴 주시는 시부모님과 든든하게 뒤를 지켜 주시는 아주버님 내외까지. 그 속에서 오복은 행복하였다. 이렇게 행복한 적은 없었다고 생각할 만큼 행복하여서 가끔은 자다 말고 일어나 제가 제 볼을 꼬집어 볼 정도였다.

"제가 행복한 만큼 도련님께서도 행복해지셨으면 좋겠습니다. 참말입니다."

오복은 조그맣게 중얼거렸다.

누군가의 한 분뿐인 지아비가 되시어 제가 그렇듯 넘치는 사랑만 받으셨으면 좋겠다. 도련님을 꼭 닮은 자식도 낳고 다시 본가로 돌아가 대감마님을 뫼시고 오순도순 사시는 모습을 보면 얼마나 좋을까. 아씨께서도 어서 쾌차하시어 한 가족이 다시 모여 살 수만 있다면…….

"아이, 좋은 소식인데 왜 눈물이 나고 그런담."

공연히 촉촉해지는 눈가를 재빨리 훔쳐 내며 오복은 짐짓 저를 타박하였다. 전처럼 다시 한집에 모여 살날이 있을까 생각하니 괜히 마음이 싸하게 아파 왔던 것이다.

그런 그녀의 발치로 소리도 없이 둥그런 무언가가 굴러왔다. 집어 보니 발그레하게 잘 익은 살구였다.

"이게 웬 살구지?"

의아하여 고개를 갸웃거리는데 슬쩍 열어 둔 창문 쪽에서 다시 살구가 굴러왔다. 웬 살구인가 싶어 오복은 자리에서 일어나 조심스럽게 굴러오는 살구를 집어 들었다. 그러자 다시 하나가 더 굴러왔고 또 하나가 굴러오더니 그녀가 창가에 도착하는 순간에는 머리 위에서 열 개나 되는 것들이 한꺼번에 쏟아졌다. 오복은 주저앉아 제 치마폭 위로 쏟아지는 살구를 멍하니 내려다보았다. 순간, 낮은 웃음소리가 귓전을 울렸다.

"하하하!"

"서, 서방님!"

"마음에 드오?"

큰 소리로 웃으며 자경이 창을 돌아 방으로 들어왔다.

"아니, 웬 살구입니까?"

"크흠, 후원에 한 그루 심어 놓았는데 마침 잘 익었기에."

"직접 나무를 타셨단 말이어요? 위험한 일을 하셨습니다!"

"괜찮소. 그놈이 별로 크지도 않거니와 빨리 가져다주고 싶은 마음에……."

그리 말하면서 자경은 흑립을 벗어 던지고 냉큼 아내에게 달라붙었다. 아담한 몸을 담뿍 안아다 무릎 위에 앉혀 놓고 내내 고팠던 입부터 쪽 맞추었다. 그러고는 한 손으로 아직 촉촉한 아내의 눈가를 닦아 주면서 물었다.

"어찌 울고 있었소?"

"아이, 운 것 아닙니다."

"혹, 누가 서운케 하였다면 내게 말하오. 내 당장 쫓아가 물고를 내주리다."

"그런 것 아니라니까요. 다들 잘만 하여 주시는데 누가 소첩을 서운케 한다고 그러셔요?"

"허면, 요 눈가에 맺힌 것은 무엇이란 말이오?"

자경의 목소리가 애틋하게 가라앉았다.

아내를 놀라게 해 주겠다며 발끝까지 들고 몰래 왔다가 홀로 앉아 옷고름을 적시고 있는 모습을 보았으니 그 마음이 어떠하겠는가. 말은 못하나 자경은 조금 걱정이 되었다. 혹, 이 사람에게 힘든 일이 있는데 어려워 말을 못하고 홀로 삭이고 있는 것은 아닌가 싶어서.

"그런 것이 아니오라……."

말끝을 흐리며 오복은 주섬주섬 서찰을 내밀었다.

"오, 오라버님께서 곧 장가를 드신다 합니다."

"아! 그 노총각 형님께서 결국은……."

생긴 것은 옥돌처럼 멀끔하지만 까칠하기가 밤송이 같았던 처남을 떠올리고 자경이 짧게 혀를 찼다. 하긴, 장가를 갔어도 한참 전에 갔어야 할 양반이 그러고 있는 것도 문제긴 하지. 노총각이 더 묵어 봤자 작게는 집안의, 크게는 나라의 우환거리나 되지 않겠는가 말이다.

저도 혼인을 차일피일 미루다 스물이나 되어서야 마지못해 겨우 혼인을 하였다는 사실도 잊고 자경은 '나라의 우환거리가 하나 줄었도다.' 하면서 넙죽 고개를 끄덕였다.

"잘 되었구려. 참으로 좋은 소식이오. 헌데……."

눈치 없이 '형님을 장가보내기 싫어 울고 있었소?' 하고 물으려다 그는 가만히 입을 다물었다.

생각하여 보니, 혼인을 한 지 벌써 백 일이 지나고 있었다. 그 사이 아내는 친정나들이를 단 한 번도 한 적이 없을 뿐만 아니라 친정식구들의 그림자도 못 보고 살았다.

공주 형수님이야 친정집이 원체 멀기도 하였지만 어명이 있어 보고파도 쉽게 볼 수 없는 처지니 그러려니 한다지만 아내는 이유도 없이 그러고 산 것이다. 안 그래도 쓸쓸할 텐데 이제 곧 단오라 명절이 다가오니 더더욱 친정식구들을 그리는 마음이 사무친 것이리라.

"뵙고 싶소?"

금방 우울하게 물드는 얼굴을 가만히 어루만지며 자경이 물었다.

"그립소?"

끄덕끄덕.

대답하는 고갯짓이 다 멈추기도 전에 그 큰 눈에 그렁그렁 맺히던 눈물이 볼을 타고 후드득 떨어졌다.

"떠나올 때는 이런 마음이 들 줄 몰랐는데…… 흑, 그립습니다. 뵙고 싶습니다."

"원, 사람도. 그럼 예서 그저 그리워만 말고 가서 만나 뵈면 될 것이 아니오."

"예? 그, 그래도 됩니까?"

눈물을 철철 흘리다 말고 오복은 눈을 휘둥그렇게 떴다.

우울한 분위기 속에서 흡사 내쳐지듯 보내어졌기에 다시는 못

뵙는 줄 알고 있었는데 가도 된단다. 돌연, 가슴이 설레었다. 정말로 그리우면 마음껏 그리워하고 보고프면 가서 만나도 되는 것일까?

"되다마다요. 내 처가살이조차 면피(免避)하였는데 그 정도도 못하여 드릴까. 닷새길이라 홀로 가시는 건 아니 되고 단오 지나 우리 둘이 말 타고 다정히 가 봅시다."

"차, 참말이셔요?"

"아, 참말이라니까요? 어머니께는 내가 말씀드리고 허락을 받으리다. 그러니 이제 제발 꽃처럼 웃기만 하여 주오. 응?"

"예, 예!"

오복은 몇 번이고 고개를 끄덕이며 울면서 웃었다.

기쁘고 설레어 자꾸 눈물도 나고 동시에 웃음도 나왔다. 그 꼴을 보고 서방님이 또 '울다가 웃으면 엉덩이가 어찌 된다던데.' 하면서 놀렸지만 상관없었다. 짓궂은 놀림조차도 지금은 그저 좋기만 하여 오복은 방긋 웃었다. 그런 그녀의 입에 서방님이 오동통한 살구를 집어 가져다 댔다.

"자, 내 손수 따 온 것이니 한번 맛이나 보오. 잘 익어서 제법 달달할 것이오. 요것 드시고 어서 기운 내어 단오놀이도 실컷 즐기시고 또 더 어여뻐져서 나를 기쁘게 하여 주오."

시키는 대로 예쁘게 웃는 얼굴로 살구를 아삭 베어 무는 아내의 모습을 보며 자경은 음흉하게 웃었다. 그즈음에서 그는 속으로 한 가지 결심을 다지고 있었다.

'그러고 보니 이제 슬슬 때가 되긴 하였단 말이지. 그래, 올해

가 가기 전에 아기씨가 생겼다는 소식을 듣고야 말리라.'

얼마 전 만난 벗에게서 곧 작은 새 식구가 생긴다는 소식을 들은 탓일까?

자경은 불쑥 자식 욕심이 생기는 것을 느끼고 조금 황당해했다. 본래, 혼인에 관심이 없었던 만큼 후사를 두는 일에도 무덤덤했었는데 요새는 어찌 된 일인지 갈수록 없던 욕심이 켜켜이 쌓이고 있었다.

'나는 혼인을 늦게 하여 안 그래도 늦었으니 더 열심히 노력하여야 한다. 못해도 다섯은 낳아야지.'

아기씨 먼저 가지지 말라는 공주 자가의 명 따위는 저만치에 두고 자경은 그렇게 다짐하고 있었다.

같은 시각, 홍주도 단단한 당부의 말을 듣고 있었다.

"먼저, 아기씨부터 가지거라."

"그것이 어디 제 마음대로 되는 일이랍니까?"

"안 되면 되게 해야지. 아, 언제까지 그런 꼴로 시집에서 더부살이를 할 작정이냔 말이야."

"모릅니다, 몰라요. 저도 답답하니 닦달을 하시려거든 그 사람을 불러다 하시어요."

팽 돌아앉으며 홍주는 성질을 부렸다.

"저도 속상해 죽겠습니다, 어머니. 누구는 아기씨 가질 생각을 안 해 보았겠어요? 허나, 이제는 저를 보고도 알은체를 하지 않으니 저더러 뭘 어쩌란 말이어요?"

"낯빛 고이 하고 살살 구슬려 보아도 그렇던?"

"흥! 저만 보면 고개부터 돌리기 바쁜 사람입니다. 낯빛 고와
질 틈도 주질 않아요. 그이가 그러니 어머님도 저를 고이 보아
주지 않으시고 이제는 못난이 윗동서마저 저를 괄시합니다. 제
가 참말 미치겠단 말이어요."

두 다리를 길게 내뻗고 엉엉 울며 투정을 부리다가 홍주는 아
까부터 그저 잠자코 앉아만 있는 제 아비를 찾았다.

"아버지, 제발 어떻게 좀 해 주세요. 저는 더 이상 그 집에 머
물고 싶지 않습니다."

"……."

"참말로 제가 이대로 죽어야 어찌해 주실 거여요?"

"고얀 놈, 아비에게 그게 할 소리더냐?"

강 건너 불구경 하듯 대꾸하며 박우는 그저 태평한 낯빛으로
활만 닦아 대고 있었다. 단오 지나 사냥철이 다가오면 한번 나가
볼까 생각하는 중이었다.

"대감, 이럴 게 아니라 제가 그 댁 안주인을 한번 만나 보면
어떨까요?"

"만나서?"

"사위를 잘 설득하여 다시 돌려보내 달라 하면……."

"흥! 되도 않는 소리 말고 임자는 그냥 가만히 있기나 하오.
그러지 않아도 곧 제 발로 걸어 돌아오게 될 터이니."

문득, 그의 입가에 삐딱한 웃음이 걸렸다.

그는 얼마 전 궐 안에서 마주친 형판을 생각하고 있었다.

'심란한 때이니 주상의 심기를 어지럽히지 말라 했던가?'

당장이라도 다 죽어 나갈 것처럼 벌벌 떨던 모습이 눈에 선했다. 원래도 쓸데없는 걱정이 많은 사람답게 별일도 아닌 것을 가지고 이리저리 재고 걱정하는 모습이 얼마나 볼썽사나웠는지 모른다. 그런 성격으로 어떻게 공신의 자리에 올랐는지 모를 일이었다.

'네놈들은 그렇게 벌벌 떨고 있을지 몰라도 나는 아니다. 너희들은 모른다. 나는 그 양반의 약점을 손에 쥐고 있어. 세자를 폐하지 않는 이상, 주상은 나를 어찌하지 못해.'

그는 자신만만하게 눈을 빛냈다.

근자에 은밀히 춘궁을 드나드는 가마가 있다는 사실을 아는 이는 거의 없었다. 세자의 엽색행각이 이미 도를 넘었음에도 불구하고 워낙 쉬쉬하다 보니 아직 밖으로 새어 나가지 않고 있는 것이다. 그 일에 대하여 박우는 이미 충분한 증좌를 손에 쥐고 있었다.

'나를 건드린다면 나는 세자의 일을 꺼내겠다.'

뿐만이 아니었다.

그는 만일의 일에 대비하여 열심히 자금을 모으고 있는 중이었다. 어차피 역모로 세운 나라인데 제가 다시 한 번 더 뒤집는다 한들 무슨 문제가 되겠는가.

'하백이 감추어 둔 재산 정도면 그럭저럭 보탬이 될 것이야.'

얼마 전 주상 앞에서 망동을 부리고 떠나간 허어겸을 생각하며 그는 지그시 이를 깨물었다. 저 홀로 깨끗한 척 오만하게 굴던 모습을 생각하니 다시 속이 뒤집어졌다. 언제고 아주 작은 빈

틈이라도 보인다면 당장 그놈의 목줄을 틀어쥐리라 단단히 벼르고 있는 중이었다.

'그래, 이쯤에서 그놈을 쳐내어 주상에게 본보기를 보이는 것도 나쁘지 않겠지.'

그의 눈에 언뜻 푸른 기운 넘실거리는 살기가 스쳐 갔다. 그러나 겉으로는 어디까지나 평온하기 이를 데 없는 얼굴로 말하였다.

"걱정 마라. 머잖아 그놈뿐만 아니라 그 집안을 몽땅 들어다 네 손에 쥐여 줄 테니."

"참말이셔요, 아버지?"

"그렇대도! 허니, 그때까지는 그저 불쌍하다 생각하고 져 주어라."

짐짓 너그럽기까지 한 당부에 홍주는 의아해하면서도 슬며시 고개를 끄덕였다. 제가 당한 일을 갚아 줄 수만 있다면 그까짓 수모쯤 견디는 일이야 얼마든지 할 수 있었다. 암, 그렇고말고.

마침내 기다리고 기다리던 단오날이 밝았다.

벌써 며칠 전서부터 이날이 오기만을 학수고대하고 있었던 오복은 꼭두새벽부터 일어나 단단히 준비를 하기 시작하였다. 말년네와 가성댁을 닦달해 목욕재계를 한 후 분과 연지도 바르고 머리를 곱게 빗어 올린 다음 새로 지은 푸른 저고리에 분홍치마를 입었다.

그러고는 얼마 전 다녀간 방물장수에게서 특별히 큰맘 먹고 장만한 단작노리개도 달고 머리에는 호접잠이며 화잠도 꽂았다.

혼인날 이후, 이렇게 정식으로 꾸며 본 것은 참말로 처음이었다. 그만큼 그녀의 기대는 크고도 높았다.

"대궐은 참말 크고 넓어서 볼 것도 많겠지? 상감마마랑 중전마마도 뵙고……. 아, 혹시 대궐 음식도 맛볼 수 있으려나?"

딤채국물까지 미리 마셔 가면서 오복은 흐뭇하게 웃었다.

궐 구경도 구경이지만 만날 집안에서만 맴돌다가 모처럼 어머님과 공주 형님을 모시고 나가려니 가슴이 다 설레었다.

이리 나가는 것은 지난 관등놀이 이후 처음인 데다 이번에는 하루 종일 여인들끼리만 움직이게 되어서 더 재미난 일도 많을 것 같았다. 하여, '어찌 이리 어여쁘단 말이오.' 하면서 또 냉큼 달라붙어 저고리 고름에 손을 뻗는 서방님까지 억지로 떼어 놓고 그녀는 걸음을 서둘렀다.

"준비는 다 마쳤느냐?"

"예, 어머님."

"허면, 가자꾸나."

먼저 옥교에 오르던 오 부인이 기합이 잔뜩 들어간 오복을 보면서 남몰래 웃었다. 생전 처음 궐 구경을 간다고 저리 들떠서 준비한 것을 보니 귀엽기도 하고 또 자신의 어렸을 적 생각도 나고 그랬다.

"아이고, 말군을 입고 타셔야지요. 요것을 잊으시면 어찌합니까요?"

"아이, 난 고것 싫은데. 치마가 구겨진단 말이다."

"그래서 천것들이나 하는 짓을 하시겠다고요? 당치도 않은 소리 마시고 어서 입으셔요."

말에 오르려는 오복을 붙잡고 가성댁이 기어이 말군을 입혀 놓았다. 더 짜리몽땅하여 보이는 것이 싫어 슬쩍 빼놓았더니 천한 것들이나 하는 짓이라며 짐짓 호통까지 쳤다. 그에 하는 수 없이 도로 껴입고 너울을 쓴 다음 부랴부랴 말에 올라 집을 나섰다.

그렇게 공주 자가의 옥교까지 하여 두 대의 가마를 앞세우고 그녀가 대문을 나섰다.

"허어, 뉘댁 행차인지 참으로 보기 좋구나."

나란히 붙어 가는 옥교를 보며 지나가던 노인이 혼잣말처럼 중얼거렸다. 너울 안에서 오복의 시선이 잠시 그리로 향하였다가 다시 도도하게 쳐들리었다. 저를 보고 한 소리도 아닌데 어쩐지 조금 자랑스러웠다. '앞에 가시는 분들이 바로 우리 어머님과 형님이시랍니다.' 하며 자랑하고 싶은 마음이 울컥 솟을 정도였다.

그 모습을 노인, 어겸이 걸음까지 멈춘 채 멍하니 보고 있었다.

'그 아이가 무사히 자랐다면 저런 가마 태워 나들이 보냈을 터인데.'

생각만으로도 눈시울이 뜨거워졌다.

요즘 들어 점점 더 눈물이 잦아지고 있었다. 회한이 깊은 만큼 그 안에 담아 둔 눈물도 많았던 것이 분명하였다. 그러니 이리 허구한 날 눈물 바람인 게다. 어겸은 저도 모르게 긴 한숨을 내쉬었다.

딸일지도 모르는 아이의 흔적을 좇기 시작한 이후 그는 이렇게 종종 걸음을 멈추고 한숨 쉬는 일을 반복하고 있었다. 드디어 찾았구나 하는 순간에 어이없이 놓쳐 버린 것도 안타까워 죽을 지경인데 그 이후로는 아예 그 아이의 그림자도 찾지 못하고 있으니 더더욱 애가 타다 못해 이제는 내장이 다 녹아 버린 듯 속이 휑했다.

'어디 있느냐. 아비는 여기 있는데 너는 어디에 있는 것이냐. 아가, 제발 아비가 지치기 전에 어서 모습을 보이거라.'

안 그래도 피곤한 얼굴에 짙은 그늘마저 드리워지자 그의 얼굴은 이제 보는 이가 안쓰러울 정도로 어둡고 힘겨워 보였다.

"주군, 늦었습니다. 조금 서두르시지요."

"되었다. 이제는 기뻐할 일도 없는데 급히 서둘러 무엇하겠느냐."

"하오나……."

"되었대도. 상감을 뵙는 일도 이제는 그저 귀찮기만 한 것을. 가고 싶지가 않구나. 여기 어디에 그 아이가 있을 것만 같아 발길이 차마 떨어지질 않아."

그렇게 중얼거리며 어겸은 서서히 멀어지고 있는 가마행렬에 다시 시선을 던졌다. 계속 보고 있었던 탓일까? 맨 끝에서 따라가고 있는 작은아씨의 뒷모습이 어쩐지 유독 눈에 밟히고 있었다.

오복의 눈과 입이 바삐 움직이고 있었다.

"세상에, 넓기도 하여라. 저는 태어나 이리 넓은 곳은 처음 와
봅니다. 어? 저, 저기 저 건물은 무엇입니까? 저는 저리 높은 건
물도 처음 보옵니다. 참말 멋있습니다. 저도 한번 올라가 볼 수
있습니까?"

궐 안으로 들어서기가 무섭게 시작된 소리가 벌써 수십 번도
더 넘게 이어졌다. 놀랄 일이 무에 그리 많은지 때마다 입까지
딱 벌리고 서서 감탄을 금치 못하였다. 그야말로 태어나 처음으
로 도성구경을 나온 촌것의 모습과 전혀 다르지 않은 모습이었
다.

그 어리바리한 모습에 오 부인이 때때로 한손으로 이마를 감
싸 쥐었고 안내를 나온 궐 안 나인들은 곁에서 숨죽여 웃고 있
었다. 와중에도 태연한 것은 오직 공주 자가뿐이었다.

"경회루는 상감마마께서 연을 베푸는 곳이니 우리는 올라갈
수 없을 것이네."

"아, 그렇습니까? 아쉽습니다."

"그럴 것 없네. 지금 우리가 가는 후원도 나름 볼만할 터이
니."

"그, 그러면 참말로 중전마마도 뵙는 것입니까?"

"아니네. 중전마마께서는 금족령을 받으시고 교태전에 연금되
어 계시니 움직이지 못하실 것이야. 지금 내명부의 일을 관리하
는 것은 신녕궁주의 몫이니 오늘 연회는 신녕궁주께서 여는 게

지. 하여, 나는 간단히 인사만 하고 나올 생각이라네."

담담한 말에 오복은 가만히 고개를 끄덕였다.

아무리 양녀라 하나 공주 자가께서는 상감마마와 중전마마의 따님이시니 중전마마께서 벌을 받고 계시는 때에 후궁이 여는 연회에 참석하여 웃고 떠들 수는 없으리라. 그저 인사만 여쭙고 교태전으로 들 것이다 하시었다. 다른 때라면 허락되지 않겠으나 명절이라 상감마마께서 그나마 자식들은 보게 해 주신 듯하였다.

"부원군 대감을 떠나보내신 지 얼마 되지도 않으시어 친아우님들까지 졸지에 모두 다 잃으셨으니 그 심사가 오죽하실꼬. 후우, 시간이 넉넉하니 저희 생각은 하지 마시고 마음이 풀어지실 때까지 찬찬히 위로하여 드리고 오십시오."

오 부인이 공주 자가의 작은 얼굴을 안쓰럽게 바라보며 말하였다.

얼토당토않은 일을 빌미로 처남들을 귀양 보냈다가 마침내 사약을 내려 죽게 만든 분이 상감마마라, 여차하면 그분의 손에 공주 자가의 친가도 해를 입지 않는다는 보장이 없었다.

동병상련이라고 하였다. 지은 죄도 없이 교태전에 갇혀 있는 중전마마나 볼모 신세로 한양 땅에 갇힌 공주 자가나 그 신세가 기가 막히기는 마찬가지가 아닌가 말이다.

분위기가 갑자기 착 가라앉았다.

오복은 제가 물정도 모르고 너무 들떴던 것이 아닌가 싶어 조금 죄책감이 들었다. 그래서 앞으로는 좋은 것을 보아도, 신기한 것을 보아도 날치지 말고 되도록 조용히 있어야겠다고 생각하였다. 그러한 때에 마침 그들을 발견한 상궁 하나가 잰걸음으로 다가왔다.

"오셨사옵니까? 안 그래도 다들 기다리고 계시었습니다. 이쪽으로……."

정중히 읍하며 상궁이 그녀들을 후원 중앙의 누각으로 이끌었다.

갖가지 꽃들이 다투어 피어난 후원 한쪽으로 연못을 마주 보고 지어진 누각엔 벌써 수십여 명이나 되는 여인들이 자리를 잡고 모여 앉아 있었다.

하나같이 귀한 댁의 안방마님들인 듯 비단옷을 잘 차려입고 풍성하게 올린 머리엔 갖가지 장신구들을 꽂아 한껏 멋을 내었다. 언제 왔는지 그 속에 동서도 끼어 앉아 있었다. 친정어머니를 뫼시고 온 모양이었다.

"영령공주 자가와 대동 정부인 마님께서 오시었사옵니다."

상궁이 안에 고하는 소리를 들으며 오복은 어쩐지 기가 죽어 고개를 팍 숙이고 어머님의 뒤만 졸졸 따라갔다.

벌써부터 벌렁거리는 가슴을 다독이면서 곁눈질로 두 분이 하는 것을 보고 그대로 따라 하기 시작하였는데 그 일이 또 만만치가 않았다. 아홉 분이나 되는 후궁 마님들과 내명부의 마님들께 차례로 절을 올린 후 공주 자가가 좌정하시고 다시 외명부의 높으신 마님들께도 절을 올리고 어머님이 자리를 잡으셨다.

물론, 오복은 그 후로도 몇 번이나 다시 품계를 받은 분들께 돌아가면서 절을 올려야 했다. 그녀는 서방님이 관직에 들지 않았기 때문에 아무런 품계도 받지 못한, 굳이 따지자면 말 그대로 항아님들보다 낮은 미천한 몸이기 때문이었다. 그에, 발발 떨리는 몸으로 절을 끝내기가 무섭게 오복은 도망치듯 어머님께로 달려가 등 뒤에 쏙 숨어 버렸다.

'내가 참말 정신이 나갔던 게다. 여기가 어디라고 데려와 달라고 졸랐을까.'

오복은 조금 후회했다.

궐에 들어설 때는 그저 화려하고 사람도 많고 볼 것이 많아 좋기만 하였는데 다시 생각하니 제가 겁도 없이 너무 나섰다는 생각이 들었다. 아닌 게 아니라, 동서의 얼굴을 보기가 무섭게 혹시 이 중에 아씨를 아는 사람이 또 있으면 어쩌나 하는 걱정이 왈칵 몰려왔던 것이다.

'내가 미쳤지. 그냥 집에서 조용히 부채나 만들 것을.'

동서의 눈길을 필사적으로 피하면서 그녀는 그렇게 후회를 하고 있었다. 그 때였다. 어디선가 나직한 웃음소리가 들리더니 문득 한마디가 날아왔다.

"어쩌면 저리 수줍어할꼬. 참으로 귀여운 며느님을 두셨습니다, 정부인."

"황공하옵니다. 사실은, 이 아이가 아직 어리고 물정을 몰라 천방지축이나 다름이 없사온데 그래도 마음씀씀이가 너그럽고 후덕한 면이 있어 그 점은 참으로 곱다 여기고 있답니다. 모쪼록 어여삐 보아주시옵소서."

"호호호, 정부인께서 며느님들 아끼기를 친딸과 같이 한다 하시더니 참말 그러합니다. 부럽습니다."

그리 말한 것은 금박이 찍힌 분홍당의에 남스란치마를 입은 후궁마님이셨는데 마치 중전마마처럼 제일 상석에 당당히 앉아 계셨다. 곁눈질을 열심히 한 끝에 그 사실을 깨닫고 오복은 그녀가 바로 공주 자가가 말씀하신 신녕궁주마님이라는 사실을 알게 되었다. 그리고 동시에 그녀가 보기 드문 미녀라는 사실도 알았다.

아주버님께서 친히 경국지색이라고 칭하신 공주 자가께는 미치지 못하지만 상감마마의 눈에 들 만큼 빼어난 미인인 것은 사실이었다. 해서, 오복은 또 저도 모르게 박속처럼 하얀 피부하며 새침한 눈매를 가진 그녀를 몇 번이나 훔쳐보았던 것이다.

"어찌 그리 보느냐?"

흠칫!

훔쳐보다가 기어이 들켰나 보다. 어머님까지 저를 돌아보자 화들짝 놀란 오복은 하얗게 질린 얼굴로 다시 고개를 팍 숙였다. 그러고는 기어 들어가는 목소리로 조그맣게 말하였다.

"화, 화, 황공하옵니다. 너, 너무 고, 고우시어 저도 모르게 그만……."

"음? 허! 네가 나를 놀리는구나. 다 늙어 이제는 눈가에 주름마저 진 추한 노인이거늘."

"노, 노인이라니요? 당치도 않으십니다."

고개를 번쩍 들고 왈칵 소리쳤다가 도로 고개를 팍 숙이면서 그녀는 또 조그만 목소리로 '이렇게 고운 노인이 세상에 어디 있습니까?' 하고 중얼거렸다.

확실히 오복은 기가 좀 죽었다. 서방님께서 곱다 하실 때는 제가 제일 잘난 것 같았는데 궐에 들어오니 세상의 어여쁜 여인들은 다 모아놓은 듯하여 그녀는 흡사 까마귀가 된 기분이었다. 저도 나름대로 꾸미고 온 길이었지만 다른 사람들과 비교를 하고 보니 촌티가 졸졸 흐르는 것이 한참이나 어리고 못나게 느껴진 것이다.

그래서 속도 상하고 부럽기도 한 이상한 기분을 느끼는 중이었는데 그런 기분을 아는지 모르는지 신녕궁주는 한껏 좋아진 기분으로 호탕하게 웃고 있었다. 그러고는 거의 울 듯한 얼굴을 하고 있는 오복을 달래듯 잘 차린 상을 내려 주었다.

"저이가 바로 그 선비님의 안사람이랍니다."

벌겋게 익은 얼굴을 하고 어머님의 등 뒤에 거의 숨다시피 한 오복을 가리키며 홍주는 곁에 앉은 사람에게 그렇게 말하고 있었다. 유난히 화려하게 치장을 한 옥금이었다.

"생각보다 괜찮구나. 나는 또 네가 하도 못난이라 하여 감저(甘藷)처럼 생긴 줄 알았단다."

"흥! 저것이 감저가 아니면 뭐랍니까?"

"무어? 쯧쯧, 너도 참 보는 눈이 없구나."

"보는 눈이 없다니요?"

"네 눈에는 아니 보이겠으나 내 눈엔 보이는 것이 있지. 저이가 지금은 저리 볼품없어 보여도 하루가 다르게 피어나는 중이란다. 사랑받고 사는 여인은 꽃처럼 금방 피어나는 법이거든. 더구나 본바탕도 그리 빠지는 것은 아닌 듯하고. 이거, 조금 어렵겠는걸."

그저 못났다는 말만 듣고 이제 그 선비를 유혹하는 일쯤은 여반장이라 여기고 있었는데 아니었다. 홍주는 모르지만 그녀의 눈엔 보였다. 이제 막 피어나기 시작하는 저 어린 여인의 미모는 머잖아 궁 안 제일미녀라는 신녕궁주조차 한 수 접어 주어야 할 만큼 빼어나게 되리라.

'그러니 그 전에 빼앗아 버려야지.'

더 피어나기 전에, 더 어여뻐지기 전에 빼앗을 테다. 그러면 저것은 그대로 시들어 버리겠지. 꽃이란 본래 제게로 향하는 온기를 먹고 피어나는 것이니.

그런 생각과 함께 옥금의 붉은 입술이 길게 호선을 그리며 올라갔다. 그것을 보는 홍주의 시선이 조금 불만스럽게 흔들리고 있었다.

'저 못난이더러 뭐라고? 내 참, 기가 막혀서. 이제는 하다하다 한 가족조차도 내 속을 긁는구나.'

아첨을 하여 그럴듯한 상까지 받아먹고 있는 꼴을 보는 것도 어이가 없어 죽겠는데 또 뭐라 하는 것이야.

속이 부글부글 끓고 열이 올랐다.

"이상하구나."

문득, 곁에서 나직한 중얼거림이 들려왔다.

돌아보니 어머니가 고개를 갸웃거리며 무언가를 떠올리듯 미간을 찌푸리고 있었다.

"왜 그러셔요?"

"아니, 조금 이상하여서 말이다. 저 아이, 개경 김 진사 댁 초희라 하지 않았었니?"

"맞습니다. 헌데, 그것이 왜요?"

"아무래도 얼굴이 많이 변한 듯하구나. 어릴 적엔 어미를 많이 닮았었는데 그 사이 영 딴 얼굴이 되었어."

"그야, 사람 얼굴은 자라면서 변하는 거니까요. 더구나 어머니를 일찍 여의고 고생을 많이 하여 제대로 자라지 못했다고 하였어요."

"그런가? 허기는, 그렇겠지. 그래도 자꾸 낯이 익은 걸 보니 제 어미를 닮기는 한 모양이다."

그렇게 대답을 하면서도 헷갈리기는 여전해서 장 부인은 저도 모르게 몇 번이나 고개를 갸웃거렸다.

어릴 적의 얼굴과도 다르고 그녀가 기억하고 있는, 어미인 송씨와도 별로 닮지는 않은 것 같은데 그럼에도 불구하고 이상하게 낯이 익은 얼굴이었다. 그 댁의 바깥양반을 본 적이·없으니 친탁을 하였다고 단언할 수도 없고 그렇다고 외탁을 하였다고 하기엔 무언가가 어색한데도 말이다.

결국 이것도 아니고 저것도 아닌, 그 미묘한 거슬림은 그것대로 뚜렷한 인상이 되어 그녀의 뇌리에 선명하게 남겨졌다.

자경이 그를 발견한 것은 석전놀이가 벌어지고 있는 천변 부근에서였다.

"거참, 찾을 때는 그토록 뵈지 않더니 찾지 않을 때는 보이지 말았으면 해도 보이는구나. 저 양반이 아무래도 청개구리 띠인 게야."

돈까지 걸어 놓고 석전놀이에 열을 올리고 있는 와중에 떡하니 나타나 괜히 곁에서 알짱거리는 희도를 보고 자경은 그야말로 어처구니없어 했다. 언제는 따라다닌다고 패고 찾아다녀도 코빼기 하나 뵈지 않더니 이제는 제 발로 나타나 '나 여기 있다', '나 좀 봐라' 하듯 눈앞에서 왔다 갔다 하고 난리였다.

"혹시, 저 찾아오셨습니까?"

벌써 몇 번째 주위를 돌고 있는 희도를 보며 자경이 못 이긴 척 물었다.

"크흠. 뭐, 그렇기도 하고, 아니기도 하고."

"찾아왔으면 온 거지, 무슨 대답이 그렇습니까? 뭡니까? 또 무슨 일을 벌이셨기에 그 비싼 걸음을 직접 예까지 옮기신 거요?"

"……젠장! 일없다. 그냥 갈란다."

"어허! 그냥 가시면 후회할 텐데?"

"후회는 개뿔이."

"저 지금 손에 돌 들었습니다. 내 평소에 석전 구경만 했지 직접 해 본 적은 없는데 이참에 한번 해 볼까요?"

하필이면 모진 놈에, 모진 자리를 고를 건 또 뭐였나그래.

사방에 널린, 흉악한 모양새의 돌을 노려보다 희도는 냉큼 돌아섰다. 그러고는 두어 걸음 만에 도로 자경의 곁으로 돌아와서는 고개만 반대 방향으로 홱 돌리고 서는 거다. 그 모습이 마치 토라진 여인을 보는 듯하여 자경은 저도 모르게 코웃음을 치고 말았다.

"차~암 귀엽기도 하십니다."

"뭐라?"

"아무것도 아닙니다. 그냥 용건이나 말씀해 보시지요."

"……."

"저 바쁜 거 안 보이십니까? 청군에다가 은병을 일곱 개나 걸었단 말입니다."

"제기랄! 자리를 옮기자."

"안 됩니다! 돈을 걸었다니까요."

"이익! 그깟 돈이 문제냐, 지금!"

한자리에 박힌 채 때려죽여도 꿈쩍할 기세를 보이지 않는 자경을 향해 희도는 으드득 이를 갈았다. 그러더니 멧돼지처럼 씩씩거리면서 아무 돌이나 집어 들고는 서로 대치하고 있을 뿐 아직 본격적으로 공격을 시작하지 않고 있는 청군과 백군 중 백군을 향해 홱 집어 던졌다.

아찔한 포물선을 그리며 돌이 날아간 직후 빡! 하고 해골 깨지는 소리와 함께 한 놈이 벌건 피를 뿌리면서 훌떡 날아갔다.

"와아! 한 놈이 죽었다. 공격하라!"

"공격하라! 놈들을 모조리 죽여어!"

기 싸움을 벌이며 팽팽하게 대치하고 있던 무리가 메뚜기 튀어 오르듯 동시에 왁 하고 튀어 올라 서로를 향해 미친 듯이 돌을 던지기 시작하였다. 아니, 그런데 던지는 건 던지는 건데 왜 죄 없는 구경꾼에게까지 던지는 겐가.

"튀어!"

"혀, 형님!"

날아오는 돌을 피해 자경은 죽어라 뛰었다.

모진 놈 곁에 있다가 벼락을 맞는다더니 지금 그는 벼락이 아닌 돌을 맞고 있었다.

"하악, 하악! 아, 하마터면 죽을 뻔했네."

돌이 난무하는 전장에서 제법 물러난, 언덕배기에 올라서서야 그는 거친 숨을 몰아쉬며 길게 널브러졌다. 언덕 한쪽에서는 웬 양반들이 거한 천막까지 쳐 놓은 채 고기를 굽고 술을 마셔 가며 고상하게 석전을 구경하고 있었다.

그런 것을 슬쩍 보다가 자경은 숨소리 하나 거칠어진 기색도 없이 태연하게 곁으로 다가와 앉는 희도를 향해 따지듯 물었다.

"저 이제는 홀몸이 아닌 거 아십니까?"

"흥! 그래서?"

"절 죽이면 과부가 하나 만들어진다는 말이지요. 그 꼴을 가슴 아파 어찌 보시려고 이런 무모한 짓을 하시는 겝니까? 제가 뜀박질이 조금만 늦었어도 날아오는 돌을 처맞고 그대로 죽었을 겁니다."

"……."

"아, 형님!"

"시끄럽다."

누운 채 고개만 발딱 쳐들고 소리를 질렀더니 이 양반이 가차 없이 씹어 먹었다. 가만히 앉아 하늘을 보면서 문득 물었다.

"너, 요즘은 왜 대국에 가자는 소리 안 하냐?"

"그야……."

"대국에나 갈까?"

"예?"

자경의 눈이 동그래졌다.

걸레처럼 널브러져 있던 몸뚱이가 저절로 일으켜 세워졌다.

"사형, 지금……."

"농담이다."

"하아?"

말도 안 된다. 천하의 동랑은 여인도 모르지만 농담도 모르는 사람이었다. 자경만 아는 비밀인데 저 양반은 여직까지 우직하게 동정을 유지하고 있는 숫총각 중의 숫총각이었다. 언제가 될지 알 수 없는, 장가가는 그날까지 꾸준히 동정일 확률이 아주 높기까지 하였다.

그 한눈을 팔지 않는 우직한 성질머리로 보아 그때까지 농담을 모를 확률도 역시 높았다. 그런 사실을 깊이 유념하며 자경은 옷자락을 탈탈 털면서 나직하게 중얼거렸다.

"그게 농담이면 사형이 숫총각이라는 사실도 농담일 거요."

"너어! ……누가 네놈의 사형이란 말이냐!"

"됐소이다. 용건이나 얼른 부시오. 요즘 코빼기도 보이지 않고 어딜 쏘다닌 것인지, 뭘 하고 다녔는지까지 다 불란 말입니다. 안 그러면 내 여기서 '동랑은 숫총각이다.' 라고 소리치겠소."

어마어마한 협박에 희도의 얼굴이 순간 창백하게 변한 것도 같았다. 그러나 그는 곧 한숨을 푹 내쉬더니 어딘지 조금 흐려진 안색으로 자경을 돌아보았다. 그리고 말했다.

"옥교 좀 빌려 다오."

"……?"

"가마 말이다. 네 집에는 있을 게 아니냐. 그것도 두 개나."

"있기야 합니다만, 그걸 가져다 뭐에 쓰려고…… 설마?"

무심히 대꾸하다 자경은 무언가를 떠올리고 퍼뜩 입을 다물었다. 옥교와 보쌈, 그리고 춘궁이 차례로 뇌리를 스쳐 가고 있었다. 그리고 그것을 집요하게 따라잡던 희도의 모습도.

"사형, 설마…… 또 그런 일을 목도하신 겁니까?"

"이번에는 그냥 보고만 있지 않으려고."

"왜입니까?"

"죽었다. 지난 번 그 여인. 궐에서 죽어 나왔어."

"……!"

"내 탓이다. 그때 막았어야 했는데 그래 봤자 아무것도 달라지는 것은 없을 거라는 생각에 막지 않았었지. 막았다면 적어도 여인의 목숨은 구할 수 있었던 거였는데 말이야."

쓰디쓴 표정으로 그는 그렇게 말했다. 그러나 자경은 동의하지 않았다. 구해졌다 해도 과연 그 여인이 살았을까 하는 의문이 들었다. 구해졌다면 그것이 빌미가 되어 되레 집안이 망했을지도 모르고, 혹은 당사자가 아예 쳐들어오는 더 황당한 일을 겪었을지도 모른다. 그가 아는 세자는 그러고도 남을 위인이었으니까.

"그래서 다음번은 직접 막으시겠다고요?"

"그래. 저들이 노리고 있는 여인이 누군지 알아냈다. 해서, 내가 먼저 빼돌리든지, 아니면 중간에 가로챌 거다."

"그런다고 저들이 포기하겠습니까?"

"안 하겠지. 그래서 상소를 올리려고 한다."

"사형!"

"나 안 미쳤다. 상소를 올리는 것은 내가 아니라 유생들이다."

"음?"

"그게…… 그렇게 되었다."

얼버무리듯 말하는 희도의 얼굴이 조금 붉었다.

그것을 보고서야 자경은 그가 본가에 다녀왔음을 알았다. 과거를 보지도 못하고 아무것도 할 수 없는데 백년천년 글만 읽어 무엇하느냐며 뛰쳐나온 사람이 제 발로 돌아가 무릎을 꿇은 것이다.

세상을 바꾸는 것은 왕도, 벼슬자리도 아닌 그저 글 한 줄로 충분하다고 믿으며 하루 종일 글을 읽고 제자를 가르치고 있는 자신의 아버지에게.

"스승님께서는 강녕하십니까?"

홀린 듯 그를 보며 자경은 멍하니 물었다.

"음. 백 년도 더 사실 것 같더라. 젠장! 아직도 종아리가 아파."

"맞아도 싸지요. 그러게 왜 반항을 해서는."

"이 자식이 근데!"

"끙차! 필요한 날 와서 찾으십시오. 가마도 준비해 두고 있겠습니다."

"뭐라? 아니, 내가 필요한 건 가마지 네놈이 아니다."

"어허, 사양치 마십시오. 까짓, 가마도 내드리고 하룻밤뿐이지만 이 몸도 기꺼이 내드리리다. 안 받으시겠다면 이 자리에서 동랑은 이십삼 년 묵은 숫총각이라고……."

"닥쳐! 으드득. 꼭 찾아가마."

"진즉 그럴 것이지."

이까지 갈아대며 때려죽일 듯 바라보는 것도 무시하고 자경은 부스스 몸을 일으켰다.

"덕분에 청군이 이겼습니다."

돌 날아가는 소리가 요란하던 전장이 어느새 조용해져 있다.

핏자국이 난무하고 멀쩡히 서 있는 사람보다 쓰러진 사람이 더 많은 가운데 그나마 살아남은 쪽이 더 많은 청군 쪽에서 깃발이 올랐다. 자경은 돈을 땄다.

"술 사라."

휘청거리며 걸어가는 자경의 어깨에 한쪽 팔을 척 걸면서 희도가 말했다.

그런 두 사람의 모습을 아까부터 가만히 바라보고 있는 시선이 있었다. 언덕배기의 가장 좋은 자리에 천막을 치고 고기를 굽던 일행 중 하나가 유난히 뽀얗고 통통한 얼굴을 들고 둘의 모습을 가만히 지켜보다가 다시 안쪽으로 시선을 돌렸다.

　"이런, 내가 졌군. 항상 이렇단 말이야. 자네랑 내기만 하면 내가 늘 져. 대체 왜 그런 게지?"

　"생즉사 사즉생."

　"살려 하면 죽고 죽으려 하면 산다? 즉, 이기려 하지 않으면 이긴다는 뜻인가?"

　"후우, 믿기지 않으십니까? 허나, 사실입니다. 이날까지 저는 전하께 이기려 든 적이 단 한 번도 없습니다."

　"……그렇군."

　잠시 침묵이 감돌았다. 그 말없는 침묵을 배경 삼아 술이 몇 순배(巡杯) 더 오고 갔다. 그 끝에서 문득 왕이 물었다.

　"아이는 찾았나?"

　"아직."

　"그 아이 살아 있으면 저 아이의 짝이 되었을 것인데."

　왕의 시선 안에 고기를 굽고 있는 뽀얀 얼굴의 소년이 들어왔다. 그러나 어겸은 고개를 저었다.

　"사양하겠습니다."

　"왜?"

　"공신 노릇도 벅차서 내놨는데 종친까지 되면 숨이 막힐 것 같아서요."

"아닌데? 자네 아직 공신인데? 그리고 내 아우이기도 하잖아."

"그런 것 이미 던져 버렸잖습니까?"

성질을 부리듯 빽 소리치자 왕이 문득 득의만만하게 웃더니 소매를 뒤져 뽀얗게 빛나는 옥패를 꺼내어 들었다. 그러더니 그 것을 툭 던져 주면서 말했다.

"하도 곱게 던져서 금도 안 갔더라. 다음엔 아주 모질게 패대기를 쳐 봐. 산산이 깨지도록 말이야."

"젠장!"

싱글싱글 웃는 얄미운 얼굴에다 대고 어겸은 짐짓 이를 갈았다. 받아 든 옥패가 정말로 말짱해서 공연히 화가 났다. 다시 패대기를 칠까? 억한 마음에 어겸은 벌떡 일어나 옥패를 든 손을 높이 들었다가 슬그머니 내려놓고 그러다 다시 들기를 몇 번이나 반복하였다. 그때마다 왕의 웃음소리는 점점 더 커지기만 하였다.

"저쪽도 돈을 땄나 보군."

언덕 위에서 '으하하하' 울려 퍼지는 호탕한 웃음소리를 들으며 자경은 그렇게 중얼거렸다.

건 돈에, 딴 것까지 야무지게 받아 내어 챙겨 들고 그는 유유자적 천변을 벗어나고 있었다. 하루 종일 나와 놀았더니 이제는 아내가 보고팠다. 단오라고 궐 구경을 간답시고 새벽부터 날치더니 기어이 그를 버리고 내빼 버린 얄미운 사람. 그 얄미운 사람이 보고파서 간만에 매달리는 희도까지 떼어 버리고 그는 휘적휘적 북촌을 가로질렀다.

"아니, 아직도 아니 돌아오셨단 말이냐?"

집 안이 고요해서 혹시나 했는데 역시나 아내는 아직 궐에서 돌아오지 않았단다. 그에, 먼저 밥을 먹고 목욕재계까지 한 다음 별채를 차지하고 있으려니 이제는 슬슬 신경질이 나기 시작하였다.

"흥! 그깟 궐에 뭐 볼 게 그리 많다고 저녁때가 되도록 돌아오지 않아? 이래 가지고서야 어느 천년에 아기씨를 만드느냔 말이야. 쳇, 친정에 보내 주나 봐라."

모로 드러누워 혼자 툴툴거리고 있자니 마침내는 스스로가 한심하게 느껴졌다. 희도의 말을 떠올린 것은 바로 그 때였다.

― 너, 요즘은 왜 대국 가자는 소리를 안 하냐?

한동안 늘 입에 달고 살던 말이었다.

심심한데 대국에나 다녀올까, 대국으로 갑시다, 대국에나 가야지.

가서 뭘 어쩌겠다는 생각도 없이 그저 툭하면 가겠다며 벼르고만 있었다. 더 넓은 나라로 가서 공부를 하겠다면서 말이다. 그런데 어쩐지 요즘은 그 말도 입 밖으로 잘 꺼내지 않게 되었다. 어째서인가?

"이제는 홀몸이 아니지, 홀몸이."

멍하니 중얼거리며 그는 슬쩍 돌아누웠다.

처음엔, 아내가 제자리를 찾을 때까지 지켜주고 싶었다. 혼자서도 꿋꿋하게 설 수 있을 만큼만 되면 떠나리라 생각했었다. 헌데, 어느새 그런 생각은 잊고 그저 아내의 곁에 머무는 것이 좋아졌다. 더 오래 곁에 있고 싶어졌다. 그리고 다른 꿈을 꾸기 시작하였다.

꿈을 꾸기 시작한 이후 아무것도 할 수 없는 제 처지 따위 더는 신경 쓰이지 않았다. 그렇게 자경은 도망갈 생각을 버렸다.

"나도 이제 철이 들었나?"

기분이 조금 이상하였다.

사형이 오랜 방황을 끝내고 뿌리로 돌아간 것처럼 저도 이제 철이 드는 겐가 싶어 가슴이 뿌듯하기도 하고 또 한편으로는 어깨도 조금 무겁고 뭐 그랬다.

"흐음, 이제 나도 글이나 읽으면서 살까?"

아무 생각 없이 중얼거리다 그는 또 그것이 제법 마음에 들어 히죽 웃었다. 아내를 가르쳐 함께 글을 읽고 시를 지으며 살면 그건 그것대로 만족스러울 것 같았다.

"좋아. 이제는 글공부에 더해 시 짓는 법도 가르쳐야지."

생각한 순간 그는 벌떡 일어나 한쪽에 밀어 둔 서안을 끌어당겼다.

돌아오는 대로 당장 시 한 수 던져 주고 외라 할 작정이었다. 늦게 온 벌이었다.

"음? 이것이 뭐지?"

지필묵을 찾느라 서안을 열었는데 멀쩡한 종이는 없고 삐뚤빼뚤한 글자가 가득한 시커먼 종이뭉치가 한 다발이나 쏟아졌다.

"글씨를 연습한 종이인가?"

기특한지고.

친정에 서찰을 보낸다며 한동안 붓을 쥐고 살더니 이리 남몰
래 연습을 하였나 보다. 큭큭, 웃으며 자경은 종이뭉치를 활짝
펼쳐 들었다.

"어디 얼마나 못났나 보자꾸나. 대감마님 전상서. 응?"

순간, '친정에 보내는 것이 아니었나?' 하다가 자경은 다른
종이를 펼쳐 보았다. 이번에는 '아버님 전상서'라고 바르게 썼
다. 헌데, '아씨께서는 무탈하신지'는 무엇이고 '도련님'은 또
무엇이란 말인가. 게다가…….

"오복이가 보내옵니다?"

난생처음 들어보는 이름이었다.

"혹시 아명(兒名)인가?"

하도 생뚱맞아 어안이 다 벙벙해졌다. 이게 다 무엇일까 궁금
하기도 하고 동시에 궁금하지 않기도 하였다. 그 이중적인 감정
은 나머지 종이들을 다 펼쳐 보고 싶게도 만들고, 그냥 도로 넣
어 두고 싶게도 만들었다.

"그냥 글씨를 연습한 거겠지. 서찰을 쓰려면 여러 글자를 써
봐야 하니까."

온통 혼란스럽다 못해 없던 어지럼증마저 도지는 가운데에서
도 자경은 필사적으로 그럴듯한 이유를 생각해 내었다. 그냥 글
씨를 연습한 것뿐이라고.

헌데, 손은 어느새 저절로 종이를 펼치고 눈은 쓰다만 글들을 하나하나 살피고 있었다. 펼쳐지는 종이가 많아질수록 그의 얼굴에서 점점 더 표정이 사라졌다.

적게는 한두 글자부터 많게는 한 장을 거의 다 채운 것까지 차례차례 그의 손을 거쳐 갔다. 그리고 마침내 마지막 종이를 내려놓았을 때였다.

"서방님!"

두 볼을 발그레하게 물들인 아내가 방긋 웃는 얼굴로 방으로 들어왔다. 서둘러 온 길인지 숨이 조금 가쁘고 설렘으로 가득한 두 눈은 별처럼 반짝이고 있었다.

"소첩이 조금 늦었사옵니다. 궁주마님께서……."

"늦었구려."

"구, 궁주마님께서 소첩에게 선물을……."

"다행이오. 그대가 마음에 드셨나 보오."

"서, 서방님……."

툭!

품 안에 곱게 품고 온 비단 줌치가 툭 떨어져 바닥을 굴렀다.

오복은 멍하니 선 채 제가 떨어뜨린 것을 바라보았다. 신녕궁주마님께서 그녀를 어여삐 보시어 직접 선물하여 주신 노리개가 든 것이었다. 하루 종일 맛난 것도 주시고 선물도 주시고 제 이야기를 재미있게 들어 주셨다. 그래서 서방님께 자랑을 하고파 서둘러 달려온 길이었다.

오복은 하얗게 질린 얼굴로 서안을 바라보았다.

서찰을 쓴답시고 대뜸 붓을 가져다 댔다가 이런저런 실수를 하여 망가뜨린 것들이 수북하게 밖으로 나와 있었다. 하나하나 펼쳐진 것으로 보아 서방님께서 일일이 다 살핀 듯하였다. 그 사실을 깨달은 순간 눈앞이 캄캄하게 물들면서 다리에 힘이 풀리었다.

"서, 서방님."

"그래, 궐 나들이는 재미있었소?"

"……."

"그것은 무엇이오. 궁주마님께서 주신 선물이오?"

표정 하나 없는 새하얀 얼굴로 서방님이 묻고 있었다.

그 얼굴이 너무나 무서워 오복은 차마 입을 열 수 없었다. 저런 얼굴을 한 서방님은 본 적이 없었다. 너무도 낯설고 무서워 전혀 다른 사람을 보고 있는 것만 같은 기분이 들었다.

얼굴에서 핏기가 가셨다. 싸늘하게 식은 손끝이 덜덜 떨리고 있었다. 눈가가 아플 정도로 아리고 속이 메스꺼워졌다. 그런 그녀의 모습을 서방님은 지독히도 냉정한 표정으로 가만히 바라보고만 있었다. 그가 모든 것을 알아 버리고 말았다는 사실을 그렇게 깨달았다. 눈앞이 아득하게 멀어졌다. 끝이었다.

九. 부부(夫婦)

"그, 그런 것이 아닙니다. 속이려던 것이 아니었습니다. 제 뜻이 아니었……."

제가 뭐라 떠들고 있는지 깨닫지도 못한 채 오복은 그저 멍하니 중얼거렸다.

갑자기 찾아온 끔찍한 공포로 인해 머릿속이 온통 하얗게 비어 버렸다. 오한이 든 것처럼 덜덜 떨면서도 그 사실을 알지 못할 정도로 정신이 저 멀리 달아나 버린 것이었다. 와중에도 꼭 모아 쥔, 창백한 두 손이 쉼 없이 비벼지고 있었다.

"서방님, 제발……."

방금 전까지만 해도 세상에서 제일로 행복한 여인이었는데 갑자기 천 길 낭떠러지 아래로 굴러떨어졌다. 사모하는 분의 시리도록 냉랭한 눈빛 하나에 오복은 하늘이 무너지고 땅이 꺼지는 듯한 절망을 맛보고 있었다.

언제부터 울고 있었던 것인지, 굵은 눈물이 쉴 새 없이 뺨을 타고 뚝뚝 떨어져 내렸다. 언제나 다정하던 품 안에서 내쫓긴 고통은 생각보다 훨씬 더 크고 깊었다. 그리고 두려웠다. 이 일로 인해 앞으로 제게 닥쳐 올 일들과 개경에 계신 분들에게 벌어질 일들이.

하여, 오복은 벌벌 떨면서 빌었다.

그저 비는 것 말고는 할 수 있는 것이 아무것도 없었다. 살려 달라는 말조차 감히 입 밖으로 꺼낼 수 없어 그녀는 소리를 죽인 채 하염없이 울었다.

"감히 우리 집안을 기망(欺罔)하다니."

고저를 느낄 수 없는 낮은 목소리로 으르렁거리는 한마디가 비수처럼 날아와 가슴에 박혔다. 오복은 고개를 저었다.

"아, 아닙니다. 기망한 것이 아닙니다. 그저 달리 방법을 찾을 수 없어 그랬을 뿐입니다. 참말입니다."

"달리 방법이 없었다? 사실대로 털어놓는 방법도 있었을 터인데 고작 가짜 신부를 내세우고도 그런 소리를 한단 말이오?"

"그, 그것은……."

"아씨께서 편찮으셨다면 진즉에 사실대로 고하고 상의를 구했어야 하오. 도움을 구했다면 얼마든지 도왔으리라. 헌데, 그러기는커녕 감히……. 허기는, 그대에게 무슨 죄가 있겠는가. 그저 상전이 시키는 대로 따랐을 뿐일 터인데!"

간신히 내리누르고 있던 분노가 성난 짐승처럼 포효하며 밖으

로 터져 나오려 하는 것을 느끼고 자경은 이를 악물었다. 겁에
질려 바들바들 떨리는 몸으로 그저 하염없이 우는 여리고 가여
운 사람이 아직 눈앞에 있었다.

'이 어리석은 놈! 저 가는 목을 당장 꺾어 놓아도 시원치 않
을 판에 고작 우는 얼굴이 안쓰러워 소리를 높이는 일조차 망설
이고 있단 말이냐.'

불끈 움켜쥔 주먹이 서안을 내려칠 듯 거칠게 쳐들렸다가 가
까스로 내려왔다. 분기 어린 숨을 씩씩 몰아쉬며 자경은 수북이
쌓인 종이 다발을 노려보았다. 아내의 입을 통해 들은 일의 전모
(全貌)란 참으로 기가 막힌 것이었다.

그의 정혼녀이자 김 진사 댁의 진짜 따님이신 초희 아씨는 몸
이 성치 못하여 봉채를 받아 치료차 떠나셨고 그와 혼인을 한
것은 그 집안에서 일하던 노비였다. 그와 그의 집안을 감쪽같이
속이기로 저희들끼리 입을 맞춘 후 작심하고 벌인 일이었다.

실로 후안무치하고도 역겨운 일이었다. 이 집안을 허투루 여
기지 않고서야 감히 벌일 수 없는 천인공노할 짓이 아닌가 말이
다.

'아차! 노비.'

분노로 이글이글 불타던 눈에 이번엔 경악이 어렸다.

이래 봬도 형판의 아들이 아닌가. 아무리 건성으로 지낸다 하
더라도 여느 집안의 사람보다 법에 밝을 수밖에 없었다.

"차, 참말 노비요?"

떨리는 심정으로 그가 물었다.

"훌쩍. 아, 아니옵니다."

"허면?"

"수, 수양딸이옵니다. 업둥이로 들어온 것을 거두어 키워 주셨습니다. 흐윽, 서방님 제발……."

업둥이에 수양딸이라. 그나마 다행이었다. 정말로 노비였다면 꼼짝도 못하고 맞아 죽었을 터인데 업둥이에 수양딸이면 아예 무마할 수는 없어도 목숨이나마 구할 수 있는 가능성이 아주 조금은 있는 편이었다. 노비인지 아닌지 명확히 구분할 수 없다면 일단은 양인으로 치는 것이 법이었기 때문이다. 혹, 뒤늦게 제가 주인이라며 누군가가 노비문서를 꼬나들고 나타나지 않는 이상은 그렇다는 말이다.

'다행이라니. 뭐가 다행이란 말이냐!'

허탈한 한숨이 쏟아졌다.

배신보다 더한 꼴을 당한 와중에도 아내를 구할 방도를 생각하고 있는 스스로에게 자경은 환멸을 느낄 지경이었다. 아무리 계집에 홀렸어도 그렇지, 세상에 무에 이런 덜떨어진 놈이 다 있단 말이냐. 살을 베어 내고 뼈를 깎아 내는 아픔을 홀로 견디는 한이 있어도 집안을 위하고, 가문을 위한다면 이쯤에서 정리를 해야만 했다.

'끊어 내리라! 나를 위해서도, 이 집안을 위해서도 그냥 이대로 묻어 둘 수는 없다!'

단단한 결심과 함께 자경은 이를 악물었다.

"이 일을 또 누가 알고 있소?"

"아, 아무도……. 소첩은 어찌하셔도 좋사옵니다. 소첩이 다 감당하겠사옵니다. 그러니 제발 개경에 계신 분들에게만은 알리지 말아……."

"그 입 다무시오. 이 일이 고작 그대 한 목숨으로 덮어질 일이라고 생각했단 말이오? 그대가 언제부터 그리 중한 사람이었소?"

비수 같은 독설을 내뱉으면서도 자경은 내심 후회했다.

저 눈물 젖은 여린 눈동자가 온통 암울한 빛으로 물드는 것이 보였다. 헤어 나올 수 없을 만큼 깊은 아픔이 깃들고 있었다. 상처받았다. 그런데 그 모습을 보는 그도 심장 아래가 욱신거렸다. 그녀를 상처 주면서 그도 같이 상처를 받고 있었다. 그 사실에 또 좌절하며 자경은 짐짓 고개를 돌려 버렸다.

문득, 아내를 처음 만나던 날의 일이 떠올랐다.

꼬질꼬질한 보따리를 끌어안고 나온 주제에 담을 넘을 생각은 않고 좁은 뒷마당을 오락가락하며 한참이나 맴을 돌고 있기에 딱 도망치는 노비 몰골이라고 생각하였는데 이제 와 보니 사실이 그랬다.

'그래서 도망치려 했던 것이었구려.'

그저 혼인하기 싫어 도망치려 했나 보다 여겼었는데 아니었다. 이 말도 안 되는 일을 피하기 위해서였다. 그럼에도 불구하고 결국은 도망치지 못하고 이렇게 그와 혼인을 하였다. 발각이 되는 순간, 다른 이는 몰라도 저는 반드시 죽을 수밖에 없다는 사실을 알면서도 그를 따라오고 만 것이다.

"왜? 무엇 때문에?"

차라리 달아날 것이지. 이 집안으로 오고 나서도 마음만 먹었다면 얼마든지 달아날 수 있었을 터인데 왜 가지 않았을까.

"왜 달아나지 않았소?"

듣지 않아도 어쩐지 답을 알 것 같았지만 그래도 결국 묻지 않을 수 없었다.

"그들이 그리도 소중했소? 그대의 목숨을 버릴 만큼?"

"갈 곳 없는 소첩을 거두어 키워 주신 분들이십니다. 흐윽, 두고두고 갚아야 할 만큼 커다란 은혜를 입었습니다."

"죽을지도 모르오. 결단코 죽을 것이오. 그래도 괜찮단 말이오?"

"……그렇다 해도 후, 후회하지 않을 것입니다."

후회하지 않는다.

대감마님께 은혜를 갚을 수 있어서가 아니었다. 오복은 진정으로 행복하였다. 이 집에 와서야, 서방님과 혼인을 하고서야 태어나 처음으로 행복이란 것을 맛보았다. 그리고 분에 차고도 넘치도록 사랑을 받았다.

그래서 달아날 수 없었다. 한낱 미물도 은혜를 안다는데 하물며 그녀는 사람이었다.

서방님으로 인해 오복은 제가 비로소 여인이 되었음을 알았고 차마 꿈도 꿔 보지 못하였던 지극한 사랑도 받아 보았다. 그러니 이렇게 죽는다 해도 여한이 없었다.

다만, 슬픈 것은 저 아름다운 분 곁에 오래도록 머물지 못하였다는 것. 그리고 사모하는 분께 아픔으로 기억될 수밖에 없는 처지라는 사실이 미련으로 남을까 두려울 뿐이었다.

친부모의 정을 모르는 그녀에게 다정한 사랑을 주신 시부모님께도 면목이 없기는 마찬가지였으니 만일 후에 다시 태어나게 된다면 꼭 그 은혜를 갚으리라 생각하였다.

'기쁨만 드리고 싶었습니다. 사모한다고 말씀드리고 싶었습니다. 서방님, 소첩은 서방님께 마음을 드렸습니다.'

드릴 수 있는 것이 그것밖에 없어서 그저 마음을 드렸습니다.

쏟아지는 눈물에 그 말을 묻어 두고 오복은 다시 숨죽여 울고 말았다. 이리될 줄 알았다면 진즉에 말씀을 드릴 것을. 사모한다고, 은애한다고 실컷 말이라도 해 볼 것을.

오복은 후회하였다. 이제는 실수로라도 그 말을 입 밖으로 꺼내어 말할 수 없었기 때문이다. 내뱉는 순간, 그가 흔들릴 거라는 사실을 알고 있었다. 온 마음을 다해 아껴 주셨던 만큼 저분은 어두운 방에 혼자 앉아 남몰래 아파하실 터였다.

'알고 있사옵니다. 소첩이 죽어야 이 집안과 개경의 대감마님께서 그나마 무사하실 것입니다. 다 알고 있사오니 부디 망설이지 마시어요.'

오복은 차라리 서방님의 손에 죽게 되기를 바랐다.

형틀에 묶이어 사지를 찢기느니 사모하는 분의 품에서 죽는 것이 훨씬 나았다. 그러나 그 또한 사치스러운 바람이었던가. 냉랭한 시선으로 그녀를 가만히 보던 서방님이 돌연 도포 자락을 떨치고 일어나더니 방문을 홱 열어젖혔다.

"달아날 생각은 마오. 곧 어른들의 명이 있을 것인즉, 그때까지 예서 꼼짝도 말고 근신해야 할 것이오."

"……."

"그대는 죄인이오. 죄인의 신분으로 그에 합당한 벌을 받을 것이니 어떠한 벌이 떨어진다 하더라도 원망치 말아야 할 것이오."

"……예에."

모든 희망을 놓아 버린, 생기라곤 한 톨도 느껴지지 않는 허망한 대답이 바람처럼 귓전을 스쳐 갔다.

자경은 그길로 방을 뛰쳐나갔다. 아내에게 배신을 당하였다는 참담한 기분과 가슴을 온통 찢어 대고 있는 분노에 제정신이 아니었다. 아니, 아니다. 진정으로 그를 흔들고 있는 것은 분노 따위가 아닌 그보다 더 큰 고뇌였다.

'저 사람을 저리 두면 반드시 죽는다. 가문을 위한다면 죽여야 한다. 저이를 죽이고 가문을 욕보인 저 후안무치한 자들에게 죄를 물을 것이다. 그런 다음, 그런 다음…….'

큰 걸음으로 성큼성큼 안채 중정을 가로지르다가 그는 퍼뜩 제자리에 멈추어 섰다. 굳게 다물려 있던 입에서 순간 애끓는 한마디가 새어 나왔다.

"허면, 나는?"

노력한다면, 죽도록 애를 쓴다면 마음을 끊어 내고 사랑을 끊어 낼 수는 있을 것이다. 그러나 그 마음을 담아 두었던 자리는 그대로 남아 있을 터였다. 화살을 쏘았다가 뽑아도 그 흔적이 영

원히 남는 것처럼 그렇게 뻥 뚫린 가슴으로 살아가야 한다.

'저이를 죽이고 홀로 살아갈 수 있느냐, 이자경.'

자경은 그제야 깨닫고 있었다.

그저 짐작했던 것보다 자신이 그녀를 훨씬 더 마음 깊이 은애하고 있음을. 무슨 일이 있다 해도 차마 놓을 수 없을 만큼, 잊고서는 살아갈 수 없을 만큼이었다. 충격으로 눈앞이 어찔해졌다.

"거기 서서 뭘 하고 있느냐?"

반쯤 넋을 빼놓고 멍하니 서 있는데 누군가가 다가와 어깨를 툭 쳤다. 돌아보니 형님이었다. 궐에서 열리는 수박희를 관장한다 하더니 그 일로 귀가가 늦은 모양이었다.

"이제 오십니까?"

"음. 별것 아닌 놀이 하나 맡았을 뿐인데 쓸데없이 일이 많더구나. 헌데, 너는 여기 서서 뭘 하고 있었느냐?"

"아, 아무것도 아닙니다. 그냥 어머니를 좀 뵐까 하고……."

"그래? 허면, 잘됐구나. 같이 들자."

아직 마음을 정하지 못하였으나 이제 와 돌아서기도 뭣하여 자경은 차마 떨어지지 않는 걸음을 어렵게 옮겨 놓았다. 그러면서 심란한 마음을 숨긴 채 짐짓 무심히 물었다.

"형님께서는 두렵지 않으십니까?"

"음?"

"볼모나 다름없는 신세가 아니십니까. 공주 자가 말입니다. 변경의 일이 조금만 수상하여도 결국 없는 죄를 뒤집어쓰고 당장 끌려가게 될지도 모르는데, 두렵지 않으신 겁니까?"

"홋! 글쎄다. 두려워해야 하나?"

마치 그 일을 두려워해 본 적이 없다고 말하듯 그가 태평한 얼굴로 되물었다. 그에, 조금 어이가 없어진 자경이 걸음까지 멈춘 채 그를 돌아보았다. 도대체 무슨 배짱인가 하여서.

"나는 오히려 상감마마께서 공주 자가를 두려워해야 한다고 생각하고 있었다만."

"허! 그 거짓말이 진심이십니까?"

"왜 아니겠느냐? 생각하여 보아라. 당장 변경의 일이 수상하다 하여도 군사를 내어 쫓아가기엔 멀다. 또한, 쫓아가 본들 변경을 지켜야 하니 처가의 가병(家兵)이나 다름없는 그곳의 군사들을 다 죽일 수도 없다. 그럼 여기 계신 공주 자가를 볼모로 삼아 협박이라도 해 보아야 하는데 공주 자가의 곁에는 내가 있다."

음?

"내가 두 눈 멀쩡히 뜨고 상감께서 공주 자가께 같잖은 협박을 할 틈을 줄 리가 없지 않느냐."

으음?

"그 전에 튀어도 진즉에 튀겠지. 내가 이래 봬도 지리에는 꽤 밝아 달아날 길 정도는 벌써 숙지해 뒀느니라."

아니, 그쪽이 달아나면 우리 집안은요?

이씨 집안의 장자라는 자가 집안을 내팽개치고 '일 생기면 그 즉시 공주 자가 뫼시고 멀리 달아나련다.' 하는 소리를 잘도 지

껄이고 있었다. 순간 허탈하여진 자경은 뭐라 말도 못 하고 한동 안 눈만 끔뻑이고 있었다.

집안의 체면을 생각한답시고 아내를 죽일 생각까지 하고 있었 던 제가 마치 천하의 죽일 놈이 된 기분이었다. 누구는 역모 죄 도 두렵지 않다며 달아나겠노라 하는데 저는 고작 집안의 체면 을 챙기자고 은애하는 사람의 가슴에 송곳도 아닌 말뚝을 박았 으니 말이다.

"그래도 장자인데 형님께서 그리 말씀하셔도 되는 겁니까?"

"아니 될 것은 또 뭐냐?"

"아니, 그럼 이 집안은 어쩌라고요?"

"어쩌긴. 같이 도망을 하든지, 아니면 문중의 어른들이 잘 알 아서 챙기시겠지."

"그게 말이 됩니까? 아무리 그래도 그렇지, 계집 하나 구하자 고 집안을 버린단 말이오?"

"네가 말하는 그 계집을 잃으면 나도 죽는다."

"……!"

"내가 죽고 나서 집안이 다 무슨 소용이란 말이냐. 안 그래도 내가 장가를 들 적에 아버지께 말씀드린 것이 있다. 이 몸은 이 제 출가외인(出嫁外人)이니 집안은 재주껏 건사하시라고 말이 다."

자경의 입이 딱 벌어졌다.

시집을 간 여자도 아니고 차남이라 데릴사위로 들어간 몸도 아닌, 자그마치 한 집안의 대를 이을 장자인 사람이 저리 말해도 되는 것인가. 그 불신 어린 시선을 의식한 듯 문경은 조금 어색하게 웃었다.

"뭐, 아주 등지겠다는 소리는 아니다. 그저, 집안 위한답시고 내게 소중한 사람을 놓지는 않겠다는 뜻이지."

"……!"

"백성이 있어야 나라가 있는 것이듯, 사람이 있어야 집안도 있는 것이 아니겠느냐? 달아나는 것이 무에 어때서? 체면 차리다가 죽느니 그냥 작은 것을 버려 더 중한 것을 지키는 것이 낫지."

갑자기 머릿속에서 싸한 바람이 불었다.

자경은 얼어붙은 듯 제자리에 박힌 채 형님의 말을 가만히 되새김질했다. 사람이 있어야 가문도 있다. 굳이 여기가 아니라도 가족이 모이면 대는 이어지고 그것으로 가문의 역사도 이어지게 되리라.

말마따나, 체면이 중요한 것이 아니었다. 마음이 진짜인데 그깟 남의 눈 따위가 무슨 대수랴. 잃고서 죽느니 차라리 함께 살 방도를 찾는 것이 옳은 것이리라.

"안 오고 뭐 하느냐?"

먼저 대청 위로 올라서면서 문경이 그를 돌아보았다. 그런 그를 향해 자경이 전에 없이 진지한 얼굴로 물었다.

"형님, 저를 믿으십니까?"

"음? 믿지. 너를 믿지 않았다면 내가 어찌 감히 출가외인 소리를 입에 담을 수 있었을까?"

"허면, 제가 이후로 어떤 멍청한 행동을 한다 해도 끝까지 믿어 주실 수 있으십니까?"

"네가 그리해 달라 하면 그러마."

생각해 보는 기색도 없이 문경이 선선히 고개를 끄덕였다.

언제나 생각하는 것이지만 참 긴장감이라고는 전혀 없이 사는 양반이었다. 아우가 전에 없이 심각한 얼굴로 무슨 말을 하면 적어도 생각하는 척이라도 해 보든지, 아니면 진지하게 무슨 일이냐고 물어라도 보는 것이 인지상정일 텐데 그는 전혀 그럴 생각이 없다는 듯 그저 흐뭇하게 웃기만 하였다.

그 얼굴이 믿음직스러우면서도 어쩐지 얄미워 자경의 미끈한 이마에 주름이 생겨났다. 그러고 보면, 자라면서도 항상 그랬었던 같다. 저는 언제나 작은 일로도 전전긍긍하기 바빴는데 형은 큰일을 맞이해서도 저렇듯 웃으면서 대수롭지 않게 처리를 하곤 하였다. 그릇의 차이란 바로 이런 것을 가리켜 하는 말이리라.

자경은 제 형을 마음 깊이 인정하였다. 그를 언제나 믿고 의지하고 따르고 있는, 동생으로서의 저를 인정하였다. 그리하여 공연히 새어 나오는 미소를 감추고 사뭇 퉁명스럽게 중얼거렸다.

"제가 이래서 집안 걱정을 하는 겁니다. 사람을 그리 대놓고 믿었다가 나중에 큰일이라도 생기면 어쩌시려고……."

"하하하! 믿을 사람이니 믿는 것이지. 그리고 나도 아주 대책이 없는 것은 아니다. 이것은 비밀인데, 공주 자가께서 혼인을 하실 적에 태상왕 전하께서 내리신 면사철권(免死鐵券)을 들고 오셨거든. 참말 일이 터진다 해도 우리 둘 목숨은 구할 수 있단다."

"차~암 좋으시겠습니다. 이 아우는 철권을 싸 가지고 온 아
내가 없으니 아내든, 집안이든 하는 수 없이 제 힘으로 지켜야겠
습니다. 쳇!"

자경의 투기 어린 말에 문경의 웃음소리가 잠시 높아졌다. 그
렇게 옥신각신하며 두 형제가 나란히 안방으로 들었다.

"무슨 이야기가 그리들 즐거우냐?"

다과상을 앞에 두고 공주 자가와 담소를 나누고 있던 오 부인
이 반색을 하며 두 형제를 맞았다.

"웃음소리가 예까지 들려오더구나. 무슨 좋은 일이라도 있는
것이냐?"

"좋은 일은요. 그저 출가외인이라는 형님의 팔자가 부러워 시
샘을 좀 했습니다."

"출가외인? 오호호, 참으로 재미난 소리구나. 허기는, 혼인하
여 집안을 떠났으니 외인은 외인이지. 헌데, 외인 주제에 집에
너무 자주 찾아오는 것이 아니냐?"

"크흠. 제가 오고 싶어 오는 것이 아닙니다. 바늘이 여기 있으
니 실은 그저 하는 수 없이 따라오는 게지요."

"뭐라? 오호호호."

오 부인의 웃음소리가 높아졌다. 곁에 앉은 공주 자가의 미소
도 더 짙어졌다. 그 속에서 자경 혼자만 어처구니없다는 듯 입을
딱 벌리고 있었다. 본래부터 공처가인 줄은 알고 있었지만 이렇
게 뻔뻔하기까지 한 줄은 또 몰랐지 뭔가.

"수박희가 잘 마무리되었다는 소리는 들었다. 그래, 성과는 좀 있었느냐?"

아들의 일이 궁금했던지 오 부인이 다시 재우쳐 물었다.

"성과가 다 무엇입니까. 글쎄, 친림하신다던 상감마마께서는 감쪽같이 사라지시고 세자 저하께서 나오셨는데 그분이야 박투보다 꽃을 따는 일에 더 관심이 많으신 분이 아닙니까?"

"저런! 그래서?"

"수박희는 대강 마무리하고 곧바로 연회라 술판이 벌어지는 것까지 보고 왔습니다. 나오는 길에 언뜻 상감마마께서 환궁하셨다는 소리를 듣기는 하였으니 우려할 만큼 큰일은 없지 싶습니다."

"그나마 다행이구나. 헌데, 상감마마께서는 어딜 다녀오신 것인고? 중전마마께서는 교태전에 갇히시어 하냥 눈물만 흘리고 계시거늘."

"글쎄요."

문경의 얼굴이 조금 흐려졌다. 그의 시선이 자경에게로 향하였다. 그 모습이 마치 '너는 알고 있겠지?' 하고 묻는 것 같아 조금 뜨끔하였지만 자경은 그냥 모른 척해 버렸다. 그분의 행적을 정말로 알고 있어서가 아니었다.

자경이 그렇듯, 상감마마께서도 석전이라면 자다가도 벌떡 일어나는 골수꾼이었던 것이다. 그런 양반이 천변에서 벌어지는 석전놀이를 외면하였을 리가 없었다. 분명히 변복을 하고서라도 거기 어딘가에 끼어 구경을 하였을 터였다.

"헌데, 너는 또 어쩐 일이냐?"

오 부인이 이번엔 멀뚱히 앉아 있는 자경을 향해 물었다.

"초저녁부터 별당에 들어앉아 목을 길게 빼고 기다린다 하여 서둘러 들여보내 주었거늘. 처 곁에 들러붙어 있지 않고 이 시각에 어찌 여길 다 나왔느냔 말이다."

"아니, 소자가 무슨 엿입니까? 아무 데나 들러붙게."

"아니었느냐?"

"크흠, 뭐 신혼 때는 다 그런 것이라고 합디다. 당연한 것을 가지고 너무 그렇게 놀리지 마십시오."

제 형을 향해 뻔뻔하다 욕하던 것도 잊고 자경은 낯빛 하나 붉히지 않고 더욱 뻔뻔하게 대꾸하였다. 그러고는 제법 진지한 태도로 운을 떼었다.

"어머니."

"음? 왜 그러느냐? 무어 할 말이라도 있는 것이야?"

"예. 제가 혼인을 한 지도 벌써 백 일이 지나고 있지 않습니까?"

"하여서?"

"운이 좋아 처가살이는 면했습니다만, 집 떠나온 사람의 심정은 말이 아닐 듯하여 소자가 작은 청을 드리고자 합니다. 근 시일 안에 부인을 모시고 개경에 다녀올까 하니 허락하여 주십시오."

전에 없이 진지한 태도에 오 부인이 잠시 놀란 얼굴을 하였다.

"혹, 작은아이가 우울해하더냐?"

"아닙니다. 그 사람이야 궐 구경을 하고 왔다고 좋아 웃었지요. 헌데, 제가 마음이 좀 그랬습니다. 명절이 아닙니까. 식구들이 보고 싶을 터인데도 말 한 마디 없는 것이 안쓰럽더이다. 허고, 그 댁에 미혼인 형님께서 계시는데 여태까지 혼인을 못하고 있다가 이번에 마침 적당한 혼처를 찾아내어 날을 잡을 듯하다고도 하고요."

"그래? 그것참 좋은 소식이구나. 허면, 가 보아야지. 고명딸이 아니냐. 명절 끝이니 모처럼 어른께 안부도 여쭙고 또 오라비의 혼인 준비도 거들어야지. 암, 그렇고말고."

선선한 허락이 떨어졌다.

평소 아내가 밉보이지는 않은 듯 어머니도 공주 자가도 좋은 얼굴로 허락을 하여 주고도 모처럼의 처가 나들이라 빈손으로 가는 것도 예가 아니라며 이것저것 마련하여 주겠노라 단단히 약속까지 하여 주셨다. 그에, 마음이 조금은 가벼워지는 것을 느끼며 자경은 안방을 나섰다.

"처가살이라……."

느린 걸음으로 다시 별채로 향하며 자경은 어두운 하늘을 올려다보았다. 안색이 어느새 밤하늘만큼이나 어두워져 있었다.

"함께 살아남으려면 그 방법만 한 것도 없다. 어른께 없는 병이라도 만들어 드린 후 나으실 때까지 처가살이를 하겠노라 하면 쉽게 반대하지는 못하실 터."

형님의 충고는 확실히 적절하였다. 짧은 사이, 자경은 제 마음을 솔직히 인정하고 아내와 함께 살 궁리를 하였다. 마침 기회도 좋았다. 여기에 있다가는 또 어떤 실수로 진실이 들통 날지 모르니, 그는 처남의 혼인을 핑계로 개경으로 갔다가 그곳에 아예 눌러앉을 생각을 하고 있었다.

본인이 해 놓은 일이 있어 장인도 반대하지는 못하실 터이고 또 처남도 없는 집에서 장인이 병을 얻어 자리보전하고 누웠다 하면 그의 집에서도 크게 싫다는 소리를 할 수 없을 것이니 이변이 없는 이상 일은 순조롭게 진행되리라.

"처가살이가 별것이냐. 어차피 남들도 다 하는 것인데. 아기씨가 생길 때까지 버텨 보자. 하나는 좀 아쉬우니 둘이나 셋을 낳을 때까지 개경에 있다가 돌아와야지. 그때쯤 되면 진실이 드러난다 하여도 설마하니 내치기야 하시겠는가."

영민한 두뇌가 빠르게 돌아갔다.

어차피 형님 내외야 공주 자가께서 아직 연치 어리시니 아기씨를 보려면 한참은 더 남았고, 막내 내외는 사이가 아슬아슬하여 간신히 이혼 소리를 입에 담지 않고 있을 뿐 사실은 남이나 마찬가지인 생활을 하고 있으니 더욱 아기씨 볼 일이 멀었다.

하여, 이런 때에 아기씨를 턱 안겨 주고 한껏 어여쁨을 받게 하면 그 정이 아쉬워서라도 제 아내를 내치지 못하시리라 계산을 한 것이다.

"그렇다 하여도 역시 신분이 조금 걸리는구나."

다시 긴 한숨이 쏟아졌다.

업둥이니 노비인지 아닌지 확실치 않았다. 그 경우엔 양인으로 치는 것이 법이었으나 혹 웬 놈이 주인이라며 노비문서를 들이대지 않으리라는 보장이 없었다. 설령, 그런 일은 없다 하여도 여전히 신분은 양인, 즉 상것에 지나지 않게 된다.

문제는 그뿐만이 아니었다. 천자수모법(賤者隨母法)이라 쓰고 종모법(從母法)이라 읽는 법이 있었다. 어미가 천인의 신분으로 양반과 혼인을 하여 자식을 낳을 경우 그 자식들은 어미의 신분을 따라가게 된다는 법이었는데 이 법에 따라 자경과 오복이 자식을 낳을 경우, 자식들은 당연히 오복의 신분을 따라가게 되는 것이다.

"정 아니 되면 장인께 고하고 친딸로 족보에 올려 달라 하는 수밖에. 후안무치한 양반 같으니. 몸이 불편한 친딸 대신 천금을 받고 팔아 치우면서 족보에도 안 올려 주었단 말인가. 그래 놓고 수양딸이라는 소리는 잘도 하였겠지."

자경은 으드득 이를 갈았다.

제 처의 처지는 백번 이해를 하고도 남았으나 장인만큼은 도통 이해도, 용서도 할 수가 없었다. 사실이 들통 나면 자신은 체면을 상하는 정도에 그칠 것이나 수양딸인 아내는 분명히 죽을 것이라는 사실 정도는 알았을 터인데 어찌 그리 보낼 수가 있단 말인가.

"무도하고 잔인한 인간 같으니. 숫제, 가서 죽으라고 등을 떠민 것이 아니냔 말이다. 음? ……죽는다?"

자경의 고개가 갑자기 번쩍 쳐들리었다.

별채에 홀로 두고 온 아내의 얼굴이 눈앞을 스쳐 가는 것과 동시에 하여서는 아니 되는 불길한 생각이 번개처럼 떠올랐다. 그러고 보니 미처 생각지 못한 것이 있었다. 생각이 있는 이상 저도 만일의 일을 짐작해 보지 않은 것은 아닐 텐데, 모든 것이 들통 났을 때 아내는 어찌할 생각이었을까?

"설마!"

자경의 얼굴이 창백하게 가라앉았다. 그리고 다음 순간, 그의 다리가 성급하게 땅을 박찼다.

오복은 처연한 얼굴로 보따리를 어루만지고 있었다.

서방님께서 하여 주신 고운 비단옷을 벗어 한쪽에 얌전히 개켜 놓고 소복 차림에 머리를 길게 풀었다. 울다 지치어 벌겋게 부은 눈에서는 아직도 굵은 눈물이 뚝뚝 떨어져 꼬질꼬질한 보따리를 축축이 적시고 있었다.

"죄송하여요. 많이 뵙고 싶고 또 그리운데 소녀의 처지가 어렵게 되어 더는 앞날을 기약할 수 없을 듯하옵니다. 부디, 이 못난 딸을 용서하시어요."

허망한 한 마디 한 마디가 힘없이 흘러나오다 안개처럼 금방 흩어졌다. 안 그래도 파리한 낯빛에 암울한 그늘마저 어리어 몰골이 말이 아니었는데 그런 것을 아는지 모르는지 오복은 목숨처럼 여기던 보따리만 만지다가 기어이 긴 한숨을 내쉬었다. 그러곤 낮은 장 한쪽에서 기다란 무명천을 꺼내어 서리서리 풀어 놓았다.

서방님이 내어 주신 노비를 부려 처음으로 지어 낸 천이었다.

그리고 보니 서방님 덕분에 태어난 이래 처음으로 재산을 가져 보았다. 열 구나 되는 노비를 부려 길쌈을 하고 그렇게 얻은 명주로 얼마 전에는 서방님의 속저고리를 지어 드릴 수 있었다. 고작 속저고리 한 벌을 가지고 얼마나 기뻐하셨던지. 하도 물고 빠시는 통에 오복은 그날 제가 닳아 없어지는 줄만 알았었다.

"소첩이 참말 행복하였습니다. 이 못난 것을 그리 어여뻐하여 주신 분은 오직 서방님 한 분뿐이었습니다. 사실은, 많이 은애하였사옵니다."

오복은 처음으로 서방님을 향한 제 마음을 털어놓았다.

어쩌면 휘영청 달 밝은 밤, 개경 집 그 뒤꼍에서 마주친 바로 그날부터 마음에 담은 것일지도 몰랐다. 평생을 바라보고 산 도련님의 뒷모습은 이제 기억도 나지 않았다. 이 순간, 생각나는 것은 오로지 '나에게 모과를 던져 주기에 나는 패옥으로 갚았지.' 하며 웃으시던 서방님의 환한 얼굴뿐이었다.

그런 분에게 오복은 씻을 수 없는 죄를 지었다. 은혜를 갚기는커녕 속이고 기망하였다. 그러니 이렇게 죽는 것이 당연할 것이다. 아니, 오히려 모자랐다. 개경 집의 일을 제 한목숨으로 감추기 위함이니 얼마나 후안무치하다 여기실까.

"이 죄를 어찌 갚아야 할지 모르겠습니다. 흐윽, 부디 이 못난 것은 잊으시고 곧 새 아내 맞으시어 어여삐 여기며 지내시어요."

처연한 울음소리가 낮게 흐르다 서서히 잦아들었다. 그 울음 끝에서 오복은 길게 늘어뜨린 천을 들고 비틀거리며 자리에서 일어섰다. 단단히 결심을 한 후임에도 불구하고 먹장 같은 두려움이 몰려와 온몸이 덜덜 떨리고 있었다. 벼랑 끝에 선 듯 눈앞이 다 아찔하였다. 그 때였다.

"하아, 하아! 그 자리에서…… 후우, 꼼짝도 마오."

방문 밖에서 거친 숨을 동반한 나직한 한마디가 새어 들었다. 곧 서서히 방문이 열렸다. 서방님이었다.

"서, 서방님."

"그 자리에서 꼼짝도 말라 하였소."

단단히 굳은 얼굴로 그가 명하였다. 그러곤 흡사 숨마저 멈춘 듯 고요한 움직임으로 한 걸음 한 걸음 다가와서는 가만히 손을 내밀었다.

"이리 주시오."

"서방님……."

"주시오."

부릅뜬 그의 눈이 세차게 흔들리는 그녀의 눈동자를 똑바로 마주 보며 재촉하였다. 무명을 든 손이 바들바들 떨리고 있었다. 잠시 잊고 있던 공포가 다시 왈칵 치고 올라와 숨통을 조이는 듯하였다. 그에, 손을 내밀지도 꼭 움켜쥐지도 못한 채 그저 석상처럼 굳어만 있자 그가 손을 내밀어 그녀의 손에 들린 것을 가만히 채어 갔다.

"하아!"

무명천을 빼앗기자마자 오복은 다리에 힘이 풀리어 그 자리에 풀썩 주저앉고 말았다.

겁에 질린 몸이 아직도 가늘게 떨리고 있었다. 몰랐는데 그사이 제가 겁을 많이 집어먹고 있었던 듯하였다. 무서웠다. 목을 매면 흉측한 몰골이 된다 하는데 그렇게 홀로 죽어 구천을 떠도는 귀신이 될까 봐.

"참으로 독한 사람이오."

무명천을 멀찍이 집어 던진 자경이 오복의 곁에 털썩 주저앉으면서 말했다.

"아무리 참담한 마음이라 해도 그렇지, 이렇게 쉬이 죽을 결심을 한단 말이오? 그대, 이제 고작 열일곱 아니, 열여섯이 되었을 뿐이오. 꽃다운 그 나이가 아깝지도 않았더란 말이오."

"……."

"일을 꾸민 것은 저들인데 그대가 왜 죽는단 말이오. 죽기로 결심하는 대신 어떻게 해서든 살아남을 방도를 생각하였어야지!"

"……송구하옵니다."

개미만 한 목소리가 가늘게 새어 나오다 힘없이 뚝 떨어졌다.

그 소리를 듣자 더더욱 기가 막혀진 자경은 왈칵 치미는 분노를 이기지 못하고 두 손을 들어 오복의 어깨를 꽉 움켜쥐었다. 달달 흔들면서 소리쳤다.

"그대가 이대로 죽으면 나는! 나는! ……나는 어쩌란 말이오."

그대를 잃고 나는 어찌 살란 말인가.

차마 내뱉지 못하고 그저 애면글면하다가 자경은 고개를 돌려 아직도 서안 위에 수북이 쌓여 있는 종이 뭉치를 바라보았다. 그의 눈동자에 문득 굳은 결심이 어렸다.

자경은 한걸음에 달려가 종이 다발을 몽땅 쓸어다 화로에 던져 넣었다. 거의 사그라지고 있던 불씨가 확 살아나면서 순식간에 종이를 집어삼켰다. 그것을 본 오복의 눈이 화등잔처럼 커다래진 것은 당연하였다.

"서, 서방님!"

"이 일은 아무도 모르는 것이오. 오직 그대와 나만 아는 일이오."

"하오나!"

"쉿! 이제부터는 내 말대로 하오. 전에 말하였듯이, 우리는 개경으로 갈 것이오. 처남께서 혼인날을 잡으셨기에 축하하러 가오. 이미 어머니께서도 허락을 하신 일이오. 허니, 이 기회를 살려 우리 게에 가서 삽시다."

"……."

"처가살이는 당연한 것이니 새삼 흠될 것도 없소. 허고, 어차피 처남께서 떠나시면 장인께서도 적적하실 터이고 또 내 그분께 청하여 그대를 족보에 넣어 달라 할 것이오. 그리합시다. 응?"

혹 뜻대로 따라 주지 않을까 두려워 자경은 숨 쉴 틈도 주지 않고 주르륵 앞으로의 계획을 털어놓았다. 그때까지도 오복은 그저 인형처럼 앉은 채 그를 멍하니 바라보고 있을 뿐이었다.

"부인!"

"서방님, 그리하시면 아니 되어요."

가만히 속삭이는 한마디와 함께 그렁그렁 맺혀 있던 눈물이 볼을 타고 흘러내렸다. 오복은 손을 들어 아름다운 그의 얼굴을 조심스럽게 어루만졌다. 그러면서 속삭였다.

"그리하시면 서방님까지 죄를 지으시는 거여요. 죄인이 되는 것은 소첩 하나로 충분하옵니다. 서방님께서는 아무 관계없으셔요. 허니, 차라리 소첩을 내치시고 그저 모른 척하시어요. 예?"

"못하오! 그리는 못하오."

"그런 마음으로는 개경으로 갈 수 없습니다. 그깟 자존심이 무어냐 하시겠지만 개경의 대감마님, 아니 아버님께서는 마지막 남은 자존심을 위해 신의를 버리고 목숨을 거셨나이다. 그만치 간절하시었어요. 소첩이 아옵니다. 모든 것이 다 발각되었다는 사실을 아시면 분명히 그 자리에서 자진하실 거여요."

"그런 말도 안 되는……!"

"사실입니다. 아씨를 지키기 위해, 그분께 단 한 점의 부끄러움도 드리지 않기 위해 아버님께서는 온 힘을 다하셨는걸요."

아씨는 대감마님의 가슴에 박힌 못이며, 아픈 손가락이었다.

마님을 잃으신 후 아씨마저 잃을까 노심초사하며 아씨의 바람대로 그저 모든 것을 감추어 두고 안으로만 싸안으셨다. 그분의 부끄러운 부분이 밖으로 드러나고 그것이 구설이 되어 결국은 상처를 받을까 저어하신 까닭이었다.

그 지극한 사랑을 곁에서 지켜본 오복은 대감마님을 향하여 감히 원망하는 마음을 품을 수 없었다.

"아씨께서는 참말 곱고 선하신 분이십니다. 저 같은 것은 감히 견줄 수도 없는 분이신데 하늘이 시기하여 그만 몸이 성치 못하게 되시었습니다. 아씨께서는 그것을 몹시도 부끄러워하셨습니다. 다른 이를 집안으로 들이는 것조차 꺼리실 정도로요."

"허나, 아무리 사정이 어려웠다 하여도 그렇지. 어찌 그대에게 모든 짐을 떠넘긴단 말이오. 그대는 억울하지도 않소?"

"저는 괜찮습니다. 다만 슬픈 것은, 서방님과 이 집안에 이리 큰 누를 끼치게 되어……."

"그만! 그 말은 그만하오. 그대의 말은 더 이상 듣지 않겠소. 나는 그대 없이는 살 수 없소. 허니, 내가 살기 위해서라도 이제는 내 뜻대로 할 것이오. 그대가 뭐라 하여도 우리는 개경으로 갈 것이오. 가서 담판을 짓겠소."

"하오나, 서방님!"

"어허, 되었다 하였소. 남이 들을까 두려우니 어서 그 눈물 그치고 자리를 정리하오."

눈물 어린 애원도 뿌리치고 자경은 단호히 못을 박았다.

무엇이 어찌 되었든 우선은 살길을 도모해야 했다. 누군들 예정에 없던 처가살이가 반가울까마는, 아무리 생각하여도 살자면 지금은 개경으로 가는 것이 가장 안전하였다.

'제 딸 지키자고 남의 딸을 죽을 자리로 내몰다니. 말만 수양딸일 뿐 실상은 노비로 여긴 것이나 마찬가지였음이야. 몰인정한 자 같으니. 어디 두고 보라지. 내 절대로 호락호락하게 물러나진 않을 것이다.'

단단한 결심과 함께 자경은 은밀히 눈을 빛냈다.

아내에게는 말하지 않았으나 그자가 눈앞에서 죽는다 하여도 그는 눈 하나 깜짝하지 않을 자신이 있었다. 이제는 제게도 지킬 것이 생겼기 때문이다. 하여, 약간의 무리가 따른다 하더라도 그는 제 계획만은 반드시 그대로 이루어 내리라 다짐하고 있었다.

시커멓게 죽은 얼굴이 눈앞에 있었다.

불과 석 달 남짓이 지났을 뿐인데 그사이 검버섯까지 진 폭삭 늙은 얼굴하며 꺼멓게 죽은 눈두덩이 매우 심란한 것이 흡사 살아 있는 귀신을 보고 있는 듯하였다.

"자, 자, 자네가 여긴 어, 어쩐 일인가?"

덜덜 떨리는, 다 죽어 가는 목소리로 그가 물었다.

자경의 얼굴이 심각하게 썩어 들어갔다. 말라비틀어진 나뭇가지가 저러할까. 모질게 마음먹고 온 길임에도 불구하고 그 모양을 보고 있자니 차마 입이 떨어지질 않았다. 뒤에서는 아내가 조마조마한 얼굴로 그의 입만 바라보고 있었다. 결국 자경의 입에서 긴 한숨이 쏟아졌다.

"먼저 서간을 보내었는데 받아 보지 못하셨습니까?"

"음? 서, 서간? 아, 받았지. 받았네."

온통 혼미한 정신으로 김 진사가 대꾸했다. 그러면서 공연히 서안을 뒤적이는 시늉을 하였다. 수전증이 든 것마냥 손이 벌벌 떨리고 있었다. 말마따나, 분명히 서간을 받아 보기는 하였었다. 보기는 보았는데 '형님의 혼인 준비를 도울 겸 혼인 후 처음으로 처가 나들이를 가겠습니다.'까지 보고 혼절할 지경이 되어 그만 손에서 놓치고 말았었다.

그것을 욱이가 받아 보고 짧게 '온답니다.' 하였던 것도 희미하게 기억이 났다. 비장한 어조로 '혹시 모르니 준비를 하여야 하지 않겠습니까?' 하는 말도 했었던 것 같다.

확실한 것은, 그 후로 그가 자리를 보전하고 드러누웠다는 사실이었다. 누워 있는 내내 그의 입에서는 '다 알고 오는 것이 아니냐. 발각이 되었다면 어찌해야 할꼬. 나야 죽어도 여한이 없다만 우리 초희는 어찌하면 좋단 말이냐.' 하는 말이 타령처럼 새어 나왔다.

한때는 중간에 급한 일이 생겨 못 온다 할지도 모른다는, 부질없는 희망을 품어 보기도 하였다. 그러나 그런 애타는 바람도 무시하고 서간을 받은 지 고작 사흘 만에 사위는 거한 수레 행렬까지 이끌고 떡하니 나타났다. 눈앞이 다시 어지러워졌다.

"으음."

"괜찮으십니까?"

"아, 괜찮네. 그저 잠시 어지럼증이 돋았을 뿐이야. 그, 그래. 욱이의 혼인 소식을 듣고 왔다고?"

"예. 일전에 안사람에게 서찰을 보내셨기에 같이 보았습니다."

서찰을 같이 보았다는 소리에 안 그래도 꺼멓게 죽어 있던 김 진사의 얼굴에서 아예 핏기가 가셨다. 이제는 까맣다 못해 하얗게 질려 가는 얼굴을 보고 자경은 속으로 혀를 차고 말았다. 저런 심약한 마음으로 어찌 그리 간 큰 행사를 벌였을까 생각하니 저절로 한숨이 쏟아지려고 하였다.

'이대로 두면 곧 송장 치울 일이 생기겠구나.'

그의 시선이 이번엔 곁에 앉은 처남에게로 향하였다.

여전히 표정이 없는 옥돌 같은 얼굴로 반듯하게 앉아 있는 터라 무슨 생각을 하고 있는지 알 길이 없었지만 한 가지만은 확인할 수 있었다. 그의 시선이 내내 뒤에 앉은 아내에게 가 있다는 사실을 말이다. 덕분에, 이유도 없이 괜히 기분이 나빠졌다.

'여기까지 끌고 온 일이 못마땅하다는 것이냐, 아니면 다시 보니 새삼 반갑다는 뜻이냐.'

처남이라 생각하고 볼 때는 괜찮더니 모든 일을 안 지금은 어쩐지 그의 시선이 묘하게 마음에 들지 않았다. 그럴 리는 없겠지만 오라버니가 아닌 외간 사내로서 제 아내를 탐하는 것처럼 느껴지는 것이었다. 그리하여 자경은 마치 심통을 부리듯 그의 시선을 툭 끊으며 끼어들었다.

"축하드립니다, 형님. 날을 잡으셨다고요?"

"음? 아, 그리되었네. 그저 소소하게 치를까 하였는데 공연히 일이 알리어져 자네까지 번거로운 걸음을 하게 하였군."

"원, 무슨 그런 서운한 말씀을 다 하십니까? 제게 처남이 둘입니까, 셋입니까? 달랑 한 분 계신데 마땅히 챙겨야지요. 하하하!"

자경이 짐짓 유쾌하게 웃어 젖혔다.

"혼인 일이 아니어도 어차피 오려던 길이었으니 괘념치 마십시오. 명절 끝이라 그런지, 저 사람이 조금 우울해하였거든요. 그 바람에 제가 또 간이 철렁하여져 이리 서두른 거랍니다."

"그래?"

"예. 그리고 이건 사내끼리니까 하는 이야기인데요, 사실 제가 요즘은 저 사람 눈치만 보며 살고 있습니다. 왜 그런지는 형님께서도 혼인을 하여 보면 저절로 알게 되실 겁니다. 하하하!"

"……그렇군."

욱의 시선이 다시 한 번 오복에게로 슬쩍 향했다가 마침내 돌려졌다. 그 속에서 오복은 조마조마한 심정으로 세 남자들의 대화를 지켜보고 있었다.

오복은 두려웠다. 서방님이 당장이라도 모든 것을 다 알았다며 폭로할까 봐 두려웠고, 얘기가 다 끝나기도 전에 지레짐작한 대감마님의 숨이 넘어갈까 봐 두려웠다. 그리고 무언가가 이상하다고 말하듯 그녀를 가만히 살피고 지나가는 도련님의 시선도 두렵기는 마찬가지였다.

"헌데, 어째 안색이 좋질 않구나."

다 죽어 가는 제 아비 몰골은 보이지도 않는 것인지 그가 불쑥 오복에게 물었다.

"그, 그렇습니까?"

"음. 살이 조금 내린 듯도 하고."

말도 안 된다.

혼인할 때는 더 조그맣고 더 말랐던 데다가 피부도 꺼칠하였고 걸친 옷은 낡아 빠진 무명 피륙이었다. 그에 비하면 지금은 그야말로 닭이 봉황으로 환골탈태를 하였다고 해도 무방할 지경이었다. 오죽했으면 김 진사조차 오복을 알아보는 데 한참이나 걸렸을까.

'기가 막히어서!'

자경의 입이 쩍 벌어졌다.

어이없고 또 한편으로는 무언가가 걸쩍지근한 것이 명치를 틀
어막는 느낌이었다.

"조금 곤하여서 그런 모양입니다."

"그렇구나. 하기는, 오는 길이 고되긴 하였을 것이야. 오느라
고생하였다. 허면, 얼마나 머물다 가려느냐?"

"그것이……."

말끝을 흐리며 오복이 슬쩍 서방님을 돌아보았다. 헌데, 이 양
반이 어째서 눈은 가늘게 내려뜨고 한쪽 눈썹은 심술맞게 삐죽
치켜 올리고 앉아 있는 것이냐.

"서, 서방님?"

"혼인하시는 날까지 머무르고는 싶으나 한양의 일이 급하여
아무래도 그때까지는 머물지 못할 듯싶습니다."

음? 아니, 언제는 아예 눌러살자 하더니?

오복의 눈이 동그래졌다. 도대체 뭘 어찌하시려고 저러시나
이제는 숫제 두렵다 못해 제정신인지 의심스러울 지경이었다.

"다행히 형님께서 가시는 곳이 엎어지면 코 닿을 만치 가까운
곳이라 하니 안심을 하였습니다. 아버님을 뵈니 어쩐지 건강이
좋지 않으신 듯하여 여차하면 저희가 들어와 살 생각을……."

"난 멀쩡하네!"

"음?"

"난 괜찮으니 아무 걱정 말게. 처가살이는 하지 않는 것으로 하고 혼인을 하였는데 이제 와 말을 바꿀 수는 없지."

다 죽어 가던 사람답지 않게 김 진사가 고개를 쳐들고 왈칵 소리쳤다.

"다행히 집안일을 돌볼 사람도 구하여 혼자 지내도 아무 문제가 없네. 이 늙은이는 걱정 말고 바쁜 일부터 돌보시게나."

"그래도 하나뿐인 딸인데 아쉽지 않으시겠습니까?"

"아쉽기는. 출가외인이라 이제는 남이려니 하고 있었네."

"……그렇군요."

자경의 입이 딱 다물렸다.

여동생을 바라보는 시선이 지나치게 애틋한 것도 문제였지만 딸자식을 아예 남이려니 여긴다 하는 것도 문제였다. 본심이야 어디 그렇겠는가마는, 그만치 그들 부부를 꺼리고 있다는 뜻이 아닌가 말이다.

'여기서 산다는 소리라도 하였다간 지레 숨이 넘어가겠군.'

자경은 얌전히 마음을 고쳐먹었다.

상황이 어렵긴 하지만 그렇다고 해도 갑자기 여기서는 살고 싶지가 않아졌다. 사람을 사지로 몰아넣고도 남이려니 한다는 장인, 아니 생판 남인 양반에게 없던 정나미까지 떨어진 것도 있지만 무엇보다 처남이라는 작자의 눈빛이 걸렸다.

그에게 경쟁심을 느끼는 것은 아니었다. 생긴 것으로 보나 집안으로 보나 잘나기는 당연히 제가 더 잘났으므로 애초에 경쟁을 느끼고 말고 할 것도 없었다. 그러나 아무리 그렇다 해도 제 여인에게로 향하는 다른 사내의 시선까지 너그럽게 받아 줄 이유는 없지 않은가 말이다.

결국, 당당히 폭로를 하고 이치를 따져 보련다 하던 애초의 계획에 대해서는 입도 벙긋 못 해 보고 자리에서 물러 나왔다. 대신에, 별채로 나오기가 무섭게 자경은 엄한 오복을 붙잡고 따졌다.

"무슨 사이요?"

"예에? 난데없이 그것이 무슨 말씀이셔요?"

"참말 오라비, 누이 하는 사이가 맞느냐는 말이오? 친남매도 아니잖소."

내내 수심 가득하던 오복의 시선이 순간 멍청하여졌다.

"가뜩이나 심란하여 죽을 지경인데 이제는 엉뚱한 하문까지 하시니 소첩이 참말 어이가 없습니다."

"어서 대답하오. 정말 다른 마음은 없는 것이 맞소?"

"그게, 그분이 좀 어렵기도 하고 또 소첩의 처지가 처지이다 보니 오라버님이라기보단 상전처럼 모신 것은 사실이옵니다. 다만 그뿐이지 다른 마음은 없습니다. 그것이 그리도 궁금하셨습니까?"

말을 하면서도 조금 뜨끔한 구석이 있어 오복은 저도 모르게 입술에 침을 발랐다.

혼인 전의 일이고, 또 어린 마음이긴 하였으나 그래도 평생을 바라보고 산 분이었다. 언젠가는 저분의 아내가 되어 살고자 하였는데 세상일이 얄궂어 그녀는 엉뚱한 분과 혼인을 하였다.

그리고 이제는 진심으로 서방님을 사모하게 되었다. 그 마음이 거짓이 아니니 이 또한 거짓은 아닐 터였다. 그녀에게 도련님은 이제 오라버님, 그 이상도 이하도 아닌 것이다.

"참이오?"

"참입니다."

"허면, 지금 그대의 마음엔 누가 들어 있소?"

"그야……."

"음? 누가 들어 있소?"

눈을 똑바로 바라보면서 대놓고 묻는 말에 이번엔 오복의 얼굴이 발개졌다. 갑자기 가슴이 콩닥거렸다.

"아, 아내가 남편을 은애하지 않으면 누굴 은애한단 말이어요."

"그 말은, 그대의 마음속엔 오로지 나 하나만 들어 있다는 말이오?"

"아이, 당연한 것을 왜 자꾸 물으셔요?"

"궁금하여 그러오."

아니, 당장 제 신분을 들키어 죽네 사네 하고 있는 사람에게 그것이 그리도 궁금하여 이리 붙잡고 닦달을 하신단 말인가.

오복은 설레는 와중에도 어이가 없어 그를 얄밉게 노려보았다. 그러거나 말거나 자경은 이참에 궁금증을 다 풀어야겠다는 자세로 다시 달려들었다.

"남편이라 은애한다는 말은 좀 그렇소. 만일, 우리가 혼인하지 아니하였다면 그대는 나를 은애하지 않았을 것이라는 말이 아니오? 그렇소?"

"……."

"왜 대답이 없소? 설마, 참말로 그런 거요?"

따져 묻는 목소리가 희미하게 떨리고 있었다.

온통 불안한 얼굴로 다그치는 그를 오복은 가만히 바라보았다. 옥돌처럼 뽀얗고 아름다운 얼굴을 따라 그리듯 하나하나 자세히 보다가 문득 말하였다.

"서방님은 참말 바보여요."

"음?"

"세상에 어느 여인이 서방님처럼 아름다운 분을 은애하지 않을 수 있단 말이어요."

"하! 허면……."

"애초에 가락지 던져 주시면서 유혹하시어 놓고는. 쳇! 그 가락지 끼나 봐라."

입을 댓 발이나 내밀고 오복은 짐짓 투덜거렸다. 그 모습을 보면서도 자경은 그저 좋아 입을 함지박만 하게 벌리고 웃었다. 그러다 마치 발작하듯 오복을 와락 끌어안고 말하였다.

"은애하오. 오직 그대만을 은애하오. 나는 이제 그대 없이는 살 수 없소."

"서방님."

"내가 좋은 방법을 다시 생각하여 볼 것이오. 그러니 다시는 무서운 생각은 하지 마오. 약속하시오. 죽는 날까지 절대로 내 곁에서 떠나지 않겠다고."

"예, 예!"

울먹이면서 대답하는 작은 몸을 담뿍 끌어안고 자경은 깊은 안도의 한숨을 내쉬었다. 그러나 그는 알고 있었다. 대답은 이리 하였어도 저로 인하여 그나, 이 망할 집안이 위태로운 지경에 처하게 된다면 그녀는 또 희생을 하려 들 것이 분명하다는 사실을 말이다.

'그리 두지는 않을 것이오. 절대로 그대 혼자 외롭게 가게 하지는 않을 것이야.'

머릿속이 바쁘게 움직였다.

앞으로도 그의 집안이나 이 집안의 도움은 받을 수 없었다. 그의 집안은 일의 전모에 대해서 아예 깜깜하니 이유야 말할 것도 없고, 이 집안은 말만 꺼내도 당장 죽을 듯 구는 데다 아내를 족보에 올리지 않은 것에서부터 알 수 있듯이 오히려 남보다 못하였다.

'두고 보아라. 당신들이 정히 그리 나온다면 나도 영영 개경 김 진사의 사위로 남아 있지 않을 것이다. 내 무슨 수를 써서든 김씨의 이름을 내리고 이 사람을 족보에 올릴 것이야.'

자경은 더 이상 얼굴도 모르는 여자의 남편으로 살지 않기로 결심하였다. 그녀가 얼마나 곱고 대단한지에 대해서는 궁금하지도 않았다. 그에게 그녀는 그저 자신의 부끄러운 부분을 가리고자 죄 없는 사람을 사지로 내몬, 용기 없고 어리석은 데다 잔인하기까지 한 여자에 지나지 않았다.

'신분이 문제구나. 족보는 이혼을 하고 다시 후처로 들이는

형식을 취하여 해결할 수 있다 하지만 애초부터 미천한 신분은 가문에서 용납지 않을 텐데. 어쩐다?'

사내는 창칼 들고 나가 싸워 나라에 공을 세우면 면천을 할 수 있는 기회가 주어진다지만 여인은 그럴 수도 없었다. 고작해야 혼인을 하여 자식을 낳고 기르는 인생에서 무슨 공을 세울 기회가 있을 것이며, 혹 공을 세운다 한들 얼마나 큰 공일 것인가.

'젠장, 사내라면 과거 급제하여 벼슬을 받으면 그만일 터인데. 음? 과거! 그렇지. 고신(告身)!'

자경의 눈이 확 밝아졌다.

아주 희미한 가능성이긴 하지만 그는 마침내 방법을 찾아내었다. 여인의 몸으로 공을 세우는 방법이야 따로 있지 않았다. 안으로는 자식을 낳아 가문의 대를 잇는 것이 있지만, 밖으로는 남편을 과거 급제시키는 것도 있었다.

그가 과거 급제하여 벼슬을 받게 되면 아내에게도 당연히 그에 맞는 직첩이 내려오게 되는 것이다. 즉, 당당한 외명부의 일원으로 벼슬을 가진 신분이 된다.

'운명인가. 피하려 애를 썼지만 이제는 방법이 없다. 이렇게 된 이상, 가문이 위태로워지는 한이 있어도 내 반드시 과거 급제를 노릴 것이다.'

단단한 결심이 심중에 자리를 잡는 순간이었다.

關關雎鳩(관관저구) 꾸우꾸우 물수리

在河之洲(재하지주) 강가 모래톱에 있네.

窈窕淑女(요조숙녀) 정숙한 아가씨는

君子好逑(군자호구) 군자의 좋은 짝이라네.

參差荇菜(참치행채) 물위의 마름나물

左右流之(좌우류지) 이리저리 따랐네.

窈窕淑女(요조숙녀) 정숙한 아가씨를

寤寐求之(오매구지) 자나 깨나 찾았다네.

求之不得(구지부득) 찾아봐도 못 만나

寤寐思服(오매사복) 자나 깨나 그렸네.

悠哉悠哉(유재유재) 그리워하고 그리워하다

輾轉反側(전전반측) 잠 이루지 못했네.

— 시경 관저(關雎) 중에서

"후우……."

단단히 다물린 입술 사이로 문득 긴 한숨이 새어 나왔다.

욱은 지친 시선을 들어 밝은 불빛이 새어 나오는 별채 쪽을
돌아보았다. 부옇게 어둠을 밀어내는 불빛 아래에서 빛바랜 이
야기 하나가 스멀거리며 떠오르고 있었다.

— 이 아이 잘 자라면 나중에 우리 욱이 아내 삼아 주고 싶구
나.

병석에 누워 지내시던 어머니께서는 떠나시기 얼마 전 그와 오복을 앞에 앉혀 두고 그런 말씀을 하셨다. 아버지께서는 들은 척도 아니하셨지만 어린 마음이었는지 그는 그것을 흡사 유언처럼 새겨들었다. 그러던 마음이 잊혀진 건 아마도 세월이 저희의 신분을 자각하게 만든 탓이리라.

"마음에 담은 적은 없다 여겼는데."

실로 어리석은 것이 사람의 마음이라 하더니 그도 다르지 않았다. 떠나보낼 때는 짐작도 못했었는데 오복이 없어지고 난 후 그의 시선은 자꾸만 사람 하나 없는 별채를 헤매곤 하였다. 원치 않아도 시각마다 지금쯤은 어디에 있을 때구나 하며 저절로 헤아려졌다. 그제야 욱은 제 마음을 깨달았다.

"애초부터 내 눈은 이미 하루 종일 네 뒤를 따라다니고 있었구나."

이제는 완전히 남의 아내가 된 여인을 두고 그는 뒤늦게 가슴 앓이를 하고 있었다. 더욱이 얼마 후면 다른 여인에게 장가를 들 몸으로 말이다. 실로, 어리석은 사내가 아닌가.

"언제 그리 피었느냐. 왜 하필이면 다른 사내의 품에서 그리도 어여쁘게 피어난 것이냐. 야속하구나."

차마 몸이 불편한 동생을 원망할 수 없어 욱은 그렇게 제가 잃어버린 사람을 향해 서운한 마음을 토로하여 보았다.

"세상 누구에게도 말하지 못하리라. 죽을 때까지 이 마음은 홀로 품고 갈 것이다."

아프고 미안해서라도 차마 꺼내지 못할 마음이었다.

욱은 오복에게 한없이 미안하기만 하였다. 아버지께서는 그 위험한 자리에 저 아이를 보내면서도 족보에 올려 주지 않으셨다. 시집을 간 것은 어디까지나 초희여야 했다. 그래야만, 병증이 악화되어 어느 날 예고도 없이 훌쩍 가 버리게 된다 해도 초희는 이씨 가문의 둘째 며느리로 남지 않겠느냐면서 말이다.

실제로, 동생의 병은 차도가 없었다.

벌써 몇 달째 막대한 돈을 들여 의원에게 맡겨 치료를 하고 있음에도 불구하고 나아지기는커녕 볼 때마다 더 약해지고만 있었다. 이대로라면, 어쩌면 만약의 일도 각오해야만 할 것이었다.

"그러니 들키지 말아라. 네가 초희가 되어 살거라."

한숨 같은 나직한 한마디가 어둠에 묻혀 사라지고 있었다.

《2권에서 계속》

옥복이

1판 2쇄 찍음 2014년 8월 4일
1판 2쇄 펴냄 2014년 8월 12일

지은이 | 단 영
펴낸이 | 정 필
펴낸곳 | 도서출판 **뿔미디어**

편집장 | 이재권
기획 · 편집 | 주종숙, 정시연

출판등록 | 2002년 9월 11일 (제1081-1-132호)
주소 | 경기도 부천시 원미구 상동로 117번길 49(상동) 503호
전화 (032)651-6513 / 팩스 (032)651-6094
E-mail | scarlets2012@hanmail.net
블로그 | http://blog.naver.com/dahyangs
홈페이지 | http://bbulmedia.com

값 9,000원

ISBN 979-11-315-2790-0 04810
ISBN 979-11-315-2789-4 04810(세트)

※파본은 구입하신 서점에서 교환하여 드립니다.

※이 책은 (도)뿔미디어를 통해 독점 계약되었습니다.
저작권법에 의해 보호를 받는 저작물이므로 무단 전재와 무단 복제를 엄금합니다.

도서출판 뿔미디어 홈페이지 OPEN*!!*

안녕하세요.
지금껏 저희 뿔미디어를 응원해 주신
독자님들의 성원에 힘입어
이번에 새롭게 홈페이지를 오픈하였습니다.

저희 뿔미디어는 홈페이지에서 독자님들께서
보다 빠른 출간 소식과 미리보기 등
알찬 내용을 제공하기 위해 많은 노력을 기울였습니다.
또한 독자님들에게 도서 할인, 이벤트 등
다양한 혜택을 제공하고자 합니다.

저희 뿔미디어 홈페이지 오픈을 계기로
한층 더 독자님들과 가까워질 수 있는 기회가 되었으면 합니ㄷ

보다 많은 관심과 사랑 부탁드리며,
앞으로도 더 좋은 컨텐츠 제공에 힘쓰도록 하겠습니다.

감사합니다.

-도서출판 뿔미디어 올림-

www.bbulmedia.com

S c a r l e t

스칼렛

www.bbulmedia.com

Scarlet
스칼렛

www.bbulmedia.com